Das Buch

Als der schöne Rafael sich in sie verliebt, erfährt das Leben der toughen und unnahbaren Anwältin Marleen von einem Tag auf den anderen eine ungeahnte Wendung. Der zehn Jahre jüngere Edel-Callboy und Stripper, der sich ihre Aufmerksamkeit hart erkämpfen muss, verführt sie mit seinen exzellenten Liebeskünsten und zeigt ihr eine nie gekannte Welt der sinnlichen Genüsse. Und sie kann kaum genug davon kriegen.

Doch Marleen bereitet es Sorgen, dass Rafael jünger ist als sie, und als sie erfährt, womit er sein Geld verdient, beendet sie abrupt ihre erotische Beziehung. Alle Versuche Rafaels, sie zurückzuerobern, prallen an ihrer kühlen Mauer aus Angst und Misstrauen ab. Als Rafael entmutigt aufgibt, merkt sie, dass sie ohne ihren sündhaft schönen Callboy nicht leben kann. Ist es zu spät oder hat ihre Liebe noch eine Chance?

Die Autorin

Astrid Martini, geboren 1965, absolvierte eine Ausbildung als Erzieherin und schrieb zahlreiche Gedichte, Geschichten und Lieder für Kinder, bevor sie 2003 ihre Vorliebe für den erotischen Roman entdeckte. Mit ihrem ersten Roman *Zuckermond* gelang ihr ein großer Internet-Bestseller. Astrid Martini lebt zusammen mit ihrem Lebensgefährten und vier Katzen im Norden von Berlin.

Von Astrid Martini ist in unserem Hause bereits erschienen:
Zuckermond

Astrid Martini

Mondkuss

Erotischer Roman

Ullstein

Besuchen Sie uns im Internet:
www.ullstein-taschenbuch.de

Umwelthinweis:
Dieses Buch wurde auf chlor- und säurefreiem Papier gedruckt.

Ungekürzte Ausgabe im Ullstein Taschenbuch
1. Auflage September 2008
© 2007 by Plaisir d'Amour Verlag, Lautertal
Umschlaggestaltung: HildenDesign, München
Titelabbildung:
© Solovieva Ekaterina Aleksandrovna/shutterstock
Satz: LVD GmbH, Berlin
Gesetzt aus der Sabon
Druck und Bindearbeiten: CPI – Ebner & Spiegel, Ulm
Printed in Germany
ISBN 978-3-548-26866-8

Hast du die Lippen mir wundgeküsst,
So küsse sie wieder heil,
Und wenn du bis Abend nicht fertig bist,
So hat es auch keine Eil.

Du hast ja noch die ganze Nacht,
Du Herzallerliebste mein!
Man kann in solch einer ganzen Nacht
Viel küssen und selig sein.

Heinrich Heine

Kapitel 1

Der Raum der Bar war in schummriges Licht getaucht, sinnlich untermalt durch die Flammen der blutroten Kerzen, die ringsherum in riesigen, mehrarmigen Ständern steckten und zuckende Schattengebilde an die Wände warfen. Rauchgeschwängerte Luft kroch zäh ihre Bahnen, schob sich in jeden Winkel und umhüllte die anwesenden Gäste. Der betörende Duft verschiedener aromatischer Öle, der in der Luft lag, legte sich federleicht auf die Sinne jedes Einzelnen, lullte sie ein und sorgte für eine anregende Atmosphäre … lockend und erotisierend.

Die Bar war voll, jeder einzelne Platz war belegt, und unzählige Augenpaare richteten sich erwartungsvoll auf die Bühne, deren Mitte von einem blutroten, seidig glänzenden Satinvorhang verhüllt war.

Ein Raunen ging durch die Menge, als ein einzelner Spot seinen Lichtkegel auf die Mitte der Bühne warf und die ersten Klänge des »Boleros« von Ravel erklangen. Die Musik schwoll an, der Vorhang schob sich langsam zur Seite und gab den Blick auf einen schlanken, fast überirdisch schönen jungen Mann frei. Seine etwas mehr als schulterlangen Haare glänzten dunkel, er trug schwarze Lackhosen und ein weißes Seidenhemd.

Die silberne Schnalle des Gürtels, der seine Hüften schmückte, fing einzelne Lichtstrahlen des Spots auf und warf diese reflektierend zurück.

Ein schriller Pfiff ertönte, dann der Ruf einer Frau, dem weitere Rufe folgten. Gierige Hände streckten sich dem jungen Mann entgegen – Gesten, die er mit amüsiertem Glitzern in den Augen quittierte. Er war solch enthusiastische Szenen gewöhnt.

Mit einem verführerischen Lächeln in den Mundwinkeln begann er sich rhythmisch zur Musik zu bewegen. Er schob seine Hüften aufreizend vor und zurück, drehte sich elegant um die eigene Achse, warf feurige Blicke in die Runde und öffnete schließlich den ersten seiner perlmuttfarbenen Hemdenknöpfe. Wilde Rufe schallten ihm entgegen. Sie forderten mehr.

Er wartete den passenden Moment ab, ließ sein Becken verführerisch kreisen und riss schließlich alle Druckknöpfe seines Hemdes mit einem gekonnten Griff auf. Die Frauen in der Bar wurden wild und starrten wie gebannt auf seine Bewegungen. Sie johlten, als er sich langsam umdrehte, einen sexy Blick über die Schulter zurückwarf, sein Hemd langsam über die Schultern schob und an den Armen hinabgleiten ließ. Die Anfeuerungsrufe nahmen zu, doch der schöne Stripper war nun ganz in seinen sinnlichen Tanz vertieft und nahm den Tumult um sich herum nur noch am Rande wahr.

Die Klänge des Boleros hatten vollkommen von ihm Besitz ergriffen; wie selbstvergessen – und überaus verführerisch – bewegte er sich zu der eingängigen Musik … wurde eins mit ihr.

Alle seine Sinne gehörten diesem ausdrucksstarken Tanz und den eleganten Bewegungen, mit denen er die Herzen der Anwesenden in Aufruhr versetzte und sündige Gedanken in ihnen erweckte.

Er wusste, dass sich eine Vielzahl der anwesenden Gäste

nichts Schöneres vorstellen konnte, als nach der Show auf Tuchfühlung mit ihm zu gehen. Und da er neben seinen Auftritten als Stripper auch als Callboy arbeitete, gewann er nach Abenden wie diesen so manchen Stammkunden.

Eine junge hübsche Frau stand ganz vorn am Rand der Bühne und beobachtete seine Bewegungen, Blicke und Gesten mit verklärtem Glanz in den Augen. Auch sie nahm das zustimmende Gelächter und Klatschen der Gäste im Raum kaum wahr, denn ihre Aufmerksamkeit war einzig und allein auf die dunkel funkelnden Augen des Mannes auf der Bühne gerichtet, auf seinen schlanken festen Körper und den erotischen Tanz.

Mit einladendem Augenzwinkern präsentierte er nun seinen wohlgeformten Rücken, ohne auch nur einen Augenblick zu vergessen, seine Hüften lasziv kreisen zu lassen.

Ein Anblick, der besonders die weiblichen Gäste vor Erregung aufkreischen ließ. Mit Anfeuerungsrufen stachelten sie den gut aussehenden Stripper zu weiteren Enthüllungen an.

Die junge Frau sog unhörbar die Luft ein, als sie sein wohlgeformtes Hinterteil nun direkt vor ihren Augen tanzen sah. Die enge schwarze Lackhose saß perfekt und steigerte den sinnlichen Effekt seiner Bewegungen. Unverschämt aufreizend ließ er seine Hüften zum Takt der Musik kreisen, während er dem Publikum noch immer seine Rückansicht präsentierte.

Endlich wandte er sich langsam, sehr langsam um, lächelte provokant und schob eine Hand in den Bund seiner Hose.

Wie hypnotisiert starrte die junge Frau auf seine Vorderansicht.

Gleich, jetzt gleich würde sie Zeugin eines gewagten Anblicks sein.

Sie fuhr verlangend mit der Zunge über ihre Lippen. Ihr Blick wanderte von seinem flachen Bauch über seine schlanke Brust hinauf zu seinem Gesicht – ihr wurde heiß. Er begann die Gürtelschnalle, dann den Knopf und Reißverschluss seiner Hose langsam ... viel zu langsam ... zu öffnen, während in seinen Augen ein undefinierbares Glitzern aufglomm.

Das Gejohle der Gäste wurde lauter, Pfiffe ertönten, dann Applaus, als das schwarz glänzende Kleidungsstück endlich zu Boden rutschte und er sich mit gekonntem Griff davon befreite.

Sein Körper in den knappen schwarzen Pants war eine Augenweide. Der jungen Frau fiel es schwer, nicht auf die Ausbuchtung in dem engen Stück Stoff zu starren.

»Ausziehen, ausziehen!« Die weiblichen Gäste übertönten einander mit Zurufen.

Statt sich, wie die meisten anderen Stripper, auch noch von den Pants zu befreien, um sich dann in einem kaum etwas verhüllenden G-String zu präsentieren, blieb er, wie er war, und setzte seinen sündigen Tanz fort, was weitaus reizvoller und aufregender wirkte als das komplette Entblößen.

Was man sehen konnte, war mehr als genug, um Fantasien anzuheizen und die Gäste im Saal zum Kochen zu bringen.

Unzählige Augenpaare waren auf sein knackiges Hinterteil gerichtet – begehrlich, verzückt und begeistert. Als sich der Vorhang dann langsam zusammenschob und den schönen Stripper verbarg, wandelte sich der freudige Ausdruck in den Blicken der Anwesenden in maßlose Enttäuschung.

Mit lauten Rufen und Klatschen begehrten sie nach einer Zugabe, wurden allerdings enttäuscht.

Die junge Frau, die ganz vorn zugeschaut hatte, lächelte und lief ungeduldig hinter die Kulissen zur Garderobe.

»Rafael, du warst wie immer fabelhaft. Einfach göttlich!«

Mit einem Jauchzer warf sie sich ihm in die Arme und drückte einen Kuss auf seine Wange.

»Hey, Sarah. Danke für die Blumen! Du warst aber auch nicht zu verachten. Ich wette, du hast heute Abend so manches Männerherz gebrochen.« Er löste sich aus ihrem Griff, gab ihr einen Nasenstüber und lächelte sie herzlich an.

Sarah lachte glücklich zurück. Sie strippte ebenfalls und hatte eine Stunde zuvor für Stimmung in der Bar gesorgt. Bis über beide Ohren war sie in Rafael verliebt und machte keinen Hehl daraus, dass sie sich nichts sehnlicher wünschte, als sein Herz zu gewinnen.

Rafael, der ihr allerdings nicht mehr als freundschaftlich-kollegiale Gefühle entgegenbrachte, hatte alle Hände voll zu tun, ihren überschwänglichen Gefühlen auf freundliche Art und Weise Einhalt zu gebieten.

Nicht, dass er sie nicht attraktiv und sexy gefunden hätte – im Gegenteil! Ihre weiblichen Reize drangen sehr wohl bis zu ihm durch. Allerdings wollte sie mehr als Sex, und da er ihr weder geben konnte, was sie ersehnte, noch vorhatte, sie zu verletzen und ihre Freundschaft zu verlieren, hielt er sie liebevoll auf Abstand. Er hatte schon so manche Nacht damit zugebracht, ihr zu erklären, warum er sich nicht auf sie einlassen wollte. Bisher ohne Erfolg, denn Sarah gab einfach nicht auf.

»Ach, Rafael«, erwiderte sie nun und warf ihm schmachtende Blicke zu. »Was hab ich von all den anderen Männerherzen, wo ich doch nur deines will. Warum gibst du uns keine Chance? Wenigstens eine klitzekleine!«

Rafael seufzte innerlich auf, schob ihr eine Haarsträhne aus dem Gesicht und blickte sie nachdenklich an. »Du weißt, warum!«

Trotzig reckte sie ihr Kinn vor. »Ich habe es aber schon wieder vergessen.« Mit spitzbübischem Lächeln fügte sie hinzu:

»Und würde mir wünschen, dass auch du diese überflüssigen Einwände vergisst.«

»Nichts zu machen. Bitte, Sarah, versteh doch …«

»Ach, komm schon! Sei kein Frosch, gib dir einen Ruck, und schenke mir wenigstens diese eine Nacht. Ich bin süß und verführerisch wie eine Praline und davon überzeugt, dass du anschließend nicht mehr von mir lassen kannst.«

»Du weißt, dass ich dir nicht geben kann, wonach du dich sehnst.«

»Ach, ja? Woher soll ich das wissen, wenn noch nicht einmal ein harmloser kleiner Versuch gestartet wurde?«

»Auch eine gemeinsame Nacht würde nichts daran ändern. Und so entzückend und anziehend du auch bist, ich werde mich hüten, von dir zu kosten, denn sonst kostet es mich anschließend deine Freundschaft, und das möchte ich auf gar keinen Fall. Ich möchte weder falsche Hoffnungen in dir wecken noch verantwortlich für jeglichen Herzschmerz sein.«

»Herzschmerz habe ich sowieso. Was also hätte ich zu verlieren?«

»Deinen Stolz!«

»Ich pfeife auf meinen Stolz. Ich will dich – und möchte nichts unversucht lassen, dich vielleicht doch noch für mich gewinnen zu können.«

»Ich bin nicht bereit für große Gefühle. Und nach meiner Enttäuschung mit Marcel beschränken sich meine sexuellen Aktivitäten lediglich auf die berufliche Ebene.« Rafael griff nach einem Badetuch. »Ich gehe jetzt duschen.« Er zwinkerte ihr freundschaftlich zu. »Allein! Aber wenn du magst, können wir anschließend gerne noch einen gemeinsamen Schlummertrunk in der Bar nehmen.«

Sarah zog einen Schmollmund. Rafaels bestimmter Blick zeigte ihr jedoch, dass jeder weitere Versuch zwecklos war.

Nun gut, sie würde das Feld räumen. Heute. Was aber

nicht bedeutete, dass sie es nicht ein anderes Mal erneut probieren würde.

Rafael blickte ihr nachdenklich hinterher, als sie die Garderobe verließ.

Verrückte Person. Aber liebenswert verrückt. Sie hat einen Mann verdient, der sie um ihretwillen liebt und auf Händen trägt.

Er seufzte kurz auf, dann wischte er die Gedanken fort, streckte sich und gönnte sich eine ausgiebige heiße Dusche.

Eine halbe Stunde später betrat er erneut die Bar. Diesmal als Gast. Er schlenderte zur Theke, bestellte sich einen Drink und ließ seinen Blick über die Tanzfläche gleiten, die zwischen den Showeinlagen stets gut gefüllt war. Die einladenden Blicke, die er hier und da immer wieder zugeworfen bekam, ignorierte er. Er hatte Feierabend, und seit gut einem Jahr ließ er Erotik und Sex nur noch auf beruflicher Basis an sich heran.

Ein bitterer Zug legte sich um seinen Mund, als er an die Ursache dieser »Lebensplanung« dachte.

Rasch nahm er von seinem Drink einen großen Schluck in der Hoffnung, die Bilder, die nun langsam in ihm aufzusteigen begannen, damit ertränken zu können.

Keine Chance! Aufdringlich drängten sie in sein Bewusstsein und erinnerten so auf äußerst unerfreuliche Weise an den attraktiven jungen Mann, der ihn so bitter enttäuscht und ihm fast das Herz gebrochen hatte.

Rafael seufzte tief auf. Nicht, dass er noch Gefühle für Marcel hegte, aber die Art und Weise, wie dieser ihn damals abserviert hatte, hinterließ einen spitzen Stachel in seinem Herzen, der gnadenlos zupickte, sobald derartige Bilder und Erinnerungen aufkamen.

Mit dem Thema »Liebe und Beziehungen« hatte er jedenfalls abgeschlossen, und er dachte nicht im Traum daran, diesen selbstgesetzten Grundsatz zu verändern, geschweige denn, ganz davon abzuweichen.

Rafael wollte schon nach seiner Jacke greifen und den Heimweg antreten, als sein Blick auf Sarah fiel. Sie war mehr als beschwipst, tanzte ausgelassen und lachte übertrieben laut, wenn die anwesenden Männer ihr etwas ins Ohr flüsterten. Als ihr Blick den seinen kreuzte, warf sie ihren Kopf in den Nacken, schlang ihre Arme um den Hals eines Verehrers und ließ sich von ihm über die Tanzfläche führen.

Ihre Art, im Raum herumzuwirbeln, hatte fast etwas Verzweifeltes. Sie flog von einem Mann zum andern, kicherte laut und blieb nie lange in den Armen ihres jeweiligen Tanzpartners. Die Männer waren allesamt hingerissen von den anmutigen Bewegungen ihres geschmeidigen Körpers und der Rückhaltlosigkeit, mit der sie sich der Musik und ihren Tanzpartnern hingab.

Rafael fragte sich, ob er wohl der Einzige war, der die Verzweiflung bemerkte, die sich hinter dieser Fassade der Ausgelassenheit verbarg. Fast jeder Tänzer im Raum hatte sie schon einmal im Arm gehalten, aber jedem flatterte sie wieder davon wie ein Schmetterling, der von Blume zu Blume schwebte.

Rafaels Blick verfinsterte sich, als einer ihrer Tanzpartner ihr ein Glas Tequila reichte und sie es austrank, als handelte es sich um Wasser. Sarah schwankte leicht, und Rafael wusste, dass es Zeit war, einzugreifen. Entschlossenen Schrittes bewegte er sich quer über die Tanzfläche auf seine Kollegin zu.

ⓔⓧⓓ

Sarahs Schwindelanfälle wurden hartnäckiger. Nach dem letzten Glas Tequila hatte sich der Raum auf einmal in beängstigender Art und Weise zu drehen begonnen. Es kostete sie einige Willensanstrengung, die Augen offen zu halten.

Instinktiv nahm sie Rafaels Nähe wahr, lächelte ihn an und war froh über die Ausstrahlung von Rechtschaffenheit und Verlässlichkeit, die von ihm ausging. Genau das brauchte Sarah jetzt: jemanden, der ihr festen Halt geben konnte.

»Rafael«, hauchte sie, während sie seine Hand ergriff. An die Stelle jener vorgetäuschten Fröhlichkeit war mit einem Mal große Müdigkeit getreten, und Hilfe suchend umfasste sie seine Schultern.

»Mir ist schwindelig. Kannst du bitte etwas tun, damit sich dieser verdammte Raum nicht mehr so dreht?«

»Das könnte ich«, lachte Rafael, »wenn du ein paar Gläser früher aufgehört hättest, Tequila in dich hineinzuschütten.«

Sie machte eine wegwerfende Handbewegung, um sich dann aber sehr schnell wieder an Rafael festzuklammern. Sarah legte ihren Kopf an seine Schulter. »Ich fühle mich nicht besonders gut«, flüsterte sie kaum hörbar.

»Was du nicht sagst.« Rafael umfasste ihre Hüften und führte sie in Richtung Ausgang.

»Wohin gehen wir?«

»Wir verlassen die Bar. Bevor du mir hier umkippst und deinen Job als Tänzerin verlierst. Der Chef schaut schon ganz grimmig zu dir rüber.«

»Grimmig? Wo? Warum? Ich habe nichts Schlimmes getan!« Sie schüttelte heftig den Kopf, stöhnte aber gleich darauf auf, denn ein brennender Schmerz zog sich über ihre Schläfen und breitete sich im gesamten Kopf aus.

»Das kannst du ein anderes Mal klären. Jetzt bringe ich dich erst einmal mit deinem Wagen nach Hause, und dort schläfst du dich gründlich aus.«

»Ich will aber nicht nach Hause.«

»Willst du etwa auf einer Parkbank übernachten? Oder unter einer Brücke?«, neckte Rafael sie liebevoll.

»Nein. Aber ich will nicht allein sein. Das geht auf gar keinen Fall. Bitte, kannst du nicht bei mir bleiben?«

»Wenn ich nicht genau wüsste, dass es dir momentan wirklich nicht gut geht, würde ich nun einen weiteren Verführungsversuch vermuten. So aber stehe ich dir freundschaftlich zur Seite und werde auf deiner Couch nächtigen. Zufrieden?«

»Und wie!« Selig lächelte Sarah ihn an, seufzte leise auf, als sich sein Arm fester um ihre Taille legte.

Kapitel 2

Leise schlich sich Rafael am nächsten Morgen aus Sarahs Wohnung. Er hatte rasch geduscht, sich angekleidet und wollte sie nicht wecken. Die Nacht auf Sarahs Couch war nicht besonders bequem gewesen, aber er hatte sein Versprechen gehalten und sie nicht allein gelassen. Nun war es Zeit, nach Hause zu gehen und sich für den Termin, der in zwei Stunden anstand, umzuziehen. Eine reiche Arztfrau – eine Stammkundin – hatte ihn für sinnliche Stunden gebucht.

Noch rasch ein paar Croissants und dann ab nach Hause.

Während er sich von seinem Lieblingsbäcker in ein Gespräch verwickeln ließ und die Tüte mit den noch warmen Croissants entgegennahm, ließ er seinen Blick durch das Schaufenster über die belebte Straße gleiten. Ohne großes Interesse beobachtete er die Menschen, die mehr oder weniger hastig vorübereilten.

Und dann durchzuckte es ihn wie ein Blitz. Seine Pupillen weiteten sich, sein Blick wurde wach und wie ein Magnet von einer dunkelhaarigen Frau mit schicker Hochsteckfrisur und elegantem Kostüm angezogen. Unwillkürlich stieß er einen anerkennenden Pfiff aus.

Eilig schob er seinem Gesprächspartner einen Geldschein zu, murmelte: »Stimmt so«, und eilte hinaus.

Rafael starrte gebannt auf die elegante Frau, die mit geschmeidigen Schritten auf der gegenüberliegenden Straßenseite entlangging. Er folgte ihr.

Sie trug ein mokkafarbenes edles Designer-Kostüm, setzte graziös einen Fuß vor den anderen, und Rafael war sich fast sicher, dass sie überall dort, wo sie sich gerade bewegte, eine Wolke blumigen Parfums hinterließ. Ihr dunkles Haar war zu einem kunstvollen Knoten aufgesteckt, der die zarte Linie ihres Halses betonte. Der knielange Rock gab den Blick auf ihre schmalen Waden und Fesseln frei. Fasziniert blickte er auf ihre Füße. Sie steckten in schokoladenfarbenen Wildlederpumps mit hohem, keilförmigem Absatz. Ihre Waden strafften sich bei jedem Schritt, schienen sich nach außen zu drücken, um ihrer perfekten Form den letzten Schliff zu geben.

Rafaels Augen tasteten sich dem Lauf ihrer Beine entlang, beginnend bei den Fesseln über die Knie, ignorierten den Saum des Rockes, der den Rest bedeckte, und wanderten weiter hinauf bis zu der Stelle, an der sich ihr entzückend runder Po unter dem schmalen Rock abzeichnete.

Er pfiff leise durch die Zähne, genoss diesen verführerischen Anblick und folgte der Kontur ihres Körpers aufwärts zu ihrem keck nach vorn gerichteten Kinn. In seinen Augen blitzte Bewunderung auf. Diese elegante Frau hatte etwas an sich, was ihn unsagbar faszinierte. Ihn nicht losließ ... in den Bann zog.

Mit gerader Haltung und stolz erhobenem Kopf schritt diese Person die Straße entlang wie eine Königin. Eine hübsche, interessante und keineswegs affektierte Königin.

Da lief dieses bezaubernde Geschöpf nun in ihrem schicken Kostüm, den aufgesteckten Haaren und diesen Luxusschuhen an den Füßen und bezauberte Rafael mit jeder Sekunde mehr. Sie wirkte so feminin, selbstsicher und forsch, strahlte aus, dass sie sich ihrer Wirkung auf andere durchaus bewusst war ... dass sie spürte, wie sie auf andere wirkte ... denn da spielte dieses wissende kleine Lächeln um ihre Lippen ... tanzte bis hin zu ihren dunklen Augen, die so selbstbewusst und gelassen in die Welt blickten. Einzelne Haarsträhnen, die sich aus ihrer Frisur gelöst hatten, umspielten ihr herzförmiges Gesicht, das durch den wunderschön geschwungenen Mund so unsagbar sinnlich wirkte.

Rafael verspürte den brennenden Wunsch, an ihrem sicherlich wunderbar duftenden Haar zu schnuppern und seinen Zeigefinger die sanfte Linie ihres Nackens entlangfahren zu lassen. Seine Augen verdunkelten sich, die Pupillen wurden weit, und prickelnde Begierde stieg in ihm auf.

Welches Ziel mochte diese bemerkenswerte Frau haben? Wo kam sie her, und welche Gedanken wanderten wohl durch diesen entzückenden Kopf?

Rafael wollte alles von ihr wissen, folgte ihr auf Schritt und Tritt, und als sie für einen Moment hinter einer Menschengruppe verschwand, breitete sich innere Unruhe in ihm aus. Er hatte Angst, sie aus den Augen zu verlieren. Sie womöglich nie wiederzusehen, niemals zu erfahren, wer sie war und wie sie lebte.

Rafael spürte ihre Energie, ihren Esprit und ihr Feuer, auch wenn sie nach außen hin kühl und unnahbar wirkte. Diese Mischung zog ihn magisch an, machte ihn schwindelig. Sein Blick bohrte sich förmlich in ihren Rücken, und als sie sich für einen Moment umwandte, um die Straßenseite zu wechseln, kreuzten sich ihre Blicke.

Er warf ihr ein Lächeln zu.

Sie erstarrte ... dann drehte sie ihren Kopf ruckartig in die entgegengesetzte Richtung und überquerte die Straße, ohne ihn eines weiteren Blickes zu würdigen.

Rafaels Blick folgte ihrer Gestalt.

Dich lasse ich nicht entkommen! Mir wird schon das Passende einfallen, um den kleinen Moment des Interesses, den ich gerade eben in deinen Augen aufblitzen sah, zu verstärken.

Er folgte ihr.

Die oder keine!

Sie ging hastig. Rafael spürte, dass sie einen Teil ihrer Gelassenheit verloren hatte. Der Moment, als ihre Blicke sich kreuzten, hatte gereicht, um sie aus dem Konzept ... aus der Fassung zu bringen.

Und nun lief sie förmlich vor ihm davon.

Es war etwas geschehen, als sich ihre Blicke trafen. Ein Funke war übergesprungen, und nun ergriff sie die Flucht, weil sie Angst vor dem Feuer hatte, welches einem derartigen Funken entspringen könnte.

Egal! Er würde nicht lockerlassen und ihr, sollte es nötig sein, quer durch ganz Frankfurt folgen.

Es entsprach keineswegs Rafaels Naturell, fremden Frauen auf der Straße nachzustellen. Im Gegenteil: Er hatte dies überhaupt nicht nötig! Und wenn man bedachte, dass er sich von allen Sentimentalitäten in dieser Hinsicht losgesagt hatte, passte sein momentanes Verhalten ganz und gar nicht.

Aber eine unerklärliche Macht sagte ihm, dass er so handeln musste. Er durfte die Unbekannte nicht aus den Augen verlieren, musste ihr folgen ...

Rafael beobachtete, wie sie in einer Galerie verschwand, näherte sich und stellte sich genau davor. Mit vor der Brust verschränkten Armen beschloss er zu warten. Früher oder später würde sie schon rauskommen.

✆

Es war schwül und warm an diesem Morgen. Eine dicke Wolkendecke verhinderte, dass die schwüle Luft abzog. Marleen bog in eine Seitenstraße ab und betrat eine kleine Galerie. Die Stille und die Kühle im Inneren waren so angenehm wie ein seidig frisches Gewand. Sie holte tief Luft.

Ihr Herz klopfte wild. Selbst über mehrere Meter Abstand hatte sie erkannt, dass der Blick dieses attraktiven jungen Mannes Interesse ausgedrückt hatte. Sein Lächeln war hinreißend – auch wenn die Entfernung zu groß war, um seine Augenfarbe erkennen zu können, so war doch unübersehbar gewesen, wie bewundernd es in seinen Augen aufgeblitzt hatte.

Wie gut, dass sie so geistesgegenwärtig war, sich sofort von diesem feurigen Blick zu lösen – andernfalls wäre sie dahingeschmolzen. Wie ein Stück Butter in der Sonne. Wie Wachs in den Flammen eines ausbrechenden Feuers.

Die offensichtliche Bewunderung, mit der dieser schöne, aber viel zu junge Mann sie angeblickt hatte, war ihr durch und durch gegangen. Und die sinnliche Linie seiner Lippen, die ihr sofort aufgefallen war, hatte sich unauslöschbar in ihr Gedächtnis geprägt. Sicher küsste er wie ein junger Gott.

Marleen seufzte leise. Dann schlug sie erschrocken die Hand vor den Mund.

Halt! Stopp!, schalt sie sich in ihren Gedanken. *Genug jetzt. Was ist mit dir los? Jetzt sag bloß nicht, ein einziger Blick, ein unbedeutendes Lächeln bringt dich dermaßen aus der Fassung, dass du dich in Tagträumereien und lächerlichen Gedankenschwärmereien verlierst! Zumal dieser Kerl mindestens zehn Jahre jünger ist als du. Also, lass diese albernen Anwandlungen und komm gefälligst wieder zu dir.*

»Recht hast du, mein inneres Ich«, murmelte sie, atmete tief durch und schritt dann zielstrebig auf ein Gemälde in der hinteren Ecke der Galerie zu.

Eingehend betrachtete sie das Bild, auf dem sich eine Frau mit unstetem, gierigem Blick auf einem Himmelbett rekelte. Die rote Decke, die sie umgab, hatte beinahe die gleiche Schattierung wie die Vorhänge des Himmelbettes. Die unterschiedlichen roten Farbtöne, die das gesamte Bild dominierten, wirkten wie ein Magnet auf ihre Sinne. Ihr Blick wurde förmlich in das Gemälde hineingesogen, führte dort ein Eigenleben und schien in den einzelnen Pinselstrichen aufzugehen.

Sie trat einen kleinen Schritt zurück, um das Bild noch intensiver in sich aufzunehmen. Es trug den Titel »Todsünde«, und während sie die unterschiedlich schimmernden Töne von zart himbeerfarben bis fast schwarzrot mit ihrem Blick liebkoste, bekam sie eine Ahnung davon, wieso das Bild diesen Namen trug: Es strahlte eine Hitze aus, die bis zu ihr rüberschwappte ... sich auf sie übertrug ... sündige Gedanken in ihr weckte.

Das Verlangen in den Augen der Dame auf dem Bild streckte seine Fangarme explosionsartig nach Marleen aus und ergriff von ihr Besitz. Glut ... Feuer ... Leidenschaft ... Blut ... Liebe ... Schmerz. Das waren die Begriffe, die sie spontan mit diesem Anblick assoziierte.

»Kann ich Ihnen behilflich ... ach ... Marleen ... du bist es. Schön, dich zu sehen.«

»Hallo, Ruth.« Marleen wandte sich um und lächelte der Frau, die nun hinter sie getreten war, freundlich zu.

»Das Bild lässt dich nicht los, nicht wahr?«

»Oh ja. Es hat einen Zauberbann über mich geworfen, hält mich in seinem Netz wie eine Spinne ihr Opfer. Und es gelingt mir nicht, diesen Zauberbann abzuschütteln. Im Gegenteil.«

»Noch ist es zu haben«, zwinkerte Ruth ihr neckend zu. Sie war eine Frau Ende vierzig, trug ihren Pagenkopf knallrot ge-

färbt und hatte eine Vorliebe für Silberschmuck; was man auf
Anhieb erkennen konnte, denn sie war über und über damit
behängt. Ihr smaragdgrünes Trägerkleid aus Leinen war vorn
mit zwei großen halbrunden Taschen bestückt und fiel nicht
zuletzt durch den orangefarbenen Schriftzug »HOT« auf, der
sich quer über ihre Brust zog. Ihre Füße steckten in schwarzen Clogs, und sie hatte eine kunterbunte Perlenkette mehr-
fach um ihr rechtes Fußgelenk geschlungen.

Ruth war ein Unikum, ein ganz besonderer Mensch. Marleen hatte sie kennen gelernt, als sie sie als Anwältin bei ihrer Scheidung vertreten hatte, und seitdem hatte sich mehr
und mehr ein freundschaftliches Verhältnis zwischen ihnen
entwickelt.

Liebevoll erwiderte Marleen das Zwinkern der Freundin.
»Du meinst also, ich soll zugreifen, bevor mir jemand zu-
vorkommt?«

»Aus dieser Perspektive könnte man es durchaus betrachten, meine Liebe.«

Marleen seufzte leise auf. »Die Versuchung ist groß. Sogar sehr groß. Aber es passt leider nicht in meine Wohnung.
Weder zu den Möbeln noch zur Tapete.«

»Tja, dann musst du weiterhin täglich herkommen, das
Bild in dein Gedächtnis einbrennen und hoffen, dass sich so
schnell kein Käufer finden wird.«

»Vielleicht ist mir das Schicksal ja hold und das Bild bleibt
ein Ladenhüter ... ich meine ... nicht, dass ich dir etwas
Schlechtes wünsche ... von mir aus kann sich jedes deiner
Bilder verkaufen wie warme Semmeln. Aber eben nicht dieses eine hier.«

Ruth lachte schallend auf. »Bist du schon mal auf die Idee
gekommen, dass dir das Schicksal eventuell etwas signa-
lisieren möchte, indem es dich und dieses Bild durch einen
Zauber miteinander verbunden hat?«

»Ich kann dir nicht folgen.«

»Nun, vielleicht will das Schicksal dich ja darauf aufmerksam machen, dass es Zeit ist für Veränderungen – angefangen bei deiner Wohnung.«

»Ich hasse Veränderungen«, stieß Marleen hervor.

»Auch daran kann man etwas ändern.«

»Ich möchte daran aber nichts ändern.« Marleen runzelte die Stirn. »Sag mal, was soll das hier eigentlich werden? Eine tiefenpsychologische Studie meine Person betreffend? Hör mal, ich habe mein Leben im Griff ... es gibt nichts zu beklagen. Und weißt du, was mir dabei hilfreich war und ist? Lieb gewonnene Gewohnheiten und ein vertrautes Umfeld. Alles andere hält auf ... lenkt ab ... bringt mich aus dem Konzept ... muss ich nicht haben.« Sie holte tief Luft.

»Soso.« Ruth erwiderte ihren Blick ungerührt. »Hat dir schon mal jemand gesagt, dass du ein Kontrollfreak bist?«

»Nicht, dass ich wüsste.«

»Dann wird es aber Zeit.«

»Na, du musst es ja wissen.«

»Oh ja. Und außerdem wird es Zeit, dass du dir einen Mann anlachst. Oder würde dich das auch zu sehr aus dem Konzept bringen – dir die Kontrolle über dein Leben nehmen?«

»Unsinn«, gab Marleen zurück. Ihre Augenbrauen zogen sich unwillig zusammen. »Ich halte Männer einfach nicht lange aus, liebe es, als Single durchs Leben zu gehen und tun und lassen zu können, was ich möchte. That's all.«

»Meiner Meinung nach steckt etwas ganz anderes dahinter.« Liebevoll lächelte Ruth ihrem Gegenüber zu.

»Wie meinst du das?«

»So, wie ich es gesagt habe. Aber lassen wir das Thema. In deinen Augen braut sich nämlich ein Sturm zusammen, und ich möchte ihm rechtzeitig entkommen.«

»Nun sag schon.« Marleen wurde ungeduldig. Einerseits wollte sie dieses Thema so schnell wie möglich beenden, andererseits machte es sie wahnsinnig, dass Ruth etwas über sie zu wissen glaubte, über das sie nicht im Bilde war.

Sie fluchte innerlich. Als sie an Ruths Gesichtsausdruck erkannte, dass sich ihr gedanklicher Zwiespalt in ihrer Mimik widerzuspiegeln schien, musste sie lachen. »Nun spann mich nicht auf die Folter. Welche Eindrücke haben Frau Doktor diesen speziellen Fall betreffend?«

»Also gut. Man muss kein Fachmann sein, um zu spüren, dass du übergroße Angst vor Nähe und Kontrollverlust hast. Und was die Männerwelt betrifft – so bin ich überzeugt davon, dass du befürchtest, ein Mann könnte dir deine Kraft rauben, wenn du ihn zu nahe an dich heranlässt. Aber ich will dir deine Fassade des glücklichen Singles, der alles im Griff hat, lassen. Damit lebt es sich sicherlich einfacher als mit bloßgelegten Wahrheiten. Einen Kaffee?«

»Nein, danke. Aber ich nehme das Bild.«

»Obwohl es nicht in deine Wohnung passt?«

»Bitte keine weiteren Analysen. Ich nehme es und gut.« Marleen atmete tief ein. Dann entspannten sich ihre Gesichtszüge. »Ich habe heute keine Termine und werde ein wenig bummeln gehen. Legst du mir das Bild zurück? Ich hole es dann später ab.«

»Kein Problem.« Ruth lächelte. Sie wollte noch hinzufügen, dass sie sich freute, dass sie sich mal einen freien Tag gönnte, überlegte es sich dann aber anders. Sie wollte nicht zu rasant hinter die Fassade der Freundin schauen, nahm sich aber vor, sich bei passender Gelegenheit weiter vorzutasten.

Kapitel 3

*R*afael versuchte unauffällig einen Blick durch die Fenster der Galerie zu werfen, was aber gar nicht so einfach war. Eine wahre Flut an Staffeleien – groß, klein, hoch, tief, lang, breit … ausgestattet mit wunderschönen Gemälden, für die er momentan allerdings keinen Blick hatte – versperrte ihm die Sicht.

Mit einem optischen Sensor, der im Zickzack und um die Ecken linsen konnte, wäre es ihm sicherlich möglich gewesen, sich Einblick ins Innere der Galerie zu verschaffen, so aber war es ein Ding der Unmöglichkeit.

Also schritt er einige Male vor der Galerie auf und ab und probierte schließlich, einen Blick durch die bunten Butzenscheiben der Tür zu werfen.

Doch unverhofft kommt oft, und ehe Rafael wusste, wie ihm geschah, flog die Tür auf, die schöne Unbekannte eilte hinaus und stolperte geradewegs in seine Arme, ganz so, als gehörte sie dorthin.

»Entschuldigen Sie vielmals.« Marleen löste sich aus seinem auffangenden Griff und atmete kurz aus.

Als sie im nächsten Augenblick sah, wen sie da fast über den Haufen gerannt hatte, schnappte sie nach Luft.

»Sie?«

Heute war definitiv nicht ihr Tag!

Erst Ruth, die sie mit ihrem analytischen Blick fast bis auf den Grund ihrer Seele durchleuchtet hatte, dann der Spon-

26

tankauf des Bildes, welches absolut nicht in ihre Wohnung passte, nur um der Freundin zu beweisen, dass sie nicht so festgefahren war, wie diese glaubte, und nun traf sie erneut auf diesen verteufelt gut aussehenden Kerl.

»Sehr erfreut!« Er lächelte ungezwungen charmant und hatte es sichtlich genossen, sie in den Armen gehalten zu haben.

Marleen hob unwillig eine Augenbraue und erwiderte seinen Blick. Allerdings nicht mit einem ebenso bezaubernden Lächeln wie er, sondern mit kühler Distanz. Nur gut, dass sie im Laufe ihres Lebens ein perfektes Geschick darin entwickelt hatte, nach außen hin ruhig, kühl, gelassen und unnahbar zu wirken, auch wenn in ihrem Innersten der Teufel los war.

Dies war auch bitter nötig gewesen, um es im Leben so weit zu bringen, wie sie es geschafft hatte. Sie hatte es wahrhaftig nicht leicht gehabt, etwas aus ihrem Leben zu machen und die Karriereleiter aufzusteigen. Im Waisenhaus aufgewachsen, hatte sie so manche Hürde nehmen müssen, um ihr Lebensziel zu erreichen, was zwar nicht unbedingt gut gewesen war, aber eindeutig dazu beigetragen hatte, sie zu der Persönlichkeit zu formen, die sie heute war.

Voller Entsetzen spürte sie ein seltsames Ziehen, ausgehend von ihrer Magengegend bis zu ihren Brustspitzen. »Sie sind mir gefolgt?!«

»Ertappt! Ich bekenne mich schuldig. Wie lautet Ihr Urteil? Ich hoffe, es fällt gnädig aus.« Vergnügt zwinkerte er ihr zu. In bester Flirtlaune. Hätte ihm vor einer Stunde jemand gesagt, dass er in absehbarer Zeit mit einer Unzahl Schmetterlinge im Bauch und sündigen Gedanken im Kopf einer wildfremden Frau den Hof machen würde, er hätte denjenigen für verrückt erklärt.

»Warum?«

»Warum was?«

»Warum sind Sie mir gefolgt?«

Er beugte sich leicht vor, senkte die Stimme und blickte ihr tief in die Augen. »Instinkt? Schicksal? Bestimmung? Und um herauszufinden, welche Augenfarbe unsere Kinder haben werden!«

Marleen riss den Mund auf, brachte aber keinen Ton hervor.

Dieser Kerl war unglaublich.

Unglaublich schockierend, sexy, gut aussehend und frech.

Eine Mischung, die ihr durchaus gefiel, ihr aber auch sehr gefährlich werden konnte … die die Macht hatte, ihr Leben aus dem Konzept zu bringen und ihre Gelassenheit anzukratzen. Und wenn sie eines ganz genau wusste: Sie hatte nicht vor, dies zuzulassen.

»Machen Sie das eigentlich bei jeder wildfremden Frau?«

»Was?«

»Quatschen Sie jede Frau einfach so an?«

Tausend Teufelchen tanzten in Rafaels Augen, als er erwiderte: »Macht das einen Unterschied?«

»Ja … ich meine, nein … natürlich nicht. Wenn Sie mich jetzt entschuldigen. Ich habe zu tun.«

»Wovor haben Sie Angst?« Rafael trat einen Schritt auf sie zu und strich ihr eine vorwitzige Haarsträhne aus dem Gesicht.

Ihr Herz setzte für einen Moment aus, als seine angenehm warmen Finger ihre Schläfen streiften.

»Wie kommen Sie darauf, dass ich Angst haben könnte? Vielleicht sind Sie mir einfach nur lästig.«

»Bin ich das wirklich?«

Sag ja und lauf weg! »Ich …«, sie brach ab und schob seine Hand beiseite, die sich unter ihr Kinn gelegt hatte.

»Mein Name ist übrigens Rafael und es freut mich, Sie kennen zu lernen.«

Bei diesen Worten betonte er jede einzelne Silbe so, als würde er sagen: *Ich will dich … mit Haut und Haar.*

Marleen war sprachlos und unfähig, sich zu rühren.

Dieser unverschämte Kerl stand viel zu dicht vor ihr. Sie schluckte. Dann sah sie ihn an und bemerkte mit leichtem Beben, wie warm und doch gleichzeitig frech seine Augen lächelten.

Er hatte dunkle, fast schwarze Augen, Wimpern, um die ihn jede Frau beneiden würde, einen überaus sinnlichen Mund, in dessen rechter Ecke ein Grübchen tanzte, und atemberaubend schöne Gesichtszüge. Fast schon zu schön für einen Mann. Sie schätzte ihn auf Mitte zwanzig und überschlug innerhalb von Sekundenbruchteilen, dass er damit etwa zehn bis zwölf Jahre jünger war als sie mit ihren sechsunddreißig Jahren.

Kerle wie ihn sollte man augenblicklich aus dem Verkehr ziehen. Sie sind eindeutig zu attraktiv und sexy.

Marleen konnte nicht anders, als ihn unauffällig zu mustern. Die eng geschnittene, schwarze Lackhose war für ihren Geschmack zu flippig und passte absolut nicht in das Schema, in welches sie gute Bekleidung einordnen würde. An ihm allerdings gefiel sie ihr seltsamerweise. Sie betonte seine schmalen Hüften und ließ erahnen, welch entzückendes Hinterteil sich darunter zu verbergen schien.

Es fühlt sich sicherlich himmlisch an, beide Hände daraufzulegen und leicht zuzudrücken.

Sie rief sich zur Ordnung und schaffte es gerade noch rechtzeitig, ein verzücktes Seufzen zu unterdrücken.

Nun starr ihn nicht so an. Hast du noch nie einen attraktiven Mann gesehen? Na also! Und nun Haltung, wenn ich bitten darf!

Auf wackligen Beinen trat sie einen Schritt zurück. Als sie seinen Blick bemerkte, der langsam über ihren Körper wanderte und auf den verräterisch harten Spitzen ihrer Brüste verweilte, die sich fast schon schmerzhaft gegen den Stoff ihrer Bluse drängten, wurde sie eine Spur nervöser ... wenn das überhaupt möglich war. Dennoch schaffte sie es erneut mit Bravour, ihren inneren Aufruhr ganz tief in sich zu vergraben und kühle, leicht überhebliche Gelassenheit vorzutäuschen.

»Genug gesehen? Gut, dann kann ich ja nun endlich gehen. Einen schönen Tag noch.« Mit hocherhobenem Kopf wandte sie sich ab und entfernte sich raschen Schrittes.

Rafael sah ihr versonnen nach.

Was für eine Frau!

Er dachte im Traum nicht daran, sich so leicht abschütteln zu lassen. Mit einem abenteuerlustigen Grinsen begann er erneut ihr zu folgen.

Unauffällig. Langsam. Immer darauf bedacht, nicht von ihr entdeckt zu werden.

Aber dennoch zielstrebig.

∞

Erst nach zehn Minuten im Eiltempo begannen sich Marleens Schritte und ihr aufgepeitschter Puls zu beruhigen. Sie atmete tief ein und aus und musste schließlich sogar über ihre übertriebene gehetzte Flucht lachen. Als wäre der Teufel persönlich hinter dir hergewesen, spottete sie gedanklich über sich und schüttelte den Kopf. Dabei gab sie sich die größte Mühe, das immer noch vorhandene süße Ziehen in ihrer Magengegend zu ignorieren.

Vergeblich!

Sie beschloss, sich abzulenken, indem sie viele Geschäfte unsicher machte, auf der Suche nach etwas ganz Besonderem. Was genau, wusste sie nicht. Sie wusste nur, dass es ihr auf Anhieb gefallen und ihr einen ebensolchen Adrenalin-stoß versetzen sollte wie diese Begegnung mit dem Kerl in Lackhosen, die sie ganz schön durcheinandergebracht hatte.

Sie schlenderte die gut besuchte Zeil, Frankfurts Shopping-Meile, entlang und begann sukzessive die verschiedenen Läden abzuklappern. Vor einem Schuhgeschäft in einer der Seitensträßchen der Zeil, in dem es die buntesten, extravagantesten, edelsten, verspieltesten Schuhe gab, die sie je gesehen hatte, blieb sie schließlich fasziniert stehen. Unerhört hohe Absätze, Schnallen, Riemchen, Schleifen, Lack, Leder, Satin, in Türkis, Rot, Orange, Apfelgrün, Pink, mörderische Spitzen, Strasssteinchen, Federn, Spitze, Perlen … Schuhwerk, das zum Herzeigen, Sammeln, Anschauen, Bestaunen und Verführen gedacht war. Für jede Frau mit ausgeprägtem Schuhtick war etwas dabei. Und dann entdeckte sie die pflaumenfarbenen Lackpumps. Eine Farbe, so atmosphärisch wie die Farben des Bildes, das sie gekauft hatte, und so glänzend wie die Lackhose des schönen jungen Mannes, der sich als Rafael vorgestellt hatte.

Rafael … der Name hat etwas Engelhaftes. Dabei ist dieser Kerl die personifizierte Sünde. Eher Teufel als Engel.

Rasch schüttelte sie ihre Gedanken ab und fokussierte ihr Interesse auf die zauberhaften Schuhe. Sie waren verwerflich elegant, vorne oval zulaufend, mit einer Schnalle, die von unzähligen Glitzersteinchen verziert war. Die Absätze waren wahnsinnig hoch und dünn.

Was war das Leben, wenn man nicht wenigstens einmal Schuhe wie diese getragen hatte?

Sie überlegte nicht lange und ging hinein.

Die Farben Creme und Smaragd beherrschten auf angenehme Weise die Einrichtung und gaben dem Angebot eine besondere Note. Hier gab es alles: vom mondänen Damenschuh über Sandaletten bis hin zu schicken Businessschuhen. In Vitrinen lagen Handtaschen, Schals und weitere Accessoires.

»Kann ich Ihnen helfen?«, begrüßte sie eine elegante Verkäuferin.

Ja, ich würde mich gerne in Ruhe umschauen, ohne ausgefragt und belagert zu werden.

Marleen hasste es, wenn sofort eine Verkäuferin auftauchte und sie fortan nicht mehr aus den Augen ließ. Sie wollte stöbern, schauen, bewundern, in die Hand nehmen, wieder weglegen. Unbeobachtet. Ohne sich zu rechtfertigen. Ohne den Druck, etwas kaufen zu müssen, ohne dieses falsche Lächeln im Nacken. Diese Blicke, denen man sofort ansah, dass sie nicht aufrichtig waren. Nur aufgesetzt, um die begeisterten Ausrufe zu untermalen, die darauf aus waren, möglichst viel zu verkaufen, ohne ein ehrliches Urteil abzugeben.

Wie gut, dass sie heute genau wusste, was sie wollte und was ihr gefiel!

»Ich habe im Schaufenster ein Paar pflaumenfarbene Lackpumps mit Schnalle und Ziersteinen gesehen.«

»Die sind wunderbar, nicht wahr? Schuhe, für die frau töten könnte. Welche Größe tragen Sie?«

»Achtunddreißig.«

»Okay, kommen Sie bitte mit!«

Marleen folgte ihr quer durch das großzügige, geschmackvoll eingerichtete Geschäft. In einer Ecke stand ein Glastisch mit zwei bequemen Korbsesseln – eine Oase zum Verweilen, Entspannen und Verschnaufen, wenn eine Shoppingtour mal wieder marathonähnliche Züge angenommen hatte.

Und dann waren sie in greifbarer Nähe – die sündhaft schönen und sicherlich auch teuren Schuhe. In Augenhöhe. Sie musste nur ihre Hand ausstrecken, was sie dann auch tat. Mit einem Leuchten in den Augen und einem Lächeln, dem man die Vorfreude ansah, suchte sie sich einen Platz, an dem sie die Schuhe anprobieren konnte. Zufrieden setzte sie sich auf eine smaragdgrüne Polsterbank und war froh, Nylons zu tragen, denn sie mochte diese Probiersöckchen nicht.

Es dauerte nicht lange, und sie hatte das Objekt ihrer Begierde an den Füßen. Ein Glücksgefühl schoss durch ihren Körper, denn die Schuhe sahen nicht nur fabelhaft und kapriziös aus, sondern passten auch wie angegossen.

Sie probierte ihre ersten Schritte. Auch wenn sie ein Faible für hohe Absätze hatte, so hatte sie doch noch nie Schuhe mit derartig hohen Hacken getragen. Ihr Spann bog sich, ihre Füße erschienen ihr mit einem Mal nicht mehr als Gehwerkzeuge, sondern als erotische Signale.

Sie schritt auf und ab, schaute unentwegt nach unten – und waren ihre Schritte zu Beginn noch etwas zögerlich, so wurden sie von Schritt zu Schritt mutiger, forscher, entschlossener.

»Die Schuhe stehen Ihnen ausgezeichnet. Als wären sie für Sie gemacht.«

Marleen sah auf. Sie hatte die Verkäuferin vollkommen vergessen. Ein Zeichen dafür, wie sehr die Schuhe sie faszinierten.

Sie lächelte. »Ich nehme sie.«

Sie bemerkte nicht, dass ein junger Mann sie durch das Schaufenster amüsiert beobachtete und in einem der Hauseingänge verschwand, als sie das Geschäft verließ.

Glücklich presste Marleen die Tüte, in der ihre Errungenschaft steckte, an sich und schlenderte die parallel zur Zeil verlaufenden Sträßchen entlang zurück in Richtung Hauptwache, vorbei an interessant dekorierten Läden, Bistros, Boutiquen, Schmuckgeschäften und vielem mehr.

Die Auslagen eines Buchladens wandelten ihre oberflächlich darüber gleitenden Blicke in Neugier und schließlich in Interesse. Sie ging näher.

Neben unzähligen Büchern über Tarot und Zukunftsdeutung blinkte eine Kristallkugel in Lila. Dahinter saß eine Zigeunerpuppe, deren Augen erschreckend lebhaft wirkten. In ihrem Schoß lagen Tarotkarten. Die Augen schienen Marleen zu fixieren und bis auf den Grund ihrer Seele zu blicken. Die Puppe war ganz in Violett gekleidet und hatte etwas, was man nicht beschreiben konnte, was aber unwillkürlich für Interesse sorgte. Sie saß neben einem Buch mit dem Titel »Leidenschaftlich lebendig«, welches außerdem zusammen mit Tarotkarten auf einem Schaufensterplakat angepriesen wurde.

Leidenschaft! Was interessiert mich die Leidenschaft, schoss es durch Marleens Kopf.

Außerdem hatte sie mit diesem ganzen Esoterikkram nichts am Hut. Was machte sie eigentlich hier? Schuld war diese Zigeunerpuppe mit ihrem durchdringenden Blick. Sie wandte sich ab und schlenderte weiter.

Als sie sich in Richtung Börsenplatz wenden wollte, drang wunderbare Musik an ihre Ohren. Das Gefühl, als würde alles um sie herum stillstehen, bemächtigte sich ihrer. Ihr Atem wurde ruhig und tief. Mit geschlossenen Augen lauschte sie den Tönen der Straßenmusikanten, einem jungen Pärchen, das sang und spielte, als gäbe es kein Morgen, als wäre das ganze Glück der Welt in diesem Lied verborgen. Zerschlissene Schuhe, aber strahlende Gesichter, ihre Habseligkeiten in ein paar Plastiktüten verstaut, die am Rand lagen. Das Hochglanzposter mit dem schlanken Model in exklusiver Wäsche, welches im Hintergrund im Schaufenster des großen Kaufhauses hing, vor dem sie spielten, wirkte fast deplatziert. Regungslos verharrte Marleen eine geraume Zeit lang, lauschte, lächelte und fühlte sich für einen Moment herrlich frei.

Erst als die Musiker eine Pause einlegten, beschloss sie weiterzugehen und sich nach einer Pizzeria umzuschauen.

Ihr Magen signalisierte Hunger, was kein Wunder war, denn außer einer Tasse Kaffee am Morgen hatte sie noch nichts zu sich genommen.

Bald hatte sie in der Nähe der Börse ein italienisches Restaurant gefunden. Es war für seine Qualität und die frischen Zutaten bekannt und bot ein einladendes Ambiente. In einem Nebenraum luden Bar und Polstergruppe zum Verweilen ein, und eine Zwei-Mann-Band spielte Tanzmusik. Italienische Lebensart mitten im Herzen der Stadt. Fröhlich durchschritt sie das Restaurant und entschied sich für einen Fensterplatz. Sie ließ sich auf dem bequemen Stuhl nieder, beobachtete das Treiben auf der Straße, bevor sie zur Speisekarte griff. Sie wollte sich gerade vom Fenster abwenden, als sie stutzte.

Das ist doch ... Dieser unmögliche Kerl wird doch wohl nicht ...

Ihr Puls beschleunigte sich. *Jetzt entspanne dich und verfalle bloß nicht einem überflüssigen Verfolgungswahn. Die Straßen Frankfurts sind für alle da.*

Hastig vertiefte sie sich in die Speisekarte und beschloss, keinen Gedanken mehr an diesen Mann zu verschwenden, was jedoch misslang.

Unwillkürlich hob sich ihr Blick, und ihr Herz setzte für einen Moment aus. Er war gerade hereingekommen, und ihre Blicke trafen sich. Ein freches Grinsen umgab seine Mundwinkel, als er sich andeutungsweise in ihre Richtung verneigte.

Selbstverständlich sah sie hochmütig über ihn hinweg und vertiefte sich scheinbar vollkommen konzentriert in die Speisekarte.

»Hallo, schöne Frau.« Beim Klang seiner Stimme in unmittelbarer Nähe blickte sie nervös auf. Er stand nun genau vor ihr und blickte mit funkelnden Augen auf sie hinab.

»Hallo«, gab sie zurück, ohne ihn eines weiteren Blickes zu würdigen.

»Darf ich mich zu Ihnen setzen?«

Ohne ihre Antwort abzuwarten, nahm er an ihrem Tisch Platz, und sie kam nicht umhin, seine Dreistigkeit zu bewundern. Fasziniert starrte sie in seine strahlenden Augen, zwang sich allerdings dazu, ihn abscheulich zu finden.

»Warum fragen Sie, wenn Sie doch machen, was Ihnen gerade in den Sinn kommt?«

»Weil ich Sie bezaubernd finde und meine innere Stimme mir sagt, dass ich tun muss, was zu tun ist.«

»Und was ist zu tun?« Spöttisch schoss ihre Augenbraue in die Höhe.

»Sie davon zu überzeugen, dass wir füreinander bestimmt sind.«

»Wie bitte?«

Sie blickte auf den Tisch und betrachtete fasziniert seine wohlgeformten Hände. Die Finger waren schlank und äußerst gepflegt.

»Wovor haben Sie Angst?« Rafaels Blick vertiefte sich … seine dunklen Augen funkelten wie glühende Diamanten.

»Ich habe keine Angst. Ich habe aber eine Abneigung dagegen, analysiert und falsch interpretiert zu werden.«

»Und warum sind Sie so kratzbürstig?«

»Vielleicht liegt das ja in meiner Natur. Besonders, wenn ich wie heute das Alleinsein bevorzuge.« Ärgerlich blitzte sie ihn an und griff nach ihren Taschen. »Und nun entschuldigen Sie mich.«

Sie erhob sich.

Freundlich, aber bestimmt zog Rafael sie auf den Stuhl zurück. »Sie bieten mir gerade jede Menge Möglichkeiten zur Analyse. Sie sind empfindlich, verletzlich und wirken gehetzt. Gleichzeitig sind Sie aber auch sehr interessant, wunderschön und charmant, auch wenn Sie diese Eigenschaften unter dem Deckmantel einer Kratzbürste verstecken.«

Marleen war empört. Was bildete sich dieser unverschämte Kerl eigentlich ein? Um kein Aufsehen zu erregen, blieb sie sitzen, denn ein paar der anwesenden Gäste schauten sich schon interessiert nach ihnen um.

Rafael musterte sie intensiv, ganz so, als hätte er vor, sich jede Einzelheit einzuprägen.

Er verschränkte seine Arme hinter dem Kopf und streckte seine langen Beine von sich. »Sie sind hinreißend, wenn Sie wütend sind. Ihre Augen bekommen Leben, und der heiße Vulkan, der sich hinter Ihrer kühlen, spröden Fassade verbirgt, kommt ansatzweise zum Vorschein. Ich hätte nicht übel Lust, diesen Vulkan zum Ausbruch zu bringen.«

»Sparen Sie sich Ihren Atem. Auf derartiges Süßholzgeraspel falle ich nicht herein«, erwiderte sie herausfordernd.

Theatralisch griff sich Rafael ans Herz. »Ich verzehre mich nach Ihnen, aber gleichzeitig zerbreche ich an dieser unsagbaren Kälte, die Sie umgibt. Drum winke ich Ihnen zum Abschied zu und rufe ›Adieu‹! Ich würde gerne bleiben, bei Ihnen verweilen und um Ihre Liebe kämpfen, aber ich füge mich dem Schicksal und ziehe von dannen. Drehe mich allerdings noch einmal um, im Schlepptau eine weiße Fahne. Sollten Sie mir nachschauen, können Sie meine Spuren sehen, denn der Boden ist aufgeweicht von den heißen Tränen, die ich vergossen habe.«

Dies brachte Rafael mit Hingabe, gespielter Dramatik und einem Blick dar, der sie gegen ihren Willen zum Lachen brachte.

Einen solchen Mann hatte sie noch nie kennen gelernt. Er brachte Saiten in ihr zum Klingen, von denen sie nichts geahnt hatte.

»Sind Sie immer so hartnäckig?« Sie bemühte sich erneut um einen kühlen Gesichtsausdruck.

»Kommt drauf an. Übrigens, Sie sehen reizend aus, wenn Sie versuchen, hochmütig in die Welt zu schauen.«

»Ich …«, setzte Marleen erneut ärgerlich an, wurde aber von Rafael unterbrochen.

»Bitte nicht böse sein. Ich möchte Sie nicht verärgern. Ich trage einfach mein Herz auf der Zunge, ganz ohne böse Absicht. Friede?«

Marleen musste lächeln. »Friede.«

»Prima. Und weil ich Ihre Gegenwart genieße, möchte ich Sie einladen. Also, was trinken Sie? Einen guten Wein? Oder darf es ein Aperitif sein?«

»Danke, ich will Sie nicht ruinieren. Ein Mineralwasser, bitte.«

Das Herz klopfte ihr bis zum Hals, und sie spürte, wie sie Gefallen an der Hartnäckigkeit dieses Mannes fand. Warum also nicht mit ihm zusammen etwas zum Lunch essen, statt alleine dazusitzen und sich eventuell zu langweilen? Loswerden konnte sie ihn immer noch, und nach diesem Restaurantbesuch würden sich ihre Wege sowieso unweigerlich trennen. Deswegen beschloss sie, das Ganze mit einem Augenzwinkern zu betrachten und die Aufmerksamkeit dieses Draufgängers zu genießen.

Sie beobachtete, wie er ihre Getränke bestellte, und setzte ein kokettes Lächeln auf. »Sie lassen sich also tatsächlich nicht abwimmeln? Also gut. Ich hoffe, Sie wissen, worauf Sie sich einlassen. Ich kann ganz schön kompliziert sein und möchte Sie warnen vor den dunklen Charaktereigenschaften, die sich zusätzlich in mir verbergen.«

»Na und? Sie sind die entzückendste Frau, die mir seit langem begegnet ist. Erfrischend und wundervoll wie Musik und Poesie. Das reicht.«

»Ach ja?«

»Ja.«

»Ich finde Musik grausam. Sie bringt dich innerhalb von Sekunden in Momente, zu Personen und an Orte zurück, mit denen du eigentlich nichts mehr zu tun haben wolltest. Holt Erinnerungen so klar und intensiv zurück, dass du glaubst, es wäre Echtzeit. Und ohne es zu wollen, stehst du da und hörst und siehst Erinnerungsfetzenbilder aufblitzen, die schmerzen und dich traurig machen.«

»Das ist alles eine Sache der Perspektive. Denn man kann es auch andersherum sehen. Musik ist wundervoll. Sie bringt dich innerhalb von Sekundenbruchteilen zu Momenten, Personen, Orten zurück, die dir wichtig sind und waren, an die du dich gerne erinnerst. Sie weckt Gefühle in dir. Bringt dich zum Lachen, zum Träumen … okay, auch zum Weinen … aber sie hält dich lebendig. Sanft wie Schneeflocken rieselt die Musik auf unser Gemüt, entspannt, setzt Gedanken frei und animiert zum Tanzen. Im Mondschein. Die ganze Nacht durch.«

Rafael lächelte. »Mit Ihnen würde ich gerne einmal im Mondlicht tanzen. Eine ganze Nacht lang. Umgeben von Tausenden von Sternen und ein paar Sternschnuppen, die nur für uns fallen.«

Marleen war nervös und sprachlos, was nur selten vorkam, denn sie hatte für gewöhnlich immer einen passenden Spruch auf den Lippen. Sie war froh, als in diesem Augenblick der Kellner an ihren Tisch trat und die Getränke servierte.

Rafael prostete ihr zu. »Wie heißen Sie eigentlich?« Über den Rand des Glases hinweg schaute er sie an. »Übrigens haben Sie ein reizendes Muttermal.« Er streckte seine Hand aus und berührte sanft mit dem Zeigefinger die Stelle neben ihrem Mundwinkel.

Sie musste lachen. »Hat Ihnen schon mal jemand gesagt, dass Sie unmöglich sind?«

»In den letzten vierundzwanzig Stunden noch nicht. Verraten Sie mir Ihren Namen?«

»Marleen.« Hastig griff sie zum Glas und trank einen Schluck. Dabei gelang es ihr nur mühsam, das Zittern ihrer Hände zu unterdrücken. In ihrer Magengegend war der Teufel los. Eine Armee Ameisen schien sich dort eingenistet zu haben.

»Okay, Marleen. Es ist mir eine Freude, Sie zum Essen einzuladen.«

»Oh no! Mein Essen bezahle ich selbst. Darauf bestehe ich.«

Rafael pfiff leise durch die Zähne. »Eine Frau, die weiß, was sie will.« Der Schalk sprang ihm aus den Augen, als er hinzufügte: »Mein Glück, denn eine Einladung würde mich ruinieren. Nicht auszudenken, wenn ich mich die nächsten Tage von Pellkartoffeln und Hering ernähren und das Ganze dann auch noch mit einem kräftigen Schluck aus der Wasserleitung herunterspülen müsste.« Er zwinkerte ihr belustigt zu.

Marleen lächelte. Sie mochte Männer mit Humor, und dieser hübsche Kerl hatte davon mehr als genug. *Eine gefährliche Mischung. Vorsicht, Marleen!* Nervös spielte sie mit einer Haarsträhne, die sich gelöst hatte und ihr Gesicht umspielte, während sie betont interessiert die Speisekarte studierte.

»Ich denke, ich werde eines der Pastagerichte probieren. Lasagne. Ja genau, ich nehme eine Lasagne.« Sie klappte die Karte zusammen und war irritiert, als sie bemerkte, dass Rafael sie unverwandt ansah.

Er lachte amüsiert auf. Sein kehliges Lachen und der zärtliche Ausdruck, der in seinen Augen stand, trugen nicht gerade dazu bei, dass sie sich entspannte. All ihre Sinne waren auf diesen Mann ausgerichtet, und sein Sex-Appeal war über den Tisch hinweg deutlich spürbar.

Rafael griff langsam zur Speisekarte, hielt seinen Blick allerdings unverwandt auf sie gerichtet. Es war ein sinnlicher, lockender Blick, der Tausende Schmetterlinge in ihrem Magen zum Tanzen brachte. Sie schaffte es glücklicherweise, ihren Blick abzuwenden, räusperte sich und fragte: »Wissen Sie schon, was Sie wollen?«

»Ja, dich!«

Marleen schnappte nach Luft.

Sie war erschrocken, fühlte sich geschmeichelt, war überrascht, nervös und erneut vollkommen sprachlos.

Rafael beugte sich zu ihr hinüber. Sanft legte er seine Hand auf ihre Wange und ließ seinen Daumen gefährlich langsam über ihre Unterlippe gleiten. Sein Blick ruhte auf ihren leicht geöffneten Lippen, und noch ehe sie sich versah, kam er noch näher und legte seine Lippen federleicht auf die ihren. Ihre Knie wurden butterweich. Sie war froh, dass sie saß, denn andernfalls wäre sie mit Sicherheit weggesackt.

Bereitwillig nahm sie seine Lippen entgegen.

Die Stimme ihrer Vernunft war verschwunden, hatte sie im Stich gelassen, nun saß sie hier, lediglich ausgefüllt mit heißem Begehren, und konnte sich nicht gegen die animalische Ausstrahlung dieses jungen Mannes wehren. Seine Zunge lockte, liebkoste, suchte und fand die ihre, und schließlich versanken sie in einem Kuss, der ihre Sinne schwinden ließ. Sie vergaß alles um sich herum, ließ sich fallen und badete in einem Meer der Glückseligkeit. All ihr Fühlen und Sehnen war nur auf diesen Mann ausgerichtet, dessen Hand nun auch noch ihren Nacken zu liebkosen begann und sich gekonnt an ihrer Wirbelsäule hinabschob. Sie stöhnte auf und gab einen unwilligen Laut von sich, als er den Kuss beendete.

»Geht's dir gut?«

Wie selbstverständlich war Rafael zum »du« übergegangen, umfasste ihr Gesicht und blickte ihr prüfend in die Augen.

»Ich … äh … nun, ich suche mal eben meine Nerven. Wenn du sie vor mir findest, bitte an mich weiterleiten.«

»Süß. Du bist zuckersüß.«

»Oha, wenn ein Mann mich zuckersüß nennt, sollte er lieber rennen … und zwar schnell!«

»Sonst?«

»Ach, ich weiß auch nicht. Darf ich dir die Antwort darauf geben, wenn ich weniger verwirrt bin?«

»Du darfst, wenn ich dich zum Essen einladen darf.« Er gab dem Kellner ein Zeichen.

»Habe ich dir schon mal gesagt, dass du ganz schön hartnäckig bist?« Sie schüttelte lachend den Kopf. »Okay, gewonnen.«

Sie gaben die Bestellung auf, Rafael orderte zusätzlich eine Flasche Prosecco. Marleen beobachtete ihn fasziniert, starrte mit leicht geöffneten Lippen auf sein sinnliches, warmes und humorvolles Lächeln.

Er zwinkerte ihr zu. »Was denkst du?«

»Dass du ganz schön offensiv vorgehst.«

»Nur, wenn ich davon überzeugt bin, dass das, was ich tue, das Richtige ist.«

»Woher kommt deine Überzeugung? Und wer sagt dir, dass ich nicht in festen Händen bin?«

»Bist du?«

Sag ja und dann sieh zu, dass du hier wegkommst. Bevor es zu spät ist!

»Nein.«

»Das freut und erleichtert mich außerordentlich.« Er lächelte.

Eine ganze Weile sagte niemand etwas. Dann unterbrach Rafael das Schweigen.

»Mal ganz abgesehen davon, dass du Musik grausam findest ... welche Musikrichtung bevorzugst du?«

»Soul und Jazz. Und du?«

»Ich bevorzuge Klassik und Rock. Im besten Fall eine Mischung aus beidem. Ich liebe die Symbiose aus klassischen Elementen und Rockballaden.«

Marleen lächelte. »Magst du die Oper?«

»Ich muss gestehen, sie ist nicht so mein Fall. Dafür liebe ich Musicals.«

»Nun, damit kann ich nicht besonders viel anfangen.«

»Okay, machen wir weiter. Bist du eher eine Frühaufsteherin oder eine Nachteule?«

»›Morgenstund hat Gold im Mund‹, sagt man doch so schön, nicht wahr? Nun, ich habe mir dies schon sehr früh zu Herzen genommen und gehöre zu den Frühaufsteherinnen.«

»Soso. Ganz das Gegenteil von mir. Ich bin nämlich eher eine Nachteule. Ich liebe die Nacht. Den Mond. Die Stille.«

»Hm, scheint so, als hätten wir nicht viel gemeinsam.« Marleen begann dies zu bedauern. Dann schalt sie sich selbst. *Was zerbrichst du dir den Kopf darüber? Was kümmert es dich? Wir sind uns fremd. Und nach diesem Essen werden sich unsere Wege trennen.*

Rafaels sinnliche Stimme riss sie aus ihren Gedanken. »Was soll's? Gegensätze ziehen sich an.« Er füllte ihr Glas mit Prosecco, den ein Kellner brachte, und wie auf Kommando griffen beide nach ihren Gläsern.

»Ich hab's«, rief Rafael. »Prosecco. Wir mögen beide Prosecco. Das haben wir immerhin gemeinsam.«

»Stimmt. Das bleibt uns.« Sie erwiderte sein Lächeln und spürte einen Aufruhr in sich, wie sie ihn noch nie zuvor gespürt hatte.

In den nächsten Stunden leerten sie die angebrochene Flasche und es kam eine weitere hinzu. Das Essen war köstlich, die Atmosphäre ungezwungen, und sie konnte sich nicht daran erinnern, wann sie sich zuletzt so gut amüsiert hatte. Sie lachten viel und redeten ununterbrochen. Dabei wurde sie sich mehr und mehr bewusst, wie anziehend sie ihn fand.

Auch Rafael begehrte sie glühend. Dabei war sie ganz und gar nicht der Typ Frau, der ihm normalerweise zusagte. Eigentlich bevorzugte er blonde und zierliche Frauen. Außerdem war Marleen der Typ »erfolgreiche Geschäftsfrau«, eine elegante Karrierefrau. Es hätte ihn nicht gewundert, wenn sie in einer der riesigen Banken arbeiten würde und dort eine ganze Abteilung unter sich hätte. Oder wenn sie an der Börse tätig wäre und dort das Sagen hätte. Doch er hütete sich davor, sie danach zu fragen, denn das hätte wohl oder übel zur Folge, dass sie ihm die passende Gegenfrage gestellt hätte. Dazu war es allerdings noch zu früh. Eine Frau wie sie würde sich augenblicklich zurückziehen, wenn sie von seinem Beruf als Callboy und Stripper erfahren würde. Und das wollte er nicht. Also lenkte er das Thema geschickt auf vollkommen unverfängliche Dinge, scherzte mit ihr und war froh, dass dieser Kelch vorerst an ihm vorüberging, in der Hoffnung, dass die Zeit für ihn spielen würde und dass es ihr ab einem gewissen Zeitpunkt egal wäre, was er beruflich tat.

Sie war hinreißend, wenn sie einen Schwips hatte, und den hatte sie eindeutig. Schmunzelnd lauschte er ihren Schilderungen.

»Ich weiß, es klingt irgendwie merkwürdig, wenn ich das sage, aber es ist nun mal so: Schöne Männer mag ich eigentlich gar nicht. Ich meine so *richtig* schöne. Du bist die berühmte Ausnahme.«

»Du findest mich also schön?« Rafael blickte ihr tief in die Augen. Ein leises Lächeln umspielte seine Mundwinkel.

Marleen wurde nervös. Sie versuchte ein belangloses Lächeln, was ihr misslang, verzog daraufhin ihr Gesicht zu einer Grimasse und knurrte: »Ja, ich finde dich schön. Zufrieden?«

»Nein.« Seine Miene wurde ernst. »Zufrieden werde ich erst sein, wenn ich deine Seele berühren durfte.«

Eine ganze Weile sagte niemand etwas. Dann unterbrach Rafael das Schweigen. »Was hast du gegen schöne Männer?«

»Wer sagt, dass ich etwas gegen sie habe? Ich ziehe es einfach nur vor, sie nicht zu nah an mich herankommen zu lassen.«

»Was ist passiert?«

Sie zögerte. Ein Blick in seine Augen ließ die Worte wie von selbst über ihre Lippen fließen wie ein Bach, der sich seinen Weg durchs Tal sucht und ihn auch findet, ohne auf andere Eventualitäten zu achten. »Chris war sein Name. Ich hatte das Gefühl, ein Engel würde vor mir stehen. Er war fünfundzwanzig, fünf Jahre älter als ich, und sein Lächeln raubte mir den Verstand. Liebe auf den ersten Blick oder so etwas in der Richtung. Ja, so kann man es beschreiben. Ich wusste nicht, ob ich wachte oder träumte, dachte, solche Dinge gäbe es doch nur im Film! Er hat mich mit seinem wunderbaren Wesen, seinem Lächeln und seinen Blicken gefesselt und in seinen Bann gezogen. Ich vergaß alles um mich herum, lebte nur noch für ihn.« Sie legte eine kleine Pause ein, blickte aus dem Fenster und fuhr dann fort: »Er war nicht nur schön, sondern auch gescheit, witzig und charmant. Kein Wunder also, dass ich begeistert war. Nur damals kannte ich die Weisheit ›von einem schönen Teller isst man nie allein‹ noch nicht. Ich habe ihn mit meiner damals besten Freundin erwischt. Ja, und das war's dann.«

45

»Und seitdem scherst du alle attraktiven Männer über einen Kamm?«

Sie seufzte. »Das Thema ist mir jetzt zu unangenehm. Können wir das bitte verschieben?«

»Okay.« Er legte ihr einen Finger unter das Kinn. »Sogar gern, wenn das bedeutet, dass wir uns wiedersehen.«

»Das habe ich nicht gesagt.«

»Und wenn ich dich darum bitte?«

Ihr Blick wurde abweisend. Sie schob seine Hand fort. »Lass das.«

»Was?«

»Deine Flirterei ... die Versuche, mich um den Finger zu wickeln.«

»Ich denke nicht daran. Und wenn du ehrlich bist, willst du auch gar nicht, dass ich aufhöre.«

Wütend blitzte sie ihn an.

Rafael lachte leise auf. »Los, wirf dein Herz über deine innere Hürde und spring ihm nach.«

Marleen erzitterte. Ihr Herz fühlte sich an wie ein einziger, sehnsuchtsvoller Klumpen, fühlte sich zu ihm hingezogen, wurde aber von ihrem alles beherrschen wollenden Verstand davon abgehalten.

Ein Meer aus Fragezeichen machte sich in ihrem Kopf breit.

Wieso diese Diskrepanz zwischen Gefühl und Verstand? Sonst hatte sie doch beides unter Kontrolle und vor allem unter »Dach und Fach«. Nun schien ihr Gefühl ein Eigenleben zu führen und wollte sie verleiten, etwas zu tun, was ihr Kopf nicht zulassen wollte. Es wollte Rafael wiedersehen, so viel Zeit wie möglich mit ihm verbringen. Ihn in die Tiefen ihrer Seele eintauchen lassen in der Hoffnung, auch ihn kennen zu lernen. Es wollte sich ihm hingeben, von ihm berührt und verführt werden. Süße Küsse, die niemals enden, sündige Gedanken, die umgesetzt werden wollten. Und tastende Hände, die jeden Winkel des anderen erkundeten.

Sie seufzte leise auf.

»Was denkst du?«

Bei seiner Frage schrak sie auf.

»Du bist viel zu jung für mich.« Sie hatte diese Worte hervorgestoßen, ohne sie vorher als Gedanken durch ihren Kopf laufen zu lassen, um zu analysieren, ob sie sie aussprechen oder es lieber bleiben lassen sollte. Ihr Herz hatte gesprochen, was ihr überhaupt nicht gefiel. Sie wich seinem Blick aus.

»Es ist vollkommen unwichtig, wie lange jeder Einzelne auf Erden weilt. Wesentlich ist, ob und wie sich zwei Seelen berühren.« Beim letzten Satz hatte er sich zu ihr gebeugt und ihn ihr ins Ohr geflüstert.

»Berühren sich unsere Seelen denn?«

»Oh ja. Und ich hätte gern mehr davon. Viel mehr.« Seine Hand legte sich auf ihre Wange, er beugte sich noch ein Stückchen weiter zu ihr, und erneut trafen sich ihre Lippen zu einem Kuss, der süßer war als Schokolade und köstlicher als ein Dessert.

Ihr Körper begann zu beben. Jede Faser ihres Herzens war mobilisiert, jeder Nerv stand unter Strom, und jede Zelle ihres Körpers sehnte sich nach seinen Berührungen ... seiner Nähe. In ihr war der Teufel los. Ihr Blut schoss heiß durch die Adern, in ihren Ohren rauschte es, und die Flugzeuge in ihrem Bauch drehten fast durch.

»Auch davon hätte ich gerne mehr«, murmelte Rafael zwischen zwei Küssen.

Ihr Herz klopfte.

Nervös knetete sie ihre Finger und blickte ihm scheinbar gelassen entgegen, als er sich in seinem Stuhl zurücklehnte, zu seinem Glas griff und ihr zuprostete.

»Auf dein Wohl.« Er zwinkerte ihr zu. »Und auf diesen zauberhaften Moment.«

Sie zwang sich zu einem gelassenen Lächeln und griff ebenfalls zum Glas. Innerlich allerdings machte sich Panik in ihr breit, denn dieser Kerl hatte einen Charme, dem sie nicht widerstehen konnte. Es gefiel ihr ganz und gar nicht, dass allein seine Gegenwart ausreichte, um ein Kaleidoskop an sündigen Gedanken durch ihr Hirn wandern zu lassen. Wenn sie nicht augenblicklich davonlief, war sie verloren.

Die Band im Nebenraum, die eine kleine Pause eingelegt hatte, spielte nun ein altbekanntes Lied.

»Wollen wir tanzen?« Rafaels einschmeichelnde Stimme ging ihr durch Mark und Bein und der Blick, mit dem er sie ansah, tat sein Übriges.

Ihr war schwindelig, ihre Gedanken rasten, und sie hatte das Gefühl, ihre Knie bestünden aus einer wabbeligen Puddingmasse.

»Lieber nicht«, rutschte es ihr heraus, und zur Bekräftigung schüttelte sie energisch den Kopf.

Das hätte mir gerade noch gefehlt, dass dieser Charmeur mich in seine Arme schließt. Nein, nein, das darf auf gar keinen Fall passieren. Ich steh ja jetzt schon lichterloh in Flammen. Was soll erst werden, wenn er mich berührt?

Aber Rafael ließ nicht locker. Mit sanfter Stimme versuchte er, sie zu locken. »Nun komm schon. Ich verspreche dir, ich werde nicht auf deine Zehen treten. Ich denke, ich beherrsche die Kunst dieses Tanzes sehr gut. Bitte, tu mir den Gefallen. Komm!« Und schon griff er nach ihrem Arm, zog sie auf die Beine und mit sich in den Nebenraum auf die Tanzfläche.

Marleen protestierte leise. Sie versuchte sich windend aus seinem Griff zu befreien. Aber sie wollte kein Aufsehen erregen. Noch ehe sie es sich versah, hielt er sie bereits im Arm und schwebte mit ihr über die Tanzfläche. Kaum hatten sie einige Schritte getanzt, stellte sie verzückt fest, dass er ein hervorragender Tänzer war. Es fühlte sich an, als würden sie schweben, und – wenn auch unfreiwillig – sie musste sich eingestehen, dass es nichts Schöneres gab, als in Rafaels Armen über die Tanzfläche zu gleiten. Ihre Wangen hatten sich gerötet, ihre Augen strahlten, und aus dem Augenwinkel sah sie die begehrlichen Blicke, die die anwesenden Frauen auf ihren attraktiven Tanzpartner warfen. Allmählich ließ ihre innere Abwehr nach. Sie fühlte sich in Rafaels Armen herrlich sicher und geborgen.

»So ist es schon besser«, raunte ihr Rafael zu. »Du siehst, ich beiße nicht!« Blendend weiße Zähne blitzten sie an, als er sie anlächelte.

Im ersten Impuls wollte sie ihn empört von sich stoßen. Sie hasste nichts mehr, als sich ertappt zu fühlen. Beim Blick in seine Augen konnte sie aber nicht anders, als sein Lächeln zu erwidern.

Fest, aber dennoch sanft, hielt er sie im Arm. Unweigerlich begann sie, diesen Tanz mit ihm zu genießen. Wenn auch mit sehr weichen Knien, denn die Nähe zu ihm ließ sie innerlich beben. Sie konnte spüren, wie sich ihr Pulsschlag beschleunigte. Dieser junge Mann hatte eine wahnsinnig erotische Ausstrahlung, und seine Wirkung auf sie war einfach betörend. Sie fühlte sich nicht nur zu ihm hingezogen, sondern begehrte ihn mit jeder Faser ihres Körpers. Am liebsten hätte sie sich ganz eng an ihn geschmiegt und ihm zugeflüstert, er möge sie nie wieder loslassen.

Sie hatte lange nicht getanzt, aber da er sehr gut führte, fiel es ihr leicht, seinen Schritten zu folgen. Die Melodie wirkte entspannend, aber als sie seine Hand an ihrem Nacken spürte, zogen prickelnde Wellen durch ihren Körper.

Rafael zog sie eng an sich. Ihre Brüste berührten seinen

Oberkörper, und sie fragte sich, ob auch er dieses Knistern spürte … ein Knistern, das wie erotisches Feuerwerk um ihre Körper zu sprühen begann. Sie lehnte ihren Kopf an seine Schulter, schloss die Augen und gab sich ganz dem Augenblick hin, der wie verzaubert schien. Sein Atem kitzelte und erregte sie. Unwillkürlich stellten sich ihre Nackenhärchen auf, und ihr Atem begann sich zu beschleunigen.

Rafael genoss diesen Tanz ebenso wie Marleen. Er empfand die Wärme ihres Körpers als angenehm und sehr vertraut. Und wie gut sie roch! Ihre vornehme Haltung, ihr apartes Äußeres zeichneten sie als eine außergewöhnliche Frau aus. Eine Frau, die sich wohltuend von der Masse ihrer Geschlechtsgenossinnen abhob. Sie unterschied sich deutlich von den Frauen, mit denen er sich täglich – insbesondere beruflich – umgab. Frauen, die ihr Lachen bewusst inszenierten, um seine Aufmerksamkeit zu erlangen, und die genau überlegten, wie sie sich am besten in Szene setzen konnten. Die mit den Wimpern klimperten, ihre koketten Augenaufschläge vor dem Spiegel einstudiert zu haben schienen.

Ihre Nähe rief längst verdrängte und doch so vertraute Reaktionen in ihm hervor. Mit Mühe kämpfte er gegen den Drang an, sie fester an sich zu drücken, sie an sich zu pressen und leidenschaftlich zu küssen. Nichts wünschte er sich sehnlicher, als zu erfahren, wie diese Lippen wohl schmecken würden. Süß, verführerisch und sinnlich. Versonnen stellte er fest, dass sich ihre Hüften auf natürliche und ganz selbstverständliche Weise den seinen angepasst zum Rhythmus der Musik bewegten. Unbewusst zog er sie nun doch ein wenig enger an sich heran. Sein Blick fiel auf ihre sanfte Halsbeuge, die zarte Kurve ihrer Schultern. Der geschmeidige Stoff ihrer Bluse fühlte sich gut unter seinen Fingern an. Zu gut.

Wie mag sich wohl ihre Haut anfühlen? Am liebsten würde ich sie auf der Stelle von jedem störenden Stück Stoff

befreien und sanft über ihren schlanken festen Körper strei-
chen. Oder noch lieber ... sie lieben bis zum Umfallen.

Rafael spürte ein feines Kribbeln in der Magengegend. Marleen war keine Frau für eine kurze, heiße Affäre. Sein Herz war in Gefahr – und eigentlich hatte er sich vorgenommen, derartige Situationen in Zukunft zu vermeiden.

Er nahm den Geruch ihrer Haare genießerisch in sich auf. Es war ein angenehm blumig frischer Duft, der ihn verzauberte. Sein Verlangen nach dieser Frau wuchs, als er spürte, wie ihre kleinen festen Brüste für einen kurzen Augenblick seinen Oberkörper streiften.

Marleen verlor jedes Zeitgefühl. Ein elementares, wildes Verlangen hatte sich ihrer beim Tanz mit diesem Traum von einem Mann bemächtigt.

Die Band war nun dazu übergegangen, langsamere Stücke zu spielen. Zu ihrem Entzücken dachte Rafael nicht daran, die Tanzfläche zu verlassen. Im Gegenteil! Er zog sie noch enger an sich.

Sie konnte das Spiel seiner Muskeln unter dem Stoff seines Hemdes ebenso spüren wie seinen Atem nah an ihrem Ohr. Wie gebannt hob sie ihr Gesicht zu ihm empor, und für einen Moment lagen plötzlich seine weichen Lippen auf den ihren. Ganz kurz. Wie ein Hauch. Unwirklich und doch so brennend.

Sie schloss verzückt die Augen, ihr Atem beschleunigte sich, und dann wagte sie es, ihm ins Gesicht zu blicken. Sein intensiver Blick jagte ihr einen angenehmen Schauer über den Rücken.

»Wehr dich nicht. Das, was gerade geschieht, ist Magie!« Liebevoll strich er mit dem Daumen über ihre Wange, dann hinab zu ihrer Halsbeuge und lächelte ihr zu.

Ihre aufgepeitschten Sinne beruhigten sich. Wie auf Wolke sieben und irgendwie benebelt, schwebte sie in seinem Arm über die Tanzfläche, und als sich die Kapelle schließlich zu einer kleinen Pause zurückzog, war sie fast enttäuscht.

Sie spürte, dass er sie beobachtete, und aus Angst, er könnte ihr enttäuschtes Gesicht sehen, entschuldigte sie sich und ging mit zitternden Knien zum Waschraum.

Ohne einen Blick in den Spiegel zu werfen, ließ sie sich gleich auf einen Stuhl fallen. Sie zitterte. Was war nur los mit ihr? Sie war doch sonst nicht so leicht aus der Fassung zu bringen. Und attraktive Männer waren ihr schließlich schon einige begegnet.

Sie atmete tief durch.

Sie musste hier raus!

Unbedingt!

Sobald ich wieder am Tisch bin, werde ich mich von Rafael verabschieden und schnellstens verschwinden. Sie warf nun einen prüfenden Blick in den Spiegel und erschrak; denn sie glühte regelrecht, und in ihren Augen leuchtete ein verräterisches Glitzern.

Ach du liebe Güte! Ich sehe aus wie ein liebeshungriger Backfisch ... wie furchtbar!

Es wurde wirklich allerhöchste Zeit, sich vor diesem Mann in Sicherheit zu bringen. Tief atmete sie durch, verließ den Waschraum und ging entschlossen und hocherhobenen Hauptes auf Rafael zu.

Sie wünschte sich, davonfliegen zu können – stattdessen setzte sie sich wie versteinert auf ihren Platz und versuchte, sich nichts von ihrem inneren Aufruhr anmerken zu lassen.

»Alles okay?« Rafael blickte sie prüfend an.

»Ja.« Sie räusperte sich und war erleichtert, als sich Rafaels Aufmerksamkeit auf sein klingelndes Handy richtete.

Mit einem entschuldigenden Lächeln ging er ran, während sie weiterhin nervös ihre Hände knetete, die nach wie vor in ihrem Schoß lagen.

»Rafael? Hör mal, wo steckst du?« Helenas Stimme hörte sich hektisch an. »Du musst rasch herkommen. Eine verärgerte Kundin von dir, die du anscheinend versetzt hast, steht vor unserer Tür und will erst wieder verschwinden, wenn sie dich gesprochen hat.«

Marleen konnte nicht hören, was Rafael durch das Handy zugetragen wurde, bemerkte aber, dass er reuevoll das Gesicht verzog und konzentriert zuhörte.

»Ich gebe zu, ich habe es verschwitzt. Aber ich werde es wieder gut machen. Richte bitte aus, dass ich in einer Stunde am verabredeten Treffpunkt sein werde.«

»Okay, ich werde versuchen, die aufgebrachte Dame damit zu beschwichtigen. Aber was, wenn sie nicht zufrieden ist – oder wenn es in einer Stunde ungünstig bei ihr sein sollte?«

»Du machst das schon. ER ist auf Geschäftsreise. Ein paar Stunden früher oder später spielen also keine Rolle.« Das Wort »er« betonte Rafael auf eine Weise, die Helena zu verstehen gab, dass er damit den Ehemann seiner Kundin meinte.

Helena seufzte. »Dein Wort in Gottes Ohr. Ich werde mir jedenfalls die größte Mühe geben. Sag mal, muss ich mir eigentlich Sorgen machen? Du bist doch sonst die Zuverlässigkeit in Person.«

»Keine Sorge. Ich verspreche, mich zu beeilen, okay?«

Als er das Telefonat beendete, warf er Marleen einen bedauernden Blick zu. »So schön unser Beisammensein auch ist, so führt dennoch kein Weg daran vorbei, mich nun zu verabschieden. Schade, aber unumgänglich.«

Sie hatte Mühe, seinem Blick standzuhalten. Einerseits war sie froh, dass er ihr damit zuvorgekommen war, andererseits spürte sie mit einem Mal – statt der erwarteten Erleichterung – ein unerklärlich tiefes Bedauern in sich aufsteigen. Bedauern darüber, dass diese kurzweiligen und amüsanten Stunden nun vorbei sein sollten. Außerdem quälte sie, dass sie ihn womöglich niemals wiedersehen würde.

Mensch, Mädel, du solltest froh über diese Tatsache sein. Wieso also sitzt du da wie ein Häufchen Elend?

Das Herz pochte ihr bis zum Hals, ihre Hände begannen merklich zu zittern. Wie gut, dass sie nach wie vor ineinander verschlungen in ihrem Schoß lagen.

»Darf ich dich anrufen?«

Ihr Herz vollführte trotz ihrer mahnenden Gedanken einen freudigen Satz.

Sag nein und lauf fort. Es ist besser, wenn er aus deinem Leben verschwindet. Und das so schnell wie möglich.

»Gern!« Dieses Wort huschte ihr über die Lippen, ohne dass ihr Verstand Einfluss darauf nehmen konnte. Mit fahrigen Fingern kramte sie in ihrer Handtasche, fand das, was sie suchte, und schob ihm schließlich ihre Visitenkarte zu.

Rafael warf ihr einen intensiven Blick zu, nickte und nahm die Visitenkarte an sich. Dann gab er dem Kellner ein Zeichen, und kurze Zeit später verließen sie gemeinsam das Lokal.

»Du hörst von mir!« Er strich ihr eine vorwitzige Haarsträhne aus dem Gesicht. Sein prüfender Blick, der in ihre Augen tauchte, registrierte die dort zu erkennende Unsicherheit. Unsicherheit gepaart mit offensichtlichem Verlangen. Rafael konnte nicht verhehlen, dass ihn dies freute. Er hatte ihre kühle Mauer also ein wenig durchbrechen und sie somit erreichen können. Der erste Schritt war getan, und er nahm sich fest vor, weitere folgen zu lassen. Er wollte diese Frau erobern, ihre Seele berühren und von ihrer Lust kosten. Einer Lust, die geschickt erobert werden wollte ... die brachlag hinter einer nur sehr schwer zu durchdringenden Schicht aus Coolness, Unabhängigkeit, Weltgewandtheit,

Kontrolle und auch Angst. Rafael wollte sich durch diese Schicht zu ihrem Kern arbeiten. Durch seinen Beruf als Callboy wusste er genau, was Frauen wie Marleen zum Schmelzen brachte. Nur würde er seine Gewandtheit diesmal nicht einsetzen, weil es sein Job war, sondern weil sein Herz zu ihm sprach. Er wollte diese Frau, wollte jede Facette erahnen und schließlich kennen lernen. Mit ihr in einen Liebestaumel stürzen und nie wieder daraus auftauchen. Ein schönes Gefühl. Prickelnd und neu.

Für den Bruchteil einer Sekunde legte er seinen Zeigefinger unter ihr Kinn, strich zart ihren Hals entlang … weiter abwärts … und hielt kurz vor dem Ansatz ihrer Brüste inne. Seine Augen, die ihren flüchtenden Blick immer wieder einzufangen vermochten, funkelten, ließen nicht locker und fanden endlich, was sie suchten: unverhohlenes Verlangen und brennende Neugier – da konnte ihr Gesichtsausdruck noch so unbeteiligt wirken.

»Habe ich dir schon einmal gesagt, dass du unwiderstehlich aussiehst, wenn du versuchst, hochmütig in die Welt zu blicken?« Er lachte leise, und Marleen erbebte.

»Ich werde deine Schale aus Unnahbarkeit knacken. Werde sie dir wegküssen, weil ich mir nichts sehnlicher wünsche, als zu dir durchzudringen.«

Ihre Knie begannen zu zittern, und sie verspürte den unbändigen Wunsch, sich in seine Arme zu werfen, sich an ihn zu schmiegen.

Sein Finger zog eine Wellenlinie hinauf zu ihrem Schlüsselbein und wieder zurück. Dabei strich seine Handfläche so kurz und unmerklich über ihre Brust, dass sie nicht wusste, ob sündige Wunschträume ihr einen Streich spielten oder ob es Wirklichkeit war. Heiß pulsierend jagte das Blut durch ihre Adern, und ihr Mund wurde trocken. Zwischen ihren Schenkeln begann es verräterisch zu kribbeln, und mit rasendem Puls nahm sie wahr, wie Lusttropfen sich einen Weg zwischen ihren Schamlippen hindurchbahnten und ihr Höschen benetzten.

Sie atmete tief durch, dankte Gott dafür, dass sie nicht puterrot anlief, und mahnte sich innerlich zur Ruhe. Erfolglos!

Währenddessen schien Rafael in ihr zu lesen wie in einem Buch, schwieg jedoch taktvoll, zwinkerte ihr lediglich zu und flüsterte: »Ich freue mich auf unser Wiedersehen.«

Ein herzlicher Händedruck, ein letzter Blick, und ihre Wege trennten sich.

Während Rafael sich auf den Weg zur Bar machte – wo er sein Auto am Vorabend hatte stehen lassen, um Sarah nach Hause zu begleiten –, machte sie sich verwirrt und aufgewühlt auf den Weg zu Ruths Galerie, um sich das Bild abzuholen. Als sie an der Buchhandlung vorbeikam, ging sie kurz entschlossen hinein und kaufte das Buch »Leidenschaftlich lebendig.«

Hastig, ganz so, als hätte sie Angst, bei etwas Verbotenem erwischt zu werden, steckte sie es in ihre Tasche ... ganz nach unten ... und ging eiligen Schrittes weiter. Sie ging durch die belebten Straßen von Frankfurts Innenstadt, doch sie sah nicht viel. Ein fremder Zustand. Ihre Gedanken kreisten um Rafael, und sie versuchte zu ergründen, was dieser junge Mann von ihr wollte. Zum ersten Mal in ihrem Leben verspürte sie so etwas wie Angst. Ein sinnlicher Schatten hatte sie gestreift, ihre Haut fühlte sich heißer an als sonst und schien dort zu glühen, wo Rafael sie kurz zuvor leicht berührt hatte. Das Blut zwischen ihren Beinen pochte, Spuren von Nässe hafteten in ihrem Höschen. Panik erfasste sie. Sie fühlte sich wie unter einem fremden Bann stehend. Einem mächtigen Bann, dem sie nicht zu entkommen schien.

In der City pulsierte das Leben. Schemenhaft nahm sie das bunte Treiben in sich auf. Jugendliche trafen sich in Cafés, schwatzten, flirteten. Neckende Blicke, gestylte Frisuren, knappe Tops über jungen runden Brüsten. Lachen, Lebhaftigkeit und eine beneidenswerte Unbefangenheit. Erste Küsse, Händchenhalten, Verliebtheit. Alles schien so herrlich normal. Und passte somit ganz und gar nicht zu ihrem durcheinander geratenen Innenleben.

Als sie Ruths Galerie erreichte, fühlte sie sich, als habe sie einen langen, anstrengenden Marsch durch eine fremde unwegsame Gegend hinter sich. Sie seufzte leise auf, setzte einen unbefangenen Gesichtsausdruck auf und betrat die Galerie, in der das Bild, das so gar nicht in ihre Wohnung passte, auf sie wartete.

Kapitel 4

Helena hockte im Garten und zerrte an einer unnachgiebigen Wurzel, der einfach nicht beizukommen war. Es war die Wurzel eines Essigbaumes, der hier einmal gestanden hatte, die sich nun beharrlich weigerte, den vertrauten Standort zu verlassen.

Sie liebte das Gefühl, wenn sich die fingerdicken verzweigten Wurzelstücke aus dem Erdreich entfernten und dadurch Platz schufen, um Pflanzen des Herzens ein neues Zuhause zu geben. Sie mochte Pflanzen aller Art. Blühende, immergrüne und Kräuter. Ihr Herz jedoch gehörte den Lilien. Ihre Schönheit, ihr stolzer Wuchs, der Anblick ihrer Blüten, wenn sie sich der Sonne entgegenstreckten, ganz so, als seien die Sonnenstrahlen nur für sie bestimmt. Ihre Schönheit – edel und majestätisch – übertraf aus der Sicht Helenas sogar die stolze Rose. Sie empfand das Maß ihrer Schönheit als überirdisch und liebte die makellose feine Glätte der Blütenblätter, die sich mit dem besten Marmor vergleichen ließen – der jedoch im Gegensatz zum prallbunten Leben der Lilie kalt und tot war.

Helena seufzte.

Nun saß sie inmitten des Gartens, in dem unzählige Lilien, Ringelblumen, Rosen, Farne, Hortensien, Lorbeer- und Lavendelstauden, Thymian und viele weitere Pflanzen in voller

Pracht standen, und kämpfte sich mit dieser widerborstigen Wurzel ab, die einfach nicht loslassen wollte.

Sie erhob sich, stemmte die Hände in die Hüften und fluchte leise.

Bevor sie einen weiteren Versuch starten konnte, tippte ihr jemand von hinten auf die Schulter, und bevor sie sich umschauen konnte, legten sich zwei Hände auf ihre Augen.

»Na, meine Pflanzenfee, tauschst du Leinwand und Pinsel mal wieder mit dem Reich der Blüten?«

»Rafael!« Helena lachte, schob seine Hände beiseite und wandte sich zu ihm um. »Du strahlst, als sei dir die Verheißung persönlich begegnet. Was ist los? Und wie kommt es, dass du eine Kundin versetzt?«

Rafael zwinkerte ihr zu. Sein Blick jedoch war nachdenklich. »Weißt du, da ist so ein kleiner Schmetterling, der tanzt und flattert in meinem Bauch umher. Zwischendrin hält er still, als wolle er horchen, wie sich das für mich anfühlt, und dann wirbelt er hemmungslos weiter.«

»Soso. Ein Schmetterling!« Helena blies sich eine Haarsträhne aus dem Gesicht. Ihre Finger hinterließen dabei eine Spur aus Blumenerde.

Lächelnd wischte Rafael die Erdkrumen von ihrer Wange und fuhr fort: »Ich kann sagen, dass dieser Schmetterling in meinem Bauch – ach was, es ist ein ganzer Schwarm – tänzerisch sehr begabt ist. Er hat meine Seele gestreift. Und ich möchte diesem wunderbaren Gefühl folgen. Diesem Gefühl, das er schon beim ersten Anblick in mir auslöste. Beim Anblick dieses Zauberwesens, das alles in mir zum Schmelzen brachte … diesem Lächeln, das meine Knie weich werden ließ.«

»Rafael, was ist passiert? Hast du dich wirklich und tatsächlich verliebt? Oder ist dies nur einer deiner poetischen Ergüsse, die du verbal an mir antestest, bevor du sie zu Papier bringst?«

»Das ist eine lange Geschichte …«

»Weißt du was, lass uns reingehen. Ich mach uns einen guten Tee, und du kannst mir alles erzählen. Es ist besser, wenn du dir Luft machst, bevor du dich auf den Weg zu deiner sehnsüchtig wartenden Kundin machst, damit du nachher nur für sie da sein kannst.« Sie grinste schelmisch. »Du platzt ja fast.«

Kurze Zeit später saßen sie sich bei einer Tasse Tee gegenüber. Schweigend.

Rafael blickte träumend vor sich hin, und Helena barst fast vor Neugier.

»Nun spann mich nicht länger auf die Folter!« Helenas Blick fixierte ihn geradezu, in der Hoffnung, endlich etwas aus ihm herauszubekommen. »Oder hast du neuerdings etwa Geheimnisse vor mir?«

»Nein. Wirklich nicht. Ich muss nur erst einmal meine Gedanken und Gefühle ordnen.«

»Wenn du mich fragst, hört sich das nach mehr als nach einem kleinen Schmetterling an. Sollte unser werter Freund Rafael etwa gegen seine Prinzipien in Beziehung Liebesdingen verstoßen haben?«

»Es war nicht … ich meine nichts Körperliches. Alles war viel elementarer, intensiver … ich …« Er brach ab.

»Nun erzähl schon!«

Rafael seufzte ergeben. »Okay, okay. Brüh uns bitte einen weiteren Tee auf. Währenddessen werde ich meine Gedanken geordnet haben und kann dir alles erzählen.«

Helena grinste wissend.

Sie begab sich in die Küche und kam ein paar Minuten später mit frischem Tee zurück.

»Und nun erzählst du mir bitte haarklein, was sich heute zugetragen hat. Ich brenne nämlich vor Neugier – und ehrlich gesagt, so aufgewühlt habe ich dich noch nie erlebt.«

60

Rafael warf zwei Stücke Zucker in seine Tasse, schloss kurz die Augen, und dann begann er zu erzählen.

»Und ihr seht euch wieder?«

»Ich hoffe.«

»Du hast sie nicht um ein Wiedersehen gebeten?«

»Doch, habe ich. Aber sie war eher ... nun sagen wir mal ... vorsichtig. Da war trotz aufrichtigem Interesse in ihren Augen ein nicht zu übersehendes Stoppschild in ihrem Gesicht.«

»Und davon hast du dich abhalten lassen?«

»Wo denkst du hin?! Ich habe nicht lockergelassen und bin nun stolzer Besitzer ihrer Telefonnummer.«

»Du wirst hoffentlich anrufen? Ich meine, nun, wo du endlich wieder jemanden an dein Herz klopfen lässt, wirst du doch nicht wieder in deine eisernen Prinzipien zurückfallen?!«

Rafael seufzte. »Ich bin bereit, dieses Risiko einzugehen. Diese Frau ist es wert. Und wenn ich das Stoppschild in ihrem Gesicht genauer betrachte, so ist mir, als würde ich in einen Spiegel blicken. Ja, ich werde sie anrufen, auch wenn da etwas in mir ist, das sagt: Halt – Stopp! Ohne Schmetterlinge lebt es sich viel einfacher.«

»Nicht unbedingt. Wenn ich da an mein Leben denke, so lebt es sich mit Schmetterlingen bedeutend angenehmer.« Helena lächelte und dachte an die Zeit zurück, als Leonard in ihr Leben getreten und es gehörig durcheinander gewirbelt hatte. Dies lag nun schon über ein Jahr zurück, und für beide wurde von Tag zu Tag immer deutlicher, dass sie zusammengehörten. Helena, die Malerin, und der Callboy Leonard hatten ihr Glück gefunden, und Rafael war stolz darauf, zwei so gute Freunde zu haben.

»Nun, Ausnahmen bestätigen die Regel«, erwiderte Rafael.

»Ich freue mich für euer Glück, bin aber dennoch skeptisch.«

»Ich weiß … kein Wunder bei dem, was du erlebt hast. Umso mehr freut es mich, dass dir nun jemand begegnet ist, der deine Skepsis ein wenig in den Hintergrund drückt.«

Rafael lachte. »Das war eine Woge, die mich überrollt hat, als ich am wenigsten damit gerechnet habe. Marleen ist sehr distanziert, eine harte Nuss, aber ich möchte diese Nuss knacken, hinter die Schale blicken.«

»Eine Schale, die dir nur zu bekannt sein dürfte. Denn du trägst sie ebenso. Wenn auch die Gründe für diesen Schutz nicht zwangsläufig dieselben Wurzeln haben mögen.«

»Woran liegt es eigentlich, dass man sich zu bestimmten Personen spontan hingezogen fühlt? Obwohl man diese Person nur gesehen hat? Man sieht jemanden und ist plötzlich nicht mehr derselbe. Ist fasziniert, umhüllt von einem Zauber, der dich nicht mehr loslässt und alle Vorsätze über den Haufen wirft?«

»Ja, das ist wahrhaftig ein Phänomen. Verrückt und faszinierend zugleich. Es bricht in dein Leben ein, wirft alles bisher Dagewesene über den Haufen und lässt dich die Welt durch eine Brille sehen, die dir fremd ist, nicht bekannt und doch so vertraut. Mir erging es mit Leonard ja nicht anders.«

»Ich weiß. Und wenn ich an Marcel zurückdenke, so war da ja auch von Beginn an das gewisse Etwas. Aber bei Marleen ist es anders. Es handelt sich hier nicht um pure erotische Anziehung, sondern eher um eine Symbiose aus Anziehung und tiefer Sympathie. Das Gefühl, den anderen schon ewig zu kennen … ohne sich zu kennen. Verrückt. Woran liegt das? Hat jeder tief in sich ein Bild, eine Schablone gestanzt, die alle Vorlieben speichert und wenn man jemanden trifft, der diesem Bild entspricht, entsteht dieses bestimmte Gefühl … auf den ersten Blick?«

»Das habe ich mich auch schon oft gefragt. Dieses Gefühl

– wie immer man es auch betiteln mag – haut uns einfach um. Mit voller Wucht. Gefühle fahren Achterbahn. Das Denken setzt aus. Eine Art Rausch beginnt. Peng! Und plötzlich ist nichts mehr so, wie es vorher war. Vom einen auf den anderen Augenblick. Auf den ersten Blick eben. Ein Phänomen!«

Rafael nickte. »Oh ja. Ein prickelndes Phänomen! Es füllt das Leben mit Magie, fliegt in uns hinein und wischt den alten Staub weg. Stattdessen erstrahlt die Seele in neuem Glanz, fühlt sich beflügelt und irgendwie high.«

Helena lachte auf. »High! Genau, das ist der richtige Ausdruck dafür, wie du heute auf mich wirkst.«

Rafael stimmte in ihr Lachen ein. »Und das ganz ohne Drogen. Ich schwöre!«

»Ha, das kann ja jeder sagen. Ich bin jedenfalls gespannt, wie es bei dir weitergeht.«

»Du wirst es als Erste erfahren. Das alles ist zwar prickelnd und schön, macht mir aber gleichzeitig Angst. Ich werde alles ganz langsam angehen, vorsichtig sein.«

Das Schrillen der Haustürklingel unterbrach die beiden.

»Das sind sicher Kathrin und Sabina. Wir haben heute Mädelabend.«

Rafael erhob sich. »Na, dann will ich nicht länger stören. Zumal ich ja noch einen Termin habe.«

»Böser Junge! Was lässt du eine sehnsüchtige Kundin auch so lange schmoren?« Sie hakte sich bei Rafael ein und begleitete ihn zur Tür.

☙❧

»Da bist du ja … endlich.« Eine attraktive Frau, nur mit einem Negligé bekleidet, stand im Rahmen der weiß lackierten Tür und lächelte ihm verführerisch entgegen. »Ich habe schon sehnsüchtig auf dich gewartet. Du solltest dich öfter verspäten, denn meine Lust hat sich innerhalb der letzten Stunden um ein Vielfaches gesteigert.« Sie warf den Kopf in den Nacken, schüttelte ihr volles blondes Haar zurück und warf ihm einen lasziven Blick zu.

»So?!«

Er näherte sich ihr bis auf ein paar Zentimeter, ließ Zeige- und Mittelfinger sanft über ihre hohen Wangenknochen gleiten. Sie besaß ein ausdrucksstarkes Gesicht, leider aber keinen ausdrucksstarken Charakter, denn sie war von Gier zerfressen. Musste haben, was sie gerade sah, und schien keine Skrupel zu kennen, sich einen Callboy zu buchen, während ihr Mann auf Dienstreise war. Anita Steiner war dreiunddreißig, ihr Mann – ein erfolgreicher Chirurg – fünfzehn Jahre älter, und sie genoss den Status »reiche Arztfrau«. Liebe hatte in ihrem Repertoire nichts zu suchen. Ihr ging es nur um Macht, Geld und – Lust. Fürs Letzte buchte sie sich Rafael ... in regelmäßigen Abständen.

»Oh ja.« Sie lächelte einladend, zupfte an ihrem Dekolleté und schaute ihn aus ihren blauen Augen mit den perfekt getuschten Wimpern auffordernd an.

Dann zog sie ihn zu sich in den weitläufigen Eingangsbereich und schloss die Tür. Zwischen ihren hervorquellenden Brüsten steckten ein paar Geldscheine, die Rafael ihr – wie immer, wenn sie ihn zu sich bestellte – mit den Lippen entnehmen musste, bevor das Liebesspiel begann.

Die Vorfreude auf das, was nun beginnen sollte, stand deutlich in ihren Augen geschrieben. Jede einzelne Pore strömte wilde Gier aus, die prallen Brüste hoben und senkten sich bei jedem Atemzug, und ihre rosa Zungenspitze glitt spielerisch über die rotgeschminkten Lippen, als sie die Hand nach Rafael ausstreckte, um ihn zu berühren, zu spüren und näher zu sich zu ziehen.

Er wusste, was zu tun war – das Spiel begann.

»Lass das«, zischte er sie an. »Du hältst gefälligst still, verstanden?«

Sie nickte demütig, doch in ihren Augen blitzte es lustvoll auf.

»Und nun dreh dich um. Mit dem Gesicht zur Wand.«

Ihre Pupillen weiteten sich, und ein kehliger Ton drang zwischen ihren halb geöffneten Lippen hervor. Gehorsam drehte sie sich so, wie er es gewünscht hatte, wackelte provokant mit ihrem Gesäß und legte die Handflächen auf der lindgrünen Satintapete ab, die den gesamten Eingangsbereich der imposanten Arztvilla schmückte.

»Ich sagte, du sollst stillhalten«, raunte Rafael ihr warnend ins Ohr. Dann trat er einen Schritt zurück, schlug mehrmals kräftig mit seiner Hand auf ihre kaum bedeckten Gesäßbacken, so dass diese noch nachbebten, als der jeweilige Schlag längst vorüber war. Anita keuchte auf. Seine Hand schob sich unter den knappen Saum ihres Negligés und begann ihr Gesäß zu kneten. Fordernd bahnte er sich einen Weg in ihr zartes Spitzenhöschen und streifte es bis zu ihren Knien hinab.

»Ich weiß, was du dir wünschst. Harte Stöße, fordernde Hände, sexuelle Energie und Geilheit, die sich dann in deinem Körper sammelt, bis alles zur Spitze hintreibt und explodiert. Stimmt's?«

»Ja, oh ja.«

Er gab ihr einen Klaps auf den Po. »Okay. Zwei Schritte zurück, wenn ich bitten darf, und die Hände bleiben da, wo sie sind.«

Sie gehorchte. Bei dem Gedanken daran, welch lüsternen Anblick sie nun bieten musste, schoss heißes Feuer durch ihre Adern. Ihre Schamlippen schwollen an und ließen heiße Tropfen der Lust passieren, die sich ihren Weg suchten und eine feuchte Spur auf den Innenseiten ihrer Oberschenkel hinterließen.

Unwillkürlich spreizte sie ihre Beine so weit, wie es das Höschen, welches nach wie vor ihre Oberschenkel umspannte, zuließ. Seine Hand fuhr nun zwischen ihre Gesäßbacken, arbeitete sich langsam durch ihre Schenkel hindurch nach vorn, ließ sie erbeben. Geschickt arbeitete sich Rafael so weit vor, dass er ihre heiße nasse Spalte erreichen konnte.

Der Duft lang verhaltener Lust breitete sich aus. Anitas Atemzüge beschleunigten sich. Sie bog ihren Rücken durch, um sich besser an seinen Fingern reiben zu können, und keuchte auf, als Rafaels freie Hand sie für diese Bewegung mit einem Schlag aufs Gesäß bestrafte.

»Du sollst stillhalten«, sagte Rafael.

Erneut sauste seine Hand nieder, hinterließ rote Flecken auf ihren Pobacken und umfasste schließlich mit festem Griff ihre Hüfte, während Zeige- und Mittelfinger der anderen Hand heftig in sie eindrangen.

Anita warf ihren Kopf zurück und gab einen unwilligen Laut von sich, als er sich wieder aus ihr zurückzog. Anstatt sie weiterhin auszufüllen und die Innenwände ihrer Vagina zu erkunden, begann er ihre Schamlippen zu kneten, ließ seine Finger abwechselnd im wohldosierten Takt so lange auf ihrer Klitoris tanzen, bis diese heiß und prall inmitten der Nässe emporragte und zu bersten schien. Ein Strom von Lustnektar lief über seine Hand.

Er verlangsamte das Spiel seiner Finger. Ihre vollkommene Hingabe und ihr körperliches Betteln ignorierte er, zog seine Hand schließlich zurück, blickte sie stumm an, wohlwissend, dass sie ihm alles dafür geben würde, wenn er jetzt weitermachte.

Sie seufzte leise, wand sich, sehnte sich nach seinen Berüh-

rungen. »Rafael.« Ihre Stimme war kaum ein Hauchen, und
er sah, wie sich ihre Finger in die seidige Oberfläche der Tapete verkrallten. Er wusste, dass sie danach lechzte, dass ihre
gierige Möse ausgefüllt wurde und nicht leer, offen und hungrig blieb. Doch er wusste auch, dass sie es noch mehr liebte,
wenn man ihre Lust bis ins Unermessliche steigerte, sie an-
fachte wie einen Funken, der durch geschicktes Vorgehen
züngelte und sich alsbald in ein loderndes Feuer verwandelte.

Er griff ihr ins Haar, bog ihren Kopf zurück und raunte ihr
ins Ohr: »Es ziemt sich nicht, wie eine läufige Hündin zu
winseln und mit dem Hinterteil zu wackeln. Schon gar nicht
für eine vornehme Arztfrau.« Er fasste erneut zwischen ihre
Schenkel. »Und was ist das? Deine Möse läuft über. Bist du
etwa geil?«

»Und wie.« Sie keuchte leise.

Rafaels Professionalität bekam einen leichten Riss, als sich
Marleens Gestalt für einen Moment vor sein inneres Auge
schob.

*Hinreißende Marleen. Wie gerne wäre ich jetzt bei dir statt
hier.*

Er ertappte sich dabei, wie er in sehnsuchtsvolle Tagträu-
merei verfiel, rief sich zur Ordnung, schüttelte die Gedanken an sie ab und kehrte ins Hier und Jetzt zurück. Schließlich hatte er einen Job zu erledigen.

Nach wie vor hielt er ihren Haarschopf fest in der Hand
und drückte ihren Kopf nach hinten. Er beugte sich so weit
zu ihr hinab, bis sein Mund ganz nah an ihrem Ohr lag.

»Unsere werte Arztfrau ist also geil. Was will sie denn? –
Das?« Bei seinem letzten Wort schob er seine Hand zwischen ihre Schenkel und den Mittelfinger tief in ihre Vagina.
Gierig umklammerten die Scheidenmuskeln seinen Finger
und gaben ihn nur widerwillig wieder frei, als er ihn, be-
gleitet mit einem lauten Schmatzgeräusch, herauszog.

»Rafael, bitte!«

»Bitte, was?«

Er führte den Finger, der soeben tief in ihr gesteckt hatte, über ihre Wangen, umkreiste ihren Mund und ließ ihn schließlich zwischen ihre Lippen gleiten.

»Schmeck sie, deine Geilheit. Das ist dein Saft. Und da, wo er herkommt, gibt es noch eine Menge davon.«

Anitas Lippen umschlossen seinen Finger. Sie saugte daran, schloss die Augen und nahm ihren eigenen, herb-süßen Nektar in sich auf.

Ruckartig gab Rafael ihren Kopf frei.

»Gehe ich recht in der Annahme, dass du deinen gierigen Hals nicht vollkriegst? Liegt es daran, dass du ein geiles Luder bist und gevögelt werden willst? Was ist? Willst du nicht antworten?«

Sie nickte, hauchte: »Ja.«

»Dann sag es. Laut und deutlich. Sag: Ich bin ein geiles Luder und bekomme nie genug.«

Bei seinen Worten legte er eine Hand auf ihr Gesäß, ließ sie an den Außenseiten ihrer Schenkel hinabgleiten, schob sich unter ihr herabgezogenes Höschen und riss es entzwei.

Anita bearbeitete mit einer Hand ihre Klitoris. »Ich bin ein geiles Luder und bekomme nie genug«, gab sie laut und deutlich die Worte wieder, die Rafael von ihr gefordert hatte.

»Braves Mädchen. Und nun ab mit dir ins Schlafzimmer.«

Das ließ sie sich nicht zweimal sagen. Mit strahlenden Augen und feucht glänzenden Lippen machte sie sich auf den Weg, warf Rafael über die Schulter hinweg feurige Blicke zu und wiegte ihre Hüften, so dass ihre kaum bedeckten Pobacken provokant bebten.

Im Schlafzimmer angekommen, streckte sie ihre Hand nach ihm aus, um mit ihm gemeinsam aufs Bett zu sinken, doch Rafael hob nur spöttisch eine Augenbraue, fing ihren Arm ab und gab ihr einen Schubs, dass sie rücklings aufs Bett fiel.

Da lag sie nun mit weitgeöffneten Schenkeln, triefender Möse und entrücktem Gesichtsausdruck. Mit wohligen Schnurrlauten rekelte sie sich, streckte die Arme über ihrem Kopf aus und vergrub die Finger in die seidigen Laken. Ihr Blick hing gebannt auf Rafaels attraktiver Gestalt. Sie bog ihren Körper zum Hohlkreuz und präsentierte ihm auf diese Weise ihre üppigen Brüste, die nur halbwegs vom zarten Stoff des Negligés bedeckt wurden. Hart aufragende Nippel warteten nur darauf, erforscht, erobert und in Besitz genommen zu werden.

Sie schloss erwartungsvoll die Augen, als Rafael sich über sie beugte. Seine Fingerspitzen flogen leicht wie Federn über ihre bebende Bauchdecke, verharrten an den Innenseiten ihrer Schenkel und arbeiteten sich schließlich zu ihren Kniekehlen vor.

Anita wand sich unter seinen Berührungen mit ungezügelter Leidenschaft, bereit, binnen weniger Minuten zum Gipfel der Lust vorzudringen. Rafael griff nach einem Kissen, schob es so unter ihr Gesäß, dass ihr Unterleib in vulgärer Weise erhöht lag und leicht nach oben wies.

Heiße Glut und wildes Sehnen drohten sie innerlich zu verbrennen, durchdrangen jede einzelne Zelle ihres Körpers, traten langsam, aber sicher an die Oberfläche und ließen sie laut aufstöhnen. Sie drohte zu verglühen. Wurde aufgefressen von einer flammenden Begierde, die alles beherrschte. Ihr Körper sehnte sich nach seiner Berührung, wollte ihn auf und in sich spüren. Sie konnte es kaum erwarten, dass er ihre zum Bersten geschwollenen Schamlippen berührte, ihre feuchten Falten erkundete, die pochende Klitoris verwöhnte und sie wild und hemmungslos vögelte. Anita stützte sich mit ihren Füßen auf dem Bett ab und reckte ihren Schoß noch ein Stückchen weiter nach oben.

»Keine Sorge, ich habe nicht vergessen, dass du gefickt werden möchtest.«

Seine Finger strichen ihre Schenkel entlang, berührten ihre Hüften, ihren Bauch, den Venushügel – sorgsam darauf bedacht, die feuchtschwülen Schamlippen auszusparen und ihre brennende Begierde brachliegen zu lassen.

»Du liegst zwar so da, wie es mir für einen kleinen heißen Fick gefallen würde, aber ganz so einfach wird das heute nicht sein. Du musst dir meine Gunst erst verdienen. Geile Arztfrauen bekommen nicht immer sofort, was sie sich wünschen. Da können sie noch so sehr mit den Geldscheinen wedeln; sie müssen etwas dafür tun. Willst du etwas für mich tun?«

»Ja.«

»Das ist gut. Du hast also begriffen, dass mich Geld und Geilheit allein nicht beeindrucken. Fällt dir etwas ein, was mich beeindrucken könnte?«

»Sag du es mir. Ich mache, was du willst.«

»Steh auf.«

Anita gehorchte. Sie freute sich auf das bevorstehende Liebesspiel. Ihr Atem ging stockend, und es war deutlich spürbar, dass Rafael genau das Richtige tat, um ihre Lust anzuheizen.

»Und nun auf die Knie. Stütz dich vorn mit den Händen ab, Hintern hoch und die Beine schön auseinander.«

Wieder gehorchte Anita seinem Befehl und warf ihm dabei glühende Blicke zu. Sie spürte, wie nass ihre Scheide mittlerweile war, stöhnte leise auf und spreizte die Beine, um ihm einen Blick auf ihre pochende Spalte zu geben. Ihre Körpersäfte begannen zu fließen, hinterließen eine feuchte Spur auf ihren Schamlippen und an den Innenseiten ihrer Schenkel.

Sie hatte Mühe, ihren bebenden Körper unter Kontrolle

zu halten. Ihr Blut kochte, ihr gesamter Körper kribbelte, und sie wollte mehr.

»Hinten etwas höher. Halt dein Hinterteil schön hoch, damit ich deine gierige Möse sehen kann. Schultern und Kopf etwas tiefer. Ja, so ist es schon besser.«

Er trat zu ihr – dann wurde es schwarz vor ihren Augen. Ein seidener Schal nahm ihr die Sicht, ließ lediglich ein paar Lichtfetzen hindurch.

Fühlen und Hören waren nun die Sinne, die ihr blieben. Dennoch konnte sie seinen Blick auf ihrem Körper spüren. Auf ihrem entblößten Hinterteil, das durch die derzeitige Position freie Sicht auf ihre offene Scham gab.

Minutenlang tat sich nichts. Wie ein Raubtier seine Beute, so sezierte er sie lediglich mit seinem Blick. Dieses Nichts brachte sie noch mehr auf Touren. Reizte sie, heizte an und machte sie neugierig auf das, was kommen mochte.

Rafaels gefährlich leise Stimme durchbrach die Stille. »Selbstbewusst und emanzipiert verläuft dein Leben. Doch ich brauche nur mit dem Finger zu schnipsen, und schon gehst du für mich auf die Knie, bietest mir deine nasse Spalte dar. Es bereitet dir große Lust, erregt dich und verschafft dir letztendlich die ersehnte Befriedigung, habe ich Recht?«

Sie nickte.

»Du willst sexuelle Erfüllung, einen Orgasmus, der deine Poren mit Leben füllt. Wellen, die durch deinen Körper fließen und die Anspannung lösen.«

»Ja.« Mehr als ein atemloses Keuchen brachte sie nicht heraus.

Er beugte sich über sie, ließ seine Hände über ihren Rücken und dann seitlich nach vorn gleiten, umfasste ihre Brüste, knetete sie und brachte sie mit gezielten Bewegungen zum Schwingen.

»Tiefer. Beuge deinen Oberkörper weiter nach unten. Ich

möchte, dass die Nippel deiner wogenden Brüste den Fußboden streifen.«

Anita bog den Rücken durch und winkelte ihre Arme noch weiter an, damit ihre Brüste den kühlen Laminatfußboden streifen konnten. Dieser ständig wiederkehrende Reiz bewirkte, dass ihr Körper wie von Stromstößen geschüttelt wurde, und ihr Gesäß – weit nach oben gestreckt – sorgte dafür, dass ihre Brüste stets in Bewegung blieben, diese Stimulation somit nicht nachließ.

Rafael schob seine Hand zwischen ihre Schamlippen, stimulierte mit dem Daumen ihre Klitoris und drang mit Zeige- und Mittelfinger in sie ein, was Anita einen lauten Lustschrei entlockte. Sie wusste nicht, welche Penetration ihr mehr Lust verschaffte: die ihrer Brustwarzen oder die ihres Schoßes. Wie ein gieriges Schlangenmaul verschlang ihre Vagina seine beiden Finger, umschloss sie fest und dachte gar nicht daran, sie freizulassen. Sie genoss das Erkunden, das Tasten und Kreisen inmitten der heißen Nässe tief in ihr drin. Ihre Klitoris wurde währenddessen von seinem Daumen verwöhnt, der sie gekonnt umkreiste, neckte, antippte und rieb. Anita erbebte, spürte, dass sie bald so weit war. Da zog er seine Finger aus ihr heraus.

Ein enttäuschter Laut ihrerseits, die sich entfernenden Schritte von ihm … und dann für eine Weile nichts als Stille. Sie hörte, wie er eine Schublade öffnete, sie wieder schloss, und stöhnte leise auf. Erwartungsvoll reckte sie ihm ihr Hinterteil entgegen, bewegte es aufreizend und spreizte ihre Beine noch ein Stückchen mehr. Sie hörte, wie eine Tube gedrückt wurde, und zuckte zusammen, als sich der kühle Inhalt über ihr Gesäß ergoss.

Geschickte Hände verteilten das Gel auf ihren Pobacken, rieben es weiter abwärts zwischen ihre Schenkel und bedachten ihren Schoß mit der kühlen dickflüssigen Substanz.

Ein anregendes Prickeln machte sich in ihrem Magen breit, zog sich hinauf bis zu ihren Brüsten und jagte dann mit Brachialgewalt durch ihren Unterleib.

Etwas Hartes, Kühles wurde in ihre Spalte geschoben ... weit hinein, heraus und wieder hinein. Sie streckte ihr Gesäß noch ein Stück nach oben, hielt die Luft an, und gab sich ganz diesem überwältigenden Gefühl hin.

Währenddessen massierte seine freie Hand ihren Rücken, ihre Schenkel und kümmerte sich dann um ihre Klitoris, die danach lechzte, zum Orgasmus gerieben zu werden. Ihr Körper wurde durchgeschüttelt, als ein gewaltiger Orgasmus ihn überrollte. Sie versank in einer Flut unzähliger Funken. Ihr Schoß jubilierte, ihr gesamter Körper explodierte, und sie wurde immer intensiver von heftigen Zuckungen geschüttelt. Bevor die letzte Welle des Orgasmus ausrollte, schob Rafael den Dildo noch einmal tief in sie hinein, presste ihre Schamlippen fest gegeneinander und hielt sie mit einer Klammer zusammen. Dann befreite er sie von der Augenbinde, hockte sich vor sie und hob ihren Kopf an.

»Du möchtest mir doch gefallen, nicht wahr?«

Sie nickte.

»Okay, dann lass den Dildo noch ein paar Stunden in dir drin und schildere mir beim nächsten Mal, wie du dich dabei gefühlt hast, mit ihm zu kochen, fernzusehen, eventuell vor die Tür zu gehen.«

»Beim nächsten Mal?«

»Du hast richtig gehört. Unser Spiel ist für heute beendet. Dies steigert die Lust. Vertrau mir.«

Er zwinkerte ihr zu, erhob sich und warf ihr einen letzten Blick zu, bevor er das Schlafzimmer verließ und zur Haustür ging.

Kapitel 5

In der Zwischenzeit war Marleen zu Hause angekommen, öffnete erhitzt ihre Haustür, lehnte sich einen Augenblick dagegen und atmete tief durch.

Was für ein Tag ... vor allem: Was für ein Mann!

Sie seufzte tief auf und verspürte den unabwendbaren Wunsch, er möge hier sein. Bei ihr. Sie mit seiner Anwesenheit betören. Sie berühren, verführen, küssen und bis in alle Ewigkeiten lieben. Ein nie gespürtes, brennendes Verlangen breitete sich in ihr aus, überwältigte sie, machte sie atemlos und weckte eine verräterische Glut in ihr. Sie wollte sich an ihn pressen, ihn riechen, schmecken – und seine sicherlich heißen Küsse empfangen. Sie wollte dieses köstliche Kribbeln in sich intensivieren, es wachsen lassen, bis es in ihr kochte. Lustvolles Pulsieren und atemlose Hingabe. Feuriges Prickeln und tosende Ekstase. All das wollte sie mit ihm erleben. Hier. Jetzt. Sofort.

Seufzend stellte sie das Bild ab, deponierte die Taschen auf einen Stuhl und wurde jäh aus ihrem Wunschdenken gerissen, als ihr zwei Fellbündel entgegenstürmten.

»Na, ihr Süßen. Habt ihr mich vermisst? Das ist schön.« Sie ging in die Knie und genoss das Schnurren und Köpfchenreiben ihres Katers Orpheus, während sie schmunzelnd beobachtete, wie Katzendame Ludmilla sie lediglich stumm fixierte und gar nicht daran dachte, ihre Freude zu zeigen. Eine richtige Diva eben, die mit ihrem Verhalten beleidigt kundtat, dass es ihr mal wieder gar nicht passte, dass Frauchen so lange unterwegs war.

Es war jetzt zwei Jahre her, dass Marleen von einem ruhigen Singlehaushalt zur Mitbewohnerin von zwei Samtpfoten mutierte, und seitdem hatte sich einiges verändert. War sie vorher noch ängstlich bemüht, dem Holzdielenboden in Wohnzimmer und Diele möglichst jeden Kratzer oder jede Beschädigung zu ersparen, so zeugten mittlerweile unzählige Kratzspuren von den Verfolgungsjagden und Bremsmanövern der Mini-Raubkatzen. Besonders der bevorzugte Spielbereich im Wohnzimmer hatte eine völlig neue Holzmaserung bekommen, die mühsam über viele Monate von den »Krallenkünstlern« verwirklicht worden war.

Marleen lächelte. Ein warmes Gefühl durchströmte sie. »Ich liebe euch, ihr lieben Fellbündel. Und nun werde ich mich um euer leibliches Wohl kümmern.«

Nachdem sie die Katzen verköstigt hatte, bereitete sie sich selbst ein leichtes Abendbrot zu, goss sich ein Glas Wein ein und ließ sich genüsslich auf die Couch sinken. Seufzend schloss sie für einen Moment die Augen. Sofort schob sich die Gestalt eines äußerst attraktiven Mannes vor ihr inneres Auge. Und es dauerte nicht lange, da kreisten ihre Gedanken um Rafael.

Sie fluchte und nahm hastig einen Schluck Wein.

Dieser Kerl hatte es aber auch in sich. Er hatte es geschafft, ihr Blut in Wallung und sie aus dem Konzept zu bringen. Kein Wunder, denn er war verdammt attraktiv und charmant. Außerdem intelligent und äußerst redegewandt. Er wusste, wie man einer Frau schmeichelte. Ein Lächeln umspielte ihren Mund.

Selbst sein offensiv frecher Charakterzug gefiel ihr. Und

das, obwohl sie normalerweise die nötige Distanz bevorzugte. Er war etwas ganz Besonderes. Natürlich, charmant, sexy, warmherzig, klug und gefährlich. Eine Mischung, die ihr unter die Haut ging. Und wie! Sie seufzte erneut.

Meine Güte, was war bloß los mit ihr? Sie war normalerweise doch alles andere als leicht zu beeindrucken. Im Gegenteil! Nicht umsonst sagte man ihr nach, dass es ein fast unmöglicher Kraftakt sei, sie zu beeindrucken. Und das war auch gut so, denn sie hatte sich geschworen, niemals die Kontrolle über ihre Gefühle zu verlieren.

Und nun das! Sie begegnete diesem attraktiven Kerl, und schon gerieten ihre Gefühle so mir nichts, dir nichts außer Kontrolle. Hätte ihr das jemand heute Morgen prophezeit, sie hätte denjenigen für komplett verrückt erklärt und wäre jede Wette eingegangen, dass etwas Derartiges ein Ding der Unmöglichkeit sei.

Ich darf und werde diesen Kerl nicht wiedertreffen. Wäre ja noch schöner, wenn ich mich diesem Zauberbann, den er über mich geworfen hat, mit einem Wiedersehen ausliefern würde.

Sie griff nach der Fernbedienung und zappte sich durch das Fernsehprogramm. Marleen liebte in die Jahre gekommene Schwarzweißfilme. Klassiker. Besonders die alten Komödien hatten es ihr angetan. Und so freute sie sich, als einer der Sender einen Film mit Heinz Erhardt brachte.

Entspannt lehnte sie sich zurück, trank dazu ein weiteres Gläschen Wein und genoss die kurzweiligen neunzig Minuten. Minuten, in denen sie nicht an Rafael dachte, sondern sich einfach treiben ließ und oftmals lauthals lachen musste. Als der Film vorüber war, streckte sie sich wohlig, schenkte sich ein weiteres Glas Rotwein ein und öffnete die Balkontür. Süßer Blütenduft hing in der Luft, Grillen zirpten, und es wehte ein sanfter warmer Wind.

Der Blick nach oben ließ sie lächeln, denn der Himmel war über und über mit Sternen besät, die golden funkelten und ihr teilweise zuzuzwinkern schienen. Der Abend war klar und warm – wie gemacht für herzklopfendes Händchenhalten und verliebte Flirterei.

Sie seufzte leise.

Die gegen ihren Willen wiederkehrenden Gedanken an Rafael rannen wie schwerer Rotwein durch ihr Blut, machten sie betrunken. Ein Kaleidoskop sündiger Gedanken sauste durch ihr Hirn. Sie trat auf den Balkon hinaus und ließ sich in die himbeerfarbenen Kissen des Korbsessels fallen, der zu einer gemütlichen Sitzgruppe gehörte.

Marleen nahm einen großen Schluck aus ihrem Weinglas. Süß und schwer rann der köstliche Rebensaft langsam ihre Kehle hinab, hinterließ auf der Zunge ein herb-fruchtiges Aroma und erreichte schließlich ihren Magen, in dem sich alsbald eine wohlige Wärme ausbreitete.

Sie nahm einen weiteren Schluck, noch einen, ließ das Aroma auf der Zunge tanzen und schloss die Augen. Als das Glas schließlich leer war, spürte sie einen leichten Schwindel. Sie hatte eindeutig zu schnell getrunken. Der Wein stieg ihr zu Kopf, machte sie schwindelig, so wie ihre Begegnung mit Rafael. Egal! Heute war alles egal!

Noch ein Gläschen. Und ein weiteres.

Die Wirkung des Weines kribbelte angenehm in ihrem Bauch, gab ihr ein himmlisch schwebendes Gefühl. Ein Gefühl, fast so schön wie Rafaels Charme.

Rafael! Da ist er wieder – der Dieb meiner Gedanken und Gefühle.

Sie seufzte, füllte ihr Glas ein weiteres Mal und musste dann lachen.

Ach, was soll's. Heute ist es erlaubt. Ich lasse die Gedanken an ihn zu. Und morgen wird alles anders!

Mit geschlossenen Augen und einem Lächeln in den Mundwinkeln dachte sie an die heutige Begegnung. An die Art und Weise, wie er sich auszudrücken vermochte, an seine Gestalt, sein Lachen, an das erste Mal, als sich ihre Augen getroffen hatten ...

Bis auf ihr eigenes Herzklopfen und das Zirpen der Grillen drang kein Geräusch an ihr Ohr, so dass ihr Kopfkino ungestört laufen konnte.

Sie dachte an den Moment, als sich ihre Lippen berührten, stellte sich vor, wie prickelnd es sein müsste, seine schönen Hände auf ihrem Körper zu spüren, und seufzte leise auf. Die Brüste hoben und senkten sich unter dem seidigen Stoff ihrer Bluse, der Mund nahm einen sinnlichen Ausdruck an, die Hände wanderten ihre Schenkel entlang unter den Saum ihres Rockes.

Ihre Haut fühlte sich lebendiger an als sonst. Das Blut schoss heiß durch ihre Adern, zwischen ihren Schenkeln begann es verräterisch zu pochen. Nässe durchtränkte ihren Slip, sammelte sich und hinterließ ihre Spuren an den Innenseiten ihrer Schenkel. Das Pulsieren zwischen ihren Schenkeln wurde stärker und der Wunsch, die süße Lust zu stillen, übermächtig.

Sie lehnte sich zurück, legte ihre Beine auf den Tisch und schob ihre Hand unter den Slip. Atemlos tauchte sie ein in die Nässe, die zwischen ihren Schamlippen hervorquoll. Während eine Hand die Schamlippen teilte, bearbeitete die andere die freiliegende Klitoris, tippte sie sanft an, massierte sie, rieb sie zwischen Daumen und Zeigefinger und sandte auf diese Weise kribbelnde Wellen durch ihren Körper ... ausgehend vom Unterleib bis hin zu ihren Zehenspitzen. Sie türmten sich auf, flachten wieder ab, nur um dann umso gewaltiger über sie hereinzubrechen.

Fieberhaft rieb sie ihre Klitoris und stöhnte laut auf, als

die Wellen sich zum feurigen Finale vereinten und sie mit sich rissen. Ihren Blick hatte sie dabei nach innen gerichtet, wo sich Rafaels Gesicht, seine Gestalt und seine Bewegungen abzeichneten.

Sie legte ihren Kopf in den Nacken und nahm die sich abkühlende Abendluft gierig in ihre erhitzten Poren auf.

Der Mond tauchte die Umgebung in silbriges Licht, schien sie mit seinem Schein zu liebkosen, zu küssen und zu streicheln. Ganz langsam fielen ihr die Augen zu, und der Zauber des Moments trug sie sanft hinüber in einen süßen Schlaf.

☙❧

Marleen schaute verzückt auf das hell erleuchtete Herrenhaus, die imposante Freitreppe und die noblen Autos, die auf dem großzügigen Parkgelände standen und geduldig auf ihre Besitzer warteten. Sie blieb einen Moment lang atemlos stehen, ging ein paar Schritte weiter und beschleunigte dann ihre Schritte.

Voller Vorfreude stieg sie die herrschaftliche Freitreppe hinauf, passierte die weiß lackierte Eingangstür und betrat die geräumige Eingangshalle.

Stimmengewirr drang an ihr Ohr. Lachen und Gläserklirren. Nervös schob sie eine vorwitzige Haarsträhne, die sich aus ihrer sorgsam frisierten Hochsteckfrisur gelöst hatte, hinter ihr Ohr, gab ihre Stola an der Garderobe ab und folgte dem Lachen.

Das rote Kleid schmiegte sich weich um ihren Körper, wehte bei jedem Schritt leicht um ihre Knöchel. Ihre Füße steckten in sündhaft hohen Pumps aus scharlachroter Seide, ihr Spann bog sich den anwesenden Personen, die den Ballsaal füllten, entgegen.

Es waren sehr viele Menschen anwesend – Männer wie

Frauen. Alle waren sehr elegant gekleidet und spiegelten sich in den Spiegelkacheln der Wände tausendfach wider. Diese Gesellschaft fand in einem Anwesen statt, welches zu den besten Adressen des Ortes gehörte. Ein hoch angesehenes und alteingesessenes Ehepaar hatte seinem Ruf als exzellente Gastgeber mal wieder alle Ehre gemacht. Sie hatten den besten Partyservice der ganzen Umgebung bestellt, und die jungen Angestellten liefen beflissen herum und servierten auf eleganten silbernen Platten köstlich arrangierte Häppchen. Das üppige Buffet mit Kaviar, Austern, Lachs, Hummer und vielen anderen Delikatessen war gleichzeitig auch eine wahre Augenweide.

Im Hintergrund spielte eine kleine Kapelle dezente Tanzmusik.

Plötzlich verspürte sie ein leichtes Kribbeln im Nacken und auf den Schultern. Dieses Gefühl überkam sie jedes Mal, wenn in ihrer Nähe jemand stand, der sie intensiv beobachtete. Sie schaute sich um, sah aber nichts außer lachende und angeregt plaudernde Gäste, und niemand schien ihr besondere Beachtung zu schenken.

Doch irgendetwas begann sie zu beunruhigen. Zunächst war es nur ein leichtes Zittern ihrer Hände, das Aufstellen ihrer Nackenhärchen, die sie in Alarmbereitschaft setzten, dann jedoch kristallisierte sich das vermeintlich nicht Greifbare für sie heraus, nahm Form an und streifte sie wie ein Schatten.

In diesem Raum war jemand, den sie selbst auf die Distanz hin spürte. Jemand ganz Besonderes, der ihr ebenbürtig war und auf seltsame Weise mit ihr verbunden schien. Wie ein Phantom hielt sich derjenige in ihrer Nähe auf, war allerdings nicht sichtbar. Oder narrten sie etwa ihre Sinne?

Sie atmete tief durch, schüttelte sich kurz, um den geheimnisvollen Bann, der sie mehr und mehr umhüllte, loszuwerden. Ihr Blut pulsierte rasant und der Zwang, diesem einen endlich in die Augen zu blicken, nahm mehr und mehr zu – lenkte ihr gesamtes Denken und Handeln.

Fieberhaft glitt ihr Blick die Reihen entlang, sah elegante Frauen, charmant lächelnde Männer, tanzende Paare.

Und dann sah sie ihn.

Seine Augen fest auf sie gerichtet ... wissend ... magisch ... hypnotisch, versprachen ihr das Paradies und machten sie atemlos. Er nickte ihr unmerklich zu, und in dem Moment, als sie ein paar Schritte auf ihn zuging, rutschte ihr das Kleid vom Körper, fiel weich und fließend zu Boden und umgab ihre Füße wie ein roter See aus Seide.

Nackt, bis auf die roten Pumps, stand sie da, spürte nichts als das brennende Verlangen nach seiner Nähe und schritt langsam auf ihn zu ... den Kopf stolz erhoben. Ihr wertvollstes Gut – ihre Unnahbarkeit – schmolz wie Eis auf ihrem erhitzten, willenlosen Körper. Und dann hatte sie ihn erreicht.

Das Glitzern seiner Augen, der Triumph, der darin tanzte, ließen sie erbeben. Sie wollte ihm in die Arme sinken, unter seinen glühenden Händen zu Wachs mutieren, ihn anbeten und mit ihm verschmelzen.

Sie stöhnte leise auf, als seine Hand nach ihr griff, sie an sich riss. Seine heiße Zunge fuhr im geraden Strich ihren Hals entlang, berührte kurz ihr Schlüsselbein und näherte sich bald darauf ihren diamantharten Nippeln. Das Prickeln zwischen ihren Schenkeln wuchs, heißer Nektar quoll zwischen ihren Schamlippen hervor, rann die Innenseiten ihrer Schenkel hinab, eine heiße Spur hinterlassend, die ihre Haut zu versengen schien. In dem Augenblick, als seine Lippen ihre Brustwarzen umschlossen, warf sie liebestrunken den Kopf in den Nacken, spürte, wie sie ihm verfiel. Sie wünschte sich, er möge mit ihrer Geilheit spielen, mit ihrer

Begierde. Wollte, dass er sie zu seiner Hure machte, dass er mit ihr spielte, sie nahm, dabei jedoch ihr Herz und ihre Seele behütete wie ein Heiligtum.

»Wann nimmst du mich? Ganz und gar und so intensiv, bis ich meine Lust laut hinausschreie und unter deinen Berührungen zu zappeln beginne?«, hauchte sie ihm zu.

»Dann, wenn ich deine Demut gespürt und genossen habe, wenn deine Sehnsucht, deine Geilheit und dein Begehren ihren Zenit erreicht haben. Dann, wenn du brennend vor Lust darum bettelst und beginnst, dich mir lüstern und ohne Scham zu präsentieren; dich wie eine rollige Katze vor mir windest.«

»Ich tue alles, was du willst, wenn du nur das unbändige Verlangen in mir stillst. Ich will deine Lust sein, demütig darauf hoffend, dass ich dir gerecht werden kann. Will mich von dir führen lassen ohne Sicherheitsnetz ... mit freiem Fall. Und glaube mir, ich werde mich fallen lassen. Beherrsche mich! Zwing mir deinen Willen auf ... aber stille bitte meine Sehnsucht.«

»Pssst. Es läuft nach meinen Regeln, Prinzessin. Deine Sehnsucht wird gestillt, wenn ich es wünsche.«

»Ich wünsche mir, dass dies bald geschieht.«

»Wünschen ist erlaubt, wenn lästige Ungeduld außen vor bleibt. Also wünsche ruhig weiter, meine Prinzessin. Wünsche, hoffe und harre der Dinge, die da kommen werden.« Er strich ihr sanft übers Haar und trat einen Schritt zurück.

»Willst du mich denn so wenig?«

Er lachte rau auf. »Ich möchte dich benutzen, wann und wo es mir gefällt. Dir meine Hand zwischen die Schenkel legen, einen Finger zwischen die Schamlippen und in deine Möse stecken. Den Finger dann ablecken oder dir in den Mund stecken. Ich möchte dich quer durch diesen Saal vögeln, dich zum Schreien bringen. Will dich nehmen, wenn mir danach ist, möchte dich fesseln, auf dass du demütig meiner Lust ausgesetzt sein wirst. Will dich ficken … hart und tief, dich ausfüllen, dabei dein Stöhnen hören, deine Lustschreie. Ich will dich lecken, an dir saugen, deine Brüste massieren und die Nippel zwischen meinen Fingern langziehen. Ich will alles, was die Lust entfacht. Und eines kannst du mir glauben, meine Prinzessin, brennende Vorfreude und sehnsuchtsvolles Warten entfachen um ein Vielfaches. Also habe Geduld. «

Zwei in schwarzes Leder gekleidete Gestalten mit Gesichtsmasken standen wie von Geisterhand geführt urplötzlich neben ihr, hakten sich bei ihr ein, hoben sie hoch und trugen sie zu einem Altar. Ihr Herz klopfte bis zum Hals, und sie spürte wachsende Beklemmung in sich aufsteigen.

Sie wurde auf einer Fläche vor dem Altar abgelegt wie eine Opfergabe, spürte Panik in sich aufsteigen.

Diese wich allerdings augenblicklich, als er auf sie zutrat, mit verheißungsvollem Lächeln, Feuer in den Augen und einem Charisma, welches alle Grenzen in ihr zu sprengen schien. Sie war zu allem bereit.

Er beugte sich über sie, übersäte ihren Körper mit hauchzarten Küssen, während die dunklen Gestalten ihn entkleideten. Und dann spürte sie ihn auf sich, in sich, überall. Mit Wonne nahm sie wahr, wie er in sie eintauchte, wand sich unter ihm, zuckte und bog sich ihm bereitwillig entgegen. Ihr ruheloses Herz hatte nach Hause gefunden, jede Pore ihres Körpers wusste, wo sie hingehörte. Sie hatte ihr männliches Gegenstück gefunden … endlich!

Yin und Yang hatten zusammengefunden und sollten nie wieder getrennt werden.

Ein kalter Lufthauch zog über sie hinweg. Sie schauderte, spürte, dass *er* mit einem Mal fort war, und erwachte.

Es hatte sich merklich abgekühlt. Sie saß nach wie vor im

Korbsessel auf ihrem Balkon und war mit einer Sehnsucht durchtränkt, die fast schon schmerzte.

Ein Traum. Sie hatte geträumt. Und der Mann in ihrem Traum war eindeutig Rafael. Sie seufzte, schloss die Augen und wünschte sich augenblicklich zurück in diesen sinnlichen Traum. Doch leider blieb ihr diese Möglichkeit verschlossen. Eine ganze Weile saß sie mit geschlossenen Augen da, hing ihren Gedanken nach und kehrte mehr und mehr in die Wirklichkeit zurück.

Sogar in meine Träume schleicht er sich. Reicht es nicht, dass er meine Gedanken durchflutet? Egal, wo ich gehe … wo ich stehe?

Marleen seufzte, stand auf, reckte sich und verlagerte den Standort in das wesentlich angenehmer temperierte Wohnzimmer. Die Kühle der Nacht hatte die Wärme des Abends vertrieben.

Sie schenkte sich ein weiteres Glas Rotwein ein, und schon der erste Schluck erwärmte ihren Körper.

Dann griff sie in ihre Einkaufstüte, zog das neu erstandene Buch heraus und kuschelte sich zu ihren friedlich schlummernden Katzen auf die gemütliche Couch. Sie begann zu lesen, und trotz der Skepsis, mit der sie an die Lektüre herangegangen war, begann sie Gefallen daran zu finden, was die Wörter und Zeilen des Buches ihr vermittelten.

Sie las immer noch, als es draußen bereits hell wurde und die ersten Vögel zu zwitschern begannen.

Kapitel 6

Zufrieden schloss Marleen die Akte »Michelski« und reckte sich. Nur noch zwei Akten, und sie konnte für heute Feierabend machen. Die Nacht war kurz gewesen, der Arbeitstag turbulent.

Die ständigen Annäherungsversuche ihres Vorgesetzten Rainer Strauss taten ihr Übriges, und sie freute sich darauf, die Kanzlei zu verlassen. Schon seit einiger Zeit fühlte sie sich hier nicht mehr besonders wohl.

Sie beschloss, sich nach Feierabend ein französisches Baguette, Oliven, Käse und Rotwein zu besorgen und es sich am Abend bei einem Liebesfilm gemütlich zu machen.

Mit diesem Entschluss schlug sie den Weg zurück zu ihrem Auto ein.

Zu Hause angekommen, begrüßte sie Orpheus und Ludmilla gebührend, sorgte für das leibliche Wohl ihrer Minitiger, schlüpfte in ihren Schlafanzug, ließ sich auf die Couch plumpsen und schaltete den Fernseher an. Sie wollte sich von ganz banalen Geschichten berieseln lassen. Ohne Anspruch. Einfach nur seichte Unterhaltung, die sie einlullte und von ihrem Gedankenchaos ablenkte, das sich einfach nicht abschütteln ließ.

Sie zappte sich durch die Fernsehkanäle, konnte nichts finden, was ihr auch nur ansatzweise geeignet schien, und blieb schließlich halbherzig an einer Diskussionsrunde über das Für und Wider von Patchworkfamilien hängen.

Das allabendliche Schmusen mit Orpheus kam ihr da gerade recht. Geschmeidig hüpfte er neben sie, rieb sein Köpfchen an ihrer Wange, forderte eine Unmenge an Streicheleinheiten und legte zur Krönung seine Pfoten links und rechts auf ihre Schultern und begann mit einer intensiven Kopfmassage, indem er ihre Schläfe mit seiner hartnäckig liebkosenden Katzenzunge bedachte.

Besser als jedes Fernsehprogramm lenkte er sie auf diese Weise für eine Weile von ihren Grübeleien ab. Schließlich hatte Orpheus genug von dieser Prozedur, legte sich quer über ihren Schoß und ließ sich genüsslich kraulen. Er machte sich dabei ganz lang und wäre vor lauter wohligen Verrenkungen beinahe von der Couch geplumpst. Ludmilla saß etwas abseits und beäugte das Ganze aus gewisser Distanz, und jedes Mal, wenn Marleen zu ihr hinschaute, blickte sie rasch in eine andere Richtung und begann sich geschäftig zu putzen.

»Hey, du Diva. Lass diese Verlegenheitsputzerei und komm rüber«, lachte sie. »Du bist durchschaut, auch wenn du dich noch so sehr anstrengst, dir nicht anmerken zu lassen, dass du interessiert zuschaust.«

Das Läuten der Türglocke unterbrach das traute Miteinander. Marleen begab sich stirnrunzelnd zur Tür.

Wer mag das bloß sein? Ich hoffe nicht, dass Rainer erneut vor der Tür steht, in der Hoffnung, mich zum Abendessen ausführen zu können.

Sie drückte den Knopf der Sprechanlage. »Ja bitte?«

»Ich bin's … Ruth.«

»Oh … Gott sei Dank … du bist es.« Der Türöffner wurde betätigt, und kurze Zeit später öffnete sie der Freundin die Tür.

»Was heißt hier ›Gott sei Dank‹? Hast du den Teufel persönlich erwartet?«

»Na ja, ganz so schlimm ist es nicht. Sagen wir mal so, es gibt da jemanden, der sich mehr für mich interessiert, als mir lieb ist. Darf ich dir was zu trinken anbieten? Einen Tee?«

»Gern. Außerdem bin ich neugierig darauf, welch schönes Plätzchen du für das Bild ausgesucht hast.« Sie ließ sich in einem bequemen Ohrensessel neben der Couch nieder.

»Ich habe noch nicht den passenden Platz gefunden«, rief Marleen ihr aus der Küche zu, während sie das Teewasser aufsetzte. »Ich habe mir überlegt, dass es vielleicht nicht schlecht wäre, das Wohnzimmer zu streichen«, ergänzte sie, als sie aus der Küche kam. »In einem weichen Himbeerton. Dann passt das Bild perfekt.«

»Sag mal, wer ist denn der werte Herr, dem du das Herz gestohlen hast?«

»Ganz so dramatisch würde ich es nicht sehen. Er findet mich interessant und könnte sich mehr vorstellen. Aber von gestohlenen Herzen ist hier mit Sicherheit nicht die Rede, weil ich nie nach seinem Herzen gegriffen habe.«

»Okay, und wer ist derjenige welche, der dir sein Herz vor die Füße warf in der Hoffnung, du hebst es auf?«

»Rainer Strauss, mein Kollege und Chef.«

Ruth pfiff leise durch die Zähne. »Ein interessanter Mann. Und kultiviert dazu.«

»Das reicht aber nicht. Außerdem bin ich an keiner Beziehung interessiert.«

»Ja, ja. Das Thema hatten wir erst. Warte ab, bis der Richtige kommt. Dann wird deine harte Schale durchbrochen, und deine Prinzipien werden über Bord geworfen.«

»Danke. Bin nicht interessiert.«

Sie dachte dabei an Rafael, spürte eine leichte Röte in ihrem Gesicht aufsteigen und war froh, als aus der Küche das laute Pfeifen des Wasserkessels ertönte. Kurze Zeit später kehrte sie mit einer dampfenden Kanne Tee und zwei Tassen zurück.

Ruths Blick verweilte einige Sekunden prüfend auf Marleens Gesicht. Ihre Augen, die in einem intensiven Blau leuchteten, schienen bis auf den Grund ihrer Seele zu blicken. Marleen mied ihren Blick, wusste sie doch, dass sie der Freundin nichts vormachen konnte und dass diese zu spüren schien, dass da noch etwas anderes war als Rainer und sein plötzlich entdecktes Interesse an ihr.

Sie senkte die Lider und beschäftigte sich intensiv mit ihrer Tasse, übertünchte die Verlegenheitspause mit einem leichten Lächeln

»Dich bedrückt doch etwas. Ich meine etwas Wichtigeres als die Frühlingsgefühle deines Kollegen.«

»Wie kommst du darauf?«

Ruth lachte. »Langsam solltest du wissen, dass mir nichts entgeht. Schon gar nicht, wenn es sich um Menschen handelt, die mir so wichtig sind, wie du es bist.«

»Das hast du schön gesagt.«

Marleen seufzte. Sie strich sich mit beiden Händen über die Stirn und durchs Haar, wollte der Freundin von Rafael erzählen, doch die Worte blieben aus. Achselzuckend begegnete sie Ruths verständnisvollem Blick. Augenblicklich lösten sich ihre Schutzschilde auf, denn sie spürte, dass Ruth sie verstehen würde.

»Ach, Ruth. Es kommt mir vor, als befehle er mich zu sich. Es ist, als hätte ich nur diese eine Chance im Leben. Dabei möchte ich gar keine Chance. Dennoch ist es schwer, sich gegen die Verlockungen der Emotionen zu wehren.«

»Aber du hast Angst.«

Sie nickte, ohne Ruth dabei anzusehen.

»Bist du nicht neugierig?«

»Doch!« Ihre Stimme klang belegt. »Aber ich fürchte mich, weil ich weiß, dass ich bei diesem Mann nicht auf Abstand bleiben kann, wenn ich ihm erneut begegne. Er hat irgendetwas in mir aufgerissen.«

»Räumliche Distanz ändert nichts, verstärkt nur die Unruhe. Lass dich ein! Du bist stark, du wirst ihn aushalten. Erzähl mir von eurer Begegnung.«

Marleen pumpte mit einem tiefen Atemzug Luft in ihre Lungen, und dann begann sie zu erzählen. Von ihrer ersten Begegnung, seiner Hartnäckigkeit und von ihrem Wunsch, ihn aus dem Gedächtnis zu löschen.

»Du hast Angst vor deinen eigenen Gefühlen.« Ruths Stimme klang sanft.

»Ach, Ruth, ich erkenne mich seit dieser Begegnung nicht wieder. Und das gefällt mir nicht. Ich möchte mich nicht verlieren.«

»Wenn du diese Gefühle zulässt, wirst du dich garantiert wiederfinden. Sogar viel intensiver.«

»Ich mag derartigen Sentimentalitäten keinen Einlass in mein Leben gewähren. Ich bin nämlich sehr zufrieden damit, wie es ist.« Sie stöhnte kurz auf. »Beziehungsweise wie es war, bevor ich diesem Kerl begegnet bin.«

Ruth lächelte.

»Außerdem ist er viel zu jung.« Sie wusste nicht, wen sie mit diesen Worten überzeugen wollte. Sich selbst oder die Freundin.

Ruth legte ihre Hand auf Marleens zitternde Finger. »Liebes, was hat es schon zu bedeuten, wie lange ein Mensch auf dieser Erde weilt? Viel wichtiger und wesentlicher sind doch andere Dinge.«

»Das hat er auch gesagt.«

»Ein weiser Geist. Und das, obwohl er so jung ist.« Ruth zwinkerte ihr liebevoll zu.

»Was kann ich bloß tun, damit er nicht ständig durch meinen Kopf geistert?«

»Da ist guter Rat teuer. Zumal du meinen Rat, dich auf ihn einzulassen – sollte er sich melden – ja sicherlich ablehnen wirst.«

»Bingo!«

Ruths kluge Augen schienen ihr tief in die Seele zu blicken. »Meine Liebe, die Karten werden gerade neu gemischt! Es scheinen universelle Kräfte zu wirken, die dein Leben vollkommen auf den Kopf stellen. Auf positive Weise. Also habe Vertrauen, denn es kommt zwar etwas Neues auf dich zu, was dein bisheriges Leben aus dem Konzept bringt. Aber es ist auch etwas wirklich Schönes! Etwas, um das dich so manche Frau beneiden würde.«

»Und was ist, wenn ich nicht beneidet werden möchte? Wenn ich einfach in Ruhe mein altes Leben weiterführen und nicht aus meinem geliebten Trott gebracht werden will?«

»Willst du das wirklich? Dein altes Leben? Ohne Adrenalinschübe und tanzende Schmetterlinge? Mein Tipp: Hirn ausschalten und genießen.«

»Du hast leicht reden.«

Ruth suchte Marleens Blick. »All deine Gedanken kreisen sehr um diesen Rafael, habe ich Recht?«

»Ertappt. So sehr ich es auch versuche, ich komme nicht dagegen an.«

»Dann wehre dich nicht. Damit führst du Blockaden herbei, die den Fluss der Energie und das, was sein soll, ausbremsen.«

»Tolle Aussichten. Und wenn das – was angeblich sein soll – nicht das ist, was ich mir wünsche?«

»Lass es einfach fließen. Und egal, was kommen mag, ich bin immer für dich da, okay?«

»Du hast gut reden. Aber danke für das Angebot. Werde darauf zurückkommen, wenn der Fluss des Lebens mich zu überschwemmen droht.«

»Tu das. Und nun lass uns das Thema wechseln. Ich wünsche mir, dass ein entspanntes Lächeln deine verkniffenen Gesichtszüge erhellt.«

»Das Wetter?«

Ruth blickte sie begriffsstutzig an.

Marleen musste über ihren Gesichtsausdruck lachen und ergänzte: »Ich meine ... das Wetter ist doch immer gut für einen Themenwechsel, oder?«

»Himmel, du und deine Gedankensprünge. Vergiss nicht, dass meine Gehirnzellen nicht mehr die jüngsten sind. Ich brauche etwas länger, um deinem Gedankenhopping folgen zu können.«

Der Rest des Abends verlief vergnüglich und vor allem sehr entspannt. Marleen genoss es, bis tief in die Nacht hinein mit ihrer Freundin über Gott und die Welt zu plaudern und dass Rafael nicht mehr allgegenwärtig durch ihre Gedanken spukte.

☙

Mitten in der Nacht erwachte Marleen. Ein Blick auf die Leuchtziffern ihres Radioweckers zeigte ihr eine für sie ungewöhnliche Zeit, denn normalerweise schlief sie wie ein Stein und konnte sich nicht daran erinnern, wann sie das letzte Mal nicht durchgeschlafen hatte. Zunächst hatte sie dieser Umstand ein wenig beunruhigt, ließ sie in sich hineinhorchen und nach möglichen Ursachen suchen, von denen es sicherlich reichlich gab. Rafael beispielsweise! Dann jedoch beschloss sie, die ständig kreisenden Gedanken zu verbannen und den Grund in der Schwüle der Nacht zu suchen. Sie stand auf und öffnete das Fenster, legte sich, ohne sich zu bedecken, wieder zurück ins Bett und streckte sich aus. Für eine kurze Weile lauschte sie in die Stille der Nacht und spürte dem warmen Lufthauch nach, der sanft über ihre Haut strich. Dann schlief sie wieder ein ...

Kapitel 7

*D*ie Morgensonne strahlte hell und warm ins Zimmer, als Marleen erwachte. Sie schob ihre Beine über die Bettkante und reckte sich. Kaum war sie richtig wach, war es schon wieder da – das Phantom Rafael.

Es geisterte durch ihre Gedanken, quälte sie und dachte gar nicht daran, sie in Ruhe zu lassen.

Sie fluchte leise und straffte dann entschlossen die Schultern.

Nun bleib mal ruhig. Auch das wird vergehen. In ein paar Tagen ist die Erinnerung an ihn Schnee von gestern. Und sollte er sich tatsächlich melden, so wird er auf Granit beißen. Ich denke nämlich nicht im Traum daran, ihn noch einmal wiederzusehen.

Mit diesen Gedanken und ein paar Atemübungen gelang es ihr step by step etwas Ruhe in ihren Körper fließen zu lassen. Sie begann sich ein wenig zu entspannen, und es stahl sich sogar ein kleines Lächeln auf ihre Lippen.

Ha, wäre doch gelacht, wenn die Geister, die ich nie gerufen habe, sich nicht mit Leichtigkeit vertreiben ließen.

Wie jeden Morgen hörte sie auch diesmal wieder einen vertrauten »Plumps«, als sie aus dem Bett stieg. Orpheus startete in den Tag. Zunächst mit lautem Wehklagen, weil der Futternapf noch nicht gefüllt war. Dann folgte seine

Morgengymnastik, die er stets im Badezimmer zum Besten gab, während sie versuchte, sich zu duschen. In voller Breite legte er sich quer vor die Duschkabine, rekelte sich, hangelte mit seinen dicken Katerpfoten nach allem, was ihm in die Quere kam, und machte es ihr nicht gerade einfach, in die Dusche zu steigen. Gegen alle Versuche, ihn beiseite zu schieben oder gar an ein anderes gemütliches Plätzchen zu tragen, war er resistent. Kaum wurde seine Position mühsam verändert, lag er schon wieder auf der Matte vor der Duschkabine. Dann endlich hatte sie es geschafft. Sie stieg in die Dusche und drehte das Wasser auf. Der feste Strahl tat gut. Er belebte, massierte und entspannte, und sie dehnte ihre Dusche ungewohnt lange aus. Anschließend hüllte sie sich in ein weiches Badetuch, um sich trocken zu rubbeln, und begann mit ihrem morgendlichen Ritual.

Zunächst verwöhnte sie ihren Körper mit einer wohlig duftenden Körperlotion, föhnte ihre Haare etwas an und legte ein leichtes Tages-Make-up auf. Orpheus lag ihr wie jeden Morgen zu Füßen und hangelte nach ihren Zehen, was ihr immer wieder einen spitzen Schrei entlockte. Sie kleidete sich an und freute sich auf ihr Frühstück.

Orpheus trabte mit ihr zusammen zur Küche, verlangte nach einem zweiten Frühstück. Frühsport war schließlich anstrengend. Inzwischen tauchte auch Ludmilla auf. Noch reichlich verschlafen und zerknautscht, allerdings mit wachem Blick, dem nichts entging.

Kaum in der Küche angekommen, stürzte sie sich dann auch schon zusammen mit Orpheus auf den Futternapf. Nach dem ausgiebigen Katzen-Frühstück folgte das allmorgendliche »Wir rennen über Tische und Stühle« – ein Spiel, das jedoch sofort unterbrochen wurde, als Marleen mit Morgenkaffee und Zeitung am Küchentisch saß und die Zeitung lesen wollte.

Orpheus ließ es sich nicht nehmen, seinen Übermut in Form von zielsicher geführten Pfotenhieben auf die Zeitung auszuleben. Marleen hatte alle Mühe, ihre Zeitungslektüre mit dem Kaffeetrinken zu kombinieren. Ludmilla hingegen wirkte gelangweilt und putzte sich ausgiebig. Zeitungen reizten sie nicht sonderlich, dafür war sie aber blitzschnell, als Marleen aufstand, um sich einen frischen Kaffee zu holen, und sie ein unbeobachtetes Stück Brötchen mit Aufschnitt erspähte. Sie war Weltmeister im Stibitzen von solchen Leckereien.

Ein turbulenter Tagesbeginn, den Marleen trotz einiger genervter Augenblicke nicht mehr missen wollte, und das, obwohl sie vor der Adoption ihrer beiden Miezen ein ausgesprochener Morgenmuffel gewesen war, dem die morgendliche Stille über alles ging. Nie im Leben hätte sie es für möglich gehalten, dass sie auf Ruhe am Morgen einmal weniger Wert legen würde als auf die Gesellschaft dieser munteren Samtpfoten, die stets neue Einfälle hatten und ihr oftmals die morgendliche Puste raubten.

ℰℐℴ

Ihr Arbeitstag war vollgestopft mit Terminen. Als es etwas ruhiger wurde, beschloss Marleen bei einer guten Tasse Kaffee schon lange vernachlässigte Unterlagen zu ordnen.

Sie hatte kaum damit begonnen, als es an der Tür klopfte und die Sekretärin eintrat. »Da ist ein neuer, unangemeldeter Mandant, der nachfragt, ob es möglich sei, kurzfristig einen Termin zu bekommen. Er ist vollkommen verzweifelt und behauptet, dass nur Sie ihm helfen könnten.«

»Na schön. Bitten Sie ihn herein.«

Eilig raffte sie ihre Unterlagen wieder zusammen und blickte zur Tür, als diese mit Schwung aufgerissen wurde.

Ihre Augen weiteten sich, und sie wusste nicht, ob sie ihnen in diesem Moment trauen konnte, denn niemand Geringerer als Rafael kam auf sie zu. Sofort spürte sie, wie sich ein warmes Kribbeln in ihrem Körper ausbreitete und ihre Beine zu zittern begannen. Vorsichtshalber blieb sie sitzen. Sie warf ihm einen ärgerlichen Blick zu, straffte die Schultern und zischte: »Was willst du? Und was fällt dir ein, dich mit einem derartig schamlosen Trick bei mir einzuschleichen? Oder willst du mir jetzt etwa weismachen, dass du dringend die Hilfe eines Anwaltes benötigst?«

Er grinste unverschämt. »Mal im Ernst, hättest du einem Wiedersehen zugestimmt, wenn ich dich angerufen hätte?«

»Nein.«

»Siehst du. Also blieb mir lediglich dieser kleine Trick.«

»Eins zu null für dich, aber das wird dich auch nicht weiterbringen, denn dies wird unsere letzte Begegnung sein.«

»Da bin ich mir nicht so sicher.« Er ließ seinen Blick unverfroren über ihre Gestalt gleiten. »Dennoch werde ich diese Stunde auskosten. Schließlich bezahle ich für die Zeit, die ich dich in Anspruch nehme. Wie ein normaler Mandant.«

»Von dir nehme ich kein Honorar.«

»Schon erledigt.«

»Meine Sekretärin wird es dir zurückgeben.«

»Nein, danke.« Rafael lächelte gelassen und blickte sich interessiert um.

Ihr Ärger wuchs. »Also, was willst du?«

Er verneigte sich mit einem schelmischen Grinsen, setzte sich ihr gegenüber und streckte seine langen Beine aus, die in schwarzen Lederhosen steckten.

»Sorry, dass ich dich so überfalle. Aber ich wollte dich so schnell wie möglich wiedersehen. Schlimm?« Wie er so dasaß, ganz selbstverständlich und mit frech funkelnden Augen, das hatte etwas, was unter die Haut ging. Ihr Herz hämmerte, und nur mit Mühe konnte sie ein Lächeln unterdrücken. In ihrem Innern kämpften Wut und Freude, äußerlich allerdings zwang sie sich zur Ruhe.

»Nun, ich bin überrascht.«

»Überrascht ... na, das ist doch immerhin ein Anfang. Zumindest bist du mir nicht böse. Auch wenn es mir wesentlich besser gefallen hätte, wenn du, statt überrascht, unendlich erfreut wärst.« Seine Augen flirteten mit ihr, was sie tunlichst zu ignorieren versuchte. Sein undefinierbarer Blick tauchte in den ihren ein. Ihre Verwirrung wuchs. Er hatte die Kontrolle über sie und die ganze Situation gewonnen – und das war ungewöhnlich, denn meistens war sie diejenige, die die Kontrolle besaß – vor allem in ihrem Büro.

»Weißt du eigentlich, dass ich deinen wunderschönen Augen hoffnungslos verfallen bin? Außerdem hast du einen Kussmund, der allerdings wesentlich positiver zur Geltung käme, wenn du deine Lippen nicht so heftig zusammenpressen würdest.«

»Und du hast ein vorlautes Mundwerk.«

Rafael brach in schallendes Gelächter aus. »Hab ich das? Nun, ich sage lediglich die Wahrheit. Und du kannst anscheinend nicht mit Komplimenten umgehen.«

»Das kann ich sehr wohl. Nur habe ich ein Problem damit, wenn man sich als Mandant bei mir einschleicht und ...« Sie brach ab.

»Ja?«

»Du weißt sehr wohl, was ich meine.«

»Ich weiß nur, dass ich dich gerne näher kennen lernen würde.«

Verlegen wich sie seinem Blick aus. Sie hatte das Gefühl, dass sonst die Gefahr bestand, auf der Stelle wie Butter in der Sonne zu zerschmelzen. Schnell erhob sie sich, griff nach ihrer leeren Kaffeetasse.

»Darf ich dir einen Kaffee anbieten?«

»Gern.«

Mit zitternden Händen reichte sie ihm seine Tasse und vermied es, seinem Blick zu begegnen. Bevor sie sich wieder setzte, strich sie kurz über ihren Rock. Zum Glück hatte sie heute Morgen ihr smaragdgrünes Kostüm angezogen, welches ihr hervorragend stand. Dies gab ihr zumindest ein klein wenig das Gefühl von Sicherheit während seiner Anwesenheit.

Wie ein Raubtier verfolgte Rafael ihre Bewegungen.

»Was willst du von mir?« Ihre Stimme zitterte.

»Weißt du das immer noch nicht?«

»Ich mag es nicht, wenn eine Frage mit einer Gegenfrage beantwortet wird.«

»Wenn du mir die Chance auf ein Wiedersehen gibst, werde ich mir dies hinter meine Ohren schreiben.«

»Du gibst wohl nie auf, was?«

»Nur, wenn es offensichtlich aussichtslos scheint. Und da ich es unendlich genieße, mich in deiner Gegenwart aufzuhalten, klammere ich mich natürlich an den Strohhalm Hoffnung und daran, dass eine winzige Chance auf ein Wiedersehen besteht.«

Marleen öffnete den Mund, um etwas Bissiges darauf zu erwidern, doch sie brachte keinen Laut hervor.

Rafaels Blick fixierte sie ... verwirrte ... war gnadenlos.

»Ich hatte letzte Nacht übrigens einen schönen Traum«, unterbrach Rafael die Stille, in der eine geraume Zeit lang lediglich das Ticken der großen Wanduhr zu hören gewesen war. »Ich habe eine Göttin gesehen. Sie war in ein weißes langes Gewand gehüllt, ihr langes dunkles Haar fiel bis über die Schultern herab. Sie ging vor mir ... nein ... sie schritt! Und jeder Schritt zeigte doch ihre Unnahbarkeit. Müsste ich ihre Erscheinung beschreiben, so kommt mir nur das Wort ›edel‹ in den Sinn.«

Nervös nippte sie an ihrem Kaffee. Sie musste sich eingestehen, dass sie ihn nach wie vor umwerfend fand und sich am liebsten in seine Arme gestürzt hätte. Doch sie verstand es fabelhaft, diese verräterischen Gedanken und Gefühle in den tiefsten Winkel ihres Inneren zu verbannen. »Und dann?«

»Sie wandte sich zu mir um, warf mir ein strahlendes Lächeln zu. Geblendet wandte ich mich ab, und dann war sie plötzlich weg.«

»Tja, Chance verpasst!«

»Es gibt keine verpassten Chancen, sondern nur Chancen, bei denen ich mich entschlossen habe, sie nicht wahrzunehmen.« Er stand auf und trat auf sie zu.

»Aber diese hier nutze ich gern.« Er ergriff ihre Hand und zog sie zu sich auf die Beine.

Marleens Atem ging stoßweise. Ihr gesenkter Blick und das Beben ihrer Mundwinkel gaben ihr etwas Verletzliches. Sacht legte Rafael seine Hand unter ihr Kinn, so dass sich ihr Blick langsam hob. Mit einer einzigen fließenden Bewegung umfasste er ihre Taille und setzte sie auf den Schreibtisch.

Ihre Lippen öffneten sich verblüfft ... ihre Hände stemmten sich abwehrend gegen seine Brust. Doch ihre Augen verrieten sie.

Rafael beugte sich leicht vor, sein Atem kitzelte sie angenehm, als er ihr ins Ohr raunte: »Du hast genau zwanzig Sekunden Zeit, um mir zu sagen, dass ich gehen soll.«

Ihre Brüste hoben und senkten sich hektisch in ihrem Bemühen, ihre Lungen mit Luft zu füllen. Sie fühlte sich atemlos.

Geh! Los – mach, dass du wegkommst, schoss es ihr immer wieder wie ein Mantra durch den Kopf.

Doch ihre Lippen blieben stumm.

Rafaels Zeigefinger zog die Linie ihrer Lippen nach. Dann drehte er sich um und schritt zur Tür.

Marleen bewegte sich nicht.

Keinen einzigen Millimeter.

Enttäuscht blickte sie ihm nach, wünschte sich allerdings gleichzeitig, er möge für immer verschwinden.

Wie gebannt blickte sie auf seine Gestalt und nahm nur schemenhaft wahr, dass er die Tür verriegelte und zu ihr zurückkam. In ihren Ohren begann es zu rauschen. Ein paar Minuten lang hörte sie nichts – nur ihren Herzschlag. Sie ließ es zu, dass er sie nach hinten drückte, bis sie, auf Ellbogen gestützt, halb auf dem Rücken lag. Zunächst presste sie impulsiv ihre Schenkel zusammen, präsentierte ihm eine Abwehrhaltung – wenn auch unglaubwürdig. Als er jedoch ihren Rock nach oben schob und die Innenseiten ihrer Schenkel zart wie eine Feder zu berühren begann, wurde ihr Körper weich und nachgiebig. Sie wehrte sich nicht, als er ihre Schenkel leicht spreizte. Ihre Haut prickelte, glühte dort, wo er sie berührte. Das Pochen zwischen ihren Schenkeln nahm mehr und mehr zu, ihre Klitoris musste ungewöhnlich angeschwollen sein, denn sie drückte fast schmerzhaft gegen die zarte Spitze ihres mittlerweile feuchten Höschens. Seine Hände strichen an ihren Schenkeln hinab, verweilten in ihren empfindsamen Kniekehlen und tasteten sich weiter abwärts, bis sie ihre schmalen Fesseln erreicht hatten. Dann streifte er ihr die Pumps von den Füßen und ließ seine Hand kurz über ihre Knöchel gleiten.

Er trat einen Schritt zurück, ging ein paar Schritte um den Schreibtisch herum und betrachtete sie mit einem langen Blick.

Marleen erbebte.

Rafael stand nun genau vor ihr. Sie lag mit gespreizten Beinen da, so dass er unter ihren hoch geschobenen Rock blicken konnte bis zum weißen Hügel ihres Seidenslips, dessen Nässe wohl deutlich zu erkennen war. Er griff nach einer Schere, die auf dem Schreibtisch lag, fuhr mit der stumpfen Seite der Schneide langsam die Außenseiten ihres linken Beines hinab und arbeitete sich am rechten Bein wieder aufwärts.

Dann waren die Innenseiten ihrer Schenkel an der Reihe. Sie rang nach Luft. Ihr Körper begann zu zittern, sie keuchte unwillkürlich auf, als die Scherenspitze Kreise auf ihrem Venushügel zu ziehen begann. Rafael betrachtete ihr glühendes Gesicht. Dann schob er die Spitze von einer der beiden Klingen geschickt in die feinen Maschen der Nylonstrümpfe und begann sie von oben bis zu ihren Knöcheln aufzuschneiden.

Nun konnte sie das kühle Metall der Schere unmittelbar auf ihrer Haut spüren und stieß einen leisen Schrei aus. Sie erschauerte, als Rafael die Reise seines Werkzeuges zu wiederholen begann und sich ihrem Höschen widmete. Ein paar geschickte Handgriffe, und ihren Slip zierte genau an der Stelle ein großes Loch, wo vorher zarte Spitze ihre Schamlippen bedeckt hatte. Unwillkürlich spreizte sie ihre Schenkel noch ein Stückchen, öffnete sich ihm. Ihre Scham, ihren Widerwillen und ihre Prinzipien hatte sie längst abgelegt und tauchte stattdessen in einen wilden Strudel der Lust ein. Rafael – zwischen ihren Schenkeln stehend, seine funkelnden Augen auf ihrem Körper, die fordernden Hände auf ihren Hüften – war in diesem Moment das Einzige, was für sie zählte. Sie keuchte, als er seine Hand gegen ihre feuchte Spalte presste. Mit hoch geschobenem Rock lag sie auf ihrem Schreibtisch, nicht dazu in der Lage, sich auch nur einen Millimeter zu bewegen.

Er massierte ihre Schamlippen. Mal fester, mal ganz zart.

Seine Finger fanden die richtigen Stellen, erkundeten, rieben, streichelten.

Behutsam drang er mit zwei Fingern in sie ein, schob sich mit kreisenden Bewegungen tiefer in ihre Vagina, während sein Daumen auf ihrer Klitoris lag und sie geschickt zu stimulieren begann.

Der Schwall an Gefühlen, der sie durchdrang, ließ ihren Atem kurz und heftig werden. Hart wie Diamanten stellten sich ihre Brustwarzen auf und stießen erwartungsvoll gegen den Stoff ihrer Bluse.

Das Blut in ihren Adern pulsierte, schoss heiß durch ihren Körper, Schweißperlen rannen ihren Bauch hinab und suchten sich den Weg zu ihrem Lustzentrum, wo sie mit dem weichen Saft verschmolzen, der aus ihrer Möse quoll. Geschickt stimulierte Rafaels Daumen ihre Klitoris, während seine Finger in ihr auf und ab tanzten. Ihr ungezähmtes Stöhnen zeigte ihm, dass es nicht mehr lange dauern konnte, bis sie so weit war.

Sie spannte ihren Bauch an, griff sich mit einem stummen Schrei in ihr Haar und ließ sich komplett zurücksinken. Ihren Rücken bog sie dabei zum Hohlkreuz, und ihre Schenkel begannen unkontrolliert zu zittern. Sie genoss das Gefühl seiner tastenden Finger in ihrer Vagina, wie sie sich an ihrer Scheidenwand entlangarbeiteten und sich mal zart, mal hart weiter hineinwagten. Bekam nicht genug von seinem kreisenden Daumen auf ihrer Lustperle, der so genau wusste, was zu tun war.

Und dann spürte sie die warmen, zuckenden Wellen des nahenden Orgasmus, tauchte in ein Meer aus Sternen und ließ sich forttragen von dem Schwall der Lust. Leise wimmernd biss sie sich in den Handrücken, um ihre aufkommenden Schreie zu unterdrücken, während die andere Hand suchend nach Rafael tastete, seine Hand fand und sich Halt suchend an ihr festkrallte.

Sie nahm einen tiefen Atemzug, doch noch bevor sich ihre Lungen komplett mit Luft gefüllt hatten, zog sich Rafael abrupt zurück.

Eine klaffende Leere war dort zu spüren, wo seine Finger sie eben noch ausgefüllt hatten. Zitternd hob sie ihre Schultern an und sank krachend zurück, als Rafael sich einen Stuhl heranzog, sich setzte, ihren Slip komplett zerriss und mit seiner flachen, weichen Zunge einen geraden Strich zwischen ihre Schamlippen zog.

Ihre Finger verkrallten sich in seinem Haar, pressten seinen Kopf fester an sich, während sie bemüht war, ihr heftiger werdendes Stöhnen zu unterdrücken. Als Rafael mit seiner festen Zungenspitze ihre Klitoris antippte, war es allerdings um ihre Beherrschung geschehen. Sie schrie leise auf und wand sich, als er ihre Perle mit hartem Druck umkreiste, leckte, die Zungenspitze hineinbohrte.

Ungeniert schlang sie ihre Schenkel um seinen Hals und hob ihr Becken, so weit es ging, an. Sie wollte ihn spüren. Überall. Hemmungslos und wild. Und genoss bebend, wie gekonnt Rafael sie zu einem weiteren Orgasmus leckte.

Das Klingeln des Telefons zerstörte die sinnliche Atmosphäre, riss Marleen aus ihrer wilden Geilheit und ließ sie augenblicklich hochfahren.

Rafael erhob sich und legte seinen Mund kühl und entspannt auf den ihren. Es war eine sanfte Berührung, die das Nachglühen ihrer Begegnung noch einmal kostete, bevor sie sich voneinander lösten.

Sie rutschte vom Schreibtisch, zog hastig ihren Rock zurecht und griff zum Telefonhörer. Von jetzt auf gleich mutierte sie von einem hingebungsvollen, liebeshungrigen Etwas zur kühl nüchternen Geschäftsfrau, war ganz Ohr und bemerkte Rafaels Verschwinden erst, als sie sich suchend nach ihrem Terminkalender umsah.

Kapitel 8

Freitagabend um 21 Uhr am Jürgen-Ponto-Platz ... begann der Text, den Marleen auf einem Zettel auf ihrem Schreibtisch fand.

Es wäre schön, wenn du ein Kleid tragen würdest und auf ein Höschen verzichtest.
Kuss,
Rafael.
PS: Ich liebe halterlose Strümpfe.

Wie hypnotisiert saß Marleen an ihrem Schreibtisch, hielt die Nachricht, die Rafael ihr hinterlassen hatte, in den Händen und wusste nicht, ob sie lachen oder lauthals fluchen sollte.

Was fiel diesem unverschämten Kerl ein? Erst überfiel er sie hier in ihrem Büro, machte sie willenlos, und nun zitierte er sie auch noch frech zu einem von ihm ausgewählten Treffpunkt.

Na, dem werde ich es zeigen! Ich denke ja nicht im Traum daran, dort zu erscheinen. Never! Pffffhh ... Besondere Wünsche hat der werte Herr auch noch. Aber nicht mit mir!

Sie sorgte für Ordnung auf ihrem Schreibtisch, überzeugte sich davon, dass sie jeden Fetzen ihrer Strümpfe und ihres Slips in ihrer Tasche verstaut hatte, und beschloss, nach Hause zu fahren.

In den kommenden drei Tagen war sie uneins mit sich selbst. Es tanzten zwei Seelen in ihrer Brust, die ständig miteinander debattierten. Die eine Seite lehnte es kategorisch ab, Rafaels »Einladung« Folge zu leisten, die andere allerdings war abenteuerlustig genug, den Kokon des bisher ruhig dahinplätschernden Lebens zu verlassen und ein wenig über den Tellerrand zu schielen. Sich auf ein Abenteuer einzulassen, wie es sich vielleicht nie wieder bot.

Diese Tatsache nervte sie, und so stürzte sie sich nach Feierabend aus Verzweiflung in ausufernde Hausputz- und Aufräumaktionen, begann ihren Eisschrank abzutauen, ihre Blumen umzutopfen, obwohl sie dies erst vor ein paar Wochen getan hatte.

Nachts lag sie wach und wälzte sich unruhig in den Laken. Ihr Körper brannte, sehnte sich nach Befriedigung, nach Berührungen, die sie in einen Taumel stießen, sie quälten – bis zur Grenze und darüber hinaus.

Rafael mit seinen sinnlichen Händen und köstlichen Lippen geisterte vor ihrem inneren Auge. Sie sehnte sich nach ihm, wollte ihn spüren, ihn in sich aufsaugen und mit jeder Pore genießen. Wünschte ihn herbei, auf dass er sie richtig nähme, um die subtile Erotik auszulöschen, die sich in ihre Sinne geschlichen hatte und nicht mehr verschwand. Keuchend, erschöpft und durchgevögelt sollte er sie zurücklassen. Befriedigt, satt und ohne jeden weiteren Wunsch nach Ekstase. Und dann würde sie endlich wieder frei sein. Frei von Sehnsüchten, sündigen Wünschen und schlaflosen Nächten, die in letzter Zeit lediglich eine Aneinanderreihung hocherotischer Träume waren statt eine entspannte Nachtruhe. Morgens wachte sie auf – geil, leer, und zwischen ihren Schenkeln pochte es, dass sie schier verrückt wurde.

Sie duschte so kalt wie möglich, doch es pochte weiter. Es war allgegenwärtig wie ein Signal, das ihr den Weg wies. Jeder einzelne Schritt lenkte ihr Bewusstsein überdeutlich auf ihre unbändige Lust, denn sie war sich ihres geschwollenen, gierigen Geschlechts nur allzu deutlich bewusst. Hart rieb es an ihrem Höschen, gierte nach Stimulation.

Schneller, als ihr lieb war, stand der Freitagabend vor der Tür. Ihr Arbeitstag war ruhig verlaufen, und nun stand sie in ihrer Diele vor einem großen Messingspiegel, blickte in ihr aufgewühltes, glühendes Gesicht und war nach wie vor zwiespältig, was den Verlauf des heutigen Abends anbelangte.

Mit einer großen Tasse heißer Schokolade machte sie es sich kurze Zeit später auf ihrer Couch bequem und nahm sich vor, sich im Laufe des Abends nicht von der Stelle zu bewegen, es sich vor dem Fernseher gemütlich zu machen und die abenteuerlustige Seite in ihr in die hintersten Winkel ihres Seins zu verbannen. Leider gelang ihr dies nicht. Eine immense Unruhe erfasste sie, Unruhe, gepaart mit Sehnsucht und Lust.

Was sollte sie tun?

Die Zeiger der großen Uhr über der Wohnzimmertür signalisierten ihr deutlich, dass es langsam Zeit wurde, zu duschen und sich anzukleiden, wenn sie doch vorhaben sollte, Rafael zu treffen.

Sie seufzte unschlüssig.

Ich werde jetzt auf jeden Fall unter die Dusche steigen. Das bedeutet ja noch lange nicht, dass ich tatsächlich hingehen werde, rechtfertigte sie sich vor sich selbst.

Während das warme Wasser angenehm auf sie niederprasselte, rasten ihre Gedanken. Allein die Vorstellung, Rafael heute noch zu sehen, ließ ihr Blut heiß und lodernd durch ihre Adern fließen. In ihrem Magen war der Teufel los, und das leichte Kribbeln in ihrem Innern dehnte sich bis in jede Zelle ihres Körpers aus. Langsam ließ sie ihre Hände über ihre Wangen, ihren Hals und weiter an sich hinabgleiten. Zart berührte sie die Rundung ihrer Brüste, spürte die harten Brustspitzen und stellte sich vor, es seien Rafaels Hände, die sie berührten.

Sie schloss ihre Augen, warf den Kopf in den Nacken, und während der warme Wasserstrahl sie wohlig einlullte, wanderten ihre Hände weiter an ihrem Körper hinab. Sie erreichten ihren flachen Bauch, glitten über den Venushügel und gruben sich in das samtige Dreieck ihrer Schamhaare. Und dann gab es kein Halten mehr. Ein Kaleidoskop an stimmungsvollen Bildern spielte sich vor ihrem inneren Auge ab, während ihre kundigen Finger genau die richtige Stelle fanden und stimulierten.

Ein süßes Kribbeln schoss durch ihren Schoß, Wellen der Leidenschaft überrollten sie, und als diese schließlich über ihr zusammenschlugen und ihr einen gewaltigen Orgasmus bescherten, musste sie sich an der Kachelwand der Dusche abstützen, da ihr die Beine wegzusacken drohten.

Als sie wieder zu Atem gekommen war, seifte sie sich von Kopf bis Fuß ab und genoss noch eine geraume Zeit den gleichmäßig warmen Wasserstrahl. Dann hüllte sie sich in ein weiches Badetuch, rubbelte sich trocken und begann ihren Körper mit einer duftenden Körperlotion einzureiben.

෴

Um Punkt einundzwanzig Uhr stand sie schließlich an dem von Rafael gewünschten Treffpunkt. Sie trug ein schwarzes Kleid aus Viskose, das sanft ihre Waden umspielte, keine Unterwäsche und schwarze, halterlose Strümpfe. Das Kleid schmiegte sich an jede Kurve ihres Körpers, lag angenehm kühl auf ihrer Haut, reagierte auf jede Bewegung des lauen Abendwindes und rieb dabei unanständig über ihre Nippel, die sich hart gegen den geschmeidigen Stoff drängten – deutlich fühlbar und vor allem sichtbar. Ihre Füße steckten in schwarzen Pumps, deren hochhackige Absätze ihre Waden strafften und ihren ohnehin aufrechten Gang sehr edel erscheinen ließen. Ihre Schenkel streiften bei jedem Schritt aneinander, der zarte Hügel im Delta wölbte sich, und ihr Lustzentrum machte unermüdlich auf sich aufmerksam. Sie fand, dass ihr Outfit keine Halbheiten duldete, setzte ihre Füße dementsprechend betont graziös voreinander, hielt ihren Kopf stolz erhoben und fühlte sich glamourös, aufreizend, frivol und verwegen. Noch nie war sie ohne Höschen aus dem Haus gegangen, noch nie hatte sie auf einen Mann gewartet, der sie herbeizitiert hatte, den sie kaum kannte, dem sie sich allerdings nicht zu entziehen vermochte. Sie bekam eine Ahnung davon, wie es sein könnte, auf sündigen Pfaden zu wandeln, Männern gegenüber offener und lasziver zu begegnen, geheime Wünsche zuzulassen, erotische Gedanken nicht auszubremsen und sich vollkommen einzulassen auf das Abenteuer Leben. Der Abend war noch jung. Wer weiß, was er für sie bereithielt.

Sie holte tief Luft und beobachtete zwei in Leder gekleidete junge Männer, die eng umschlungen an ihr vorbeischlenderten. Die Absätze ihrer beschlagenen Stiefel klackten auf dem Asphalt. Die Gebäude ringsherum strahlten noch einen Hauch von der Wärme des Tages ab, das Geschäftstreiben hatte nachgelassen, und das beginnende Nachtleben wurde spürbar. Ein erwartungsvolles Kribbeln breitete sich in ihrer Magengegend aus, sandte heiße Schauer durch ihren Körper, ließ sie innerlich vibrieren.

Was hatte Rafael mit ihr vor? Wieso hatte er diesen Treffpunkt vorgeschlagen? Ganz in der Nähe der sündigen Meile, dem Ort, der für seine Nachtclubs, Table-Dance-Bars, Erotik-Shops und Bordelle bekannt war – eben dem Rotlichtviertel.

Der Stimme ihrer Vernunft – die ihr riet, schleunigst davonzulaufen – gebot sie Einhalt, denn sie war längst infiziert. Infiziert vom Hauch des Verbotenen und vom Reiz des Unbekannten.

Kaum hatte sie ihre mahnende Stimme verbannt, da fühlte sie sich leicht und unbeschwert, vom Schicksal begünstigt und sogar wie beschwipst. Sie legte die erfolgreiche Anwältin wie einen Mantel ab, der zu sehr wärmte, und ließ sich treiben. Der erwartungsvolle Zustand, ihr gewagtes Outfit und die brennende Neugier setzten unzählige Endorphine in ihr frei, die sie high machten und ihr das Gefühl gaben, schwerelos zu sein. Es lag etwas in der Luft, das ihr den Eindruck vermittelte, sphärisch zu sein – trunken vor Abenteuerlust und Vorfreude. Sie hatte sich aus ihrem Kokon gelöst und begann ihre Schwingen auszubreiten, Facetten des Lebens zuzulassen, die sie bisher abgewehrt hatte, die ihr unbekannt waren.

Meine Seele fliegt, ich möchte ewig weiterfliegen. Niemals ankommen und zur Landung ansetzen müssen.

Sie wollte schrankenloses Erleben, verrucht und herrlich anders sein und konnte sich zu diesem Zeitpunkt nicht vorstellen, dass es auch noch eine andere Marleen gab, die festen Boden unter den Füßen liebte, Angst vor Kontrollverlust hatte und Veränderungen verabscheute.

Die milde Abendluft hüllte sie ein, legte sich um sie wie ein seidiger Komplize, ein Begleiter der Nacht. Ihre Sinne waren geschärft. Sie begann ihre Umgebung ungefiltert und intensiv wahrzunehmen: Die jungen, leicht bekleideten Frauen, Männer jeden Alters – entweder in Maßanzügen oder in Lack und Leder, Touristen, Bassgedröhne aus einer Bar, flackerndes Licht – obwohl es noch nicht dunkel war, Gesprächsfetzen, Parfumgeruch, Lachen, verschiedene Rhythmen und Töne, in die Jahre gekommene Frauen in knappen Bustiers und Miniröcken und vieles mehr. Die Luft war voller Töne und Gerüche, lebte ... leichtfüßig ... leichtlebig.

»Schön, dass du gekommen bist.«

Mit Herzklopfen, glühenden Wangen und wachem Blick wandte sie sich um und verlor sich in Rafaels ebenmäßiges Gesicht, in seinen schönen Augen und nahm seinen Geruch wahr.

Er ließ seinen anerkennenden Blick über ihre Gestalt gleiten, was sie freute. Dann streckte er seine Hand nach ihr aus, die sie ergriff. In seinen Augen blitzte es auf. Sanft drehte er ihre Handflächen nach oben, zog sie an seine Lippen und presste seine Lippen hinein. Seine feste Zunge schlängelte sich in wildem Muster und voller Versprechungen ihren Unterarm entlang und wieder zurück. Dann ließ Rafael sie los, küsste seine Fingerspitzen und legte sie ihr auf die bebenden Lippen. Marleen schaffte es nicht, ihren Blick von seiner attraktiven Gestalt abzuwenden. In ihrem Magen kribbelte es. Sie starrte ihn unverhohlen an, lächelte unsicher und war froh, als er ihren Arm nahm und mit ihr die Taunusstraße entlangflanierte.

Rafael trug eine bordeauxfarbene Lederhose, schwere schwarze Schuhe und ein ebenfalls schwarzes Seidenhemd. Erneut stellte sie fest, dass dieses Outfit so gar nicht ihrer Vorstellung von Kleidung und Stil entsprach. In Kombination mit seiner beinahe femininen Schönheit gefiel es ihr jedoch ausgesprochen gut – zu gut. Ihre Sinne waren allesamt auf diesen träumerischen jungen Mann ausgerichtet, ihr wurde flau im Magen, und sie ertappte sich dabei, wie sie ihn immer wieder von der Seite betrachtete, sich nicht an ihm sattsehen konnte.

Das Abenteuer begann, und der feste Boden unter ihren Füßen, auf dem sie sich bisher stets bewegt hatte, schien sich in Luft aufzulösen.

In der Straße gab es einige sehr gute Restaurants, die preislich zwar höher lagen, aber auch etwas für ihr Geld boten, ebenso einen Sex-Shop mit angeschlossenem Bordell und ein Sexkino. Die Eindrücke dieser berühmt-berüchtigten Straße prasselten bunt und vielfältig auf sie nieder. Ruhige Ecken, dann plötzlich überall aufgekratzte Menschen, wie sie unterschiedlicher nicht sein konnten. Ein buntes Völkchen aus Huren, Junkies, Hütchenspielern. Die Szene hatte den plüschigen Charme der Strip-Läden entdeckt und veranstaltete hier ihre Partys. Gruppen junger Menschen hockten auf Treppenstufen, Pappbecher mit Getränken in den Händen. Blinkende Reklameschilder, schummrige Bars, türkische Läden, ein Kiosk, ein Schuhladen, weitere Amüsierbetriebe und das Bürohaus der Dresdner Bank gaben sich ein buntes Stelldichein. Die Taunusstraße war trotz aller Gerüchte eine sehr interessante Straße, in der sich die unterschiedlichsten Menschen tummelten, vom Banker über den Bassisten, vom Junkie bis zum Dealer, von der Puffmutter bis zur Bordellangestellten und jede Menge Touristen, die mit weit aufgerissenen Augen diese Straße betrachteten.

Rafael schien ein bestimmtes Ziel anzusteuern. Vor einer Table-Dance-Bar, die in eine der Seitenstraßen lag, machte er Halt. Eine dralle Blondine in Minirock und Netzstrümpfen lächelte Rafael zur Begrüßung zu, offensichtlich bemüht, ihn oder andere in die Bar zu locken.

Marleen folgte Rafael in die schummrige Bar. Ein eigentümlicher Geruch lag in der Luft. Angenehm, aber seltsam schwer und zu Kopf steigend. Stimmengewirr, Gläserklingen, das Klacken von Absätzen, Lachen, helle Frauenstimmen, sinnliche Musik und eine erhöhte Tanzfläche, auf der sich eine junge Frau aufreizend an einer Tanzstange bewegte. Die Zeit des Vergnügens und des Leichtsinns hatte begonnen. Die zahlreichen Gäste tanzten, lachten, tranken.

Das Innere der Bar wurde durch unzählige Lichterketten und Kerzen in ein schummriges Licht getaucht. Eine Vielzahl von Spiegeln reflektierte das Licht, das schwarze Holz des Tresens schimmerte wie dunkles Wasser. Leicht bekleidete Frauen jeden Alters saßen träge an der Bar, nuckelten genüsslich ihren Cocktail durch einen Strohhalm und warfen dem attraktiven Barkeeper, der für seine Cocktails bekannt war, begehrliche Blicke zu.

Marleen war einer schieren Reizüberflutung ausgesetzt. Wusste nicht, wo sie zuerst hinschauen sollte, sog die fremde Atmosphäre gierig in sich auf und spürte ein leichtes Kribbeln in ihrer Magengegend, was daher rührte, dass sie das alles hier mehr als aufregend fand. Innerlich schüttelte sie über sich selbst den Kopf, denn hätte ihr jemand vor ein paar Tagen geweissagt, sie würde ein derartiges Etablissement betreten und sich auch noch wohl fühlen, sie hätte denjenigen für verrückt erklärt. Die schwüle Atmosphäre raubte ihr fast den Atem. Umhüllte sie wie ein verführerischer Gastgeber und lud sie ein, sich einzulassen … einzutauchen … zu genießen. Sie schloss für einen Moment die Augen, sog den sinnlichen Geruch auf, der in der Luft lag, und atmete einmal tief durch. Sie war bereit!

Die Bar war voll, und Rafael schien fast jeden zu kennen. Spärlich bekleidete Menschen – sowohl Männer als auch Frauen – saßen an kleinen Tischen und nippten an ihren Cocktailkelchen.

»Champagner für Rafael und seine reizende Begleitung«, rief eine der Bardamen, eine dunkelhaarige, schon in die Jahre gekommene Frau mit bronzener Hautfarbe und Augen so klar und blau wie ein Bergsee. Rafael nickte ihr lächelnd zu und bahnte sich einen Weg zu einer Nische mit Blick auf die Tanzfläche.

Die Gäste, die größtenteils in der Mitte des Raumes standen und gebannt auf das tanzende Mädchen starrten, machten bereitwillig Platz für zwei auffallend hübsche junge Frauen, die sich einen Weg durch das vollbesetzte Lokal suchten. Die eine war zart, grazil, blond und trug ein violettfarbenes, tief dekolletiertes Satinkleid, die andere war etwas größer, hatte rehbraunes glänzendes Haar, eine eher üppige Figur und trug ein grünes Samtkleid, welches ihr makelloses Dekolleté betonte. Die beiden Schönheiten lehnten sich an den glänzenden Tresen, nahmen lachend die Drinks entgegen, die man ihnen wie selbstverständlich reichte, nippten kurz und waren bald in ein Gespräch mit Gästen – vor allem Verehrern – vertieft. Sie lachten kokett und mädchenhaft, genossen die bewundernden Blicke.

Rafael setzte sich Marleen gegenüber, folgte ihrem interessierten Blick und lächelte. »Das sind zwei der Tänzerinnen des Clubs. Kleine Stars in der Szene, die schon für manche Überraschung gesorgt haben.«

»Du bist oft hier?«

»Könnte man so sagen.« Er schmunzelte, hob sein Glas und stieß augenzwinkernd mit ihr an. Dann stellte er sein Glas ab, streckte eine Hand unter den kleinen runden Tisch und raunte: »Gib mir deinen Fuß.«

Rafaels Blicke hinterließen eine heiße Spur auf ihrem Körper, berührten sie wie liebkosende Hände. Sie wanderten über ihr Gesicht, ihren Hals, weiter hinab zu ihren Brüsten, die sich durch ihre Atmung anmutig hoben und senkten.

Sie hing an seinen Lippen. Gehorsam hob sie ein Bein an und legte ihre Fessel in seine wartende Hand, während sie hastig ihr Champagnerglas leerte. Der Alkohol stieg ihr sofort zu Kopf, denn sie hatte den ganzen Tag über so gut wie nichts zu sich genommen. Sein Daumen, der ihren Fuß liebkoste, machte sie ebenso schwindelig wie der Blick in die unzähligen Spiegel ringsherum, die die intime Atmosphäre des

Clubs ins Unendliche zu vervielfältigen schienen. Ihre Poren sogen sich voll, nahmen die sinnliche Schwere vollkommen in sich auf, und sandten lustvolle Schauer durch ihren Körper.

»Und nun knöpfe dein Kleid ein Stück auf. Ich will sehen, ob du brav warst und auf Wäsche verzichtet hast.« Bei diesen Worten streifte Rafael ihr den Schuh vom Fuß, warf ihr einen intensiven Blick zu und begann ihre Zehen zu massieren. Sie genoss seine zärtlichen Hände, seinen tiefen Blick und die plüschige Enge dieser Nische – zusammen mit ihm. Sie war nicht mehr von dieser Welt. Entrückt und erwartungsvoll bebend spürte sie, wie ihre Schamlippen anschwollen. Allein die Erinnerung an das, was er in ihrem Büro mit ihr gemacht hatte, ließ sie feucht werden. Marleen erwiderte seinen Blick und griff langsam zum ersten Knopf ihres Kleides. Vier Knöpfe, dann fiel der obere Teil des Kleides auf, von den hart aufgerichteten Brustspitzen auf halbem Weg aufgehalten.

»Nimm sie in die Hand und stell dir vor, es seien meine Hände, die dich berühren, über deine Nippel streichen und sie sanft reiben. Roll sie ganz vorsichtig, zwirbele sie ein wenig, und dann lege deine Zeigefinger drauf und bleib so.«

Sie lehnte sich zurück, ließ sich von seiner Stimme führen und gab sich ganz den Bildern hin, die seine Worte in ihr auslösten. Es waren nicht mehr ihre Hände, die ihre Brustwarzen liebkosten, drückten, rieben und sie hart wie Diamanten abstehen ließen – fordernd und obszön.

Rafael spielte mit ihren Zehen, riss ein Loch in den Fuß ihres Strumpfes und legte seine Handfläche auf ihre Fußsohle. Dann führte er ihren Fuß zu seiner Mitte und legte die entblößte Fußsohle zwischen seine Beine. Ihr Verlangen wuchs. Mit glühenden Wangen, feuchten Lippen und fiebrig glänzenden Augen saß sie da, die Zeigefinger auf ihren

Nippeln liegend, rutschte auf der Plüschbank hin und her, um der wachsenden Spannung zwischen ihren Schenkeln Herr zu werden.

»Du bist wunderschön und verführerisch, wie du dasitzt, mit verklärtem Blick und feuchten Lippen. Ich würde gerne fühlen, ob deine anderen Lippen ebenso feucht sind.«

Sie keuchte auf.

»Möchtest du, dass ich nachsehe?«

Ihre Lider flatterten, ihr Mund wurde trocken, und ein leichter Schwindel erfasste sie, doch sie nickte.

Er lächelte, gab ihren Fuß frei und schob seinen Stuhl nah an den ihren heran. Sein Blick brannte auf ihrer Haut, während seine Hand sich auf ihr Knie legte und im Schutz des Tisches und des schummrigen Lichtes der Bar langsam höher wanderte. Sie schloss für einen Moment die Augen. Unwillkürlich öffnete sie ihre Schenkel und genoss die zarte Berührung, die seine Hand hinterließ, während diese sich immer weiter zum Lustzentrum vorarbeitete.

»Möchtest du meine Finger in dir spüren?«, flüsterte er. Sein Atem kitzelte ihr Ohr, was den Rauschzustand, in dem sie sich befand, noch verstärkte.

»Ganz tief in dir?«

Sie stöhnte auf.

Seine Finger hatten sich in ihren weichen Falten vergraben, und er begann sie langsam und erfahren zu reizen.

»Zuerst werde ich mich um die äußeren Schamlippen kümmern. Werde so eine Ahnung von der Nässe bekommen, die mich erwartet, wenn ich mich tiefer hineinwage.«

Er fuhr die heißen Lippen entlang. Betastete, drückte, massierte sie. Dann drangen seine Finger tiefer, teilten die inneren Schamlippen und legten ihre Klitoris frei.

»Was haben wir denn hier? Eine vorwitzige Perle? Soll ich ihr Beachtung schenken?« Mit leichtem Druck legte sich

115

sein Finger auf die pochende Erhebung. »Oder ist es besser, wenn ich sie ignoriere?« Ihr leiser Protest, als er seinen Finger wegnahm, gefiel ihm. »Du willst also, dass ich mich darum kümmere, ja?«

»Ja … oh ja.«

»Ich kann deine kleine Lustknospe ganz genau spüren. Sie ist hart. Gierig und prall.«

Die heimelige Atmosphäre der Nische, Rafaels Flüstern ganz nah an ihrem Ohr und das Flair dieser Bar waren ein Cocktail, der ihr zu Kopf stieg, sie gefangen nahm und nicht mehr losließ. Sie öffnete ihre Schenkel, so weit sie konnte, gab Rafaels Hand somit genügend Spielraum. Das weiche Fleisch unter seinen Fingern war inzwischen so nass, dass sie fast von selbst darüberglitten. Sie umkreisten ihre Klitoris, massierten und rieben sie. Daumen und Zeigefinger nahmen die Perle schließlich in ihre Mitte, während sein Mittelfinger in ihrer triefnassen Grotte verschwand.

»Deine hübsche Möse scheint mich schon sehnsüchtig erwartet zu haben. Sie verschlingt mich mit ihrer gierigen Öffnung, umschließt mich mit ihren Muskeln und zieht mich in die Tiefe hinab.«

Sie erbebte. Seine Finger versanken in ihrer heißen, zuckenden Tiefe, wurden eingesaugt und von seidig feuchter Haut umspannt. Ringsherum wurden Rufe laut. Die Tänzerin mit dem grünen Samtkleid betrat die Bühne, bewegte sich lasziv zu einem sinnlichen Tango und sorgte für ausgelassene Stimmung. Unter halb geschlossenen Lidern beobachtete Marleen ihre grazilen, fast edlen und dennoch erotischen Bewegungen, bewunderte die feine Linie ihrer Waden und ihr üppiges Dekolleté.

Wie es wohl sein würde, ihre prallen Brüste zu berühren? Den Duft ihrer Haare einzuatmen und die Finger in ihrem Schoß zu vergraben, wie Rafaels es gerade bei mir tat?

Ihre Erregung wuchs. Nie zuvor hatte eine Frau derartige Gedanken in ihr hervorgerufen. Das musste an der schwülen Atmosphäre dieser Bar liegen. Ihr Herz klopfte, das Blut schoss heiß durch ihre Adern, und ihre zuckenden Scheidenmuskeln hielten Rafaels Finger gefangen. Der Mix aus diesen Sinnesreizen war zu viel für sie. Aus Seufzern wurde immer intensiver werdendes Stöhnen, ihre Beine begannen zu zittern, und dann war er da, der Abgrund, der sie mitriss und in tosende Wogen stürzte, die über ihr zusammenbrachen und sie zum Gipfel der Lust führten.

Sie spürte seinen Atem an ihrem Ohr, seine Finger, die nun nicht mehr wild in ihr rührten, sondern zur Ruhe kamen. Mit einem tiefen Atemzug ließ sie ihren Kopf auf seine Schulter fallen und schloss für einen Moment die Augen.

Rafael öffnete seine Hose, schob sie ein Stück hinab und zog Marleen auf seinen Schoß. Er positionierte sie so, dass sie ihm den Rücken zuwandte und sein Schwanz sie aufspießen konnte. Er umfasste ihre Hüften, schob sie tiefer, bis sein bestes Stück vollkommen in ihrer Möse verschwunden war. Lustvoll warf sie den Kopf in den Nacken. Mit wippenden Brüsten schob sie sich auf Rafael auf und ab und gab kleine Schreie von sich, als er ihre Klitoris zu bearbeiten begann.

Und dann kam sie. Stark und gewaltig. Ihr Schoß glühte, war voll von kribbeligen Wellen. Ihre Finger krallten sich in die Oberfläche des Tisches, sie begann am ganzen Körper zu zittern und riss ihren Mund zu einem stummen Schrei auf, als sie spürte, wie Rafael in und unter ihr lustvoll zu zucken begann.

Heftig atmend glitt sie von seinem Schoß. Rafaels Hand, die zärtlich ihre Wange streichelte, war Balsam für ihre ungewohnt aufgepeitschten Gefühle. Ihr Atem ging regelmäßiger, eine wohltuende innere Ruhe breitete sich in ihrem

Körper aus. Eine köstliche Trägheit kroch durch ihre Glieder und hinterließ ein zufriedenes, sattes Gefühl. Gemeinsam beobachteten sie die Tänzerin, die wirklich alles gab. Sie schien mit allen im Raum zu flirten, bezauberte durch Anmut und Sex und warf eine Kusshand in die Menge, bevor sie ihren Büstenhalter lüftete und ihre prallen weißen Brüste präsentierte.

»Ich habe zwar keine Ahnung vom Strippen, aber ich finde, sie macht es gut.« Interessiert beobachtete Marleen all ihre Bewegungen.

»Nicht umsonst gehört sie zu den Highlights der Abendshows. Sie ist Vollprofi. Weiß, wie man mit dem Publikum spielt, es anheizt und fesselt.«

»Mir scheint, dass jede Zelle ihres Körpers lebt, es ist für sie vermutlich nicht nur eine Show, sondern ihr Kern.«

»Ein guter Stripper hinterlässt genau diesen Eindruck. Es freut mich, dass dir gefällt, was du siehst.«

»Sie ist hübsch.«

»Ja.«

»Sogar sehr hübsch.«

»Stimmt.«

»Gefällt sie dir?«

»Nicht so gut wie du.«

»Du Charmeur.« Sie lächelte glücklich.

»Nicht nur das«, erwiderte er lachend. »Ich bin außerdem ein Fuchs, denn ich habe mir eine ganz besondere Frau an die Seite geholt. Habe sie im großen Becken des Lebens entdeckt und nicht eher Ruhe gegeben, bis ich ihre Nähe kosten durfte. Ihre köstliche Nähe, die so betörend ist wie eine duftende Edelrose.«

»Du hast wirklich keine Ruhe gegeben. Und nun sitze ich mit dir in einer Bar, die ich mir sonst noch nicht einmal von außen angesehen hätte.«

»Und als i-Tüpfelchen kommt hinzu: Du fühlst dich sogar wohl. Oder erliege ich gar einer Sinnestäuschung?«

»Nein … es … nun … ich muss tatsächlich zugeben, dass mir das Flair dieser Bar gefällt. Ich hätte es nie für möglich gehalten, aber es ist die Wahrheit. Und warum soll ich sie leugnen?«

»Das ist wahrhaftig nicht nötig. Schon gar nicht vor mir. Schließlich habe ich dich hergelotst.«

»Führst du deine Frauenbekanntschaften regelmäßig hierher?« Der Gedanke daran bereitete ihr leichte Übelkeit. Ein Anflug von Eifersucht überkam sie, gab ihrer Frage eine Spur von Bitterkeit.

Rafael legte seine Hand unter ihr Kinn, suchte ihren Blick. »Nein. Ganz und gar nicht.«

»Du bist also stets alleine hier?«

»Ich habe viele Bekannte. Alleine bin ich also nie. Meistens sitzen wir an der Bar.«

»Jeden Abend?«

»Nicht täglich. Aber oft. Was du nicht wissen kannst, ist, dass ich in dieser Bar arbeite. Ich strippe an ein paar Abenden der Woche. Anschließend sitzen wir dann häufig auf einen Absacker zusammen.«

Ruckartig schoss ihr Kopf in die Höhe. »Du machst was? Du strippst?« Ihre Augen weiteten sich, starrten ihn wortlos an. Dann begann sie langsam den Kopf zu schütteln. Ihre offensichtliche Empörung war befremdlich für Rafael. Schließlich hatte sie sich zuvor noch sehr positiv über die Bar und die Art, wie die Tänzerin sich auf der Bühne präsentierte, geäußert. »Marleen? Hey, nun schau mich nicht an, als hätte ich dir gerade eröffnet, ich sei ein Schwerverbrecher. Ich …« Weiter kam er nicht, denn sie hatte in der Zwischenzeit mit dem Fuß erfolgreich nach ihrem Schuh geangelt, war hineingeschlüpft und erhob sich. Ein letzter

119

anklagender Blick, dann hastete sie fluchtartig davon, als sei der Teufel hinter ihr her.

Rafael dachte nicht lange nach. Er erhob sich nach einer Schrecksekunde und eilte ihr nach. »Marleen, so warte doch!«, rief er, als sie gerade hinter einer Gruppe von unternehmungslustigen Touristen verschwand. Gehetzt blickte sie sich um, rannte weiter. Es dauerte jedoch nicht lange und er hatte sie eingeholt. Er blickte sie kurz mit einem wilden Feuer in den Augen an, fasste sie sanft, aber bestimmt, bei den Schultern und drängte sie in einen Hauseingang.

»Ich habe weder eine Bank überfallen noch ein Menschenleben auf dem Gewissen. Wieso rennst du also so urplötzlich vor mir davon?«

»Du bist ein Stripper!«

»Du sprichst dieses Wort aus, als sei es eine ansteckende Krankheit. Ja, ich tanze in dieser Bar vor Publikum. Und ja, ich lasse dabei auch die Hüllen fallen. Wo liegt dein Problem? Wenn mich meine Wahrnehmung nicht getäuscht hat, so hat dir die Atmosphäre in dem Schuppen gefallen. Du machtest auf mich nicht den Eindruck, als sei dir das Ganze zu verrucht und unanständig.«

Marleen wich seinem eindringlichen Blick aus.

»Sieh mir in die Augen!«

Sie folgte seiner Aufforderung. Sein Blick durchdrang den ihren und schien in bisher unbekannte Tiefen vorzudringen. Unbewusst öffnete sie die Lippen. Eine eigentümliche, vibrierende Spannung baute sich auf.

»Und jetzt leg bitte wieder die Maske der kühlen, klar denkenden Geschäftsfrau ab, die alles genau kalkuliert und dabei zu leben vergisst. Ich habe dich endlich gefunden. Du glaubst doch wohl nicht, dass ich dich wieder gehen lasse?«

Ihre Lider begannen zu flattern. Eine süße Schwäche breitete sich in ihrem Körper aus, und ihre Knie wurden weich.

Sie sehnte sich nach Rafael. Ja – er hatte Recht! Was war dabei, wenn er in dieser Bar tanzte? Schließlich hatte es ihr dort gefallen, und sie hatte es mehr als genossen, den Tänzerinnen der Bar zuzuschauen. Sein Gesicht näherte sich dem ihren. Sanft legte er seine Hand unter ihr Kinn und suchte ihren Blick. Sie spürte, wie sein heißer Atem ihre Wangen streifte. Ihr Körper sehnte sich nach seiner Zärtlichkeit, sog seinen Duft voller Verlangen in sich auf. Die Zeit schien stillzustehen. Und dann … berührten sich ihre Lippen endlich zu einem Kuss, hauchzart wie eine Feder. Sie schlang ihre Arme um seinen Hals, wollte ihn nie wieder loslassen! Sinnlich weiche Lippen lagen auf den ihren. Tanzten darauf, neckten und liebkosten. Sanfte Wellen des Verlangens durchfluteten ihren Körper.

Als sie ihren Mund ein wenig öffnete, um seiner Zunge Einlass zu gewähren, umschloss er ihre Zunge mit seinen Lippen und begann sanft, aber fordernd daran zu saugen. Seine Hände wanderten langsam ihre Arme hinab, strichen an ihren Hüften entlang und bahnten sich einen Weg zu ihrem Gesäß, um es fordernd zu umfassen und sie eng an sich zu pressen. Sie stöhnte auf, genoss den Druck, den seine steinharte Erektion an ihrem Schambein verursachte. Ihre Hände gruben sich in sein Haar, liebkosten seinen Nacken und glitten langsam seinen Rücken hinab.

Himmel, was für ein Hintern …, schoss es ihr durch den Kopf.

Rafael küsste sie mit einer Leidenschaft, die sie trunken machte. Er rieb sich an ihr, presste mit seinem Knie ihre Schenkel auseinander und krallte seine Hände in ihre Pobacken. Seine Lippen lösten sich von den ihren, wanderten über ihren Hals zu ihren Ohren. Zart knabberte er an ihren Ohrläppchen, während seine Hände über die Außenseiten ihres Körpers zu ihren Brüsten fanden und sie sanft umfassten. Schwer schmiegten sie sich in seine Handflächen. Die steil aufgerichteten Nippel streckten sich den tastenden Daumen entgegen, wurden unter ihnen hart wie Diamanten.

Marleen hielt die Augen geschlossen und biss sich auf die Unterlippe, um nicht laut aufzustöhnen. Sie kümmerte sich auch nicht um die Passanten, die sich fröhlich plaudernd und lachend auf der Straße aufhielten. Wichtig war nur Rafael. Seine Nähe. Seine Küsse und seine Berührungen. In regelmäßigen Abständen lief ein Zittern durch ihren Körper.

»Oh Gott, was machst du mit mir?«, flüsterte sie mit unruhiger Stimme.

»Ich gebe dir einen Vorgeschmack auf das, was dich erwartet.

»Jetzt?«

Er lachte leise. »Später, viel später.«

Dann drehte er sich um und verschwand.

Kapitel 9

In den kommenden Tagen wartete Marleen vergeblich auf ein Zeichen von Rafael. Sie verzehrte sich nach seiner Nähe, seinem Humor und seinen Berührungen.

Tag für Tag wurde das Verlangen, ihn wiederzusehen, stärker und die Angst, dass er sie womöglich vergessen hatte, größer.

Sie bewachte regelrecht ihr Handy – schaltete es nie aus, prüfte bei jeder Gelegenheit ihren Anrufbeantworter, lauerte während der Arbeit darauf, dass sich die Tür zu ihrem Büro auftat, um ihn zu präsentieren. Zu Hause prüfte sie ständig, ob ihre Haustürklingel noch funktionierte.

Jeder Tag, der verging, schob sich wie ein Dolch in ihren Körper, kam ihrem Herzen nah und näher.

Bei jeder sich bietenden Gelegenheit rief sie sich seine Stimme, seinen Geruch, seine Worte in Erinnerung. Ließ Revue passieren, was er mit ihr angestellt hatte.

Quälendes Warten … schlaflose Nächte … unruhige Träume … hoffnungsvolles Erwachen. Und der allgegenwärtige Wunsch, ihn wenigstens noch einmal zu spüren, zu riechen, zu schmecken.

So verging die Woche. Tagsüber interessante Fälle und dankbare Mandanten, abends und nachts diese brennende Sehnsucht. Er fehlte ihr. Sie wollte es mit ihm tun, wilder und gieriger als zuvor. Wollte Neuland betreten, ihre Begierde stillen und sich vollkommen hingeben. Wollte seinen Schoß erkunden, seine Wünsche erfüllen und ihm zeigen, dass sie seiner würdig war. Diesem sündigen Liebhaber, der das Tor zu ihrer Seele aufgestoßen hatte und es nun offen klaffen ließ, sich dessen wohl bewusst, dass nur er es füllen konnte.

Sonntagvormittag läutete es an der Tür. Sie schlüpfte in ihren Morgenrock, dessen leichter, seidiger Stoff ihren schlanken Körper wohltuend umspielte, und eilte zur Tür. Ein prächtiger Strauß roter Rosen lag auf der Türschwelle. Dreißig langstielige dunkelrote Baccararosen. Erfreut und erschrocken zugleich bückte sie sich nach den Blumen, deren Farbe die Liebe symbolisierte, und schnupperte an den samtigen Blüten.

Als sie sich aufrichtete, umfing sie plötzlich Dunkelheit. Jemand war aus einer Nische hinter sie getreten und hatte ein Seidentuch um ihre Augen gebunden.

»Hallo, Prinzessin.«

Diese Stimme hätte sie unter Tausenden wiedererkannt.

»Rafael!« Dieses eine Wort … ein kaum wahrnehmbares Wispern … gespickt mit einer Sehnsucht, so kraftvoll wie ein Orkan.

Er lachte leise, bückte sich zu den zwei Katzen, die aus einem Zimmer gestürmt kamen. »Hübsche Minitiger hast du.« Er ging in die Knie und streckte eine Hand aus, damit sie ausgiebig beschnuppert werden konnte. Orpheus hob seinen buschigen Schwanz, umtänzelte Rafael und schnupperte an seiner Hand, während Ludmilla ihn eher misstrauisch beäugte und sogar kurz anfauchte, als seine Hand sich ihr näherte.

»Oho, und die Dame kann Krallen zeigen wie das Frauchen.«

Er schob sie in die Wohnung, dann weiter ins Schlafzimmer – den Morgenmantel dabei gleichzeitig über ihre Schultern streifend, so dass er zu Boden glitt und sich wie ein Schutzwall um ihre Knöchel legte.

Sanft umfasste Rafael ihr Gesicht, legte seine Lippen zart auf ihre.

Die so lang ersehnte Umarmung trieb ihr Tränen in die Augen, ließ sie leise aufseufzen. Ihre Lippen bebten. Bereitwillig ließ sie sich innerlich fallen, sank mit ihm auf den weichen Teppich, der ihr Bett umgab, und ließ sich auf den Bauch drehen.

Sie zuckte ein wenig zusammen, denn sie spürte etwas Kaltes auf ihrem Rücken. Es roch herrlich verführerisch nach sinnlichen Blüten.

Sie spürte, wie sich kühles Öl über ihren Rücken ergoss, über ihre Gesäßbacken und wie es langsam in die Ritze lief. Es war viel Öl. Sehr viel Öl. Aromatisches Öl mit einem Duft, der ihre Sinne betörte.

Das kühle Massageöl erwärmte sich auf ihrer Haut. Geschickt massierte er ihren Rücken, ihre Schultern, glitt immer wieder zu ihrem Hinterteil, das sich ihm ungeduldig entgegenstreckte. Wie Strom fuhr es durch ihren Körper, als er sie hauchzart zwischen den Schenkeln berührte. So zart, als wäre es fast nicht geschehen … als wäre es keine Absicht gewesen.

»Rafael«, murmelte sie verzückt, »wo warst du so lange?«

Er lachte leise, brachte sein Gesicht ganz nah an ihr Ohr, flüsterte: »Ich bin ein viel beschäftigter Mann. Hast du mich vermisst?«

»Mhhhhmmmm.« Sie schnurrte wie ein Kätzchen, wand sich unter seinen Händen.

Rafael ließ für einen Moment von ihr ab, dann setzte er seine Massage fort. Er schob ihre Gesäßbacken auseinander und begann die Innenwände der Spalte zu massieren.

»Warten und sehnsuchtsvolle Vorfreude steigern die Lust. Es freut mich, dass du mich vermisst hast!«

Sie keuchte auf, als seine Zunge über ihren Nacken fuhr, seine Hände sich von hinten um ihre Brüste schlossen.

»Deine Hände sind schön. Zärtlich, liebkosend, kribbelnd. Ich will sie wieder und wieder spüren. Darf ich das?«

»Und was bekomme ich dafür?«

»Meine Hingabe.«

»Auch dein Vertrauen?«

»Mein Vertrauen?«

»Du hast schon richtig gehört ... dein Vertrauen. Denn das, was ich gerne mit dir anstellen würde, geht nicht ohne dein Vertrauen. Ich möchte dich mit Liebe foltern, dich wehrlos machen wie niemals jemanden zuvor. Ich möchte dich meine Wünsche spüren lassen.«

Sie spürte die Eindringlichkeit und Ehrlichkeit seiner Worte.

Ihr Atem stockte. »Mit Liebe foltern?«, fragte sie leise und erwartungsvoll, denn sie konnte von seiner Stimme, von seinen sinnlichen und sündigen Worten nicht genug bekommen.

»Oh, ja, meine Prinzessin. Bist du neugierig? Oder schreckt dich der Gedanke eher ab?«

»Ich ... ich kann mir darunter nichts vorstellen.«

»Ich bin sicher, es wird dir gefallen.« Er warf ihr einen intensiven Blick zu, fuhr leise fort: »Und dabei werde ich auf dich aufpassen, so dass du nicht nur wehrlos, sondern auch behütet sein wirst wie niemals zuvor.«

»Jetzt?«

»Jetzt!«

Seine geflüsterten Worte zogen sie in ihren Bann. Sie hatte Lust auf ihn. Gierte danach, dass er mit ihr machte, was er wollte.

Heiße Schauer der Lust krochen durch ihren Körper. Seine Berührungen sorgten für wachsende Lust.

»Ich möchte dir Einblick gewähren in die Tiefe meiner Sinnlichkeit – auch in jene Schichten, die auf den ersten Blick nicht erkennbar sind. Möchte dich führen und durch das Reich der Lust leiten. Es ist eine Reise, die du nie wieder vergessen wirst. Ich zeige dir die Begierde, die bedingungslose Hingabe, den Wahnsinn der Lust und den süßen Schmerz.«

Er bedachte jeden einzelnen Millimeter, massierte behutsam und zärtlich. Mit leichtem Druck glitt sein Zeigefinger über die Rosette, den Eingang ihres Anus. Er umkreiste, umschmeichelte diesen Ring. Dann strich seine warme, ölige Hand zwischen ihre Schenkel und wanderte von hinten nach vorn zu ihren Schamlippen. Sie hob ihr Gesäß an, gewährte ihm gierig Zugang. Doch Rafael zog sich zurück.

Enttäuscht keuchte sie auf, seufzte jedoch erwartungsfroh, als er ihre Hände hinter dem Rücken verband. Aus dem Seufzen wurde ein lustvolles Keuchen, als sie das Lederband spürte, das sich um ihren Hals legte. Er zog es enger als nötig, so dass es ihren Atemzügen einen leichten Widerstand bot. Dann zog er sie hoch, bis sie auf allen vieren vor ihm kauerte.

»Ich möchte dich in Abgründe stürzen, von denen du zuvor wahrscheinlich nie etwas geahnt hast. Möchte, dass du die Süße spürst, die aus Schmerz entsteht – aus köstlichem Schmerz. Denn nichts ist so süß wie die bedingungslose Hingabe, die alles, aber auch wirklich alles erträgt. Willst du alles ertragen?«

»Ja. Oh ja.«

»Du willst spüren und genießen? Die prickelnde Lust empfangen und das süße Spiel der Schmerzen erleben?«

Sie nickte.

Sie erahnte die Kette, die vom Halsband herabhing. Kühl

lag sie in dem warmen Tal zwischen ihren Brüsten, endete in der Mitte ihrer nackten Schenkel, führte unter ihrem Körper hindurch und endete in seiner Hand.

Der Sicht beraubt, elektrisierte sie jede Berührung von ihm. Sanft begann das Spiel seiner Finger auf ihrem nackten Körper und ließ die Kette zwischen ihren Schamlippen reiben. Die Kälte der Glieder ließ sie erschauern. Zarte Küsse und leichte Bisse wechselten sich ab, sie wand sich unter den Liebkosungen, stöhnte nach mehr und bekam mehr. Sie kniete vor ihm, Kopf und Schultern flach auf dem Boden, von der straff gespannten Kette in dieser Position fixiert.

Rafael befand sich hinter ihr, steigerte und milderte abwechselnd den Druck, wodurch sich die stählernen Glieder der Kette beinahe schmerzhaft gegen ihren Venushügel pressten, ihre Schamlippen teilten und sich kalt in ihr rosiges Fleisch gruben. Sie musste weder sehen können, noch brauchte sie einen Spiegel, um eine Vorstellung von dem Bild zu haben, welches sie bot. Ihr nackter Po – emporgereckt – war der höchste Punkt ihres eng an den Boden gepressten Körpers. Hoch aufragend präsentierte sich ihm ihr Gesäß, von ihm in Position gebracht, nur noch darauf wartend, in Beschlag genommen zu werden.

»Die Macht der Begierde und das Reich der Lust sind grenzenlos. Ich werde dich hineinführen, deine Sinne bereichern und mich an deiner Gier erfreuen.«

Er zog an der Kette, sie schrie leise auf.

Das Atmen bereitete ihr zunehmend Mühe, das enge Halsband und die aufgezwungene Lage ihres Oberkörpers raubten ihr mehr und mehr die Luft. Die Spannung der Kette nahm zu, die Glieder wühlten sich tiefer in ihre Spalte. Noch während sie dem brennenden Schmerz lauschte, reagierte ihr Körper lustvoll auf die Stimulation, begann sich danach zu sehnen.

Doch Rafael lockerte seinen Griff. Der Druck der Kette ließ nach.

Mit seiner freien Hand öffnete er seine Hose, schob sie ein Stück über seine Hüften und drang mit einem harten Stoß in sie ein. Dabei zog er ruckartig an der Kette. Das Lederhalsband, das ihr die Luft abschnürte, dämpfte ihre Schreie. Sie brannte in gieriger Lust, nahm nichts mehr wahr als seinen Schwanz, der sich wild in ihr auf und abschob.

Rafael bewegte sich rhythmisch. Sie nahm jeden Stoß gierig in sich auf. Ihre Vagina schloss sich eng um seinen harten Schwanz, wollte ihn gar nicht mehr loslassen. Sie spürte, wie heißer Saft aus ihr hervorquoll, an ihren Oberschenkeln entlanglief und dort klebrige Spuren hinterließ. Die Muskeln ihrer Möse kontrahierten, sandten süße Schauer aus.

Und dann war es so weit. Ein heftiger Orgasmus löschte die letzten Lichter aus. In ihren Ohren begann es zu rauschen ... sie kam gewaltig ... schrie erlöst auf.

Als sie wieder zu sich kam, bemerkte sie, dass ihre Hände nicht mehr gefesselt waren. Sie tastete nach Rafael, suchte nach seinen Fingern. Doch sie konnte sie nicht finden. Die Kette ruhte lose zwischen ihren gespreizten Knien, niemand war mehr hinter ihr, um sie zu halten.

Kapitel 10

*I*rgendetwas kann nicht stimmen mit der Welt, wenn eine Frau wie du, liebe Sabina, lieber mit einer Schachtel Pralinen ins Bett geht als mit einem Mann.« Kathrin nippte an ihrem Tee, verbrannte sich dabei die Zunge und fluchte.

»Kleine Sünden bestraft der liebe Gott sofort«, feixte Sabina. Ihr anfangs empörter Gesichtsausdruck veränderte sich aufgrund der aufkommenden Schadenfreude. Es hätte nicht viel gefehlt, und sie wäre sogar so weit gegangen, sich zufrieden die Hände zu reiben.

»Falsch«, konterte Kathrin. »Ich kann nämlich nichts Sündhaftes daran entdecken, einer Freundin auf die Sprünge zu helfen. Oder hast du vor, der Männerwelt komplett zu entsagen und als verstaubte Jungfer zu enden?«

»Davon kann gar keine Rede sein. Ich warte auf den Richtigen, habe für Sexspielchen – wie du sie mit Dominik auslebst – einfach keinen Sinn.«

»Du verpasst etwas.« Kathrin betrachtete ihre perfekt manikürten Fingernägel und träumte vor sich hin. »Es ist wahnsinnig aufregend, sich einem Mann wie Dominik hinzugeben.«

»Das, was ihr miteinander habt, ist aus meiner Sicht keine Beziehung. Höchstens eine Sexbeziehung. Oder wart ihr schon mal essen, im Theater oder zusammen bei Freunden?«

Kathrin zuckte unmerklich zusammen. Sabina hatte einen wunden Punkt getroffen, doch sie ließ sich nichts anmerken, setzte ein verträumtes Lächeln auf und flüsterte: »Wir genügen uns. Brauchen keine Anreize von außen, weil die Luft knistert, sobald wir zusammen in einem Raum sind.« Um von sich und Dominik abzulenken, fuhr sie fort: »Denk dran, Pralinen wärmen dir nicht das Bett vor. Und knutschen können sie auch nicht.«

Helena lehnte sich amüsiert zurück. Derartige Wortgefechte ihrer Freundinnen war sie gewöhnt und hatte es längst aufgegeben, sich daran zu beteiligen. Zumal es sich stets um das gleiche Thema drehte und es wesentlich amüsanter und auch entspannender war, einfach nur zuzuhören.

Auf dem Tisch dampfte eine große Kanne Tee auf einem Stövchen, es gab Baguettebrot, Käse, Schinken, Oliven, Tomaten-Mozarella-Salat, Salzstangen und Sabinas Lieblingspralinen, die Helena extra für sie besorgt hatte, weil sie wusste, wie sehr die Freundin sich darüber freuen würde.

Sabina schob sich eine der Pralinen in den Mund und warf Kathrin einen trotzigen Blick zu. »Stimmt, das Bett wärmen diese guten Stücke nicht vor. Aber sie besitzen einen wesentlichen Vorteil: Sie vereinen Qualität und Quantität – vorausgesetzt, man sorgt stets für genügenden Vorrat.«

»Na, bravo – deine Figur wird es dir danken. Und irgendwann endest du als Pralinenjungfrau – ungeküsst, aber voll gefressen.«

»Du vergisst, dass ich exzessiv jogge. Täglich. Bei Wind und Wetter. Im Gegensatz zu dir. Und was Knutschen und wilde Küsse angeht, so könnte ich mir immer noch einen Callboy buchen, falls es mich tatsächlich einmal überkommen sollte.«

Sie warf einen frechen Blick in Richtung Helena. Kathrin

begann zu kichern, Sabina tat es ihr nach, und Helena versuchte einen strengen Blick, der ihr allerdings gründlich misslang.

Die drei ließen das letzte Jahr Revue passieren, vor allen Dingen den Moment, als Helena Leonard zum ersten Mal begegnet war, und die aufregende Zeit, die darauf folgte.

»Deine erste Vernissage, und du begegnest dem Mann deines Lebens.« Kathrin seufzte. »Wenn das nicht die Sternstunde deines Daseins war.«

»Oh ja, das war sie. In jeder Hinsicht. Und allen Unkenrufen zum Trotz wachsen Leonard und ich mehr und mehr zusammen. Was wurde sich von links und rechts echauffiert: Ein Callboy und eine Malerin – das kann niemals gut gehen. Und was ist? Wir beweisen allen das Gegenteil. Sogar meine Eltern hören endlich auf, mir diese Beziehung schlecht zu reden.«

»Wurde ja auch langsam Zeit.« Sabina biss herzhaft in ein Käsebaguette. »Schließlich arbeitet Leonard ja nicht mehr als Callboy.«

Helena lachte. »Aber immer noch als Stripper – ein Skandal, wie meine Eltern finden. Ich jedenfalls habe dazugelernt – lasse mir nicht mehr reinreden. Ich liebe den Meisterstripper Leonard, bin glücklich mit ihm und möchte alt und grau mit ihm werden.«

Kathrin legte ihre Hand theatralisch ans Herz. »Bis ans Ende aller Tage. Und wenn sie nicht gestorben sind ...«

»Dann strippt Leonard noch heute!«, ergänzte Helena.

»Wir warten übrigens noch immer auf das rauschende Hochzeitsfest von euch beiden. Zur Krönung eures Glückes sozusagen«, warf Sabina ein.

»Stimmt.« Kathrin blickte Helena erwartungsvoll an. »Wann ist es endlich so weit? Ich habe ein Faible für glitzernde Hochzeitsfeiern und kann es kaum erwarten.«

»Stellst du uns dann endlich deinen Romeo Dominik vor?«, stichelte Sabina.

»Über dieses Thema möchte ich jetzt nicht diskutieren«, gab Kathrin zurück. Und an Helena gewandt: »Also, was ist?«

»Nun, ich muss euch leider enttäuschen. Leonard und ich sind glücklich – so, wie es ist. Im Geiste und im Herzen sind wir längst miteinander verheiratet. Also sind wir übereingekommen, dass wir kein unnötiges Brimborium brauchen. Wir gehören auch ohne Dokument und Heiratsurkunde zusammen.«

Zwei maßlos enttäuschte Gesichter wandten sich ihr zu.

»Und was ist mit seinem Heiratsantrag?!«

»Ja, genau. Er hat dir doch einen Antrag gemacht.«

»Na und? Ich habe den Antrag angenommen. Er ist mein Mann, ich bin seine Frau. Auch ohne so ein Papier.«

»Schade. Also, kein rauschendes Fest.« Kathrin schmollte.

»Ja, wirklich zu schade«, ließ sich Sabina hören.

»Hey, jetzt schaut nicht so, als würde morgen die Welt untergehen. Viel wichtiger ist doch, dass Leonard und ich glücklich miteinander sind, oder etwa nicht?!« Ein prüfender Blick in die Runde, und zwei reuige Freundinnen lenkten sofort ein. »Keine Frage.«

»Auf jeden Fall, so war das ja auch nicht gemeint.«

»Na, dann bin ich aber froh. Und wenn es euch nach einem Fest gelüstet, so kann vielleicht meine nächste Ausstellung dienlich sein. Ich bin nämlich gerade dabei, einen Zyklus zu malen und möchte ihn, sobald er vollendet ist, der Öffentlichkeit präsentieren.«

»Wann ist es so weit?«

»Ich habe vor einer Woche mit dem dritten und letzten Bild begonnen.«

»Dürfen wir schon mal einen Vorgeschmack bekommen?«

»Oh ja, das wäre schön. Vorausgesetzt, es bringt kein Unglück, wenn du deine Bilder vor ihrer Vollendung präsentierst.«

»Keine Sorge, ich bin nicht abergläubisch. Also, auf zum Atelier.«

Helenas Antwort kam spontan. Es lag ihr sehr viel daran, den Freundinnen ihre Arbeiten zu zeigen, sie mit deren Augen eventuell neu betrachten zu können, sie einzuschätzen, um dann beruhigt weiterzuarbeiten.

Sabina und Kathrin folgten der Freundin ins Atelier. Es befand sich in einem ehemaligen Schuppen, nur wenig abseits vom Haus. In der Mitte standen zwei Staffeleien – eine große und eine etwas kleinere. Über die ganze Breite einer Wand erstreckte sich ein Regal, auf dem Farben, Pinsel, und diverse andere Malutensilien standen. Ein großer Koffer mit Skizzenblöcken und Malkreide lehnte zusammen mit Leinwänden verschiedener Größen an der Wand, eine große Arbeitsfläche vervollständigte das Atelier, und mehrere Fenster sorgten für genügende Lichtverhältnisse. Das perfekte Atelier, wie Helena fand.

Auf einer der Staffeleien stand – mit dem Rücken zum Eingang – eine Leinwand. In den letzten Wochen und Monaten hatte Helena fieberhaft an diesem Zyklus, den sie »Träume« nannte, gearbeitet. Sie hatte jede Unterbrechung vermieden, ja sogar die Zeit des Schlafens bereut, weil dadurch kostbare Zeit verloren ging. Doch dann war sie ins Stocken geraten. Die ersten beiden Bilder waren fertig, und nun, beim dritten, hakte es gewaltig. Da sie an den Sinnspruch der Franzosen: ›*Verlässt du die Kunst auch nur einen Tag, verlässt sie dich für drei*‹ glaubte, war diese Tatsache eine mittlere Katastrophe. Schon seit Tagen hoffte sie vergeblich auf die Rückkehr der Muse – der Kunst –, die sie so schmählich verlassen hatte und überhaupt nicht an Wiederkehr zu denken schien. Sie hasste diese kreative Lähmung, und noch mehr hasste sie die Lethargie, mit der sie diese Lähmung in den letzten Tagen hinzunehmen schien.

Helena liebte die Verheißung der Möglichkeiten, die eine frische Leinwand ihr bot, aber in den letzten Tagen war davon nichts zu spüren gewesen, und je länger sie nicht malte, umso mehr erschien es ihr wie eine versäumte Pflicht statt einer Berufung. Eine Tatsache, die eine weitere Blockade hervorrief. Die leere Leinwand wirkte deprimierend auf sie, und fast hatte sie den Eindruck, sie würde klagend zu ihr herübersehen, darauf lauernd, nur einen winzigen Moment zu erhaschen, um ihr schlechtes Gewissen zu verstärken. Deswegen hatte sie ein feuerrotes Tuch darüber geworfen.

Kathrin lief zur Staffelei und lüftete das Tuch.

»Den Blick kannst du dir sparen. Es wird dich nämlich lediglich eine leere Leinwand angrinsen, die nur darauf wartet, dir ihr Leid zu klagen.«

»Eine Leinwand, die ihr Leid klagt? Muss ich das verstehen?« Kathrin runzelte die Stirn.

»Man merkt, dass du keine Künstlerin bist«, warf Sabina ein. »Es geht hier um das Leid der erwartungsvollen leeren Fläche, sich vom Künstler vernachlässigt vorzukommen. Ich kenne dieses Gefühl sehr gut.«

Sabina entwarf Kindergeschichten, die sie selbst illustrierte. Bevor Helena zu Leonard gezogen war, hatte sie sich mit Sabina ein Atelier in der Stadt geteilt. Da sie die Erfolgsleiter immer höher kletterte, führte sie das Atelier nun alleine und nutzte den vorderen Raum als kleinen Shop, in dem man ihre Werke erstehen konnte.

»Na, wenn das so ist«, brummelte Kathrin.

»Tja, dies ist die Leinwand für den letzten Teil meines

Zyklus »Träume« und ich muss euch nun gestehen, dass ich einfach nicht weiterkomme. Ich stecke in einer gewaltigen Blockade, und je länger sie dauert, desto weniger motiviert bin ich, überhaupt wieder einen Pinsel anzufassen.«

»Ach Süße, das hört sich aber gar nicht gut an. Gibt es einen Auslöser? Ärger, oder so?« Kathrin ließ das Tuch wieder über die Leinwand fallen.

»Nein. Nichts dergleichen. Das ist es ja, was mich verwundert … und ehrlich gesagt auch ängstigt. Gäbe es einen Auslöser, könnte ich etwas tun. So aber bin ich ratlos.«

»Zeig uns doch mal die beiden ersten Teile«, bat Sabina.

Helena lüftete einen dunkelroten Samtvorhang, der den Blick auf zwei verhüllte Leinwände verbarg.

»Okay. Aber bitte ganz ehrlich sein, ja?«

»Waren wir jemals unehrlich zueinander?«

Helena schüttelte den Kopf, dann atmete sie tief durch und enthüllte zunächst den ersten Teil des Zyklus.

Kathrin und Sabina brachen in Begeisterungsrufe aus.

»Genial.«

»Das ist ja fantastisch.«

Das Bild zeigte eine Frau, die einen Morgenmantel trug. Sie stand an einem Fenster und schaute hinaus. Wehende Vorhänge umrahmten sie. Auf dem Boden lagen Blumen, ein Brief und Fotos. Die Frau hielt den Morgenmantel vorn mit ihrer linken Hand zusammen. Er floss in leuchtenden Bahnen über ihre Schenkel, und der Saum lag auf dem Boden neben ihren Füßen. Das Licht im Zimmer dieser Frau war intensiv – das gesamte Bild war in den unterschiedlichsten Violetttönen gehalten. In der Haltung der Frau lag eine Andeutung von Traurigkeit. Sie streckte ihre rechte Hand nach dem Mond aus, der purpurfarben, voll und rund durch das Fenster schien.

»Es gefällt euch?«

»Was für eine Frage. Es ist perfekt. Stimmungsvoll und sehr eingängig.«

»Außerdem scheinen die Farben auf den Betrachter überzuspringen, ihn zu betören und nicht mehr loszulassen. Du bist ein Genie!«

»Hach, ihr tut mir gut. Okay, dann zeige ich euch nun den zweiten Teil.«

Sie lüftete die nächste Leinwand.

Es war genau das gleiche Bild, nur diesmal in warmen Grüntönen, und anstelle des Mondes stand ein schöner, dunkelhaariger Mann vor dem Fenster, der seine Hand genau an die Stelle des Fensters drückte, an der von innen die Hand der Frau lag.

»Wo nimmst du die Unmengen an Schattierungen von nur einer Farbe her? Erst der Traum in Violett, nun dieses facettenreiche Grün. Es ist phänomenal!« Kathrin blickte verzückt auf die beiden Bilder.

»Oh ja«, ergänzte Sabina. »Ein Traum. Der Zyklus trägt diesen Namen zu Recht. Mach bloß ganz schnell weiter.«

»Leichter gesagt als getan, denn mir fehlt das gewisse Etwas – die Auflösung – das perfekte Finale.«

»Lila/Violett ist der letzte Versuch, Grün ist die Hoffnung, und am Ende siegt Rot, die Liebe. Das fällt mir dazu ein.« Sabina betrachtete die Bilder von allen Seiten. »Das dritte Bild sollte also in Rottönen gehalten werden, wenn der Zyklus ein Happy End in sich tragen soll, in gedämpften Grautönen, wenn die Trauer siegt.«

»Ein guter Ansatz.« Helena freute sich. »Ich wusste, dass ich einen Zyklus malen will, habe mir aber kein Konzept angefertigt, sondern einfach drauflosgemalt, mich von meiner inneren Eingebung treiben lassen. Das Konzept könnte tatsächlich in diese Richtung laufen.«

»Hey«, warf Kathrin ein. »In ein paar Wochen findet

doch eine Feier anlässlich des fünfjährigen Bestehens von ›Beauty Secrets‹ statt. Ein passender Anlass, um den Zyklus zum ersten Mal zu präsentieren. In einem kleinen Rahmen, so als Aperitif für deine zweite Vernissage.«

Kathrin führte einen Sexshop. Ein Reich der Lust für die moderne Frau. Es war ein Shop mit Stil und besonderem Flair, gehörte also nicht zu den gewöhnlichen Sexshops, die man in Großstädten an jeder Ecke fand, sondern bot ein Ambiente, in dem frau sich wohl fühlt.

Neben Sexspielzeugen, Erotikratgebern und Dessous bot Kathrin außerdem diverse Massagen und Maniküren für ihre Kundinnen an. Von außen mutete der Shop eher wie ein Beautysalon denn wie ein Sexshop an.

Zu ihrer Kundschaft gehörten die verschiedensten Altersklassen und Gesellschaftsschichten. Von jungen Mädchen über Hausfrauen bis hin zur erfolgreichen Börsenmaklerin war fast alles vertreten, und nicht selten kamen die Frauen zu Kathrin in den Laden, um sich alles von der Seele zu reden, sich wertvolle Tipps zu holen oder aber einfach auf ein Gläschen Sekt – zum gemütlichen Plauderstündchen. Dies wiederum nahm Kathrin zum Anlass, ihre Liebe zur Esoterik mit einzubinden. Sie legte ihren Kundinnen Tarotkarten, setzte ihr Pendel ein und arbeitete mit Runen. Ein Rundum-Paket für die interessierte Frau.

»Mädels, ihr inspiriert mich«, rief Helena erfreut. »Dein Shop-Jubiläum ist ein passender Rahmen, um meine Bilder zum ersten Mal zu präsentieren. Da ich mein Bild ›Todsünde‹ schon in Rot gehalten habe, werde ich mir für den dritten Teil des Zyklus allerdings etwas anderes ausdenken. Ich habe auch schon eine Idee!«

»Oje, wenn dieses Funkeln in deine Augen tritt, bedeutet es, dass es sein kann, dass du die ganze Nacht hindurch vor deiner Staffelei sitzt und dich so lange austobst, bis das Bild in seinen Grundzügen steht. Armer Leonard.« Kathrin lachte fröhlich. »Schön, dass die Muse zurückkehrt.«

»Das kannst du laut sagen. Und was Leonard betrifft, so wird er sich für mich mitfreuen. Außerdem ist es uns ein lieb gewonnenes Ritual geworden, unser Nachtlager während dieser Extrem-Kreativ-Phasen hier im Atelier aufzubauen. Genug Wein und Leckereien, uns genüsslich miteinander zu beschäftigen, wenn ich gerade keinen Pinsel schwinge, das sind die ganz besonderen Momente.«

Kathrin stieß einen leisen Pfiff aus. »Hört sich gut an! Sogar sehr gut.«

»Es wird Zeit! Seid ihr mir böse, wenn ich mich nun von euch verabschiede? Die Muse klopft an meine Tür, und ich möchte ihr Einlass gewähren – allein. Ist das okay für euch?«

»Wir sind schon weg!«

Kurze Zeit später begann Helena fieberhaft ihre Ölfarben zu mischen …

Kapitel 11

Schwere Dunkelheit legte sich um ihren Körper, als sie sich orientierungslos mit zitternden Knien und pochendem Herzen nach vorne bewegte. Wohltuende Düfte reizten ihre Sinne, lullten sie mehr und mehr ein, und die unzähligen Räucherstäbchen, die langsam vor sich hin schwelten, sorgten dafür, dass sich daran auch so schnell nichts ändern würde. Ein leichter Schwindel erfasste sie. Marleen pumpte Luft in ihre Lungen. Wo war Rafael? Lauerte er irgendwo in der Dunkelheit? Marleen wusste es nicht. Sie war gefangen in dieser Schwärze, die sie erbarmungslos umgab, überrascht seit dem Moment, als das Licht gelöscht und die Tür geschlossen wurde.

Sie hatte den Abend mit Rafael in seiner Stammbar verbracht, ihm beim Strippen zugesehen und sich an seiner verführerischen Darbietung ergötzt. Während seines erotischen Tanzes hatte er sich auf sie zubewegt, ihr einen Zettel zukommen lassen, auf dem geschrieben stand, dass sie sich in diesem separaten Raum einfinden sollte. Und nun das!

Ihr Atem ging stoßweise.

Mit einem Mal wurde sie von hinten gepackt. Starke Arme hoben sie empor und trugen sie vorwärts, legten sie auf einem Gegenstand ab, ihrem Gefühl nach auf einem Tisch. Sie hörte das Zischen eines Streichholzes, und es dauerte nicht lange, bis eine Vielzahl Kerzen brannte. Das flackernde Kerzenlicht warf zuckende Blitze an die Wand, und sie erbebte, als Rafael seine Daumen langsam über ihre Wangen gleiten ließ. Sein Gesicht lag im Halbdunkel, aber ab und zu wurde es vom Licht erhellt, und dadurch konnte sie erkennen, dass er eine Augenmaske trug, die jedoch nicht seinen lodernden Blick und seine sanft geschwungenen Lippen verbarg. Er war attraktiv. Wahnsinnig attraktiv und erzengelschön. Sein Oberkörper war nackt, seine schlanken Beine steckten in schwarzen Lederhosen.

Marleen war außerstande, sich zu rühren. Erwartungsvolle Schauer lähmten jeden Muskel ihres Körpers, und ihr Herz schlug Purzelbäume, als seine Hand sich um ihre Kehle legte, leicht zudrückte und ihren Griff wieder lockerte. Sie schloss zitternd die Augen, dann spürte sie seine Lippen auf den ihren. Harte, fordernde Lippen, die ganz genau wussten, was sie wollten.

Diese lockten, spielten und liebkosten, bekamen Gesellschaft von seiner Zunge, die das sinnliche Treiben versüßte, ihre Lippen zu teilen begann, um schließlich genüsslich in ihrem Mund einzutauchen. Kreisend, energisch und bittersüß. Marleen erschauerte.

Ihre Vorfreude machte einer brennenden Begierde Platz, die ihren Körper unter Strom setzte. Tausende Ameisen schienen in ihrem Bauch zu krabbeln, während all ihre Sinne nur noch auf diesen verführerischen Mann ausgerichtet waren – bereit, sich ihm voll und ganz hinzugeben. Voller Leidenschaft erwiderte sie seinen Kuss, schlang ihre Arme um seinen Nacken und seufzte wohlig auf. Doch Rafael löste sich von ihr. Er zog ein Messer aus seinem Stiefel, ergriff den Ausschnitt ihres Kleides und begann es von oben bis zum Saum aufzuschlitzen. Wie gewünscht, trug sie darunter nichts – außer den halterlosen Netzstrümpfen.

Ihr Atem ging stoßweise, ihre nackten Brüste hoben und senkten sich.

Ein Aufblitzen seiner Augen, dann ging er zu einer Ecke des Raumes, die in der Dunkelheit lag. Sie rührte sich nicht von der Stelle. Mit einer Mischung aus Unbehagen und unbändiger Lust wartete sie auf das, was da noch kommen mochte.

Er kam zurück und berührte sie mit etwas Weichem – einer Peitsche aus Wildleder mit langen Riemen. Probeweise ließ er sie leicht in seine linke Hand schnellen. Er kam näher, verheißungsvoll lächelnd, schaute ihr tief in die Augen. Dann holte er zum ersten Schlag aus. Die ersten Hiebe streiften sie so leicht wie der Hauch eines Seidenschals, wieder und wieder. Es fühlte sich wunderbar an.

Sie seufzte, flüsterte seinen Namen.

»Schscht …«, befahl er, blitzte sie streng an und ließ die Peitsche auf sie niederschnellen. »Keinen Laut! Ich möchte keinen Laut hören, verstanden?«

Sie nickte. Leichte Hiebe streiften ihren Bauch, ihre Brüste, ihre Schenkel.

Ganz allmählich, so dass die Steigerung kaum bemerkbar war, ließ er die Riemen härter und fester auf sie niederfahren. Sie atmete tief und regelmäßig, gab keinen Laut von sich. Die nächsten Schläge trafen sie kreuz und quer über Oberkörper und Schenkel. Eine Steigerung der Intensität war nun deutlich zu spüren, und sie schrie bei jedem Hieb leise auf.

»Schweig. Oder möchtest du die Strafe für Ungehorsam spüren?«

Er spreizte ihre Schenkel. Der nächste Peitschenhieb raubte ihr die Sinne, denn er traf ihre Schamlippen.

»Autsch … ich … das … ich …«

Ein weiterer Schlag folgte, wurde diesmal so angesetzt,

dass er ihre Schamlippen teilte und ihre Klitoris erwischte. Sie bäumte sich auf, gab Schmerzenslaute von sich.

»Horche genau in dich hinein. Lass dich fallen, lebe Hingabe, lass los, und du wirst das Paradies entdecken. Vergiss nie: Die wahre Süße der Lust wird aus Schmerz geboren.« Er drückte sie auf den Tisch zurück. Der nächste Hieb fuhr auf sie nieder. Hart. Erbarmungslos. Er schlug dumpf auf ihr auf, dann ein heißes Pochen, das ihren Körper durchlief.

Schmerz … glühende Hitze. Nach wie vor schmerzte jeder einzelne Hieb. Doch da war auch noch dieses andere Gefühl. Schmerz, der sich – zu ihrem grenzenlosen Erstaunen – von Mal zu Mal intensiver in Lustwellen verwandelte.

Ein weiterer Peitschenhieb überzog ihren Körper wie eine stechende Flamme. Doch dieses Mal wurde er heiß ersehnt. Marleen freute sich auf den Moment, wenn sich der beißende Schmerz langsam, aber sicher in prickelnde Lust verwandelte. Sie zitterte – unfähig, die Reaktionen ihres Körpers zu kontrollieren. Hatte das Gefühl, dass ihr Körper vor Ekstase lichterloh brannte. Rafael spürte die Wandlung, die sich in ihr vollzog. Er lächelte. Hatte er es doch gewusst. Diese Frau musste gebändigt werden, mit harter Hand geritten, und schon wurde sie handzahm. Handzahm und gierig.

Er legte die Peitsche beiseite. Ihren enttäuschten Ausruf ignorierte er. Marleens Gesicht glühte, ihre Schenkel zitterten, ihr Schoß pochte. Rafael spürte, dass sie bald so weit war, ließ von ihr ab, öffnete seine Hose.

»Leg dich auf den Bauch.«

Sie gehorchte.

Er packte ihre Beine, schob sich dazwischen, zog sie bis zum Rand des Tisches, so dass ihr Schoß gerade noch auf der Tischplatte auflag. Er hielt ihre Beine im festen Griff, rieb seinen Schwanz an ihrer feuchten Spalte. Genüsslich schob sie ihr Gesäß nach oben. Sie gierte danach, von Rafael genommen zu werden. Sanft und heftig, zart und leidenschaftlich.

»Soso. Du streckst mir deinen gierigen Arsch entgegen, willst gefickt werden, stimmt's?«

»Ja«, hauchte sie kaum wahrnehmbar. »Fick mich.«

Ein Ruck ging durch ihren Körper, als er in ihren nassen Schoß hineinstieß. Ihre Vagina saugte Rafaels Schwanz willig auf. Sie spürte, wie sich sein Schwanz in ihre warme, feuchte Grotte bohrte, genoss seine harten Stöße. Er pumpte wild in sie hinein, versenkte seinen Stab ohne Unterlass in ihrer pulsierenden Scheide. Als die Wellen auf dem Höhepunkt schließlich über ihr zusammenschlugen, schrie sie laut auf. Ihr Körper zuckte, Rafaels Phallus setzte zum Finale an, und auch er wurde von einem gewaltigen Orgasmus überrollt. Heftig atmend ließ er sich vornübersinken, vergrub seine Zähne in ihrer Schulter. Dann löste er sich von ihr, ließ ihre Beine hinabsinken und half ihr auf die Füße. Er nahm sie kurz in die Arme, blickte ihr tief in die Augen. Die schwarze Augenmaske aus Leder gab ihm etwas Verwegenes und ließ seine Augen besonders intensiv funkeln. Sie schaute ihn fasziniert an, hätte sich ihm am liebsten sofort wieder hingegeben.

Er erkannte den Hunger in ihren Augen, legte seine Hand unter ihr Kinn, lächelte. »Es freut mich, dass es dir gefallen hat.« Er trat einen Schritt zurück, reichte ihr ein schwarzes Stück Stoff. »Hier, nimm diesen Mantel.«

Sie hüllte sich in das schwarze Cape, stand unschlüssig vor ihm. Gerne wäre sie zusammen mit ihm nach Hause gefahren, hätte sich an ihn gekuschelt, um dann an seiner Seite einzuschlafen. Doch Rafael schien andere Pläne zu haben.

»Du findest zu deinem Auto?«

Sie nickte.

»Okay. Ich werde mich bei dir melden, Prinzessin.«

Ein letzter zärtlicher Kuss, und sie war entlassen.

Traurig verließ sie den Raum. Rafael blickte ihr nachdenklich nach.

Dann straffte er die Schultern und bereitete sich auf seinen nächsten Kunden vor … einen jungen Mann, der ihn für diese Nacht gebucht hatte.

&

In der folgenden Zeit wusste Marleen nie, wann Rafael sich mit ihr treffen würde. Sein Verlangen nach ihr schien willkürlich, sprunghaft und unberechenbar. Wenn er verschwand, sagte er stets: »Ich werde mich bei dir melden.« Dann sah sie ihn mehrere Tage gar nicht.

Tage voller Hoffen, Warten, Bangen. Sie konnte nichts essen, nicht schlafen, arbeitete unkonzentriert. Auch ihre intensiven Gespräche mit Ruth brachten nicht die ersehnte Entspannung.

Jeden Morgen bereitete sie sich auf ein Zeichen von ihm vor, trug nur noch Röcke, halterlose Strümpfe und zarte Spitzenwäsche. Sie befand sich in einer luftleeren Blase, die sie innerlich isolierte, bis er sich endlich meldete …

&

Wieder einmal wartete sie verzweifelt, aber vergeblich auf einen Anruf von Rafael. Sie ließ das Display ihres Handys kaum aus den Augen. Sobald das rote Lämpchen ihres Anrufbeantworters blinkte, raste sie hin. Schmerzende Sehnsucht war ihr ständiger Begleiter.

Okay, sie hätte die Bar, in der er als Stripper arbeitete, aufsuchen können … dort hätte sie ihn sicherlich angetroffen. Doch diese Blöße wollte sie sich nicht geben. Außerdem fehlte ihr der Mut, ohne ihn dort aufzukreuzen.

Marleen litt Höllenqualen. Sie konnte nur noch einschlafen, wenn sie sich seine Hand auf ihrem Körper vorstellte, seinen glühenden Blick, seine geflüsterten Worte. Dieser schöne junge Mann, der so gar nicht in ihre Welt passte, hatte ihr gehörig den Kopf verdreht. Sie erkannte sich nicht wieder, vergaß, wer sie war, und wartete mit brennendem Verlangen auf das Zeichen eines Mannes, der viel zu jung und flippig für sie war.

Sie war besessen von seinem Atem auf ihrer Haut, von seinen Worten, seinen Liebeskünsten und dem erotischen Einfallsreichtum. Sie wollte mehr davon, wollte alle sexuellen Abgründe mit ihm erforschen, wünschte sich aber gleichzeitig, sie besäße die Kraft, die Begegnung mit Rafael als kurze Episode in eine Schublade zu stecken, diese dann fest zu verschließen und nie wieder zu öffnen. Sie hatte Angst vor diesen neuen Gefühlen, die sie überschwemmten und alles andere in ihr fortspülten.

Müde verließ sie die Kanzlei. Es war schon spät, dennoch hatte sie es nicht geschafft, alle Akten durchzugehen. Also hatte sie sich die restlichen Ordner eingepackt, um sie zu Hause durchzugehen.

Und dann sah sie ihn plötzlich. Ein paar Meter entfernt lehnte er an der Motorhaube ihres Wagens – lässig und attraktiv. Marleen zuckte zusammen, blieb stehen und atmete tief durch. Schließlich schritt sie langsam auf ihn zu.

»Hallo, Prinzessin. Du kommst spät.« Sein Lächeln war entwaffnend, seine Stimme eine Offenbarung.

In ihr kämpften tiefe Freude und aufsteigender Ärger um die Vorherrschaft. Wie selbstverständlich er dort stand … auf sie wartete … frech … fordernd … siegessicher. Ganz so, als wüsste er von ihren ruhelosen Tagen und Nächten, von ihrer Sehnsucht und dem brennenden Verlangen. Noch ein paar Schritte, dann befand sie sich genau vor ihm.

Da stand er, so dreist und selbstsicher wie bei ihrer ersten Begegnung. Ihre Brustwarzen stellten sich, ihr Bauch flatterte, ihr Herz raste. Wildes Verlangen pochte in ihrem Inneren, während sie ihm einen kühlen Blick zuwarf.

»Warum zum Teufel tust du das?« Ihre Stimme bebte, war brüchig.

Die Hände tief in die Hosentaschen vergraben, legte er den Kopf schief, grinste. »Ich bin ebenfalls erfreut, dich zu sehen.«

»Warum?«, wiederholte sie leise ... tonlos.

»Warum, was?«

»Du tauchst nach Belieben bei mir auf, verführst mich und verschwindest dann ohne ein Sterbenswörtchen. Wie es mir dabei geht, scheint dich nicht zu interessieren.« Sie holte Luft, fuhr dann fort: »Ich bin kein Spielzeug, das man in die Ecke stellt, wenn man genug hat und nach Lust und Laune wieder hervorholt.«

Sie wandte sich ab. Blitzschnell ergriff er ihr Handgelenk, zog sie an sich. Sein heißer Atem streifte ihr Ohr. »Natürlich interessiert es mich, wie es dir geht.« Sanft legten sich seine Lippen auf die ihren. Er begann an ihrer Oberlippe zu saugen, nahm die Unterlippe dazu und schob seine Zunge dazwischen. Ihre Knie wurden weich. Sie klammerte sich an ihn, als er sie mühelos anhob und auf die Kühlerhaube setzte.

»Du bist für mich mehr als ein Spielzeug.«

Sie schloss die Augen, lehnte sich an seine Schulter, atmete seinen unvergleichlichen Geruch ein. »Wieso spüre ich das nicht? Du kommst und gehst, wie es dir beliebt, und ...« Sie brach ab, musste schlucken, denn ihre Stimme drohte nachzugeben.

Rafael schwieg, blickte ins Leere. »Ich gebe zu, ich habe es so genommen, wie es sich ergab. Bequem und ohne Risiko.« Erneut schwieg er, atmete tief durch und fuhr fort: »Ich muss mich erst daran gewöhnen, dass es nun jemanden gibt ... in meinem Leben. Jemanden, der mir schon jetzt etwas bedeutet, der mir nahe kommt. Beinahe schon zu nah. Es steckt eine gehörige Portion Selbstschutz dahinter.«

»Keine andere Frau? Eine jüngere?« Kaum hatte sie diese Worte ausgesprochen, hätte sie sie am liebsten zurückgenommen. Sie schämte sich.

Rafaels Daumen liebkoste ihr Kinn. »Nein, eine andere Frau ist es nicht. Ich weiß nicht, wie ich es erklären soll.«

Minuten voller Schweigen. Minuten, in denen Marleen das Schlimmste befürchtete. War sie ihm zu viel? Hatte er genug von ihr? Oder war sie ihm plötzlich doch zu alt?

Rafael, bitte sag was. Irgendwas. Bitte.

Sie hörte ihn seufzen. Dann begann er zu reden. »Es ist nicht einfach für mich. Ich wollte mich nie wieder auf einen Menschen einlassen, niemanden mehr so nah an mich herankommen lassen. Doch dann begegnete ich dir und konnte mich nicht wehren gegen diese unabwendbare Anziehungskraft. Erfreute mich daran, empfand aber auch Angst. Ich nahm mir vor, auf die Euphoriebremse zu treten, um nicht zu fallen ... denn je höher man fliegt, umso tiefer fällt man. Und es ist nun mal eine Tatsache, dass sich unsere Lebensweisen gravierend voneinander unterscheiden. Ich bin ein Stripper, stehe spät auf und liebe das Nachtleben in der City. Du bist eine erfolgreiche Anwältin, eine Frühaufsteherin mit geregeltem Ablauf.«

Marleens Herz klopfte zum Zerspringen. »Ist das ein Problem für dich?«

»Für mich nicht.« Er blickte sie nachdenklich an. »Aber vielleicht für dich!?«

Sie schlang die Arme um seinen Hals, presste sich an ihn. »Niemals!«

»Bist du sicher?«

»Mehr als sicher.«

»Eine Anwältin und ein Stripper ... der Gedanke schreckt dich nicht ab?«

»Solange ich weiß, dass ich die Einzige für dich bin, nicht.«

Rafael zuckte kurz zusammen, dachte nach. Leichte Panik überfiel ihn. Diese Person kam ihm nah – fast schon zu nah. Berührte ihn in seiner Seele, wurde mehr für ihn als eine aufregende Geliebte – sondern eine Frau, deren Gegenwart ihn berauschte. Schnappte die Falle nun zu? Sollte er weitergehen, oder es dabei belassen?

Er blickte ihr tief in die Augen, verzog keine Miene. Indem sie ihre Verletzlichkeit offenbart hatte, hatte sie das Tor, das er eigentlich verschlossen halten wollte, mit wehenden Fahnen aufgestoßen. Er entschied sich dafür, dass diese Frau es wert war. Er wollte sich weiter vorwagen, sie von der Peripherie in seine Mitte lassen. In sein Inneres, da, wo er verletzbar war, wo es keine Grenze gab, die ihn davor schützte, verletzt zu werden. Er lächelte, nahm sich vor, seinen Job als Callboy in der nächsten Zeit zu reduzieren, eventuell für eine Weile stillzulegen. »Da gibt es keine neben dir.«

»Das wollte ich hören.« Sie lachte befreit auf, rutschte von der Motorhaube.

Rafael sagte nichts, schaute ihr mit einem leichten, nachdenklichen Lächeln auf den Lippen tief in die Augen. Heiß und kalt rann es ihr den Rücken herunter, ihr Mund wurde trocken, und ihr Herz klopfte bis zum Hals. Wohlige Schauer durchliefen ihren Körper. Ihre Knie wurden weich wie Pudding, doch bevor sie einknicken konnte, umfasste Rafael ihre Schultern und zog sie langsam an sich. Wie im Rausch schloss sie die Augen und gab sich ganz dem süßen Gefühl hin, welches sich schlagartig in ihr breitmachte.

Atemlos öffnete sie die Lippen, und während sie sich noch sehnsüchtig wünschte, er möge sie endlich küssen, spürte sie, wie sich seine Lippen auf die ihren pressten. Seine Zunge begann zunächst die Konturen ihrer Lippen zu umfahren, verschaffte sich dann mit Nachdruck einen Weg ins Innere und forderte ihre Zunge zum Duell.

Er umfasste ihren Nacken, bog ihren Kopf zurück und grub seine Zähne spielerisch in ihren Hals. Langsam begann er die Knöpfe ihrer Bluse zu öffnen, streifte sie ihr über die Schultern. In seinen Augen blitzte es auf, als er seinen Blick über ihre Brüste gleiten ließ, die nur noch von zarter Spitze bedeckt waren. Er griff unter ihren Rock und zerriss mit einem Ruck ihr Spitzenhöschen. »Das brauchst du jetzt nicht. Außerdem ist es nass … klitschnass.«

Sie warf den Kopf in den Nacken, keuchte. Seine Finger hinterließen eine glühende Spur auf ihren Hüften, ihren Schenkeln und ihrem Gesäß.

Da stand sie nun – nur ein paar Meter von der Kanzlei entfernt auf dem Firmenparkplatz – mit hochgeschobenem Rock, halterlosen Strümpfen und ohne Höschen. Normalerweise sollte sie diese Tatsache schockieren. Die Angst, entdeckt zu werden, müsste riesengroß sein, doch sie war zu keinem klaren Gedanken fähig. Sie fühlte lediglich, dass sich jede einzelne Zelle ihres Körpers nach Rafaels Berührungen sehnte und sie es nicht erwarten konnte, ihn zu spüren.

Erneut hob er sie auf die Motorhaube. Der kühle Lack unter ihrem nackten Hinterteil ließ sie kurz zusammenzucken.

»Spreiz die Beine.«

Sie gehorchte.

»Noch ein Stückchen weiter.«

Wortlos tat sie, was er wünschte.

Er drückte sie nach hinten. »Stütz dich mit den Ellbogen ab.«

Marleen befolgte seine Anweisungen.

Er umfasste ihre Waden und hob ihre Beine an, bis ihr Unterleib gen Himmel gestreckt war. Sie spürte, wie er ihre nach oben ragenden Schenkel noch weiter auseinanderschob und eingehend ihr entblößtes Geschlecht betrachtete. Eine Hand stützte ihre Beine ab, während die andere auf Entdeckungsreise ging. Sein Mittelfinger glitt in die feuchte Spalte und stimulierte die Innenwände ihrer Vagina. Sie wurde unruhig, wand ihr Becken mit dem Verlangen, sich an seinem Körper zu reiben.

»Rafael … bitte«, flehte sie.

Während sein Finger nach wie vor in ihr rührte, griff er mit der anderen Hand nach seinem Rucksack, der auf dem Autodach lag. Kurze Zeit später hielt er einen Dildo in der Hand, ließ ihn hauchzart über ihren Körper gleiten. Über ihre Wangen, ihren Hals, ihr Dekolleté und ihre bebenden Brüste, denen er sich besonders widmete, indem er das Teil immer wieder unermüdlich und spielerisch um ihre harten Nippel kreisen ließ. Dann ging die Entdeckungsreise weiter hinab über ihren flachen Bauch, ihren Venushügel und ihre Schenkel. Sie wimmerte. Ihr Schoß kribbelte, wartete hungrig darauf, ebenfalls bedacht zu werden.

Das kühle Material des Dildos fühlte sich auf ihrer erhitzen Haut gut an. Langsam glitt das Teil ihre Schenkel hinauf, und beim Hinabgleiten erlöste Rafael sie aus ihrer Position, ließ die Schenkel abwärts sinken. Der Dildo lag für eine Weile reglos im samtigen Bett ihrer Schamhaare.

Rafael setzte es dann wieder in Bewegung, schob die Spitze zwischen ihre Schamlippen, tauchte es in die Nässe, zunächst langsam vortastend, doch dann immer hemmungsloser. Marleen hob ihr Becken und passte sich den rhythmischen Bewegungen des von Rafael geführten Dildos perfekt an.

Er erkannte die Geilheit in ihren Augen, spürte ihren Hunger und ihre Gier. Die Flamme der Lust begann in ihm zu lodern, wuchs zu einem Inferno. Mit einem schmatzenden Geräusch zog der den Dildo aus ihrer Möse, ließ ihn fallen und öffnete seine Hose. Sofort sprang sein hochaufgerichteter Schwanz heraus.

Er legte ihre Beine um seine Hüften, flüsterte: »Ich rieche deine Geilheit, deine Gier und die Lust deiner Möse.« Mit einem harten Stoß drang er in sie ein. In dieser Position verharrte er. Rafael steckte tief und regungslos in ihr, während sich seine Hände unter die zarte Spitze ihres Büstenhalters schoben und ihre Brüste massierten.

Am liebsten hätte sie ihn energisch aufgefordert, sie endlich wild und hemmungslos zu nehmen. Doch ihre Stimme versagte. Er machte sie im wahrsten Sinne des Wortes sprachlos. Er hatte Macht über sie – nicht nur körperlich. Sie bekam einfach nicht genug von ihm.

Und dann endlich begann er sie zu vögeln. Hart, wild, leidenschaftlich. Genauso, wie sie es brauchte. Sie spürte, wie sich ihre Vagina zuckend um seinen Schwanz zusammenzog, wie auch er die Beherrschung zu verlieren begann. Immer tiefer rammte er seinen Schwanz in sie hinein, bis sie da waren ... die Wellen der Leidenschaft.

Rasant trieben sie Marleen zum Höhepunkt – bis zum Gipfel der Lust. Und dann kam auch Rafael. Wild pumpte er seinen Saft in sie hinein, dann sank er nach vorn, barg seinen Kopf auf ihren Brüsten.

Kapitel 12

Sollte mein bester Freund etwa in Liebesdingen schwach geworden sein?« Leonard fixierte Rafael mit hochgezogener Augenbraue in der Hoffnung, endlich mehr aus ihm herauszubekommen. Er öffnete eine Flasche Rotwein, füllte zwei Gläser.

Sie saßen in Leonards gemütlichem Wohnzimmer, hörten Musik und führten »Männergespräche«.

»Sieht ganz so aus.« Rafael schloss einen Moment die Augen, dann fuhr er fort: »Wie es so geht in unserem Leben – plötzlich kommt der Tag, an dem wir jemanden treffen. Und diese Person trifft uns mitten ins Herz. Wir beginnen zu schweben, und von der ersten Sekunde an wissen wir, mit diesem Menschen will ich den Rest meines Lebens verbringen. Jeden einzelnen Tag, möge er auch noch so schwer sein.«

»Helena hat mir erzählt, dass du eine Frau kennen gelernt hast. Dass es dir aber so ernst ist, hätte ich nicht vermutet.«

Rafael seufzte. »Eigentlich sollte ich allerbeste Laune haben, mit eingestanztem Grinsen tanzen und wildfremden Menschen Zigarren schenken. Eigentlich habe ich allen Grund dazu, mich zu freuen. Eigentlich.«

»Und uneigentlich?«

»Ich habe verdammte Angst. Davor, dass ich schon jetzt

süchtig nach ihr bin. Vor einer Enttäuschung und auch ein kleines bisschen davor, dass sich mein Leben schlagartig ändern wird. Aber verdammt – diese Frau ist es wert. Diese Augen voller Leben, voller Aufmerksamkeit, voller Misstrauen. Leonard, ich habe sie gesehen und hatte von da an nur noch Augen für sie. Schlagartig fühlte ich, dass etwas Magisches zwischen uns blinkt.«

»Hört sich gut an. Und wie sieht sie das?«

»Ich glaube – nein, ich spüre –, dass es ihr ebenso geht.«

»Weiß sie, dass du als Callboy arbeitest?«

Rafaels Gesicht verdunkelte sich. »Nein. Ich habe es ihr bisher verschwiegen.« Er erzählte Leonard von ihrer Flucht, als sie erfuhr, dass er strippte.

»Hätte ich ihr auf die Nase gebunden, dass ich außerdem als Callboy arbeite, wäre sie im Dunkel der Nacht verschwunden. Da bin ich ganz sicher.«

»Du kannst es ihr aber nicht für immer verschweigen, sollte es mit euch weitergehen.«

»Ich weiß. Oh, und wie ich das weiß. Dies ist ein weiterer Punkt, der mir höllische Angst bereitet.«

»Das kann ich nachvollziehen.«

»Vielleicht erledigt sich das von selbst, wenn sich irgendwann mein Traum erfüllt – eine eigene Bar.«

»Hättest du denn vor, deine Karriere als Callboy an den Nagel zu hängen – sollte dein Traum eines Tages wahr werden?«

»Auf jeden Fall. Und zwar ganz unabhängig von Marleen oder sonst jemandem. Marleen könnte allerdings der Grund sein, dass ich mich künftig mehr dahinterklemme, statt nur zu träumen.«

»Hat dieser Traum schon feste Formen?«

»So in etwa. Ich stelle mir das so vor: Hauptsächlich werde ich Cocktails kreieren. Meine Leidenschaft zum Kochen

werde ich darin ausleben, dass ich für meine Gäste in bestimmten Abständen ein sinnliches Dinner zaubere, und ich
werde weiterhin strippen – im Rahmen eines besonderen
Events. Im Großen und Ganzen werde ich allerdings einfach
nur Inhaber einer Bar mit Atmosphäre und einem besonderen Flair sein. Das wünsche ich mir schon seit Jahren.«

»Darf ich auch erfahren, was du dir wünschst?« Helena
gesellte sich zu ihnen. Sie hatte ihre Arbeit an dem Zyklus
beendet, sich rasch geduscht und setzte sich gut gelaunt auf
einen Sessel, der sich gegenüber von Leonard befand. Interessiert hörte sie den Ausführungen Rafaels zu, ihr Blick
glitt jedoch immer wieder verlangend zu Leonard hinüber,
der sie mit feurigen Blicken liebkoste.

»Die Idee gefällt mir gut.« Helena griff nach Leonards
Glas und nahm einen Schluck.

»Ich drücke alle Daumen, die ich habe.«

»Danke, das kann ich brauchen. Denn dieser Traum ist zu
einer fixen Idee geworden, und ich werde in Zukunft meine
ganze Energie hineinstecken in der Hoffnung, dass sich eine
Tür öffnet.«

»Wenn wir dir irgendwie helfen können, gib Bescheid. Ich
wäre nämlich gerne Stammgast in der Bar meines besten
Freundes.« Leonard zwinkerte ihm freundschaftlich zu.

»Darauf werde ich gern zurückkommen. Danke.«

Die nächste Stunde füllten sie mit Ideen, bauten Luft-
schlösser und überlegten sich sogar schon, wie die Bar heißen könnte.

Als Leonard eine weitere Flasche Wein öffnete, erhob sich
Rafael und warf seinen beiden Freunden einen amüsierten
Blick zu. »Ich werde mich nun in meine Gemächer begeben
und euch Turteltauben allein lassen. Beneidenswert, diese
Mischung aus Vertrautheit und ›Wild-aufeinander-Sein‹, die
ihr ausstrahlt.«

155

Helena warf ihm eine Kusshand zu, blickte dann verträumt zu Leonard. Der wünschte Rafael eine angenehme Nachtruhe und taxierte Helena mit feurigen Blicken. Sie lächelte und zog ihr ohnehin schon tief ausgeschnittenes T-Shirt noch ein Stückchen tiefer, beugte sich vor, so dass ihre prallen Brüste nur noch halb bedeckt waren.

»Dieser Anblick macht mich wahnsinnig«, flüsterte Leonard rau. Seine Stimme bahnte sich einen Weg in Helenas Gehörgang, dehnte sich aus und sandte von dort aus sanfte Schauer durch ihren Körper. Leonard registrierte die Lust, die in ihren Augen aufglomm. Sein Verlangen nach dieser – seiner – Frau wuchs ins Unermessliche.

Helena setzte ihre Füße weiter auseinander, öffnete ihre Schenkel und ließ Leonard erkennen, dass sie kein Höschen trug. Augenblicklich schoss heißes Blut in seinen Schwanz, ließ ihn anschwellen. Helenas Blick tauchte in die Tiefen seiner Iris. Sie konnte darin erkennen, wie erregt er war. Seine Augen ruhten zwischen ihren geöffneten Schenkeln und blitzten freudig auf, als sie ihren Rock noch etwas höher schob. Deutlich konnte er die ersten Lusttropfen auf ihren Schamlippen glitzern sehen und die kleine Perle, die sich ihm keck entgegenstreckte, als sie ihre Beine ein weiteres Stück für ihn öffnete.

Helena lehnte sich zurück, hob die Arme hinter den Kopf und streckte sich spielerisch. Das T-Shirt spannte sich eng um ihre Brüste, ihre Nippel stießen hart gegen den dünnen Stoff.

Leonard schloss für einen Moment die Augen. »Engelchen, ich bin verrückt nach dir.«

»Das will ich stark hoffen.«

Er sprang auf, griff nach Helenas Arm und zog sie zu sich auf die Füße. Sofort suchten seine Hände ihre Brüste. Langsam kreisten seine Daumen über ihre Brustwarzen, seine

Lippen pressten sich auf ihren Hals, während er sie rückwärts gegen eine halbhohe Kommode drängte.

Ihr Atem ging stoßweise.

Als er ihr T-Shirt mit einem Ruck zerriss, schrie sie leise auf. Leonard packte sie bei den Hüften, hob sie auf die Kommode und öffnete ihre Schenkel, indem er sich zwischen sie schob. Leise stöhnend verbarg er sein Gesicht zwischen ihren weichen, vollen Brüsten, stupste ihre Nippel spielerisch mit der Zungenspitze an, spielte mit ihnen, umkreiste und massierte sie. Helena warf den Kopf in den Nacken. Sie genoss sein Zungenspiel, den fordernden Griff seiner Hände und seinen Schoß, der sich hart an dem ihren rieb.

»Leonard … bitte … ich will dich in mir spüren.«

Sie richtete sich auf, nestelte an seiner Hose und stöhnte leise auf, als sich ihr sein Schwanz entgegenschob. Hoch aufgerichtet schmiegte sich sein bestes Stück in ihre Handfläche, zuckte gierig und wartete auf Stimulation.

Helena genoss den Anblick des langen, dicken Schaftes mit der feucht glänzenden Spitze, stellte sich den Geschmack der Lusttropfen schon auf der Zunge vor. Gierig umschlossen ihre Finger den erigierten Penis, glitten an ihm entlang und gruben sich in das Nest aus Schamhaaren, das seine Wurzel umgab.

Leonard gab einen wohligen Laut von sich. Er umfasste ihre Schultern, schob sie zurück. »Und nun mache ich mich über dich her. Ich werde es dir besorgen, dich ficken, dass dir Hören und Sehen vergeht.«

Helenas Atem ging stoßweise. Jeder einzelne Nerv in ihr war zum Zerreißen gespannt. Sie sehnte sich nach ihm. Wollte ihn tief in sich spüren … von ihm ausgefüllt und wild gevögelt werden. Seine Blicke hinterließen eine heiße Spur auf ihrer Haut. Und dann packte er sie bei den Hüften und drang tief in sie ein. Ihre Muskeln umschlossen seinen harten Schaft, hielten ihn fest, als wollten sie ihn nie wieder loslassen.

Kraftvoll pumpte Leonard in sie hinein. Sein Schwanz rührte in ihr, glitt köstlich die Innenwände ihrer Vagina entlang, zog sich langsam zurück, um dann erneut kraftvoll zuzustoßen. Leonard spannte die Gesäßbacken an, schob immer wieder nach und bewegte sich so fantasievoll, dass Helena die Sinne schwanden.

Seine Stöße glichen einem Tanz der Leidenschaft.

Heiß. Feurig. Leidenschaftlich. Voller Glut und Lust.

Sie spürte, wie ihr Nektar heiß aus ihr hervorquoll, während Leonard sie hart nahm. Die Muskeln ihrer Vagina kontrahierten, sandten süße Schauer aus. Ihre Scheide schloss sich immer enger um den harten Schwanz.

Und dann kam sie erneut, wurde von einer heißen Woge überrollt, die sich langsam durch ihren Körper arbeitete und für eine Entladung sämtlicher Sinne sorgte.

Leonard setzte zum Finale an, und als auch er mit lautem Stöhnen den Gipfel der Lust erstürmte, flüsterte er immer wieder ihren Namen.

Erschöpft und schwer atmend hielten sie sich minutenlang einfach nur in den Armen.

»Habe ich dir eigentlich schon gesagt, dass ich dich liebe?«, unterbrach Leonard schließlich das zufriedene Schweigen.

»Schon oft – aber nicht oft genug.«

Und dann fanden sich ihre Lippen zu einem zärtlichen Kuss.

ভ৩

Allerbester Laune verließen Rafael und Marleen das Kino. Dies war ihr erstes »richtiges« Date, romantisch … mit allem, was dazugehörte. Marleen schwebte wie auf rosa Wölkchen. Sie hatten sich eine Komödie angeschaut, allerdings nicht viel vom Film mitbekommen, da sie so sehr mit sich selbst beschäftigt waren.

Vor ihrem Kinobesuch waren sie beim Italiener, hatten dann einen langen Spaziergang gemacht und Arm in Arm dagestanden, um den Sternenhimmel zu beobachten. In Gedanken versunken, eins mit sich und glücklich.

»Bist du schon müde, oder habe ich die Chance auf eine Ausdehnung dieses Abends?« Zärtlich strich ihr Rafael eine Haarsträhne aus dem Gesicht.

»An was hast du gedacht?«

Tausend Teufelchen tanzten in seinen Augen, als er erwiderte: »Ich würde mir gern deine Briefmarkensammlung ansehen.«

Sie wurde rot, als sie seinem anzüglichen Blick begegnete. Dann musste sie lachen, erwiderte keck: »Hast du dabei irgendwelche Hintergedanken? Wenn ja, dann lass mich das wissen. Ich mag Hintergedanken.«

»Hintergedanken?« Rafael grinste. »Ich weiß nicht, was du meinst.« Er setzte eine unschuldige Miene auf, flüsterte ihr dann ins Ohr: »Habe ich dir eigentlich schon mal erzählt, dass ich ebenfalls zugänglich für Hintergedanken bin?«

»Bisher nicht.« Lachend hakte sie sich bei ihm unter.

Marleen wohnte im Westend, einer vornehmen Wohngegend Frankfurts, in einer prachtvollen Stadtvilla mit Erkern und Wandfiguren. In diesem Haus lebten drei Parteien, und sie hatte die Dachwohnung.

Der Eingangsbereich des Hauses war umwerfend. Die Wände des Hausflurs bestanden aus feinstem Marmor, der Boden war mit sehr stilvollen Fliesen ausgelegt. Ein weißes verschnörkeltes Geländer komplettierte eine schon in die Jahre gekommene Holztreppe. Beim Betreten der Stufen knarrten diese beständig auf.

Mein dickes Fell ist weg. Abgescheuert, dachte sie mit

klopfendem Herzen, als sie ihre Wohnungstür öffnete und ihn hineinließ. *Bis es nachwächst, bin ich ausgeliefert – nicht wirklich stark. Auch wenn es nach außen hin den Anschein haben mag. Worauf habe ich mich eingelassen?* Sie seufzte leise. *Genug gegrübelt. Schließlich muss man nicht immer genau wissen, worauf man sich einlässt. Besteht das Leben nicht manchmal auch aus unvorhergesehenen Dingen – ja, sind es nicht gerade diese Dinge, die das Leben erst interessant machen?*

Sie beschloss, den Moment zu genießen.

Rafael folgte ihr in eine geräumige Diele mit hohen Decken. An einer Wand hing ein riesiger Messingspiegel. Eine antike Truhe, ein antiker Schrank, der als Garderobe diente, und eine Eisenbank rundeten das Bild ab. Lachend begrüßten sie Orpheus und Ludmilla, die ihnen entgegengestürmt kamen.

Dann zog Rafael sie in seine Arme, presste seine Lippen auf die ihren, um ihren Geschmack und ihren Mund in sich aufzunehmen. Sie erwiderte seinen Kuss bereitwillig, spielte mit seiner Zunge, drang tief in seinen Mund ein. Für sie versank die Welt in einem Meer aus rosa Wolken. Lange standen sie da, hielten sich eng umschlungen und küssten sich zärtlich. Ihre Herzen schlugen im Gleichklang, während ihre Zungen sinnlich miteinander tanzten.

Als Rafaels Hände wellenförmig an ihrer Wirbelsäule entlangfuhren, meinte sie unter Strom zu stehen. Ihre Küsse wurden wilder ... leidenschaftlicher. Stürmisch rissen sie sich gegenseitig ihre Jacken vom Leib, entledigten sich ihrer Schuhe und ließen alles achtlos auf den Boden fallen. Rafael umfasste ihr Gesäß, löste seine Lippen von den ihren und zog mit seiner Zungenspitze eine heiße Spur quer über ihren Hals.

Dann schob er sie mit dem Rücken gegen die nächstliegende Wand, öffnete das Oberteil ihres Kleides und leckte spielerisch über ihr Dekolleté. Aufstöhnend warf sie den Kopf in den Nacken.

»Ich werde dich verführen«, flüsterte er in ihr Ohr, »bis du nicht mehr weißt, ob es draußen blitzt und donnert oder aber in deinem Kopf … deinem Körper … deiner Seele. Werde dich küssen, bis deine Lippen prickeln, bis sie brennen … lichterloh … und werde dich lieben, bis die Flut kommt … die Flut der Leidenschaft, die dich mitnimmt und ins Reich der Sünde schwemmt.«

Marleen seufzte leise auf. Dann wisperte sie: »Ich mag es, wenn du so schöne Dinge zu mir sagst. Wenn du sie mir ins Ohr flüsterst – mit heißem Atem und Lust in der Stimme.«

»Tatsächlich?«

»Oh ja.« Ihre Stimme war nur noch ein Hauchen, ein atemloses Wispern inmitten ihres keuchenden Atems, der ihre Brust hob und senkte.

Er küsste sich ihren Hals hinab bis zum Ansatz ihrer Brüste, die sich ihm nun mit rosig aufgerichteten Spitzen entgegenreckten. Und dann begann seine Zunge mit ihnen zu spielen. Geschickt. Gierig. Unersättlich.

»Du hast eine Zauberzunge«, wisperte Marleen. »Eine magische Zauberzunge.«

»So? Es gefällt dir also?«

»Was für eine Frage!«

»Dann sollst du mehr bekommen.«

»Mhhmmm … du bist einzigartig.«

»Ich bin einzig – aber mit Sicherheit nicht artig«, lachte er und befreite sie geschickt von dem überflüssigen Kleid. »Ich werde mich mit meiner Zunge langsam über deinen Körper hinwegtasten, hier oben beginnend, weiter hinab zu deinem Bauchnabel und dann über die reizvolle Linie deiner Beine bis zu deinen entzückenden Füßen.« Seine Hände umfassten ihre Brüste … kneteten sie sanft … dann fester – und während seine Hände ein wahres Feuerwerk der Lust in ihr entfachten, setzte erneut seine Zunge ein und umkreiste hart ihre keck aufgerichteten Brustwarzen. Ihre Hände vergruben sich in seinem Haar. Sie stand mit geschlossenen Augen und zurückgelegtem Kopf da, genoss jeden Augenblick, gab sich leise aufstöhnend hin, spürte, wie ihre Körpersäfte sich sammelten. Zwischen ihren Schenkeln kribbelte es.

Ein süßes Sehnen machte sich breit, wuchs und zog sich durch den gesamten Unterleib, bis ihre Beine unkontrolliert zu zittern begannen.

»Noch mehr?«

Marleen gab als Antwort ein ungeduldiges Keuchen von sich.

»Okay, dein Wunsch ist mir Befehl.« Er löste die Spangen und Nadeln aus dem Haar, so dass es ihr locker über ihre Schultern fiel, fuhr für einen Moment mit einer Hand zärtlich hindurch und packte sie dann am Schopf, damit sich ihr Kopf nach hinten bog.

Seine Zähne vergruben sich spielerisch in ihrem Hals, während die freie Hand sie von den halterlosen Strümpfen befreite. Sie spürte seinen Atem ganz nah an ihrem Ohr, seine Hand zwischen ihren Schenkeln und hörte ihn flüstern: »Nicht mehr lange, und sie naht heran, die Welle der Lust, die dich im nächsten Augenblick verschlingt, deinen Körper unkontrolliert beben und mit einem Aufschrei über die Klippen stürzen lässt. Süße Lust, die deinen Körper verbrennt.«

Sein Griff in ihrem Haar verstärkte sich, als er sie so drehte, dass ihr Gesicht zur Wand zeigte.

Dann ließ er locker und presste sich an sie.

Marleen erschauerte, reckte ihm ihr Hinterteil einladend entgegen, passte sich seinen sanft lasziven Bewegungen an,

genoss es, die kühle glatte Lederhose auf ihrer bloßen Haut
zu spüren, und erbebte bei den sündigen Worten, die er ihr
ins Ohr flüsterte.

Als er sie umfasste und von vorn eine Hand zwischen ihre
Schenkel schob, gleichzeitig heiße Küsse in ihren Nacken
setzte, schoss ein Prickeln durch ihren Leib und breitete sich
vom Bauchnabel beginnend in alle Richtungen aus. Ein
Kribbeln … ein Wärmegefühl … süß … himmlisch … unwiderstehlich. Die Wellen, die durch ihren Körper jagten,
waren vollkommen eins mit der Melodie ihres heiß pulsierenden Blutes. Trugen sie davon in ein Meer aus funkelnden
Sternen. Seine Finger massierten ihre heißen Schamlippen,
verrieben den Nektar, der zwischen ihnen hervorquoll. Wie
von selbst glitt sein Zeigefinger in den Spalt, bahnte sich
einen Weg in die verborgenen Falten, die sich wie ein Blü-
tenkelch zu öffnen begannen und erwartungsvoll aufblüh-
ten.

Ihr Atem beschleunigte sich, ihr Herz schlug schneller. Mit
geschlossenen Augen lauschte sie ihren eigenen Atemzügen,
ihren sehnsüchtigen Seufzern, ihrem pochenden Herzen und
gab einen lustvollen Laut von sich, als Rafael mit der anderen Hand ihre Schamlippen spreizte. Ihre Klitoris lag nun
offen da, prall und gierig. Rafael verteilte ihre Nässe mit
Zeige- und Mittelfinger bis in jeden einzelnen Winkel, sorgfältig darauf bedacht, die Lustknospe außen vor zu lassen.

Seine Finger erkundeten die weichen Innenseiten ihrer
Schamlippen … mal sanft, mal fordernd … lösten leise Seufzer aus, ließen die Genießende erzittern. Sie bahnten sich
einen Weg durch ihre glatte, triefende Nässe, näherten sich
endlich der aufgerichteten Klitoris, nur um sich dann wieder in eine entgegengesetzte Richtung zu bewegen, und hinterließen eine bittersüße Sehnsucht, denn ihre Klitoris glich

einer Knospe, die reif war, und sie konnte es kaum erwarten, dass er sie pflückte.

Zwei seiner Finger drangen tief in sie ein, massierten die Innenwände ihrer Vagina – zärtlich, ausdauernd, geschickt und unermüdlich. Kundige Fingerkuppen tasteten sich vor, wieder zurück, um dann erneut tief einzudringen. Wellen der Erregung durchfluteten ihren Körper. Mit sanfter Hand umspielte Rafael intensiv ihre Falten, nach wie vor die Klitoris aussparend. Verlangend zuckte ihm ihr Schoß entgegen. Sie rieb sich an seiner Hand, gierte nach mehr, und als sie kurz davor war, die Beherrschung zu verlieren, hielt Rafael in seinen Liebkosungen inne. Warm legte er seine Hand auf ihren Hügel … ohne die geringste Bewegung.

Sie stöhnte unwillig auf.

»Du fühlst dich gut an.«

Seine Stimme, ganz nah an ihrem Ohr, und die Hand auf ihrem Schoß ließen sie erwartungsvoll erbeben. Ihr Bewusstsein fokussierte sich voll und ganz auf diese unverschämt bewegungslose Hand und wünschte sich nichts sehnlicher, als dass Rafael sie endlich wieder in Bewegung setzen würde. Doch er ließ sie zappeln, knabberte nur an ihrem Ohrläppchen. Marleen glaubte zu verglühen. Leise wimmernd presste sie ihre Hand auf die seine, erhoffte sich auf diese Weise die ersehnte Erfüllung – und endlich schoben sich seine Finger wieder zwischen ihre pochenden Schamlippen. Heißer Nektar quoll aus ihnen hervor, zog seine feuchte Bahn bis zu den Innenseiten ihrer Oberschenkel. Rafaels Mittelfinger bewegte sich kreisend über dem Eingang ihrer Vagina, neckte, lockte, verwöhnte. Dann drang er zielstrebig hinein, während Zeige- und Ringfinger die Schamlippen von außen zusammendrückten und sie gekonnt massierten. Als sich sein Daumen für einen kurzen Moment auf ihre Klitoris legte, sich dann allerdings sofort wieder zurückzog, war es um ihre Beherrschung geschehen. Ihre Knie begannen zu zittern, sackten unter ihr weg, und sie stöhnte laut auf, als Rafael seinen Finger aus ihr herauszog, sie an den Hüften umfasste und zu sich herumdrehte.

»Noch nicht«, raunte er, zog sie fest in seine Arme und drückte ihren Kopf an seine Schulter.

»Was machst du nur mit mir?«, hauchte sie und inhalierte den Geruch, der von seiner warmen Haut ausging.

Rafael lachte leise. »Etwas, das dir gefallen wird. Ich möchte dich in den Wahnsinn katapultieren, bis du alles um dich herum vergisst. Bis sich die Welt vor deinen Augen im Kreis zu drehen beginnt und du nur noch eins willst: mit mir verschmelzen und von mir kosten.«

»Aber das will ich doch längst«, erwiderte sie atemlos. »Ich möchte dich spüren. Die ganze Nacht. Möchte dich küssen, bis ich atemlos bin und mich vergesse.«

»Das Ganze lässt sich noch steigern. Warte ab.«

»Ich will aber nicht warten.«

»Es wird dir nichts anderes übrig bleiben, Prinzessin.« Er schob sie ein Stück von sich, legte Zeige- und Mittelfinger auf ihre bebende Unterlippe. Sein Daumen liebkoste ihr sanft gerundetes Kinn.

»Ich freue mich darauf, dich ins Reich der Sinnlichkeit zu lotsen.«

Zart und dennoch fordernd glitten seine Hände über ihren Rücken, strichen ihre Wirbelsäule hinab. Ihr Körper begann zu glühen. Sie stöhnte auf, als er heiße Küsse über ihren Hals verteilte, seine Lippen weiter an ihrem Körper hinabgleiten ließ und ihre Brustwarzen abwechselnd mit seinen Lippen umschloss. Er umkreiste die rosigen Spitzen mit seiner harten Zunge, knabberte an ihnen, während seine Hände ihr Gesäß umfassten. Seine Lippen küssten sich an ihrem Körper hinab. Küssten jeden Zentimeter, der ihnen begegnete, verweilten kurz an ihrem Bauchnabel und schoben sich stetig weiter abwärts ... über den Venushügel ... bis hin zu ihren geschwollenen Schamlippen.

Am ganzen Körper bebend spreizte sie ihre Beine, um Rafael ungehindert Zugang zu ihrer feuchten Grotte zu gewähren. Sie stöhnte lustvoll auf, lehnte ihren Kopf gegen die Wand und stieß einen kleinen Schrei aus, als Rafael seine Zunge in ihre Nässe stieß, sie wieder zurückzog, nur um sie sofort wieder hineinzuschieben.

Und dann leckte er sie, zog seine Zunge durch ihre Spalte, ließ sie kreisen und begann an ihren Schamlippen zu knabbern. Erst sanft, dann immer fester, bis Marleen kleine Schmerzenslaute von sich gab, die sich allerdings augenblicklich in Laute der Lust verwandelten. Er blies seinen Atem über die Stellen, die er mit den Zähnen bearbeitet hatte.

»Ich werde dich lecken, bis deine Gedanken aussetzen, kein Denken mehr vorhanden ist – nur noch Fühlen, Hitze, Gier, Geilheit.«

Ihre Hände krallten sich in sein Haar, pressten seinen Kopf in ihren Schoß. Sie konnte es nicht erwarten, die Künste seiner Zunge erneut zu genießen, darin aufzugehen und langsam, aber sicher dabei dahinzuschmelzen.

Während Rafael sie leckte, begannen seine Finger ihre Klitoris zu reizen. Sanft umrundeten sie die pralle Knospe, zogen daran und rieben so lange, bis Marleens Knie nachgaben, sie langsam an der Wand hinabrutschte und mit gespreizten Beinen vor ihm saß.

Ihr Körper bebte, als Rafael sich bäuchlings vor sie legte, seine Hände unter ihre Gesäßbacken schob und sein Liebesspiel fortsetzte. Ein Feuerwerk der Lust breitete sich in ihrem Schoß aus, drohte sie zu versengen und ließ keinen Raum mehr für etwas anderes als diese brennende Lust, die sich wellenartig durch ihren gesamten Körper zog. Rafaels

Finger spielten mit ihrer Knospe, während seine Zunge ihre Spalte verwöhnte. Ein Zittern durchlief ihren Körper, ihr Schoß zuckte rhythmisch, und dann gab es kein Halten mehr. Die Wellen der Lust schlugen über ihr zusammen und mündeten schließlich in einem gewaltigen Finale. Marleen hatte das Gefühl, am Rand einer Klippe zu stehen und in einen Orgasmus zu fallen, der sie kaum noch zu Atem kommen ließ. Rafael leckte sie so lange, bis die Wellen des Orgasmus langsam abzuklingen begannen.

Er zog sie fester an sich, während seine Hände an den Außenseiten ihrer Oberschenkel entlangstrichen, sich nach oben tasteten und ihre Brüste erreichten.

Sein Kopf in ihrem Schoß, seine Hände auf ihren Brüsten und ein Körper, der gerade eine Unmenge an Adrenalin ausgestoßen hatte. Sie war satt und zufrieden und spürte kleine Strahlen in ihr Herz kriechen, die ihre Seele erwärmten.

»Ich möchte in deinen Augen erkennen, was du empfindest, wenn ich in dich eindringe.« Er küsste sich an ihrem Körper nach oben und strich ihr die Haare aus dem Gesicht. Dann erhob er sich, um sich von seiner restlichen Kleidung zu befreien.

Mit klopfendem Herzen schaute sie ihm zu.

»Hier?«

»Warum nicht?« Er lachte leise.

»Nun, ich wüsste einen Ort, der gemütlicher ist.«

Kurze Zeit später rekelten sie sich in Marleens kühler Bettwäsche, tauschten heiße Küsse aus und ließen ihre Hände auf Erkundungstour gehen.

»Du bist köstlich … dein Schweiß wie Meerwasser … dein Saft wie Parfum«, murmelte Rafael und zog seine Zunge quer über ihren Bauch. »Ich will dich … und möchte den Ausdruck deiner Augen sehen, während ich dich nehme. Versprichst du mir, mir in die Augen zu blicken?«

Zärtlich fuhr sie mit der Hand durch sein Haar. »Ich verspreche es dir.«

»Danke, Prinzessin!« Rafael streichelte ihre vollen Brüste, ihren flachen Leib und die seidige Haut ihrer Oberschenkel.

Marleen seufzte leise auf, als Rafael sich über sie schob. Sie schlang ihre Arme um seinen Nacken und blickte ihm fest in die Augen – ganz so, wie sie es ihm versprochen hatte.

Er küsste sie zärtlich und flüsterte: »Ich freu mich auf dich.«

»Und ich mich auf dich.«

Und dann drang er in sie ein. Eine Woge des Verlangens überschwemmte sie. Automatisch passte sie sich dem Rhythmus seiner sanften Bewegungen an. Er übersäte ihr Gesicht, ihre Schultern und ihre Brüste mit kleinen Küssen. Zwischendurch hob er immer wieder den Kopf, um ihr in die Augen zu schauen, die deutlich ihre Erregung und Lust widerspiegelten. Ihre offensichtliche Gier heizte ihn an. Er bewegte sich schneller, fordernder, wilder in ihr und küsste sie verlangend. Sie gab sich ihm vollkommen hin, genoss es, ihn in sich zu spüren, gierte nach seiner Nähe, seinen Berührungen, seinem Duft.

Ihr Körper bewegte sich im Einklang mit dem seinen, bäumte sich ihm heiß und voller Hingabe entgegen. Sie wünschte sich, die Zeit möge stillstehen, konnte sich nichts Schöneres vorstellen, als ihm immer so nah sein zu können, mit ihm zu verschmelzen, ihm alles zu schenken.

Die Welt um sie herum verschwamm, sie klammerte sich an ihn wie eine Ertrinkende und schlang ihre Beine um seine Hüften.

In der Sekunde höchster Ekstase schloss sie unwillkürlich die Augen, erinnerte sich dann aber an ihr Versprechen. Ihr Blick verschmolz mit dem seinen, und dann jagten Stromstöße durch ihren Körper. Sie durchfluteten sie, und ihre

Sinne ließen sie schwerelos werden und einsinken in ein Reich, in dem sie Wogen aus watteweichen Wolken hinwegtrugen und zum Gipfel der Lust führten.

Erhitzt, glücklich und erschöpft kuschelte sie sich an ihn. Rafael küsste ihr die einzelne Träne fort, die sich aus ihrem Augenwinkel stahl und langsam in Richtung Ohr rann. Marleen lächelte ihn glücklich an und schlief dann in seinen Armen ein.

Als Sterne am dunklen Himmel zu blinken begannen, das letzte Licht des Tages einem silbernen Mondschein wich, erwachte sie aus einem süßen Traum. Sie streckte sich wohlig, rekelte sich wie eine satte, zufriedene Katze und bemerkte, dass Rafael sie, auf einen Ellbogen gestützt, beobachtete.

»Wie lange beobachtest du mich schon?«

»Eine ganze Weile.«

»Ich mag es nicht, wenn ich ohne mein Wissen beobachtet werde.«

»Keine Sorge, es tut mit Sicherheit nicht weh.« Rafael lachte leise. Dann verdunkelte sich sein Blick. »Ich schaue zu, wie die Hitze der Nacht über deinen Körper rinnt, und freue mich darauf, sie dir fortzuküssen, fortzustreichen, dabei eine Leere hinterlassend, die ich alsbald mit meiner eigenen Hitze überfluten werde.«

Marleen erschauerte.

Atemlos erwiderte sie seinen glühenden Blick und stellte mit leisem Beben fest, dass sich ihre Brustwarzen unwillkürlich aufstellten und es zwischen ihren Schenkeln verräterisch zu kribbeln begann. Sein Zeigefinger fuhr die Kontur ihres Mundes nach, strich über ihre Wangen, den Hals hinab und liebkoste ihr Schlüsselbein.

Ihr Atem beschleunigte sich.

»Die blaue Stunde … sie ist vorbei. Leider hast du geschlafen, dabei wäre es sicherlich himmlisch gewesen, dich währenddessen im Arm zu halten, dir sündige Worte ins Ohr zu flüstern und den Honig deiner Haut zu kosten.«

Seine Finger umrundeten ihren Bauchnabel, strichen hauchzart weiter hinab, um sich schließlich weich, aber dennoch fordernd auf ihren Venushügel zu legen.

»Blaue Stunde?« Ihre Worte kamen brüchig. Sie hatte das Gefühl, dass seine Liebkosungen und seine Stimme direkt in ihr Blut eindrangen und kleine heiße Flammen entzündeten.

»Du kennst die blaue Stunde nicht? Es ist die Zeit, in der die Dämmerung beginnt, in der sich Licht und Schatten umarmen wie zwei Liebende, bis die Nacht sie dann wieder trennt. Ein vollkommener Moment, voller Hingabe und Sinnlichkeit, der durch den beginnenden Abend viel zu schnell abgelöst und vertrieben wird. Die Welt wird in der blauen Stunde durchsichtig ... bis auf den Grund.«

Marleen lächelte. »Ich bin fasziniert, wie viel Tiefe du so alltäglichen Dingen wie der Dämmerung gibst, welche Worte du besitzt, um alles in einen ganz besonderen Zaubermantel zu hüllen.«

»Dir gefallen meine Worte?«

»Oh ja. Leise und zärtlich sagst du Dinge, die dich mir so nahe bringen, dass meine Seele zittert.«

»Ich hoffe, es sind nicht nur meine Worte, die dir gefallen«, raunte er ihr ins Ohr.

»Oh nein, da ist noch viel mehr.« Sie seufzte glücklich, schmiegte sich an ihn und war bald darauf wieder eingeschlafen.

Kapitel 13

Marleen reckte sich, seufzte wohlig auf und blickte liebevoll auf den schlafenden jungen Mann neben sich. Sie glaubte, noch immer seine brennenden Hände auf ihrem Körper zu spüren.

Mit dem Zeigefinger zog sie die Linie seines Mundes nach und wanderte dann zärtlich weiter über sein Kinn und seinen Hals.

Sie beugte sich zu ihm hinunter, umfasste mit beiden Händen sein Gesicht und hauchte viele kleine zarte Küsse auf seine Stirn, seine Wangen, die Nase und den Mund. Aufreizend langsam fuhr sie mit ihren Lippen seinen Hals abwärts, liebkoste seinen Oberkörper und glitt dann weiter, bis sie die Höhe seines Bauchnabels erreicht hatte. Dort verharrte sie für einen Moment, um dann verheißungsvoll mit ihrem Zeigefinger weiter abwärts zu streicheln.

Marleen sah kurz auf, um die Regungen in seinem Gesicht zu beobachten. Er hatte die Augen geschlossen. Doch sie spürte, dass er wach war. Sanft und gefühlvoll begann sie, seine Leisten zu massieren, seine Hoden und seinen Schwanz, der sich mehr und mehr mit Blut füllte und sich zu seiner vollen Größe aufrichtete. Spielerisch umkreiste sie ihn, freute sich, als sie sah, wie sein Körper vor Wonne zusammenzuckte, und zog ihre Hand im letzten Moment bewusst zurück.

Rafael stöhnte auf. Sein Körper stand unter Feuer.

Immer dann, wenn er glaubte, sie würde seinen Schwanz endlich umfassen, hielt sie inne und liebkoste stattdessen seinen flachen Unterbauch, die Innenseiten seiner Schenkel und seine Brust.

Sie genoss es, diesen jungen Mann so zu berühren, zu verwöhnen und zu erregen, dass er zu keinem klaren Gedanken mehr fähig war. Sie hockte sich rittlings über ihn, rieb ihre Brüste an seinen Oberschenkeln und nahm seine Hoden in ihre Hände. Sie fühlten sich gut an. Weich und warm lagen sie in ihrer Hand. Marleen spielte mit ihnen, massierte und ertastete jeden Millimeter der samtenen Haut.

Rafael wand sich unter ihren Berührungen. Seine Lider zuckten, der schöne Mund war leicht geöffnet, und sein Atem ging unregelmäßig. In ihren Augen glomm ein leidenschaftliches Feuer auf, als sie sich über ihn beugte.

Sein prallgefüllter Schwanz und die glänzenden Lusttropfen auf seiner Eichel verrieten seine Erregung, und das süße Ziehen in ihrem Schoß zeigte ihr, dass auch ihre Lust wuchs. Die Hoden Rafaels noch immer in ihren Händen haltend, beugte sie ihren Kopf vor und berührte seine Eichel mit der Zungenspitze. Rafael stöhnte lustvoll auf. Sein Schwanz zuckte unter ihrer Zunge. Sie leckte seine Lusttropfen auf und bewegte sich mit ihrer Zunge an seinem harten Schaft hinab bis zu den samtigen Hoden, die sie mit ihren Händen massierte. Der moschusartige Geruch und Rafaels zuckender Körper beflügelten ihre Sinne. Sie nahm die weichen Bälle abwechselnd in ihren Mund, saugte und leckte genussvoll und bedachte sein erwartungsvoll pochendes Glied zwischendurch immer wieder mit kleinen, heißen Küssen.

Rafael schmeckte gut. Viel zu gut. Gierig umtänzelte ihre Zunge seinen Schaft, glitt höher und schob sich unter seine Vorhaut. Rafaels Schwanz schien diese Behandlung sehr zu gefallen. Marleen saugte, lutschte, erkundete, und schließlich ließ sie sein bestes Stück langsam – Zentimeter für Zentimeter – in ihrem Mund verschwinden.

Nie hätte sie für möglich gehalten, dass sie daran einmal derartiges Vergnügen verspüren würde.

Sie verwöhnte Rafael hungrig. Nahm seinen Schwanz ganz in sich auf, ließ ihn Stück für Stück hinausgleiten, nur um ihn noch gieriger erneut zu verschlingen. Waren ihre Liebkosungen zunächst zaghaft, zärtlich, so wurden sie von Minute zu Minute wilder, gieriger. Rafael hob sein Becken an, streckte sich ihr entgegen. Sofort umfassten ihre Hände seine Gesäßbacken, während ihr Mund nicht müde wurde, seinen Schwanz zu lutschen.

Ein Zittern, ähnlich einem Erdbeben, durchfuhr seinen Körper, als er schließlich den Höhepunkt erreichte und sich in ihrem Mund ergoss.

»Erzähl mir was von dir«, bat Marleen, nachdem sie eine ganze Weile schweigend und in inniger Umarmung dagelegen hatten.

»Was genau interessiert dich?«

Sie dachte nach. »Ich weiß, dass du strippst und damit sicherlich eine Unmenge Frauenherzen brichst. Ich weiß außerdem, dass du ein vorzüglicher Liebhaber bist. Aber was macht den Menschen Rafael sonst noch aus? Darüber haben wir nie gesprochen.«

»Nun, ich bin extrem sympathisch.« Rafael lachte, seine Augen blitzten.

»Ach ja?«

»Oh ja. Ist dir das etwa noch nicht aufgefallen?«

»Du hast mich gnadenlos verführt. Nennt man das heutzutage sympathisch? Ich nenne dies frech.«

»Okay, okay. Frech bin ich außerdem. Hinzu kommt, dass ich ein sehr kreativer Mensch bin.«

»Und wie äußert sich das – von deinen Liebeskünsten einmal abgesehen?«

»Ich bin im Bett also kreativ, ja?«

»So könnte man es nennen. Aber nun raus mit der Sprache. Welche kreativen Eigenschaften schlummern zusätzlich in dir?«

»Ich schreibe Gedichte.«

»Für den Hausgebrauch?«

»Im Grunde, ja. Es ist eine Leidenschaft von mir. Dennoch habe ich mich gefreut, als mein erster Band veröffentlicht wurde.«

»Darf ich um eine Kostprobe bitten?«

Er wurde nachdenklich. »Ich trage meine Texte nur sehr ungern vor, denn es sind geschriebene Worte, die aus meiner Sicht mit dem Papier untrennbar verbunden sind und deshalb gelesen werden sollten. Ist ein kleiner Spleen von mir – den hat wohl jeder Künstler.« Er zwinkerte ihr zu. »Außerdem möchte ich die Wirkung der Worte nicht durch die Klangfarbe meines Vortrags beeinflussen. Sie sollen so wirken, wie der Leser sie interpretiert, und nicht so, wie ich sie vortrage.«

»Ich weiß, was du meinst! Dennoch schade, denn ich wäre gern in den Genuss gekommen.«

»Ich kann sie dir bei Gelegenheit ja mal in anderer Form präsentieren. Nämlich auf Papier.«

»Würde mich freuen.«

»Hm, ich habe da auch schon eine Idee. Da ich – neben dem Schreiben von Lyrik – auch leidenschaftlich gerne koche, lade ich dich zu einem Menü der Extraklasse ein. Bei mir zu Hause und garantiert mit Hingabe zubereitet. Bei der Gelegenheit darfst du dann gern einen Blick auf meine geistigen Ergüsse werfen.«

»Du kochst gerne? Hey, so einer wie du hat mir bisher gefehlt.« Sie lachte schelmisch. »Ich hasse kochen, ernähre mich ausschließlich von Fertiggerichten oder gehe auswärts essen.«

»Na, wenn das nicht passt.«

»Kannst du denn auch kochen, oder bleibt es lediglich bei deiner Vorliebe?«, feixte Marleen und handelte sich einen Seitenhieb ein.

»Hey, Kleine. Nur nicht frech werden! Und damit du dich davon überzeugen kannst, welch ungeahnte Talente in dieser Hinsicht in mir ruhen, werde ich dir ein Menü kredenzen, von dem du noch Jahre später schwärmen wirst.«

»Hört, hört. Und worauf darf ich mich in etwa freuen?«

Rafael legte sich auf den Rücken, verschränkte die Arme hinter dem Kopf und dachte nach. »Wie wäre es mit einer westindischen Kräutercremesuppe als Vorspeise?«

»Ich mache mir nichts aus Suppen. Im Gegenteil, ich gehöre wohl eher zur Gattung ›Suppenkasper‹.«

»Du machst dir nichts aus Suppen? Dann liegt das daran, dass du noch keine gute gegessen hast.«

»Nein, es liegt daran, dass ich keine Suppen mag.«

»Hmm, okay ... du magst keine Suppen. Magst du denn indisch? Wie wäre es mit einem leckeren Gemüsecurry mit Kokosmilch?«

»Kokosmilch unter einer Palme? Am Strand? Mit Sonnenschein? Meeresrauschen? Und dann den Sonnenaufgang beobachten? Du hast mich überzeugt.« Marleen grinste.

»Okay ... ein wunderbarer Sonnenaufgang. Aber ich bestehe auch auf einen Sonnenuntergang. Wo ich den Mond doch so liebe. Wir werden unter einem Sternenzelt tanzen und die Küsse des Mondes genießen, die er uns mit jedem silbrigen Strahl zusendet.«

»Kein Problem. Wenn du mich dabei mit vielen Leckereien und romantischer Musik verwöhnst.«

»Nichts leichter als das. Ich hole dir sogar die Sterne vom Himmel. Wann geht's los?«

»Hey, nicht so schnell. Zunächst lass uns kulinarisch auf einen Nenner kommen, sonst hat das wenig Sinn. Wie willst du mich verwöhnen, wenn du nicht weißt, wie?«

»Och, ich wüsste da schon was.« Ein anzügliches Grinsen huschte über sein Gesicht. »Wann also fahren wir los?«

Marleen errötete. »Ich bin sicher, es wäre ein Vergnügen.«

»Wieso wäre? Ich nehme dich beim Wort, auch wenn du dies lediglich als kleine Plänkelei betrachtest. Also überlege dir gut, was du sagst.« Er lachte. »Ich kann nämlich sehr beharrlich sein.«

Sie tat erstaunt.

»Ach, wirklich? Es gäbe ja viele Eigenschaften, die ich mit deiner Person assoziieren würde, aber doch nicht Beharrlichkeit.«

»Na warte, du kleine Hexe. Du willst mich ärgern? Nur zu. Ich bin ein Meister im Kontern.« Er packte sie bei den Schultern, drückte sie in die Kissen und beugte sich über sie. Dann begann er sie zu kitzeln.

»Halt. Stopp. Friede«, prustete sie.

»Ich denke ja gar nicht daran.«

Jedes weitere Wort von ihr erstickte er im Keim, indem er seine Lippen auf die ihren presste und sie leidenschaftlich küsste. Als sie sich ihm hinzugeben begann, zog er sich zurück. Ihren enttäuschten Gesichtsausdruck quittierte er mit einem diabolischen Grinsen.

»Kommen wir nun also zurück zu unseren kulinarischen Ergüssen«, fuhr er fort und musste innerlich lachen, als er ihre Enttäuschung spürte.

»Um bei der Suppe – natürlich nur als Vorspeise – zu bleiben. Wie wäre es mit einer selbst zubereiteten Tomatensuppe? Aus eigenem Anbau. Tomaten, die ich jeden Tag mit

Liebe gewässert, gehegt und gepflegt habe. Sogar geredet habe ich mit ihnen, habe ihnen schöne Gutenachtgeschichten vorgelesen, weswegen sie auch so knackigrot wurden. Und dann habe ich sie nicht etwa gepflückt … oh nein. So banal bin ich nicht vorgegangen. Ich habe sie vom Strauch gestreichelt.«

»Warst du bei ihnen ebenso geizig mit Küssen, wie du es bei mir gerade bist?«

»Alles zu seiner Zeit, Prinzessin.«

»Hm, du erzählst mir also lieber Geschichten, als mich zu küssen?«

»Ich bin ein guter Geschichtenerzähler.«

»Ach, ja? Die Gutenachtgeschichte, die deine Tomate hat erröten lassen, würde mich interessieren.«

»Die werde ich dir bei unserem romantischen Sonnenuntergang erzählen. Also, wie sieht es aus mit der Tomatensuppe?«

»Tut mir Leid, aber selbst den glücklichsten Tomaten, die freudig in deinen Topf springen, wird es nicht gelingen, den Suppenkasper aus mir auszutreiben.«

»Schade. Aber ich wäre nicht ich, wenn mich das aus dem Konzept bringen würde.«

Marleen musste über seinen schelmischen Gesichtsausdruck lachen. »Du bist richtig süß, weißt du das?«

»Hey, nicht vom Thema ablenken. Du willst ja bloß knutschen. Aber nicht mit mir, mein Fräulein.« Er lachte ebenfalls. »Okay. Komme ich also mal vollkommen von den Suppen weg, auch wenn ich – zugegebenermaßen – eine Vorliebe für ein Süppchen als Vorspeise habe.«

Marleen verdrehte die Augen. »Fällt dir in meiner Gegenwart kein …«

Weiter kam sie nicht, denn Rafael hielt ihr den Mund zu und plauderte munter weiter: »Wie wäre es mit in Bierteig gebackenen Champignons und gefüllten Weinblättern als Vorspeise?«

Seine Hand wurde von seinen Lippen abgelöst, die sich genießerisch auf die ihren legten. Sie schlang ihre Arme um seinen Hals, nahm seine Zunge in sich auf und seufzte wohlig. Unzählige Schauer rannen durch ihren Körper, bereiteten ihr eine wohlige Gänsehaut und ließen sie alles um sich herum vergessen. Erst als Rafael sich erneut von ihr löste, fand sie ins Hier und Jetzt zurück.

»Rafael«, hauchte sie empört.

»Bei der Arbeit.« Er salutierte scherzhaft. »Mal sehen, was ich noch zu bieten hätte. Als Vorspeise wohlgemerkt. Wie wäre es mit Auberginen fritti alla Toscana? Oder mit umbrischen Blätterteigtaschen mit Champignonrahm? Indonesischer Melonensalat an Kokos-Parmaschinken ist auch nicht schlecht.«

»Mhhhmm … hört sich wirklich gut an … vor allem exotisch. Und das kannst du alles?«

»Klar. Ich habe doch gesagt, dass ich leidenschaftlich gern koche. Und wenn man mit dem Herzen kocht, ist man experimentierfreudig. Das ist wie beim Sex.« Er zwinkerte ihr mit funkelnden Augen zu. Leichte Röte stieg in ihre Wangen. Sie quittierte Rafaels amüsiertes Lachen mit einer Grimasse.

»Okay. Planen wir also weiter«, überging Rafael ihren Anflug von Verlegenheit.

»Als Hauptgericht folgt ein Feldsalat, raffiniert gewürzt und mit gerösteten Weißbrotwürfeln, der Appetit macht auf köstliche Kalbfleischmedaillons mit Steinpilzen und Trüffeln – sowie hausgemachte Nudeln. Und als Dessert schlage ich weiße Mousse au Chocolat mit Früchten der Saison oder aber eine Sekt-Trüffel-Torte vor.«

»Mir läuft das Wasser im Mund zusammen. Du hättest Gourmet-Koch werden sollen.«

»Nur Koch wäre mir auch zu gewöhnlich. Zumal ich mich an Menüvorgaben halten müsste – was meine Kreativität und somit auch meine Lust einschränken würde. Aber ich habe einen Traum. Schon seit ein paar Jahren.« Er hielt kurz inne, fuhr dann fort: »Einen Traum zu begraben ist so, als würde man aus einem Luftballon die Luft rauslassen. Was übrig bleibt, ist eine unansehnliche Hülle, die in die Mülltonne gehört. Deshalb bleibt mein Traum am Leben, auch wenn es nicht einfach ist, ihn in die Realität umzusetzen.«

»Ein Traum?«

Rafael nickte, ließ seinen Blick in die Ferne schweifen. »Eine gemütliche Cocktailbar, Live-Musik, Bühne, diverse Events. Und in regelmäßigen Abständen würde ich für meine Gäste kochen. So alle zwei Wochen. Und immer unter einem bestimmten Motto. Das wäre mein Traum.«

»So weltfremd hört sich dieser Traum doch gar nicht an! Woran liegt es, dass er noch Zukunftsmusik ist?«

»Es ist nicht einfach, die passende Immobilie zu finden. Die meisten werden verpachtet. Ich aber möchte Eigentümer sein. Und lege außerdem Wert auf eine gewisse Geräumigkeit. Es soll ja schließlich etwas für längere Zeit sein.«

»Verstehe.« Ihre Gedanken arbeiteten. Nach einer Weile des gemeinsamen Schweigens meldete sie sich zu Wort.

»Vielleicht kann ich dir behilflich sein.«

Erstaunt blickte Rafael sie an. »Behilflich? Wobei?«

»Beim Ausfindigmachen einer geeigneten Location für deine Bar.«

»Das würdest du tun?«

»Klar.« Sie lachte. »Ich bin staatlich geprüfte ›Traumerfüllerin‹ – und es wäre mir eine Ehre.«

»Na, dann nehme ich dein Angebot doch gerne an. Hast du hier ein besonderes Geheimrezept? Oder willst du etwa deine weiblichen Reize einsetzen?«

»Wo denkst du hin. Beruflich bedingt, sitze ich ganz einfach an der Quelle. Ich kenne eine Menge exquisiter Immobilienmakler. Und da ich ein paar von ihnen fachlich schon gewaltig unter die Arme gegriffen habe, kommen sie immer wieder gerne auf mich zurück. Der ein oder andere wird mir sicher gern einen Gefallen tun.«

»Da ist sie. Die tüchtige Geschäftsfrau, die alles im Griff hat und die Zügel in der Hand hält. Aber nun übernehme ich die Führung.«

Mit einem feurigen Blick rollte er sich über sie.

⚘

Am nächsten Morgen lag Marleen eine ganze Weile wach im Bett und betrachtete den nackten Mann neben sich. Es war das erste Mal, dass sie gemeinsam mit Rafael eingeschlafen war und neben ihm erwachte. Eine Tatsache, die ihr eine Menge bedeutete. Sie seufzte tief auf und bedauerte es sehr, dass sie nun aufstehen, duschen und dann zur Kanzlei eilen musste, statt sich erneut an ihn zu kuscheln. Leise stand sie auf und huschte unter die Dusche.

Als sie zurückkam, lag Rafael wach im Bett. »Guten Morgen, Prinzessin. Gut geschlafen?«

»Himmlisch«, lächelte sie. »Und du?«

»Dito!«

Er drehte sich auf den Bauch, stützte sich auf seine Ellbogen und legte das Kinn in die Hände.

Dann beobachtete er sie beim Ankleiden. »Du siehst wunderbar feminin aus.« Er sah Marleen zu, die in den Rock eines schokoladenfarbenen Kostüms stieg.

»Ich bin eben gerne Frau«, erwiderte diese lächelnd und zog den Reißverschluss hoch. Sie kramte in den Schubladen ihrer Kommode aus Walnussholz. Während sie sich zwei

kleine Ohrstecker anlegte, setzte sie sich zu ihm auf den Bett-
rand. Rafael streckte die Hand aus und strich ihr übers Haar.
Sie griff nach seiner Hand, zog sie an ihre Lippen.

»Ich würde mich jetzt gerne zu dir legen, aber ich muss
los. Bist du heute Nachmittag noch da?«

»Nein. Ich muss auch bald los. Ich werde mich bei dir melden, okay?«

»Okay.«

ༀ

Marleen zog ihre Joggingschuhe an und machte ein paar
Dehnübungen. Nach dem langen Tag am Schreibtisch war es
zu einer lieb gewonnenen Gewohnheit geworden, regelmäßig ihre Runde durch den Grüneburgpark zu drehen. Ihre
Wohnung lag im nördlichen Teil des Frankfurter Stadtteils
Westend, der Grüneburgpark nur ein paar Meter davon entfernt. Seinen Namen bekam er von der nicht mehr vorhan-
denen »Grüneburg«, dem Landsitz der Familie Rothschild.
Er war der ehemalige Privatgarten der Familie, die diesen vor
über hundertfünfzig Jahren im Stil eines englischen Land-
schaftsgartens hatte anlegen lassen. Heute war er der Öffentlichkeit zugänglich, die ihn liebevoll »Grüni« nannte.
Das Areal bot weitläufige Wiesen mit eingestreuten Baum-
und Buschgruppen, Alleen, Schmuckbeete, Laubengänge,
einem Teich und Pavillons. Seine zentrale Lage machte ihn zu
einem beliebten Ort. Studenten, schwänzende Schüler, musi-
zierende Jugendliche und zur Mittagspausenzeit auch frisch-
lufthungrige Businessleute aus den umliegenden Büros saßen
auf den Bänken oder lagen auf den Wiesen, sobald es das Wetter zuließ. Große Bäume spendeten im Sommer Schatten, und
auf den gepflegten Beeten blühte es prachtvoll.

Marleen war gerne hier, zog es auch vor, alleine zu joggen,
sich keiner Gruppe anzuschließen oder gar Bekanntschaften

zu machen. Ihr war es teilweise schon zuwider, wenn sie bekannte Gesichter sah und sie sich gezwungen fühlte, einen netten Gruß zu übermitteln. Sie wollte hier einfach alleine sein, die Seele baumeln lassen, tief durchatmen und jeglichen Stress abstreifen.

Sie konzentrierte sich auf ihre Schrittfolge und darauf, ein gleichmäßiges Tempo beizubehalten, trieb sich selbst an, denn ihr Ziel war es, ihre Strecke nicht in fünfzehn Minuten, sondern in zwölf Minuten zurückzulegen. Ihr Atem ging gleichmäßig, die ersten Schweißperlen standen ihr auf der Stirn.

Der Klang herannahender Schritte störte ihre Konzentration. Sie war so mit sich selbst beschäftigt, dass ihr dieser Ton übermäßig laut vorkam.

Warum überholt derjenige nicht?

Marleen drosselte das Tempo, um den Jogger hinter ihr zum Überholmanöver anzuregen.

Doch nichts geschah … die Laufgeräusche blieben unverändert.

Sie erhöhte das Tempo, um den Hintermann abzuschütteln, aber derjenige zog auch wieder an. So verfiel sie wieder in einen langsameren Schritt. Doch auch diesmal passte sich der andere Jogger ihrem Tempo an.

Ihr Ärger wuchs. Warum konnte diese Person, zu der sie sich auf keinen Fall umdrehen wollte, nicht einen Höflichkeitsabstand halten? Dies war schließlich ein ungeschriebenes Gesetz unter Joggern. Sie biss sich auf die Lippen, lief erneut langsamer, doch auch diesmal dachte ihr Hinterläufer gar nicht daran, an ihr vorbeizujoggen.

Ihr Ärger verwandelte sich in Angst. Wurde sie etwa verfolgt? Okay, es war helllichter Tag, aber auch dies hielt, sollte man den Pressemeldungen glauben, niemanden mehr davon ab, Passanten zu überfallen und auszurauben.

Bei dem Gedanken stellten sich ihre Nackenhärchen auf.

Angriff ist die beste Verteidigung, dachte sie klopfenden Herzens, drehte sich halb nach hinten und blieb dann ruckartig stehen.

»Hey, abruptes Abbrechen des Bewegungsablaufes ist ungesund.« Eine Gestalt im dunkelblauen Jogginganzug trabte auf sie zu.

»Rainer … du?«

Sie wusste nicht, ob sie vor Erleichterung hysterisch lachen oder laut fluchen sollte. »Du hast mich erschreckt!«

Er war ebenfalls stehen geblieben und schlenderte nun auf sie zu.

Marleen zwang sich zu einem höflichen Lächeln. »Seit wann joggst du? Wo du doch sonst jeden Meter mit deinem Mercedes zurücklegst.«

»Du hast eine gute Kondition«, versuchte Rainer Strauss vom Thema abzulenken. »Wie wäre es, wenn wir anschließend gemeinsam etwas essen gehen? Ich kenne da ein Restaurant …«

»Unsere Zusammenarbeit war bisher immer angenehm. Dabei sollten wir es belassen.«

»Warst du auch so abweisend zu dem jungen Kerl in Lederhosen, der kürzlich bei dir aufgetaucht ist und mit dem du dich in deinem Büro eingeschlossen hast? Anscheinend nicht, denn sonst hätte er ein paar Tage später sicherlich nicht vor der Kanzlei auf dich gewartet.«

Sie erstarrte. Sollte Rainer etwa Zeuge ihres Liebesspiels gewesen sein? Sie mahnte sich zur Ruhe, atmete tief durch. Der Blick, dem sie ihm dabei zuwarf, war alles andere als freundlich. »Das geht zu weit! Was ich tue, wer mich besucht und mit wem ich mich einschließe, ist ganz allein meine Sache. Oder ist dir das Wörtchen Privatsphäre fremd? Du und ich, wir sind Kollegen … okay, freundschaftliche Kollegen.

Aber dies gibt dir noch lange nicht das Recht, dich in mein Privatleben einzumischen.«

»Privatleben!« Rainers Stimme triefte vor Hohn. »Du gehst allenfalls als die Tante dieses Kerls durch. Wenn du es Privatleben nennst, dich lächerlich zu machen, dann bitte schön. Aber lass dein Privatleben in Zukunft bitte außerhalb der Büroräume. In meiner Kanzlei wird gearbeitet. Deine Schäferstündchen haben dort nichts zu suchen.«

»Okay. Ich habe verstanden.« Sie wandte sich ab, drehte sich dann noch einmal zu ihm um. »Ach, ja – ich habe in den letzten Jahren keinen Urlaub gehabt, und die Überstunden häufen sich.« Sie warf ihm einen ironischen Blick zu. »Da ich ja anscheinend in letzter Zeit mein Privatleben so schlecht vom Beruf trennen kann, nehme ich ab morgen Urlaub.«

»Nur zu. Lass die Hormone tanzen, mach dich zum Affen und genieße die Zeit. Wenn du allerdings hoffst, dass ein Kerl wie er sich dauerhaft für eine reife Frau – wie du es bist – interessieren könnte, irrst du gewaltig. Er wird eine Weile von dir naschen und sich früher oder später wieder Frauen seines Alters zuwenden. Vorher allerdings wird er in seinen Kreisen ausreichend damit prahlen, eine Anwältin flachgelegt zu haben.« Ein kühles Nicken in ihre Richtung, dann lief er in entgegengesetzter Richtung davon.

Marleens Gedanken begannen zu rotieren. Was, wenn Rainer Recht hatte?!

Ihr Herz setzte für einen Moment aus. Und dann begann sie zu laufen.

Sie wollte sich Rainers Worte aus Leib und Seele rennen, bis nichts mehr von ihnen übrig war. Ihr Lauftempo wurde immer schneller, schließlich lief sie so schnell, als würde es um ihr Leben gehen. Schneller als sonst hatte sie ihre Strecke hinter sich.

Zu Hause angekommen, sehnte sie sich nach einem Bad und nach einer ausgiebigen Schönheitspflege.

Sie trat vor den Spiegel, betrachtete ihr Gesicht und zog eine Grimasse. Ja, sie war keine zwanzig mehr. Ging stramm auf die vierzig zu. Dennoch hatte sie sich eine gewisse Jugendlichkeit bewahrt. Sie war nicht im herkömmlichen Sinne schön, konnte sich aber durchaus sehen lassen. Ihre Ausstrahlung und ihr Stil gaben ihr das gewisse Etwas. Und die paar Fältchen um ihre Augen taten ihrer Attraktivität keinen Abbruch. Dennoch war deutlich zu sehen, dass sie um einiges älter war als Rafael.

Was soll's. Ich gefalle ihm, und nur das zählt. Ich werde die Momente mit ihm genießen und nicht an das Danach denken.

Sie entkleidete sich, trat erneut vor den Spiegel. Mit der zarten Sanftheit einer streichelnden Hand fiel das weiche Licht der Badezimmerlampe auf ihre blasse Haut und zauberte goldene Reflexe.

Die Fingerspitzen ihrer rechten Hand ließ sie über ihren Körper tanzen, so wie sie es immer tat, wenn es sie nach Berührungen dürstete. Noch immer fühlte ihre Haut sich an wie das Blatt einer Tulpe, seidig zart und so schrecklich verletzbar. Sie musste lächeln, dachte an den einen, der sich auf die Kunst verstand, in ihr das zu wecken, was ihr bisher verborgen geblieben war: pure Gier und Leidenschaft. Sie wollte mehr davon. Wollte sich vollkommen hingeben.

Sie goss duftendes Badeöl in das Wasser der Badewanne, warf als die Wanne halb voll war, eine sprudelnde Badetablette dazu. Dann ließ sie sich hineingleiten.

Die sprudelnde Badetablette lag genau zwischen ihren Schenkeln, und sie genoss die aufsteigenden Bläschen, die ihre Schamlippen streichelten. Ein unschuldiges Vergnügen, nichts Verwerfliches, noch nicht mal für Marleen. Eine Weile ließ sie sich treiben und atmete tief den Mandelduft ein, der dem Wasser entstieg, bevor sie eine ausgiebige Rasur ihrer Arme, Beine und ihrer Scham folgen ließ. Leise vor sich hin summend entstieg sie dem Wasser, trocknete ihren Körper ab und verwöhnte ihn mit einer nach Vanille duftenden Körperlotion. Sie entfernte die Haarnadeln, die während des Bades ihr Haar hoch gehalten hatten, und die dunkle Pracht floss ihr bis über die Schulterblätter.

Der Abend war warm und sternenklar. Marleen beschloss, im Bett noch so lange zu lesen, bis der Schlaf sie übermannte. Sie schlüpfte in ihren Bademantel, setzte sich noch einen Tee auf und legte sich mit einem Buch ins Bett.

Völlig entspannt begann sie sich auf die kommende Zeit zu freuen. Sie wollte sie nutzen, um ihr Wohnzimmer zu streichen und sich nach einer geeigneten Immobilie für Rafael umzuschauen.

Kapitel 14

Dominik betrachtete Kathrin mit einem intensiven, fordernden Blick und setzte sich zu ihr. »Dein Strip hat mir gefallen. Mal sehen, mit welchen heißen Köstlichkeiten du mir außerdem den Abend versüßen kannst.«

Im Gegensatz zu Kathrin war er komplett bekleidet. Selbst seine Stiefel hatte er nicht ausgezogen.

Ein anzügliches Lächeln umspielte seinen Mund, als er eine Hand zwischen ihre Schenkel schob und sich Zugang zu ihrer Vagina verschaffte. Zwei seiner Finger drangen in sie ein. Kathrin stöhnte leise auf, drängte sich ihm entgegen. Sie wollte mehr. Seine Finger tiefer in sich spüren. So tief wie nur möglich.

»Nicht so hastig, meine kleine Hure.« Er zog seine Hand zurück. »Ich bin der Regisseur, ich bestimme die Spielregeln. Und auch das Tempo. Verstanden?«

Kathrin blickte ihn verklärt an, nickte.

»So, und nun will ich dich schmecken.« Er rückte von ihr ab, streckte seinen Körper genüsslich im Bett aus und bettete den Kopf etwas erhöht auf zwei Kopfkissen. Dann winkte er sie zu sich heran. »Komm, knie dich über mich, und zwar so, dass deine reife Möse sich genau über meinem Kopf befindet.«

Kathrin hockte sich in Position, schwang ein Bein über ihn

und hielt sich am Kopfende des Messingbettes fest. Dominik packte ihre Schenkel, zog sie so weit auseinander, dass ihre nasse Spalte sich nur noch wenige Zentimeter über seinem Mund befand.

»Was haben wir denn hier Hübsches? Eine hungrige Möse, die ausgeschleckt werden will?!« Gierig fuhr seine Zungenspitze zunächst ihre äußeren Schamlippen entlang, dann die beiden anderen.

Kathrin erbebte. Ihr Atem ging schnell und stoßweise, so dass ihre vollen Brüste auf und ab hüpften. In einem geraden Strich ließ Dominik seine Zunge ihre Spalte entlangfahren und schleckte genüsslich ihren Lustsaft auf, der aus ihr heraustropfte. Die Zungenspitze bohrte sich zwischen die fleischigen Lippen, glitt spielerisch höher und begann die prall aufgerichtete Klitoris zu massieren. Erst kurz und heftig, dann hauchzart und leicht – nur um dann wieder vollen Einsatz zu zeigen.

Kathrins Unterleib begann zu vibrieren. Lasziv ließ sie ihr Becken kreisen, dem Rhythmus von Dominiks Zunge angepasst. Die Augen fest geschlossen, ging ihr Atem keuchend, während ihr Körper ekstatisch zu zittern begann. Während Dominiks Zunge weiterhin unermüdlich für das perfekte Maß an Stimulation sorgte, wanderten seine Hände zum Bund seiner Hose, öffneten diese. Er hob das Becken an und schob die Hose ein wenig nach unten. Sofort sprang sein harter Schwanz heraus. Erwartungsvoll, stramm und mit feucht glänzender Eichel.

»Komm her, meine kleine Hure. Ich will dir dein Loch stopfen.«

Er packte sie bei den Hüften, schob ihren Körper an seinem Körper abwärts, bis ihr Schoß sich über seinem erwartungsvoll zuckenden Schwanz befand. Und dann drückte er sie abwärts, vergrub seine Finger im weichen Fleisch ihrer

Pobacken und ließ sie auf seiner Latte abwärts gleiten. Er drückte sie tiefer. So tief, bis sie ihn komplett in sich aufgenommen hatte.

»Reite mich«, befahl Dominik.

Kathrin bewegte ihr Becken auf und ab. Sie hob sich, bis die Eichel fast herausrutschte, und nahm ihn wieder in sich auf.

»Nicht so langsam.« Dominik packte sie an den Hüften und gab das Tempo vor.

Kathrin hob und senkte sich auf ihm. Wild. Hemmungslos. Lasziv. Keuchend.

Ihr Becken rotierte um seinen nimmersatten Schwanz, die Matratze des Bettes quietschte, und Dominik gab unterdrückte Laute der Lust von sich. Er dirigierte sie in einem Tempo, bei dem ihre Geschlechter mit lautem Klatschen aufeinanderprallten und Kathrins Brüste wild hüpften.

»Ich bin gleich so weit«, presste Dominik hervor, gab einen heiseren Schrei von sich und pumpte seinen Saft stöhnend in sie hinein.

Kathrin warf den Kopf in den Nacken, und dann wurde auch sie von einer gewaltigen Woge fortgeschwemmt. Als sich ihr Atem beruhigt hatte, sank sie vornüber, umschlang ihn mit ihren Armen und genoss die Wärme, die von seinem Körper ausging.

So lagen sie eine ganze Weile ... wortlos ... bewegungslos.

Dann unterbrach Kathrin die Stille. »Wann gehen wir eigentlich mal zusammen aus? Ins Kino ... essen ... oder ins Theater?«

Dominik lachte schallend auf. »Glaub mir, ich weiß Interessanteres mit dir anzustellen als so ein unnützes Zeug.«

»Ich würde aber sehr gerne einmal etwas mit dir unternehmen. Außerdem möchte ich dich meinen Freunden vorstellen.«

»Vergiss es. Schlag dir diesen Unfug aus deinem hübschen Kopf und sei wieder so, wie ich es mag.«

Er schob sie von sich, bog sich zur Seite und begann in einer Schublade der Kommode zu kramen, die neben dem Bett stand.

»Schau, was ich hier für dich habe. Komm, lass sehen, wie es dir steht. Bin gespannt, ob meine kleine Hure so etwas Exquisites tragen kann.«

Er ergriff ihren Arm, zog sie in eine sitzende Position und legte ihr ein rotes Lederhalsband um, das mit unzähligen Strasssteinchen übersät war. Ein kurzes metallenes Geräusch – und die dazugehörige Leine wurde an einem Haken aus Silber befestigt.

»Und nun binde ich mein Täubchen am Bett fest, damit es mir nicht davonfliegt.«

Gesagt – getan.

Ein triumphierendes Lächeln umspielte Dominiks Mundwinkel.

»Nun noch ein kokettes Lächeln, und meine Luxushure ist perfekt.« Sanft strich sein Daumen über ihre bebende Unterlippe.

»Ich sagte, du sollst lächeln!«

Kathrin gab sich die größte Mühe, ein liebreizendes Lächeln aufzusetzen.

»So ist es brav.«

Er tätschelte ihren Kopf und erhob sich. Mit vor der Brust verschränkten Armen umrundete er das Bett und betrachtete »sein Werk« von allen Seiten.

»Liebst du mich?« Kathrins Stimme zitterte. Zum ersten Mal mischte sich ein bitterer Beigeschmack in die Lust, die sie bei ihren Spielchen empfand.

Dominiks Augen verengten sich. »Liebe!«, spie er dieses Wort förmlich aus. »Seit wann verwechselst du Ficken mit

Liebe? Glaub mir, ein Mann wie ich muss eine Frau zunächst einmal auf jede erdenkliche Weise vögeln, bevor er auch nur ansatzweise über Gefühle nachdenkt. Und wenn er dann beginnt, darüber nachzudenken, wird die ganze Sache auch schon bald langweilig. Fazit: Geil ficken mit neuen Spielarten ist weitaus spannender und auch ergiebiger. Schlag dir diesen Schwachsinn also aus dem Kopf.«

Sie wandte ihren Blick ab, ersparte sich eine Antwort.

Dominiks Apartment befand sich im zehnten Stock einer gepflegten Hochhausanlage. Der Eingangsbereich ging sofort in die riesige Wohnküche über, die von gedämpften Deckenstrahlern beleuchtet wurde. An den Wänden hingen groteske Gemälde in grellen Farben, die allesamt verschiedene Akte darstellten. Eine offene Tür am anderen Ende gab den Blick frei auf das Herz der Wohnung: ein geräumiges, quadratisch geschnittenes Schlafzimmer, in dessen Mitte ein riesiges Bett stand. Die Rollos waren hochgezogen und gaben den Blick auf einen Teil der Stadt frei mit ihren funkelnden Lichtern im Zentrum.

Die Fensterfront wurde durch eine große Schiebetür verlängert, und von dort konnte man auf einen Balkon gelangen. Da die Schiebetür offen stand, wehte ein lauer Abendwind herein und ließ die Flammen der dicken weißen Kerzen, die in gusseisernen Kerzenständern steckten, aufflackern.

In der Nähe des Bettes lag ein grob gewebter runder Teppich in verschiedenen Grautönen, und genau über der Mitte des Teppichs baumelte eine Kette von der Decke herab. Eine raffinierte Konstruktion, die für eine variable Höhe sorgte. Mit einem kalten Lächeln griff Dominik nach der Kette, ließ sie wieder los, so dass sie leise klirrend umherbaumelte.

Kathrin begann zu frösteln. Sie kannte dieses Lächeln, wusste, dass er trotz ihres stundenlangen Liebesspieles noch lange nicht mit ihr fertig war, dass seine Gier nach Macht und Unterwerfung wild in ihm brannte, und er nicht eher Ruhe geben würde, bis er sich vollkommen ausgelebt hatte.

Misstrauisch beäugte sie die Kettenkonstruktion, die schon den ganzen Abend über bei ihr für Unbehagen gesorgt hatte. Sie war beim letzten Mal noch nicht dort gewesen.

Wie ein Raubtier umkreiste Dominik das Bett, auf dem Kathrin kauerte.

Seine Hand griff unsanft in ihr Haar, zog sie in eine sitzende Position.

»Was bist du?«

»Deine Lustsklavin, deine Hure.«

»Ich kann dich so schlecht verstehen.« Der Griff in ihrem Haar verstärkte sich. »Lauter, wenn ich bitten darf.«

»Deine Hure, deine Sklavin, dein Spielzeug.«

Mit einem Ruck ließ er sie los und blickte sie leidenschaftlich an. »Du bist mein Stück Vieh, mein Fickfleisch und meine Stute, die ich gefügig mache, zureite, bis der Geist gezähmt und der Wille gebrochen ist. Die ich mit Sporen bearbeite, mit Gerte und Stock. Und die ich so weit bringe, dass sie mir stets zu Diensten sein wird. Wann, wo und wie lange ich will. Ist das so?«

»Es ist so.«

Seine Hand legte sich unter ihr Kinn, zwang sie, ihn anzublicken. »Du tust gut daran, dies nicht zu vergessen.« Mit einem Griff in ihren Nacken zwang er sie auf Knie und Hände, das Gesicht tief in die Kissen gedrückt.

»Diese Haltung liebe ich. Sie drückt Demut aus. Unterwerfung. Hingabe. Wie es sich für eine dreckige Hure gehört. Ich bin das Zentrum deiner Welt. Alles andere wird neben mir von Tag zu Tag unwichtiger.« Er nahm seine Hand von ihrem Nacken. »So, und nun präsentiere mir deinen Arsch. Ich möchte Lust auf dich bekommen.«

Kathrin keuchte auf. Sie wollte ihm gefallen, wollte ihn

glücklich machen, von ihm gelobt und geliebt werden. Dafür war sie zu allem bereit – und das schon seit einem Jahr. Ein Jahr, in dem sie sich alle zwei Tage mit ihm traf, sich in die Abgründe seiner sexuellen Begierden führen ließ und dabei so geil war wie noch nie zuvor in ihrem Leben. Ein paar Klapse auf die Innenseiten ihrer Schenkel zwangen sie dazu, ihre Knie weiter auseinanderzuschieben, damit ihre Beine weit gespreizt und die Gesäßbacken geöffnet waren. Sie ließ ihre Hüften lasziv kreisen, so dass ihre bebenden Pobacken verführerisch von rechts nach links tanzten.

»Du wirst deine Schenkel erst dann schließen, wenn ich es dir erlaube«, raunte er ihr leise ins Ohr, schob seine Hand in ihre Gesäßspalte und gab von dieser Position aus das Tempo vor.

»Vorn etwas weiter runter. Ich will, dass deine Titten über das Laken streifen, dass du dabei so sexy wirkst, dass ich mich nicht mehr zurückhalten kann, dich am liebsten an Ort und Stelle nehmen und anschließend meine Zunge in deine nasse Möse schieben möchte.«

Kathrin gehorchte.

»Ja, das gefällt mir. Du wirst noch oft vor mir kriechen, ebenso wie deine Titten es gerade tun.«

Sie stöhnte auf, schloss die Augen, genoss seine fordernde Hand, die zwischen ihren Pobacken steckte, während die andere Hand immer wieder feste, kurze Schläge auf ihr Hinterteil platzierte.

»Du gehörst mir«, zischte er ihr zu, dann schoben sich seine Finger von hinten durch ihre Schenkel nach vorn und bohrten sich in ihre nasse Möse. Kathrin sah Lichter vor ihren Lidern tanzen. Sie krümmte den Rücken, hob ihr Gesäß an und wimmerte leise.

»Du willst es, nicht wahr? Du willst von mir gefickt werden?«

Sie stöhnte auf, brachte aber kein Wort über ihre Lippen, nickte nur.

Er führte seine Lippen nah an ihr Ohr. »Dann sag es! Sag: Ich will von dir gefickt werden. Sofort. Hier und jetzt.«

Kathrin erzitterte, ihre Lippen bebten, sie brachte lediglich einen undefinierbaren Laut hervor. Grob bog Dominik ihren Kopf zurück. »Ich möchte, dass du tust, was ich dir sage. Hast du mich verstanden?«

Sie nickte.

»Dann sag es. Laut und deutlich! Schrei es hinaus!«

Seine Finger steckten nach wie vor in ihrer Vagina, gruben sich tief hinein und tasteten sich an der Scheidenwand wieder zurück. Kathrins Vagina schrie nach mehr, wollte komplett ausgefüllt werden, gierte nach einem guten Fick.

»Ich höre nichts.«

Wie durch Watte drang seine Stimme zu ihr durch. Sie schluckte, räusperte sich, und dann hauchte sie die gewünschten Worte ... zaghaft ... beinahe lautlos.

Er bog ihren Kopf noch ein Stück zurück. Lieblos, mit kaltem Blick und höhnisch hervorgestoßenen Worten: »Bist du taub? Ich sagte: Laut und deutlich. Aber ich sehe schon, dir muss der Gehorsam noch beigebracht werden. Er muss dir eingeprügelt werden, bis er sitzt und auf Knopfdruck abrufbar ist.«

Kathrins Hände krallten sich in die Seidenlaken. Sie drückte sich mit ihrem Hintern seinen Fingern entgegen, ganz so, als wollte sie sie komplett verschlingen.

»Okay«, mit diesem Wort zog Dominik seine Finger aus ihr heraus. Ein schmatzendes Geräusch entstand. »Du willst es nicht anders. Wer nicht hören will, muss büßen.«

Das Halsband wurde gelöst, er griff grob nach ihrem Arm und zog sie auf die Beine.

»Komm.«

Dominik führte sie zur Mitte des Teppichs, band jeweils einen Ledergurt um ihre Handgelenke und zog ihre Arme nach oben. Seine Augen blitzten Kathrin herausfordernd an, als er die Karabinerhaken, die an den Ledergurten befestigt waren, demonstrativ auf- und zuschnappen ließ.

Sie verkrampfte sich. Und noch ehe sie einen klaren Gedanken fassen konnte, hatte er ihre Hände noch ein Stück weiter nach oben gezogen und ließ die Karabinerhaken in die Ösen der herabhängenden Kette einschnappen. Kathrin warf den Kopf in den Nacken, um nach oben zu schauen, doch sie wurde von dem Spot des Deckenleuchters, der genau auf sie zeigte, geblendet. Die Kette bewegte sich schwingend, während sie um ihr Gleichgewicht kämpfte, denn ihre Fußsohlen berührten nur knapp den Teppich unter ihr. Dominiks Finger fuhren über ihren Nacken, ihre Schultern, ihre Arme zu den Handgelenken hinauf. Dann bahnten sie sich einen Weg zurück, verweilten in ihren Achselhöhlen und glitten von dort zu ihren Brüsten, die wegen ihrer erhobenen Arme besonders hervortraten. Zart, ganz zart tippte er ihre harten Brustwarzen an, bis Daumen und Zeigefinger zupackten und sie zu zwirbeln begannen.

»Was haben wir denn hier? Gierige Nippel? Wieso stehen sie so vorwitzig ab? Wollen sie etwa meine Aufmerksamkeit erregen und entsprechend bearbeitet werden?«

Kathrins Beine begannen zu zittern. Sie gab einen keuchenden Laut von sich, ihre Zunge benetzte ihre trockenen Lippen.

Dominik ließ von ihr ab, lachte höhnisch auf und gab ihr einen festen Klaps auf die Pobacken. »Du bist geil, stimmt's? So was von geil und willig!«

Er ging um sie herum, entfernte sich für einen Moment und trat bald darauf wieder hinter sie, schob dann seinen Stiefel zwischen ihre nackten Füße, zwängte sie so weit auseinander, bis sie mit weit gespreizten Beinen nur noch auf Zehenspitzen dastand – fast baumelte. Ein Zischen unterbrach die Stille, die nur dann und wann durch das Klirren der Kette unterbrochen wurde. Sie versuchte durch ihre gestreckten Arme hindurch nach hinten zu schauen und konnte die Spitze einer Peitsche erahnen. Die ersten Hiebe berührten sie so leicht wie das Flattern eines Seidentuches. Wieder und wieder. Kathrin wusste, dass dies nur der Anfang war, und rollte die Schultern instinktiv nach vorne, rundete ihren Rücken somit für die Schläge, die noch kommen sollten.

Allmählich wurden die Schläge härter. Kreuzweise zogen sie Striemen über ihren Rücken, ihre Schultern und ihr Gesäß. Sie atmete tief durch, öffnete den Mund zu einem stummen Schrei, als Dominik die Intensität der Hiebe deutlich steigerte. Sie kniff die Augen zusammen, krümmte und wand sich, und als ein weiterer Peitschenhieb ihre Haut wie eine brennende Flamme überzog, entfuhr ihr ein spitzer Schmerzensschrei.

»Schweig, du elende Hure. Du weißt doch, dass ich keine Schreie dulde. Oder hast du diese Lektion immer noch nicht gelernt?«

Er ließ die Peitschenschnur noch fester auf sie niedersausen.

»Jeder Laut aus deinem entzückenden Mund wird zu weiteren Bestrafungen führen. Schreib dir das hinter die Ohren. Es sei denn, du willst in dieser Position übernachten.«

Er stellte sich breitbeinig vor sie. Die nächsten Hiebe trafen ihren Bauch und ihre Brüste. Kathrin zuckte jedes Mal zusammen, wenn der dünne Lederriemen ihre Brustwarzen traf.

Sie öffnete den Mund, konnte jedoch im letzten Moment das Stöhnen zurückhalten und begann mit dem Kopf hin und her zu schlagen. Kathrin taumelte, rang nach Luft und atmete erleichtert auf, als er abrupt innehielt. Doch dann hagelte es weitere Schläge. Auf ihren Bauch, ihre Schenkel, ihren Rücken und ihr Gesäß. Brennend. Stechend. Sie stand wie in Flammen, wand sich und rang nach Atem.

Diesmal wartete sie vergeblich darauf, dass sich der Schmerz in süße Lust und sinnliche Vorfreude verwandelte. Etwas war anders.

Dominik stand vor ihr, rassig wie immer, eine Hand an der Hüfte, während die andere die Peitsche schwang. Er holte in hohem Bogen aus, ließ die Peitsche erbarmungslos auf sie niederknallen.

Kathrin zog die Schultern an, während sich die Muskeln ihres Gesäßes verkrampften. Am ganzen Körper zitternd zerrte sie stöhnend an der Kette, die Haut schweißüberströmt. Mit bewusster Präzision ließ Dominik die Peitsche mehrmals neben Kathrin niederschnellen, zielte dann erneut auf ihr Gesäß.

Sie schrie gellend auf.

Mit zusammengekniffenen Augen hielt Dominik inne, legte den Peitschenriemen um ihren Hals, zog grob ihren Kopf zurück und zischte: »Sagte ich nicht, dass ich keinen Mucks hören möchte?«

Vor Anspannung krampfte sich ihr Magen zusammen. Übelkeit erfasste sie. So heftig wie heute hatte er noch nie zugeschlagen. Alles um sie herum begann sich zu drehen.

Wo war ihre Faszination? Ihre Lust? Ihre Geilheit?

Verschwunden – von jetzt auf gleich. Ihre Lust auf Demut, Dominanz und Unterwerfung hatte ihre Grenze erreicht.

Dominik grinste sie kalt an. »Was ist los? Machst du etwa schon schlapp?«

Wie ein Schraubstock legte sich seine Hand um ihren Oberarm. Dann begann er die Handfesseln zu lösen und zerrte Kathrin ins Bett. Sie versuchte sich aufzurichten, doch blitzschnell war er über ihr. Er schlang einen Arm um sie und hielt mit der anderen Hand ihren Kopf fest.

»Du bist heute sehr widerspenstig, meine Hure. Aber auch das werde ich dir noch austreiben.«

Er presste seinen Mund auf ihre spröden Lippen, saugte und biss sich fest und fiel anschließend mit derselben Grobheit über ihren Hals her – ganz so, als wollte er sie verschlingen.

Kathrin zitterte und war froh, als er von ihr abließ. Wild ließ Dominik seine Hände über ihre Brüste gleiten. Umfasste, quetschte, rieb sie, bis ihre Nippel blutrot abstanden und höllisch schmerzten.

Kathrin gelang es, ihre Schmerzenslaute zu unterdrücken und lediglich stumm protestierend den Mund zu öffnen.

»Ich bin dein Meister. Du hast mir zu gehorchen. In jeder Beziehung. Zu jeder Zeit und an jedem Ort. Damit du dies niemals vergisst, werde ich ein unauslöschbares Zeichen setzen.«

Er setzte sich rittlings auf ihre Oberschenkel und drückte seine Knie fest gegen ihren Körper und die Arme, die eng an ihrem Leib lagen.

Kathrin konnte sich nicht mehr rühren. Ihre Augen weiteten sich, als sie das Messer sah, das er aus seiner Gesäßtasche hervorzog. Sie bäumte sich auf, versuchte ihn von sich abzuwerfen – erfolglos. Sie konnte ihre Augen nicht von dem Messer abwenden, dessen Klinge sich langsam, aber bedrohlich senkte und somit näher auf sie zukam.

»Dominik, bitte hör auf damit!«

Doch er lachte nur höhnisch auf.

»Schiffbruch«, versuchte sie es mit dem Safeword, welches sie vereinbart hatten. Das Codewort, mit dem ihr Spiel augenblicklich ein Ende nehmen sollte, sollte es ihr zu viel werden.

Bisher hatte sie dieses Wort nie benutzt, ja noch nicht einmal ansatzweise daran gedacht, es jemals einzusetzen. Doch heute war alles anders. Dominik war einen gewaltigen Schritt zu weit gegangen. Verlor seinen Glanz, seine Einzigartigkeit und seine Anziehungskraft. Er hinterließ lediglich eine Figur, die grenzenlos machtbesessen, egozentrisch und egoistisch war – nicht mehr wert, ihr Meister zu sein.

Das Messer kam näher.

»Schiffbruch«, versuchte sie es erneut. Verzweifelt, voller Angst und mit zitternder Stimme. »Hörst du nicht? Ich habe meinen Stoppcode eingesetzt. Dominik …«

»Schiffbruch«, wiederholte er spöttisch. »Wenn ich es nicht wünsche, gibt es kein Codewort, verstanden?«

Die Klinge war nur noch einige Millimeter von ihrer Haut entfernt, die Spitze des Messers genau zwischen ihre Brüste gerichtet.

»Was bedeutet schon so ein unnützes Codewort gegen das Feuer, das zwischen uns brennt? Kannst du es fühlen? Es schwelt. Züngelt. Erhitzt.«

Sein Zeigefinger strich über ihre bebende Unterlippe.

Kathrin riss den Kopf zur Seite. »Lass das. Und lass mich gefälligst los.«

»Zuerst verpasse ich dir mein Zeichen, meinen Stempel. Damit du nie vergisst, wer dein Meister ist.«

Kathrin schrie erschrocken auf, rang nach Luft, als sie den Druck der Klinge auf ihrer Haut spürte.

»Du gehörst mir, und alle sollen es sehen.«

»Du bist wahnsinnig.«

»Keineswegs. Ich will dir und der Welt lediglich demonstrieren, wem dieses Stück Fleisch gehört. Ach ja, noch was. Ich erwarte von nun an, dass du deinen schmutzigen Laden aufgibst, dich in Zukunft nur noch mir widmest. Dass du täglich demütig wartest, bis ich von der Arbeit zu dir komme, mit nasser Möse und einem Blick voller Hingabe.«

»Den Teufel werde ich tun.«

Dominik lachte überlegen auf.

»Das werden wir ja noch sehen.«

Mit Mühe hob sie den Kopf.

»Du armselige Kreatur bist es nicht länger wert, mein Meister zu sein. Ein wahrer Meister hat es nicht nötig, festgelegte Grenzen zu überschreiten, sondern ist stets Herr der Lage und stark genug, sie einzuhalten. Du aber bist ein erbarmungswürdiger Abschaum, der es nötig hat, eine nicht vorhandene Macht zu demonstrieren, indem sie grenzenlos wird. Das alles hat nichts mehr mit SM zu tun, sondern mit kompensierter Charakterschwäche. Auf meine Kosten!«

Dominik vergaß für einen Moment sein Vorhaben. Er starrte sie fassungslos an.

Kathrin, stets die Angst im Nacken vor Dominiks unberechenbarem Verhalten, fuhr herzklopfend fort: »Du bist durchschaut und von nun an nicht mehr wert, dass ich auch nur noch eine Sekunde mit dir verbringe.«

Aus dem Augenwinkel registrierte sie seine überraschte, enttäuschte Miene und wusste, dass sie genau richtig handelte. Sie erschrak, als er die Brauen bedrohlich zusammenzog und erneut mit dem Messer drohte.

Ihr gelang es, sich ihre Angst und Unsicherheit nicht anmerken zu lassen. »Wenn du mich einschüchtern willst, bist du bei mir an der falschen Adresse. Meine Bewunderung, meine Achtung und Hingabe sind weg – vom Winde verweht. Und du allein trägst Schuld daran. Weil du ein Nichts bist.«

Dominik drückte ihre Schultern grob aufs Bett. Dann warf er das Messer beiseite, packte ihr Haar und zerrte ihren Kopf zu sich hoch.

Kathrin gab sich Mühe, keine Miene zu verziehen. Sie lachte ihn höhnisch an.

In Dominiks Augen glomm Unsicherheit auf.

»Du musst nicht so tun, als ginge dich das alles nichts mehr an«, herrschte er sie an, doch seine Stimme klang schon wesentlich dünner. »Wenn das deine Methode ist, mich zu bremsen, dann muss ich dich enttäuschen, denn das zieht bei mir nicht.«

»Ich benötige keine Methode, um so zu tun, als ob, denn dir gegenüber bin ich seit eben emotionslos. Mich geht das Ganze also tatsächlich nichts mehr an.«

Seine Hand strich über ihre Brust, griff zwischen ihre Schenkel. »Du kannst mir viel erzählen. Ich wette, dein Körper verrät dich.«

Zu ihrer Genugtuung blieb ihr Körper reglos. Zum ersten Mal, seit sie ihm begegnet war, reagierte er nicht mit Hingabe auf seine Berührungen. Sie ließ seine hektischen Handgriffe über sich ergehen und war sich in diesem Moment sicher, dass er ihrem Körper nie wieder eine lustvolle Reaktion entlocken könnte.

Dominik riss seine Hand zurück. Er spürte ihre Gleichgültigkeit, die distanzierte Haltung ihres Körpers, der ihm sonst immer entgegenkam.

»Du armselige Kreatur«, wiederholte Kathrin. »Dein Glanz hat sich abgenutzt. Mich kannst du nicht mehr beeindrucken. Los – geh und such dir eine andere. Und dann wiederhole dein bedeutungsloses Handeln. Wieder und immer wieder, bis du an deiner Kälte erfrierst und verreckst.«

Dominik starrte sie fassungslos an. So hatte noch niemand mit ihm gesprochen. Und derartig verwirrt und entsetzt wie im Moment hatte ihn auch noch nie jemand erlebt.

Er löste sich von ihr, stand auf, verließ das Zimmer und schließlich das Apartment.

Kathrin blieb noch eine Weile regungslos liegen. Dann straffte sie ihren Körper, pumpte Luft in ihre Lungen, stand auf und suchte ihre Kleidung zusammen. Kurze Zeit später verließ auch sie das Apartment.

Kapitel 15

Marleen freute sich auf ein herzhaftes Frühstück mit Rührei, Speck und frischen Brötchen. Letztere fehlten allerdings in ihren Vorräten, und so beschloss sie, rasch welche zu holen. Sie schnappte sich ihre Handtasche, die Autoschlüssel und wollte gerade die Wohnung verlassen, als es an der Haustür klingelte. Da sie sowieso nach unten wollte, zog sie die Wohnungstür hinter sich zu, lief die Treppen hinab und öffnete die Haustür.

Ein Postbote stand vor ihr, überreichte ihr ein Päckchen. Dankend und neugierig nahm sie es entgegen. Sie hatte nichts bestellt, ein Absender war nicht zu entdecken, und so betrachtete sie es eine Weile verwundert, bevor sie die Treppenstufen wieder hinaufeilte. Die Brötchen mussten warten. In der Küche kramte sie nach einer Schere, schnitt das Klebeband an den Seiten auf und hob das Oberteil des Päckchens ab.

Taubenblaues Seidenpapier kam zum Vorschein. Es sah sehr edel aus.

Ihre Neugier wuchs, dennoch zögerte sie, bevor sie das Papier zur Seite schob. Sie wollte das Gefühl, das in diesem Moment ihre Sinne durchströmte, noch ein wenig auskosten.

Es raschelte angenehm, als sie ihre Hände nach einer Weile zwischen die Papiere schob. Eingebettet in diesem herrlich knisternden Papier lagen – durch eine Kordel miteinander verbunden – zwei Geisha-Kugeln. Schwarze, zarte Nylons – halterlos – befanden sich ebenso im Päckchen. Außerdem eine Schamlippenspange und zwei Brustklammern, die an einer Silberkette befestigt waren.

Den Briefumschlag, der ganz unten lag, entdeckte sie zuletzt. Er enthielt eine Fahrkarte für die Bahn und eine Nachricht:

Hallo, Prinzessin!

Ich lade dich hiermit zu einem sinnlichen Rendezvous ein. Wirst du der Einladung folgen? Mit diesen hübschen Dingen an und in deinem Körper?

Ich würde mich freuen.

Falls du bereit sein solltest, bitte ich dich, nichts weiter als diese Dinge, Trenchcoat und Pumps zu tragen. Fahre gegen 19 Uhr mit der Bahn bis Idstein und warte vor dem Bahnhofsgebäude auf mich. Ich küsse dich überall!

Rafael

Atemlos ließ Marleen die Grußkarte sinken. Allein bei der Vorstellung, diese Teile anzulegen, kribbelte es in ihrer Magengegend. Und so sollte sie sich in die Bahn setzen?

Ein Grinsen stahl sich in ihre Mundwinkel.

Warum nicht?

Der Trenchcoat würde sie ja bedecken. Außerdem war es eine neue, aufregende Erfahrung.

Ihre Augen funkelten. Sie fühlte sich herrlich lebendig, mutig, sinnlich, beschwingt. Es war zwar noch lange Zeit bis dahin, aber dennoch konnte sie der Versuchung nicht widerstehen, schon jetzt auszuprobieren, wie sich die kleinen Geschenke von Rafael an und in ihrem Körper anfühlten. Außerdem hatte eine Generalprobe noch niemandem geschadet.

Sie packte alles wieder ein, nahm das Päckchen und verschwand im Bad.

Die Vorfreude wuchs, als sie sich rasch entkleidete. Sie griff zu den Brustklemmen, ließ die Kette, an denen sie befestigt waren, durch ihre Finger gleiten und versah ihre Nippel mit diesem für sie so fremdartigen Utensil. Die Klemmen waren zwar gepolstert, kniffen aber dennoch. Sie hielten ihre Brustwarzen fest umschlossen, sorgten so dafür, dass sie sich ihrer überdeutlich bewusst blieb. Sie warf einen Blick in den Spiegel, drehte sich nach allen Seiten und kam sich verwegen vor. Verführerisch baumelte die Kette von ihren Brüsten hinab bis zu ihrem Bauchnabel.

Die Geisha-Kugeln ließen sich leicht einführen. Wie von selbst glitten sie in ihre Vagina, und da sie ein entsprechendes Gewicht hatten, strebten sie bei jeder Bewegung nach unten. Marleen musste ihre Scheidenmuskeln ständig anspannen, um sie im Inneren halten zu können. Daran schien Rafael gedacht zu haben, denn als sie die Scheidenspange anlegte, konnten die Kugeln zunächst einmal nicht rausrutschen. Auch das Hinsetzen war möglich, ohne dass die Kugeln sich ihren Weg nach draußen bahnten.

Sie betrachtete sich eingehend. Da sie noch nie im Besitz von derartigen Dingen gewesen war, kostete sie dieses neue Gefühl vollkommen aus und musste kichern, als sie daran dachte, dass sie sich vollkommen von der Marleen unterschied, die sie noch vor nicht allzu langer Zeit gewesen war.

Langsam ließ sie die Hand über ihre Brüste gleiten, liebkoste wie beiläufig ihre eingeklemmten Brustwarzen und strich an der Kette entlang über ihren Bauch.

Sie musterte sich, als wäre ihr der Körper, der ihr aus dem Spiegel entgegensah, vollkommen fremd.

Ihre Wangen glühten, in ihren Augen lag eine Lebendigkeit wie nur selten, und sie begann sich auf den Abend zu freuen.

☙❧

Die Luft war schwül. Marleen wartete vor dem Bahnhof auf Rafael. Der leichte Sommerstoff des Trenchcoats fiel fließend und elegant an ihr herab. Bevor sie sich auf den Weg hierher gemacht hatte, hatte sie überprüft, ob sich irgendetwas durchdrückte, und war zufrieden zu dem Schluss gekommen, dass alles ganz harmlos aussah. Ganz so, als würde sie ein Kostüm unter dem Mantel tragen. Der Stoff streifte ihr Gesäß bei jedem Schritt wie eine liebkosende Hand. Ein aufregendes Gefühl. An den Druck von Brustklemmen und Schamlippenspange hatte sie sich gewöhnt, und diese herrlich vibrierenden Kugeln in sich zu tragen war himmlisch. Sie lächelte, freute sich über das Geheimnis, welches sie unter ihrem Mantel trug.

In der Ferne war ein Grollen zu hören, und es sah ganz danach aus, als sei ein Gewitter im Anmarsch, um die Natur zu erfrischen.

Die knisternden Strümpfe, der Trenchcoat auf ihrer nackten Haut und die heimlichen Dinge, die sie am und im Körper trug, gaben ihr ein vollkommen neues Körpergefühl, und sie begann sich einzugestehen, dass sie bisher wahrhaftig etwas verpasst hatte.

Das Grollen kam näher, wechselte sich mit zaghaften Blitzen ab. Einige Regentropfen fielen herab.

Und dann war es so weit. Blitze zuckten. Der Donner grollte unnatürlich laut. Die Intervalle des Donnergrollens wurden kürzer. Das Gewitter befand sich genau über ihr. Ihre Sinne weiteten sich, jede Zelle ihres Körpers sog die magisch aufgeladene Luft und dieses tosende Schauspiel in sich auf. Sie hatte Gewitter schon immer gemocht, den grell zuckenden Blitzen schon als Kind mit Faszination zugeschaut.

Sie lachte auf, eilte mit kleinen schnellen Schritten, klappernden Absätzen und einer Grazie – die Rafael, der ganz in der Nähe stand und sie beobachtete, ein Raunen entlockte –

weiter und schaffte es gerade noch, in einen schützenden Durchgang zu gelangen.

Der dunkle Himmel öffnete seine Schleusen und schüttete eimerweise kühles Nass herab. Der Regen peitschte durch die Straßen, das viele Wasser konnte gar nicht so schnell abfließen, wie es von oben kam. Der prasselnde Regen bildete auf der Wasserschicht der Straße Blasen, und die Straßenrinnen verwandelten sich in kleine reißende Bäche.

Rafael verschränkte die Arme vor der Brust, lehnte sich mit der linken Schulter an die Wand eines Durchgangs ganz in der Nähe und beschloss, sie noch eine Weile zu beobachten, bevor er sich ihr zeigte.

Das dunkle Haar fiel in weichen Wellen über ihre Schultern, und der helle Trenchcoat, den sie trug, ließ ihre Taille noch schmaler wirken, denn sie hatte den Gürtel in der Taille eng zusammengezogen. Ihre Schuhe waren edel und betonten ihren schlanken Fuß. Schwarze, hauchzarte Strümpfe umhüllten ein Paar schmaler Fesseln und wohlgeformte Waden. Sie blickte trotzig in den Regen hinaus, als wollte sie die Dominanz der Natur nicht akzeptieren und das Wetter als persönlichen Angriff werten. Rafael musste lächeln – und als hätte sie sein Lächeln gespürt, wandte sie ihr Gesicht in seine Richtung und blickte ihn an. Überrascht, irgendwie auch empört und doch erfreut.

Ein resigniertes Schulterzucken seinerseits, ein Lächeln ihrerseits, und schon war es wieder zu spüren – das unsichtbare Band.

Es blitzte und donnerte ohne Unterlass. Der Regen fiel mit unverminderter Heftigkeit. Noch immer schaute sie ihn an. Wortlos, fasziniert und auch sehr erwartungsvoll. Ein Auto fuhr langsam vorüber, das Wasser spritzte in Fontänen zu beiden Seiten auf, die Scheibenwischer liefen auf höchster Stufe und sie lachte, als einige Spritzer sie erwischten.

Das Gewitter endete so plötzlich, wie es begonnen hatte, und als nur noch vereinzelte Tropfen fielen, löste sich Rafael von der Wand und näherte sich ihr. Marleen blieb, wo sie war, strich sich eine Haarsträhne aus der Stirn und blickte ihn nach wie vor mit sehnsuchtsvollem Blick und leicht geöffneten Lippen an. Er reichte ihr die Hand, und sie ließ sich bereitwillig von ihm fortführen. Immer noch wortlos, die Magie des Augenblicks genießend.

Es regnete nicht mehr, aber der Himmel war nach wie vor verhangen.

Rafael führte sie ein paar Straßen weiter zu einem Parkplatz. Hier stand sein Wagen. Er öffnete ihr die Autotür, lächelte ihr zu und nahm sie fest in den Arm, hauchte einen Kuss auf ihre Schläfe. »Schön, dass du gekommen bist.«

Marleens Herzschläge nahmen zu. Atemlos und vollkommen gefangen von diesem verzauberten Moment ließ sie sich in das weiche Leder des Sitzes sinken.

»Wo fahren wir hin?«, ergriff sie erstmals das Wort.

»An einen Ort der Lust.« Rafael hatte hinter dem Steuer Platz genommen, beugte sich zu ihr hinüber und hauchte einen Kuss auf ihre Lippen.

Sein Mund entzündete Feuer auf ihrer zarten Haut. Sie wollte mehr, doch Rafael löste sich von ihr, legte ihr den Zeigefinger auf die Lippen und lächelte. »Oh ja … an einen Ort der Lust. Dort lassen wir uns auf einen Teppich aus Leidenschaft sinken und hüllen uns ein in eine Decke aus Sinnlichkeit.«

»Hört sich geheimnisvoll schön an. Genaueres willst du mir nicht verraten?«

»Lass dich überraschen.« Rafaels dunkle Augen ruhten auf ihrem emotionsgeladenen Gesicht. Er wusste, dass sie gerne die Kontrolle behielt, es fast schon brauchte. Doch er wollte, dass sie sich fallen ließ. Ihm vollkommen vertraute.

Sich ihm hingab, ohne Wenn und Aber. Dies war der Schlüssel zu ihrer Seele, denn trotz allem war sie eine Frau, die unbewusst ihren Meister suchte. Ihn schon lange gesucht, aber nie gefunden hatte.

Er startete den Motor.

Rafael lenkte den Wagen Richtung Limburg. Die Fahrt verlief schweigend. Marleen lehnte sich zurück, schloss die Augen und tauchte erst wieder aus ihren sündigen Tagträumereien auf, als er in eine lange Einfahrt bog und schließlich vor einem gepflegten Anwesen parkte. Das imposante Gebäude war von üppigen Sträuchern und bunt blühenden Blumen umgeben. Ein hoher Zaun an beiden Seiten des Hauses verhinderte, dass man auf das Grundstück dahinter blicken konnte.

Rosenspaliere schmückten die Fassade des vierstöckigen, gelb getünchten Haus – einer ehemaligen Pension, die jahrelang leer gestanden hatte.

Die jetzige Inhaberin hatte das leer stehende Gebäude vor fünf Jahren gekauft und zu dem gemacht, was es heute war: ein exklusiver Club mit riesigem Pool, Saunalandschaft, Pferdeställen, Bar, Restaurant und Zimmern, die man mieten konnte.

Rafael stieg aus, ging um den Wagen herum, öffnete die Beifahrertür und reichte Marleen die Hand. Neugierig blickte sie sich um und bestaunte das edle Gebäude mit seiner auffallenden, dunkelrot lackierten Eingangstür, in deren Mitte sich auf Augenhöhe eine kleine Klappe befand, durch die man sich anmelden konnte. Ein schwarzes Herz, das an einer Kette hing, diente als Türklopfer.

»Dies ist der Ort der Lust, von dem du gesprochen hast?«

»Oh ja«, flüsterte ihr Rafael ins Ohr. Er hatte den Arm um sie gelegt und schlenderte mit ihr zum Eingang. »Ein Ort der Lust und geheimen Wünsche. Vertrau mir. Ich bin sicher, es wird dir gefallen.« Rafael betätigte den Türklopfer. Die kleine Klappe wurde geöffnet, und als man ihn erkannte, ließ man ihn mit seiner Begleiterin herein.

Sie folgte Rafael und bestaunte den prächtigen Eingangsbereich. Ein dicker, dunkelroter Teppichboden schluckte ihre Schritte, erotische Ölgemälde schmückten die Wände. Vorbei an exotischen Zimmerpflanzen und eleganten Skulpturen schritten sie weiter, bis der Eingangsbereich in einen großzügigen Raum mündete. Hier herrschte ein orientalisches Flair. Eine Bar und gemütliche Couchen luden zum Verweilen ein. Plüschige Nischen, die durch edle Vorhänge aus Brokat und den verschiedensten Pflanzen voneinander getrennt wurden, weckten sündige Gedanken. Ihr Körper begann zu glühen.

An der Bar und in den Nischen tummelten sich halbnackte Frauen und Männer. Die meisten in Lack oder Leder. Sie vergnügten sich miteinander, schlürften an ihren Cocktails, ließen sich treiben und durch das Liebesspiel der anderen anregen.

Staunend blickte sie auf zwei Männer im Lederstring und mit Augenmasken, die an den Knöcheln aneinandergekettet waren und sich keinen Deut darum scherten, dass sie so gut wie nackt waren.

Eine junge Frau in einem knallroten, knappen Latexkleid, das gerade mal ihre nackten Pobacken bedeckte, versuchte die Aufmerksamkeit der beiden zu erregen. Ohne Erfolg. Sie hatten nur Augen für sich und steuerten gerade eine Nische an.

Ein elegant gekleideter Mann im Designeranzug führte eine vollbusige Frau an einer Kette zur Bar. Die Kette, befestigt an einem glitzernden Halsband, reflektierte das Licht der Deckenstrahler. Die Frau trug ein durchsichtiges ägyptisches Gewand und Fußfesseln, die ihr das Gehen erschwerten. Dennoch hielt sie sich grazil aufrecht, setzte – ohne eine Miene zu verziehen – einen Fuß vor den anderen und schaffte es, ihm ohne Stolpern zu folgen.

Marleens Blicke flogen hin und her, hielten jeden Moment fest und saugten das Geschehen in sich auf.

Eine Nische, die sich nicht nur in Bezug auf die Größe deutlich von den anderen unterschied, wurde von einem Dach aus weißem, durchsichtigem Tüll gekrönt. Eine große rote Samtmatratze lag als überdimensionale Spielwiese in der Mitte. Sie lud zum kollektiven Liebesspiel ein und war im Gegensatz zu den übrigen Nischen nicht vor neugierigen Blicken geschützt.

Ein Paradies für Voyeure!

Die hatten sich längst eingefunden, folgten dem bunten Treiben mit gierigen Augen. Zwei Frauen, die sich dort vergnügten, fielen besonders auf. Marleen spürte, wie das sinnliche Treiben der beiden Frauen auch sie erregte. Ohne dass es ihr bewusst war, hatte sie Rafael in genau diese Richtung gezogen und stand nun da mit pochendem Schoß und einem Blick, der ihre Faszination widerspiegelte.

Rafael lächelte. Er hatte gewusst, dass sie ein derartiges Szenario antörnen, erregen würde. Die kühle Rechtsanwältin wandelte sich langsam, aber sicher zu einem heißen Vulkan. Die beiden Frauen, die von ihr so intensiv beobachtet wurden, waren in heiße Liebesspiele versunken.

Marleen freute sich, als Rafael sich dicht hinter sie stellte und seine Arme von hinten um ihre Brüste legte. »Ich werde jetzt überprüfen, ob du brav warst und alles trägst, was ich gewünscht habe«, raunte er ihr ins Ohr.

Durch den dünnen Stoff ihres Mantels hindurch zog er kurz an ihren Brustklemmen. Sie stöhnte auf. Teilweise vor Schmerz, aber auch vor Lust.

»Macht dich an, was du da siehst?«

Sie nickte.

Er begann ihren Trenchcoat aufzuknöpfen, spielte mit der Brustkette und bahnte sich einen Weg über ihren Bauch hinab zwischen ihre Schenkel. Mit einem gezielten Griff überprüfte er den Sitz der Klammer, die ihre Schamlippen zusammenhielt.

»Braves Mädchen. Wie ich sehe, hast du an alles gedacht. Oder etwa nicht?«

Er löste die Klammer, und diese Tätigkeit entlockte ihr ein Keuchen. Augenblicklich senkten sich die Kugeln abwärts, drängten sich trotz angespannter Muskeln unwillkürlich nach außen. Doch Rafaels Hand war zur Stelle, drückte sie wieder zurück und begann mit ihnen zu spielen.

»Du hast tatsächlich an alles gedacht.« Er lächelte zufrieden.

Die Küsse, die er ihr in den Nacken setzte, sorgten für wohlige Schauer. Sie beugte ihren Kopf vor, wollte, dass er jeden Millimeter verwöhnte. Mit geschlossenen Augen gab sie sich für einen Moment vollkommen diesen sanften Berührungen seiner Lippen hin. Dann hob sie den Blick und versank erneut in der Betrachtung dessen, was sich da vor ihren Augen abspielte.

Rafael griff in ihr Haar, bog ihren Kopf zurück. »Ich kann es spüren. Das Pochen in deinem Schoß. Deine Gier … deine Geilheit … deine Neugier. All das, was du so gut zu verstecken weißt, weil es dir peinlich ist und nicht in dein wohlgeordnetes Leben passt.« Nach einer kleinen Pause, in der er seinen Griff löste, fuhr er dann fort: »Vor mir kannst du sie nicht länger verstecken. Deine dunklen Tiefen, deine voyeuristische Ader. Die Melodie deiner Lust verrät dich, ebenso wie das Parfum deiner Erregung.« Er lachte leise, ganz nah an ihrem Ohr.

Tausend kleine Schauer rannen ihren Rücken hinab. Sie

bog ihren Rücken durch, schob ihr Gesäß hart gegen seinen Schoß und genoss das Spiel seiner Hände, die nach wie vor mit den Kugeln in ihr beschäftigt waren.

»Komm mit.« Er führte sie zu einer Nische. Ein bequemes Liegesofa lud ein zum sündigen Stelldichein. Auf einem Tischchen daneben standen eine Flasche Champagner, ein Krug mit Orangensaft, zwei Sektkelche, eine Schale Erdbeeren und Sprühsahne. Während Rafael den Champagner öffnete und die Gläser füllte, machte sie es sich auf der Liegestatt bequem. Neugierig ließ sie ihre Blicke schweifen, genoss es, einen Teil des Treibens von hier aus sehen zu können, ohne dabei gesehen zu werden. Ein Brokatvorhang schützte vor Blicken, der zwar nicht ganz geschlossen war, die Blicke von außen aber dennoch abschirmte. Sie lehnte sich vor, trank einen Schluck und wollte sich noch ein Stückchen vorbeugen, um besser sehen zu können, doch Rafael packte sie blitzschnell an den Handgelenken, drückte sie auf den Rücken und hielt sie fest. Ihr Trenchcoat fiel dabei vorne auseinander und gab den Blick auf ihren mit Brustklemmen geschmückten und bis auf die Nylons nackten Körper frei.

»Meine kleine Voyeurin.« Seine Blicke wanderten ihren Körper entlang, blieben bei ihren Brüsten hängen. Seine Mundwinkel zuckten anerkennend. »Äußerst dekorativ!«

Er begann mit den Brüsten zu spielen, streichelte, massierte und umfasste sie. Dabei reizten die Klammern ihre Brustwarzen bis zur Schmerzgrenze. Und als gäbe es eine unsichtbare Verbindung zwischen ihren Vaginalmuskeln und ihren empfindsamen Nippeln, so spannten sich die Muskeln jedes Mal fest um die Kugeln in ihr, sobald Rafael an der Kette zog. Marleen wand sich. Wildes Verlangen breitete sich in ihr aus, ließ es nicht zu, dass sie still lag. Rafael befreite die Brustwarzen von ihren Fesseln, barg sein Gesicht zwischen ihren Brüsten, drehte sie dann um, so dass sie auf dem Bauch lag. Dabei rutschten ihr die Kugeln aus der Vagina, rollten vom Polster. Sie nahm wahr, wie er zur Sahne griff und sie schüttelte, spürte dann etwas Kaltes auf ihrem Rücken und dem Ansatz ihres Gesäßes.

Sie erschauerte, ihre Pobacken zitterten vor Erwartung.

Verführerisch ließ Rafael seine Zunge auf ihrem Rücken tanzen, nahm dabei die Spur der Sahne auf, glitt weiter und hinterließ ein aufreizendes Gefühl auf ihrer empfindsamen Haut.

Er umfasste ihr Gesäß, massierte die runden Backen und schob sie auseinander. Als ein Klecks Sahne in der Pospalte landete, stöhnte sie lustvoll auf. Ein weiterer Klecks folgte, und bald darauf setzte Rafael die Sprühdose so an, dass er die kühle Masse in einem Strich hineindrücken konnte. Seine Zunge folgte gewissenhaft sämtlichen Spuren. Leckte jeden einzelnen Tropfen auf und brachte sie damit an den Rand des Wahnsinns. Heiß schoss ihr das Blut durch die Adern, sammelte sich im Unterleib und sandte köstliche Lustwellen durch den gesamten Körper.

Seine Zunge zog eine glühende Spur, leckte sich in jede einzelne Falte und wanderte schließlich ihren Rücken, ihr Gesäß, ihre Schenkel entlang und wieder hinauf. Ohne seine Lippen abzusetzen, schob er sie mit sanftem Griff zurück in die Rückenlage und küsste sich über ihren Bauch weiter hinauf.

Weitere Sahnetupfer folgten, landeten kühl auf ihrem Körper. Diesmal auf ihren Brüsten. Sorgfältig und liebevoll wurden sie verziert und anschließend abgeschleckt. Seine Lippen spielten mit ihren Nippeln, seine Zunge streichelte sanft, und seine Zähne bereiteten kleine Schmerzen der Lust.

Obwohl sie diese Liebkosungen, die Lippen und Zähne an ihren Brustwarzen genoss, wurde sie ungeduldig. Sie konnte es kaum erwarten, dass sein Kopf die Wanderung fortsetzte, tiefer glitt und zwischen ihren Schenkeln landete. Sie hob ihr Becken an. Lockte. Ließ es lasziv kreisen. Doch Rafael ignorierte ihre Bemühungen mit einem wissenden Lächeln.

Die Minuten schienen sich für Marleen zu Stunden zu dehnen. In ihrem Schoß breitete sich ein schmerzhaftes Ziehen aus. Und während Rafael ihren Bauchnabel mit einer Sahnehaube versah, legte sie selbst Hand an. Ihre Finger tasteten sich zu ihrem Schoß, stimulierten ihre Klitoris und wollten ihren Erkundungsgang gerade fortsetzen, als Rafael sie beiseite schob und ihre Schamlippen mit einer Spur Sahne versah.

Ihr Atem ging stoßweise. Sie flüsterte seinen Namen, konnte es nicht erwarten, ihn dort zu spüren, wo es so erwartungsvoll zuckte.

»Du bist in jeder einzelnen Faser von mir, in jedem Gedanken, in jedem Atemzug. Also sei auch in mir. Ich will dich spüren ... fest ... wild ... heiß. Will mich ergeben, besessen sein von dir, mich beherrschen lassen.« Ihre Stimme klang brüchig, wurde immer wieder durch lustvolles Stöhnen unterbrochen.

Sie spürte, wie seine Finger ihre Schamlippen teilten, wie die Tülle der Sprühdose in sie hineinglitt, und wie er abdrückte. Die mit Druck hineinkatapultierte Sahne prickelte in ihr, füllte sie aus, kühlte die heißen Innenwände ihrer Vagina. Die Erdbeere, die Rafael hinterherschob, glitt fast von selbst hinein, eine weitere folgte.

Und dann spürte sie seine Lippen endlich da, wo sie es sich wünschte. Bedächtig arbeiteten sie sich zu der unter einer dicken Sahneschicht verborgenen Spalte vor und legten sie langsam frei. Sie saugten an ihren Schamlippen, schienen genau zu wissen, wonach sie sich sehnte. Ihre Klitoris pochte und nahm bereitwillig die Zungenspitze entgegen, die zunächst zart, dann hart auf ihr zu tanzen begann.

Ihre Erregung hatte ein Stadium erreicht, in dem sie sich nicht mehr beherrschen konnte. Sie wand sich wie ein Aal, grub ihre Finger in sein Haar und presste sein Gesicht fester auf ihren Schoß. Rafael ließ seine Zunge durch ihre Spalte gleiten und schob seine Hände unter ihre bebenden Pobacken. Marleen war so geschwollen, dass sie jede noch so kleinste Berührung spürte. Als seine Zunge endlich hart in sie eindrang und nach der Erdbeere in ihr fischte, zogen sich ihre Vaginalmuskeln ruckartig zusammen, schoben die süße Frucht zu seiner Zunge nach unten, die sie gierig aufnahm.

Sein Atem strich über ihre glühende Haut. Dann setzte er erneut an und begann auf die gleiche Weise tief in ihr nach der zweiten Erdbeere zu forschen. Seine Zunge drang tief ein. Suchte, lockte. Das Kontrahieren ihrer Muskeln sorgte dafür, dass die nächste Erdbeere auf seine Zunge rutschte.

Dem Zucken ihres Körpers nach zu urteilen, stand sie kurz vor einer Entladung der angestauten Lust.

Doch sie wollte nicht kommen, ohne seinen Schwanz in sich zu spüren.

Sie krallte ihre Finger in das weiche Polster ihrer Unterlage und schob ihm lasziv ihr Becken entgegen. »Rafael … bitte … ich will dich in mir spüren.«

Sie schloss die Augen, und als sie sie wieder öffnete, sah sie, dass er mit herabgelassener Hose und steil aufgerichtetem Schwanz vor ihr stand.

»Ja … oh ja«, hauchte sie.

Er kniete sich zwischen ihre Schenkel, schob sie weit auseinander, suchte und fand ihren Blick.

»Ich möchte, dass du mich anschaust, während ich es dir besorge.«

Seine Finger spreizten ihre fleischigen Lippen, er setzte seinen Schwanz an, und dann war er mit einem kräftigen Stoß in ihr. Gierig nahm Marleen ihn in sich auf. Seine Stöße hatten etwas Animalisches. Mit angespannten Pobacken stieß er immer wieder kräftig in sie hinein. Wild. Energisch. Feurig.

Sie passte sich seinem Tempo an, hob und senkte ihr Becken, ihre Muskeln umschlossen seinen Schwanz, und ihre Hände umfassten sein vor- und zurückschnellendes Gesäß. Sie genoss seinen funkelnden Blick, tauchte in die Tiefen seiner Iris ab und hatte Mühe, ihre flatternden Lider offen zu halten. In ihrer Spalte begann es zu zucken. Die ersten Wellen kündigten sich an, kamen heftig, mit einer Brachialgewalt, die ihre Sinne schwinden ließ. Die Hände schoben nach, pressten ihn förmlich hinein. Sie spürte, wie seine Hoden rhythmisch gegen ihre Pobacken knallten, während er mit unvermindertem Tempo in sie hineinpumpte.

Und dann kam sie. Sie schrie ihre Lust hinaus und spürte gleichzeitig, dass auch Rafael bald so weit war. Noch ein paar harte Stöße, und er explodierte in ihr. Schwer atmend ließ er sich nach vorne sinken, und die nächsten Minuten gehörten voll und ganz den langsam abklingenden Lustwellen.

Zärtlich strich sie durch sein Haar.

»Elen sila lumenn omentielvo«, murmelte Rafael.

„Was bedeutet das?«

»Ein Stern leuchtet über der Stunde unserer Begegnung.«

»Möge er ewig leuchten!«

Er strich ihr durchs Haar, legte sich neben sie und nahm sie fest in den Arm. Von ihrem Lager aus hatten sie einen wunderbaren Blick auf das, was außerhalb ihrer Nische vor sich ging. Sie genossen die Aussicht auf das lustvolle Treiben, tranken Champagner und rekelten sich auf den weichen Polstern.

»Ich wusste, dass es dir hier gefallen wird. Dass dich diese Atmosphäre erhitzt, geil macht und anregt.« Seine Stimme, ganz nah an ihrem Ohr, bereitete ihr eine Gänsehaut.

»Woher? Ich meine, woher hast du es gewusst?«

»Intuition? Das Gefühl, dich schon ewig zu kennen?«

Marleen lächelte glücklich. Sie genoss das Spiel seines Fingers, der ihre Brüste umkreiste, ihren Bauch hinabwanderte und sich zum Venushügel vorwagte. Sanft strich er ihre heißen Lippen entlang, tangierte für einen Moment ihre Klitoris, bevor er in die heiße Nässe ihrer Möse eindrang. Rafael spreizte ihre Schenkel, so dass er den Anblick ihrer nassen Öffnung und das wilde Treiben seines Fingers sehen konnte.

»Macht es dir Spaß, die Besucher des Clubs zu beobachten, während mein Finger dich fickt?«

»Ja … ja.«

»Dann schrei deine Lust hinaus.«

Ihr keuchender Atem beschleunigte sich, ihre Pupillen weiteten sich, und sie beobachtete, wie sich ihnen gegenüber zwei Frauen auf einer Matratze vergnügten. Sie waren nackt, küssten sich lange und wanden sich wie Schlangen. Der knackige Hintern der Dunkelhaarigen war Marleen zugewandt, und sie betrachtete fasziniert die verführerischen Bewegungen, während die Frau mit lasziver Langsamkeit die Brüste der anderen liebkoste, die Nippel mit ihren Lippen langzog, bis sie groß wie Himbeeren waren und steil abstanden.

Marleen stöhnte laut auf, als Rafael seinen Finger aus ihr zog und ihn ihr hinhielt.

»Koste deinen köstlichen Nektar. Sei sensibel für den sinnlichen Duft, der davon ausgeht.«

Sein Finger verschwand in ihrer Mundhöhle, und Rafaels Blick nahm jede Regung ihres Gesichtes in sich auf, als sie seinen Finger abzulutschen begann.

Erneut begab er sich auf Erkundungstour.

Er umfuhr die Konturen ihrer Schamlippen und tanzte auf der pochenden Perle. Daumen und Mittelfinger teilten ihre

Schamlippen, legten die Lustknospe frei, während sich die Finger seiner anderen Hand intensiv mit der keck aufgerichteten Perle beschäftigten.

Sie erzitterte. Ihre leisen Schreie zeigten Rafael genau, was sie wollte. Und er gab es ihr. Unermüdlich stimulierte er ihre Klitoris. Rieb sie, nahm sie zwischen Daumen und Zeigefinger, tippte sie an und zog sinnliche Kreise um ihren Ansatz.

Als sie von zuckenden Wellen heimgesucht wurde, zog er sich für einen Moment zurück und positionierte sich so, dass sein Gesicht unmittelbar vor ihrer Spalte war. Ein Blick in ihre Augen –, die nicht auf ihn, sondern auf ein Pärchen gerichtet waren, welches sich gerade im Stehen vergnügte – ein wissendes Lächeln, dann beugte er sich vor und ließ Zunge und Lippen fortsetzen, was seine Finger soeben beendet hatten.

Marleen ließ ihn spüren, wie sehr er sie erregte. Ihr Schoß zuckte, presste sich ihm entgegen. Es dauerte nicht lange, da überließ sie sich dem näher kommenden Orgasmus, der sie in großen Wellen überrollte …

»Das war schön. Soll ich dir zeigen, wie schön?«

Rafael blickte ihr tief in die Augen … nickte.

Sie zog ihn neben sich, glitt vom weichen Polster zu Boden und positionierte sich so zu seinen Füßen, dass sein halberigierter Schwanz gut zu erreichen war.

»Ich liebe die Weichheit deiner Hoden. Mag es, wenn sie in meinen Händen liegen, wenn ich mit ihnen machen kann, was ich will.«

Rafael stöhnte laut auf.

Er genoss ihre zunächst zögerlichen Liebkosungen, die mehr und mehr an Zügellosigkeit gewannen. Ihre Hand glitt unter den Hodensack, drückte leicht zu, während ihre andere Hand sich um seinen Schaft legte, ihn rhythmisch zu reiben begann. Sie verstärkte den Druck der Finger, strich mit der Daumenkuppe kreisend über die Eichel, spürte die klebrigen Lusttropfen.

Genüsslich ließ sie ihre Hand auf und ab gleiten, umfasste seinen Schwanz, als habe sie vor, ihn nie wieder loszulassen. Sie rieb schneller, spürte, dass es bald so weit war. Dann hielt sie inne. Rafaels enttäuschten Ausruf quittierte sie mit einem Lächeln. Sie wusste, wie sie ihn bis kurz vor den Höhepunkt brachte, um in allerletzter Sekunde abzubrechen. Sie musste ihre Finger nur im richtigen Moment fester um die Wurzel schließen, ein paar Sekunden innehalten und schließlich erneut zu reiben beginnen. Der Schaft zuckte in ihrer Hand, Rafaels Orgasmus war nur noch einen Wimpernschlag entfernt. Erneut hielt sie inne. Ihr Mund näherte sich seinem besten Stück. Prall und sehsüchtig wartete es auf den finalen Schuss.

Lustvoll umleckte Marleen die feucht glänzende Eichel. Zog an ihr. Lutschte. Saugte. Heiß und breit fuhr ihre Zunge seinen Schaft entlang, heizte Rafael an. Sie nahm seinen Schwanz komplett in ihrem Mund auf, ließ ihn wieder frei, nur um ihn anschießend umso gieriger zu verschlingen.

Rafael wand sich, strich ihr durchs Haar, flüsterte immer wieder ihren Namen. Noch eine kurze Stimulation, und es kochte aus ihm hinaus. Der heiße Saft spritze in ihren Mund, quoll über ihre Hand, die sie hinzugenommen hatte.

Das lustvolle Stöhnen Rafaels war Musik in ihren Ohren. Sie schluckte seinen Saft, während er seine Lust hinausschrie.

∾

Helena stieg aus ihrem Wagen, hob die verpackte Leinwand vom Rücksitz und machte sich auf den Weg zu Kathrins Sexshop »Beauty Secrets«, der im Stadtzentrum lag. Sie schob die Ladentür auf und bekam augenblicklich Antwort von dem Glockenspiel, welches hinter der Tür hing und nun auffordernd zu bimmeln begann. Flauschiger, dunkelroter Teppichboden schluckte ihre Schritte, als sie auf die Ladentheke zuging und sich suchend nach ihrer Freundin umsah.

Der vordere Bereich des Ladens war den unterschiedlichsten Dessous und Spitzenoutfits gewidmet. Verschiedene Öle und Kosmetikprodukte rundeten das Bild harmonisch ab. Durch einen Rundbogen bekam man Einblick in den hinteren Verkaufsraum, in dem sich dem interessierten Besucher eine Vielfalt an Lustspendern und Lustspielzeugen bot. Ein Massageraum und eine kleine Teeküche schlossen sich an. Helena konnte Kathrin nirgendwo entdecken, stellte die Leinwand ab und betrat die hinteren Räume.

Kathrin stand mit dem Rücken zu ihr und war gerade dabei, den Massageraum umzudekorieren. Ihre Schultern bebten, ganz so, als würde sie weinen.

»Kathrin?«

Diese fuhr herum und wischte sich eine Träne fort.

»Was ist los? Warum weinst du? Wie geht es dir?« Die Fragen schossen nur so aus Helena heraus. Besorgt blickte sie in Kathrins blasses, eingefallenes Gesicht, in ihre traurigen Augen, die sonst immer so faszinierend funkelten, und auf ihre zusammengepressten Lippen, die sonst selten ohne ein bezauberndes frisches und unbekümmertes Lächeln auskamen.

»Sag doch was!« Sie wollte auf die Freundin zugehen, sie in den Arm nehmen und ihr tröstend übers Haar streichen. Doch eine innere Stimme sagte ihr, dass Mitleid im Moment nicht angebracht war. Also blieb sie stehen und wiederholte ihre Fragen.

Kathrin straffte ihren Körper, drapierte dunkelroten Satinstoff in ein Regal und versuchte ein Lächeln. »Wer an einem Tag fünfzehn Tassen Kaffee trinkt, und die letzte Tasse so gegen zwanzig Uhr zu sich nimmt, muss sich nicht wundern, wenn die Nacht nicht wirklich geruhsam wird, der Puls bis zum Hals schlägt und man morgens um fünf bereits wieder hellwach ist, obwohl man doch eigentlich todmüde sein müsste. Tja und dementsprechend fühle ich mich.«

»Meine Frage war nicht nur auf deine körperliche Verfassung bezogen. Kathrin, wie geht es dir wirklich? Da ganz tief drin, wo du so selten jemanden hineinblicken lässt?«

»Ich weiß nicht, was du meinst.«

»Kathrin!«

»Ja, okay, okay.« Sie seufzte. »Prinzipiell sollte ich mich prima fühlen, denn diese Veranstaltung ist lange geplant, und bisher verläuft alles reibungslos. Tatsächlich geht es mir jedoch mies. Sehr mies.«

»Was ist passiert?«

»Wenn eine Fee vor mir stünde, um mir einen Wunsch zu erfüllen, würde ich mir wünschen, mein Leben ›vor Dominik‹ zurückzubekommen. Ich bin es leid, mich nachts in den Schlaf zu weinen, morgens traurig zu erwachen, nur um zu warten, bis es Abend wird, um mich dann wieder in den Schlaf weinen zu können. Ich bin es so leid! Verdammt, das muss und wird aufhören. Dafür werde ich kämpfen.«

»Ich mache uns jetzt mal eine Tasse Kaffee, und dann erzählst du mir haarklein, was los ist.«

Kathrin ließ sich wie ein Häufchen Elend auf einen Stuhl sinken und nickte.

Kurze Zeit später saßen sie beide da mit einer dampfenden Tasse Kaffee mit Milchhaube und einer Dose Kekse.

Und Kathrin begann zu erzählen. Zum ersten Mal beschönigte sie nichts. Gab nicht vor, die strahlende Powerfrau zu sein, die alles im Griff hatte, und in Bezug auf Sex das große Los gezogen zu haben.

Helena hörte betroffen, aber schweigend zu.

Als Kathrin geendet hatte, griff Helena nach ihrer Hand, drückte sie. »Es mag sich jetzt vielleicht altklug anhören, aber eine weise Frau hat mal zu mir gesagt ›wenn die schwarzen Vögel der Traurigkeit schon über deinem Kopf kreisen, dann lass nicht zu, dass sie auch noch beginnen, in deinen Haaren Nester zu bauen‹. Da ist etwas Wahres dran, finde ich. Also, verjage sie, die schwarzen Vögel. Mit anderen Worten: Versuche diesen Kerl zu vergessen, aus deinen Gedanken zu bannen. Wie schwer das ist, musst du mir nicht sagen. Ich weiß es nur zu gut. Aber dies ist jetzt der wichtigste Schritt, der vor dir liegt. Und ich werde dir dabei helfen, wo ich nur kann.«

Kathrins Tränen begannen ungehemmt zu fließen.

Helena sprang auf, nahm sie in den Arm und wiegte sie wie eine Mutter. »Süße, kann ich irgendetwas für dich tun? Irgendetwas?« Sie griff nach der Box mit den Papiertaschentüchern und reichte Kathrin eins.

Kathrin putzte sich geräuschvoll die Nase. Dann griff sie in ihre Hosentasche und zog ein zerknülltes Blatt Papier hervor. »Lies das.« Ihre Stimme bebte. »Ein Brief von Dominik.«

Helena glättete das Papier, setzte sich wieder und begann zu lesen:

Geliebte Kathrin!

Ich habe dich verloren. Dich – das Wichtigste, was ich je hatte. Du gabst dich mir hin, bedingungslos. Und ich nahm dies als Selbstverständlichkeit. Erst jetzt, wo du nicht mehr Teil meines Lebens bist, spüre ich, wie viel du mir bedeutest, wie wenig ich dir, die mir so viel geben konnte, doch zurückgegeben habe. Kathrin, sollte es auch nur eine winzige Chance geben, dass du mir verzeihen kannst, lass es mich wissen. Du bist mein Leben. Mein Herz.

ICH LIEBE DICH.

Dominik

Helena ließ das Blatt sinken.

»Nicht so einfach, die schwarzen Vögel zu vertreiben, wenn man derartige Zeilen bekommt, nicht wahr?«, unterbrach Kathrin das minutenlange Schweigen mit brüchiger Stimme.

»Wahrhaftig nicht.« Helena seufzte. »Du, ich würde dir jetzt so gern etwas Gescheites sagen. Etwas, was dir weiterhilft, dir Denkanstöße gibt und dir den Weg weist. Aber ich weiß ehrlich gesagt nicht, was ich nun denken, geschweige denn sagen soll.«

»Das verstehe ich gut. Ich hatte schließlich den ganzen Vormittag Gelegenheit, mir darüber Gedanken zu machen, und bin selbst auf keine vernünftige Lösung gekommen. Warum muss dieser Kerl es mir auch so schwer machen? Für mich war klar, dass ich ihn komplett aus meinem Leben streiche. Und dann flattert dieser Brief bei mir herein.« Kathrin griff nach einem weiteren Papiertaschentuch. »Ich muss mich dazu zwingen, mich nun in erster Linie um die Geburtstagsfeier meines Geschäftes zu kümmern. Tue ich dies nicht, gerate ich aus dem Ruder. Ich will mich auf mich konzentrieren. Das, was gewesen ist, in Ruhe verarbeiten. Und deshalb beschließe ich nun, diesen Brief ganz unten in die Schublade meines Ladentisches zu verbannen und ihn erst dann wieder hervorzuholen – wenn überhaupt –, wenn die Feier hinter mir liegt und ich wieder zu mir gefunden habe.«

»Bewundernswerte Gedankengänge. Ich hoffe, du weißt, dass Sabina und ich immer für dich da sind!«

»Oh ja, das weiß ich. Und es tut verdammt gut.« Sie wischte die letzten Reste ihrer Tränen fort. »Es wird nicht einfach sein, aber notwenig! Dieser Kerl hat mir meine Würde genommen. Langsam. Schleichend. Unbemerkt. Plötzlich stand ich am Abgrund. Und genau in diesem Augenblick hat er mir den finalen Schubs gegeben. Das kann und will ich nicht ohne weiteres vergessen.« Sie lächelte – zwar kläglich, aber das Lächeln erreichte dennoch ihre Augen. »Und nun lass mich dein Meisterwerk sehen ... den dritten Teil deines Zyklus. Ich bin schon sehr gespannt.«

Kapitel 16

Rafael bahnte sich einen Weg durch die zahlreichen Gäste, peilte die Bar an und bestellte sich ein Glas Champagner. Leicht bekleidete Frauen und Männer, wohlproportionierte Tänzerinnen, flirtende Pärchen, sehnsuchtsvolle Blicke, die ihm folgten – all das nahm er nur am Rande wahr. Wie so oft in der letzten Zeit galt der Fokus seiner Gedanken nur einer einzigen Person.

Eine Person, die er vermisste, sobald sie nicht in seiner Nähe war, deren Duft er auch nach Stunden noch auf seiner Haut wahrnehmen konnte.

Ein Funkeln trat in seine Augen, als er sich ihre Gestalt vor sein inneres Auge rief. Mit Kennerblick hatte er sofort gesehen, dass Marleen eine Frau war, in der ein Feuer brodelte. Ein Feuer, das sie ganz tief unter der Maske der kühlen Geschäftsfrau vergraben hatte und dem sie bisher nicht gestattete, an die Oberfläche zu treten. Er hatte sich vom ersten Augenblick an vorgenommen, dieses Feuer zu entfachen. Hatte alles darangesetzt, ihre Schale zu knacken, und wurde nun damit belohnt, dass der Vulkan in ihrem Innern kurz vor dem Ausbruch stand. Dass sie ihre dunkle Seite zum Vorschein kommen ließ: ihre Lust an der Unterwerfung … die schüchtern in den Raum geworfene devote Ader … noch unsicher … aber stetig wachsend und gierig nach Futter züngelnd.

Sie begann zu fliegen. Sich ihm mit dem Vertrauen hinzugeben, dass er ihr nicht die Flügel stutzen würde, sondern sie den freien Flug lehrte.

Und genau das machte Rafael so glücklich.

Eingehüllt in eine warme Decke aus Zuneigung und ganz viel Leidenschaft, standen sich ihre beiden Seelen und Herzen sehr nah. Tickten im Gleichtakt, trotz der rein äußerlichen Unterschiede, ihr Leben und das Alter betreffend. Er wollte sein Leben mit dieser Frau teilen, sie jede freie Minute um sich wissen. Mit ihr lachen, weinen. Sie lieben und beschützen. Marleen war die Frau, mit der er abends einschlafen und morgens aufwachen wollte.

Ein zärtliches Lächeln umspielte seine Mundwinkel, verwandelte sich schließlich in ein ungläubiges Lachen.

Welche Wandlung innerhalb von ein paar Tagen!

Dabei liebte er es doch, allein zu sein. Die Seele baumeln zu lassen. Sich in seiner Freizeit ohne Kompromisse zurückzulehnen, stundenlang aus dem Fenster zu starren, ohne etwas hören oder sehen zu müssen. Dabei sein Herz in Sicherheit wissend, gute Freunde an der Seite und mit einem festen Ziel vor Augen … einer eigenen Bar. Ein vorhersehbares, sicheres Leben, das er seit seiner Bruchlandung mit Marcel gehütet hatte wie einen Schatz.

Und dann war er Marleen begegnet. Einer Frau, der er sich auf Anhieb nah fühlte. Da war diese Faszination … Magie … das gewisse Etwas. Eine Verbundenheit wie ein unsichtbares Band, dessen ganz spezielle Energie die Luft elektrisieren und funkeln ließ. Sie war wie das fehlende Puzzleteilchen, nach dem er so lange vergebens gesucht, die Hoffnung darauf dann allerdings aufgegeben hatte. Er wollte mit ihr den Alltag leben, die Nachtluft fühlen, Mondstrahlen hinterherjagen, Sterne polieren, die Luft streicheln, sich bei Vollmond nackt mit ihr ins Gras legen und sich vom Mondlicht küssen lassen.

Ihm war allerdings bewusst, dass er bei all den süßen Träumen die Realität nicht vergessen durfte. Die vielen Steinchen, die irgendwo in der Ecke lauerten und nur darauf warteten, sich einem vor die Füße zu rollen. Die Fäden des Lebens, die sich einem so vor die Füße legten, dass man unwillkürlich darüber stolpern musste. Das Leben, was immer dann nicht so läuft, wie man es gerne hätte, – wenn man am wenigsten damit rechnete. Und die Tatsache, dass er Marleen immer noch nicht gesagt hatte, dass er neben seinem Job als Stripper auch noch als Callboy tätig war.

Helena schob sich neben Rafael auf einen Barhocker und bestellte sich eine Piña Colada.

»Musst du heute noch mal auftreten?«

»Ich muss um Mitternacht wieder auf die Bühne.«

Helena spürte, dass er mit den Gedanken weit weg war.

»Na, an was oder, besser gesagt, an *wen* denkst du gerade?«

»Ich weiß nicht, was du meinst.« Er warf ihr einen schelmischen Seitenblick zu, nippte an seinem Champagner und musste dann lachen. »Okay, okay. Du hast mich erwischt. Ja, ich denke mal wieder an eine ganz bestimmte Person. Aber das kennst du ja, nicht wahr? Ich erinnere an deine leuchtenden Augen, mit denen du Leonard gerade eben bei seiner Stripshow verschlungen hast. Und dabei seht ihr euch doch jeden Tag, teilt Tisch und Bett. Ich befinde mich also in bester Gesellschaft, nicht wahr?«

»Stimmt.« Helena erwiderte sein Lachen. »Ich kann mich noch ganz genau an unseren ersten Kuss erinnern. An den Zauber, der mich umgab und von da an nicht mehr losgelassen hat. Bis heute.«

»Ja … der erste Kuss«, Rafael lächelte. »Was ist intimer als ein Kuss? Oder geküsst zu werden? Der erste Kuss beinhaltet meist den Moment, in dem sich entscheidet, ob das

Gegenüber den ›Test‹ besteht oder nicht. Schlägt einem beim Küssen das Herz bis zum Hals, und bleibt das Leben ein wenig stehen, wünscht man sich, dieser Moment möge nie enden. Dieser Moment kann so viel entscheiden. Es kann eine Liebesgeschichte entstehen … oder auch nicht. Ich wünsche mir diese Liebesgeschichte. Sogar sehr!«

»Wenn ich zaubern könnte, ich würde sie dir auf der Stelle herbeizaubern, diese Liebesgeschichte. Und dafür sorgen, dass sie niemals endet. Du hast alles Glück der Welt verdient.«

»Der Herr dankt.« Rafael zwinkerte ihr zu, griff nach ihrer Hand, die auf seinem Arm lag, und deutete einen Handkuss an.

»Sag mal, ist Sarah eigentlich immer noch so verliebt in dich?« Helena wies mit dem Kopf in die Richtung, in der die junge Frau saß. Sie flirtete gerade scheinbar wahnsinnig angeregt mit zwei Gästen, ließ Rafael dabei allerdings kaum aus den Augen.

»Ich fürchte schon.«

»Sie ist sehr hübsch, anmutig und lebendig.«

Rafael nickte. »Wenn man bedenkt, dass Sarah eigentlich genau mein Typ ist, ist es schon verwunderlich, dass sich mein Herz ausgerechnet Marleen ausgesucht hat, die sowohl optisch und auch vom Wesen her das vollkommene Gegenteil ist.«

»Leben ist das, was passiert, während man etwas ganz anders plant.«

»Stimmt genau. Aber genau das macht das Leben ja erst interessant, wenn auch turbulenter.« Rafael orderte neue Drinks. »Tritt Leonard heute noch mal auf?«

»Nein. Wenn er geduscht hat, ist Feierabend.« Sie beugte sich nah zu seinem Ohr, flüsterte: »Der Abend ist also gerettet. Ich habe auch schon eine Idee, wie wir ihn verbringen werden.«

Rafael pfiff leise durch die Zähne, warf ihr ein anzügliches Grinsen zu. »Sollte ich es nachher vergessen, wünsche ich jetzt schon mal viel Vergnügen.«

»Vielen Dank!« Helena hob ihr Glas. »Lass uns anstoßen. Auf das Leben und die Liebe.«

∽✵∾

Verträumt saugte Sarah jede Bewegung, jeden einzelnen Gesichtsausdruck Rafaels in sich auf. Seine feingliedrige Gestalt, das braune Haar, die träumerischen Augen, das edle Profil und die gerade Haltung. Unwillkürlich stellte sie sich vor, wie seine Hände ihr Gesicht liebkosten, weiterwanderten über ihren Hals, ihre Schultern hinunter zu den sanften Rundungen ihrer Brüste.

In ihrer Vorstellung wussten diese Hände ganz genau, was sie zu tun hatten, und allein der Gedanke daran ließ einen wohligen Schauer über ihren Rücken jagen. Sie passte den Moment ab, als Helena sich von Leonard verabschiedete, und gesellte sich zu ihm.

»Erde an Rafael! Erde an Rafael!« Sarahs Stimme riss Rafael aus seinen Gedanken.

»Hi, Sarah.«

»Hi … wie geht es dir?«

»Ich kann nicht klagen.«

»Hmmm … deine Augen strahlen wie lange nicht mehr. Wenn ich es nicht besser wüsste, gäbe es dafür nur eine Erklärung.«

»Wie meinst du das?«

Sarah rückte ein Stückchen näher. »Wenn ich nicht haargenau wüsste, das du dich mit Händen und Füßen dagegen wehrst, jemandem Zutritt zu deinem Herzen zu gewähren, würde ich glatt behaupten, du bist verliebt. Du strahlst so von innen und hast diesen zufriedenen Gesichtsausdruck, den nur Verliebte haben.«

Rafael erwiderte nachdenklich ihren Blick. Dann entschloss er sich zur Aufrichtigkeit. »Und wenn ich es wäre?«

»Was? Verliebt?«

»Genau das.«

»Ist das dein Ernst?«

Er nickte.

»Wer ... ich meine ... wie.« Sie brach ab. »Eine Frau oder ein Mann?«

»Eine Frau. Ich bin ihr durch Zufall begegnet.«

»Wo? Ist es etwas Ernstes ... ich meine, erwidert sie deine Gefühle?«

»Sarah, ich weiß, wie du zu mir stehst. Deshalb möchte ich das Thema nicht vertiefen. Mir war nur wichtig, nicht unaufrichtig zu dir zu sein, wenn du mich schon so direkt auf meine Gefühle ansprichst.«

Sarah räusperte sich. Ein Schleier hatte sich über ihre Augen gelegt, ihnen das Strahlen geraubt und sie in Melancholie gekleidet. Sie fühlte sich, als hätte man ihr gerade den Boden unter den Füßen weggezogen.

Rafael ... IHR Rafael hatte sich verliebt. Dabei wollte er sich doch nie wieder verlieben. Hatte sie selbst aus diesem Grund doch immer auf Abstand gehalten. Und nun tauchte da eine Fremde auf und stahl sein Herz. Einfach so.

Sie versank in trüben Gedanken. Doch dann straffte sie die Schultern, atmete tief durch. Es gelang ihr, ein unbefangenes Lächeln aufzusetzen. »Du kannst mir ruhig von ihr erzählen. Ich habe wirklich kein Problem damit.« Sie stieß diese Worte hastig hervor und fügte »großes Ehrenwort«, hinzu, als sie seinen zweifelnden Blick spürte.

»Rafael, wir sind Freunde. Mehr nicht. Das habe ich in der letzten Zeit kapiert. Ich interessiere mich lediglich als

Freund für dich. Und ich sehe doch, dass du fast platzt vor Emotionen und Gedanken.«

»Soso.« Sie stemmte die Hände in die Hüften, warf ihm einen ungeduldigen Blick zu. »Deine Ironie kannst du dir sparen. Wenn ich sage, dass es so ist, kannst du mir glauben. Oder willst du etwa andeuten, dass ich es mit der Wahrheit nicht so genau nehme?«

»Das habe ich nicht gemeint, und das weißt du auch.«

»Okay, dann werde ich uns jetzt noch etwas zu trinken bestellen. Anschließend suchen wir uns ein gemütliches Plätzchen, und du erzählst mir, wie ihr euch kennen gelernt habt.«

»Bist du dir wirklich sicher?«

»Rafael!«

Er grinste. »Ist ja schon gut. Okay, bis zu meinem Auftritt ist noch etwas Zeit.«

Kapitel 17

Marleen leerte ihre Tasse und füllte sie gleich darauf neu. Am Abend zuvor hatte sie drei Tassen Milch mit Honig getrunken, um endlich einschlafen zu können, und heute Morgen brauchte sie mehrere Tassen Kaffee, um sich wenigstens halbwegs wie ein Mensch zu fühlen. Derartige Hilfsmittel waren normalerweise nicht nötig, doch derzeit war in ihrem Kopf die Hölle los ... die Gedanken rasten ohne Ende. Auch wenn ihr Körper abends sehr müde war, so war ihr Verstand doch wach. Ständig geisterte Rafael durch ihre Gedanken, und brennende Sehnsucht quälte sie, wenn er nicht bei ihr war. Würde es nach ihr gehen, so wären die überflüssigen Stunden, in denen sie sich nicht sahen, schon längst abgeschafft. Aber das Leben bestand nun mal nicht nur aus Luft und Liebe, und so musste sie sich diesem Schicksal beugen. Acht Wochen waren nun seit ihrer ersten Begegnung vergangen. Wochen, die sie wie im Rausch erlebt hatte und in denen er sie bis an die Grenzen ihrer Lust katapultierte.

Hastig trank sie ihre mittlerweile fünfte Tasse Kaffee aus, stellte die leere Tasse in die Spülmaschine. Sie hatte sich viel vorgenommen.

Sie wollte sich endlich um den in den letzten Tagen stark vernachlässigten Haushalt kümmern und das Wohnzimmer streichen. In den vergangenen Tagen hatte sie sich ausschließlich darum bemüht, eine passende Immobilie für Rafael ausfindig zu machen. Und nun, wo sie fündig geworden war, wollte sie sich ihrem eigenen Reich widmen. Sie fühlte sich sehr wohl in ihrer Wohnung, die aus vier hohen Räumen mit Stuckverzierungen, einem hübschen kleinen Wintergarten und einem großzügigen Balkon bestand. In zwei Zimmern waren Kachelöfen eingemauert, die im Winter eine wohlige Wärme abgaben. Die gesamte Wohnung strahlte eine wohltuende Behaglichkeit aus.

Marleen schlüpfte in ein knielanges, längst ausrangiertes Blusenkleid. Auf Unterwäsche verzichtete sie – sie war diesbezüglich auf den Geschmack gekommen, fühlte sich so herrlich frei und auch leicht verrucht.

Die legere Kleidung stimmte sie tatendurstig. Fröhlich vor sich hin summend schob sie die Möbel des Wohnzimmers in die Mitte, deckte den Parkettboden sorgfältig mit Plane und Zeitungspapier ab und klebte Steckdosen, Lichtschalter, Fußbodenleisten und Türrahmen mit Kreppband ab, damit sie später zügig mit dem kleinen Pinsel vorstreichen konnte, ohne aufpassen zu müssen. In Gedanken war sie bei dem nächsten Date mit Rafael. Sie konnte es nicht erwarten, sein Gesicht zu sehen, wenn sie ihm mitteilte, dass sie tatsächlich eine interessante Immobilie für seine zukünftige Bar gefunden hatte.

Sie zog den Farbeimer zu sich und musste laut lachen. Orpheus und Ludmilla lagen in der Diele und beäugten ihr Vorgehen mit kritischem Blick.

»Hey, ihr Süßen. Keine Angst, ich sorge bald wieder für die vertraute Ordnung.« Sie musste lachen, denn selbst Orpheus, der sonst überall mit der Nase dabei war, zog es vor, auf Sicherheitsabstand zu gehen.

Schmunzelnd schaltete sie das Radio ein, nahm einen Schraubenzieher zur Hand und öffnete mit seiner Hilfe den

Farbtopf. Sie hatte sich einen himbeerfarbenen Ton ausgesucht, der zwar gewagt war, aber gut zu ihrem momentanen Lebensgefühl passte und ein perfekter Hintergrund für das Bild »Todsünde« sein würde.

Marleen strich zunächst die Ecken des Zimmers mit Farbe vor. Nach einer kurzen Kaffeepause griff sie zur Malerrolle, tauchte sie in die Farbe, rollte sie mehrmals über das Abstreifgitter, bis nur noch so viel Farbe darauf haftete, dass nichts mehr tropfte.

Sie arbeitete so intensiv, dass die Zeit wie im Flug verging. Erst als sie nagenden Hunger spürte, legte sie die Rolle beiseite, ging in die Küche, um sich eine Tiefkühlpizza in den Ofen zu schieben.

Als sie eine halbe Stunde später zufrieden ihren satten Magen rieb und sich mit neuem Schwung in die Arbeit stürzen wollte, klingelte das Telefon.

»Hallo, schöne Frau. Was machst du?«

»Rafael«, freute sie sich. »Ich versuche meine Wände zu streichen. Es ist aber wohl eher so, dass ich mich streiche.«

»Zu gern würde ich mich an diesem Anblick ergötzen.« Rafaels dunkles Lachen fand seinen Weg zu ihrem Ohr und umschmeichelte von dort ihre Sinne. »Ich komme vorbei. Sofern du nichts dagegen hast.«

»Nein … nein, ganz und gar nicht.« Marleens Herz klopfte zum Zerspringen. »Solltest du es allerdings wagen, mich auszulachen, während ich im Schweiße meines Angesichts den Pinsel schwinge, könnte es sein, dass man meine Rache am nächsten Tag ganz deutlich von deinem Gesicht ablesen kann.«

»Hm, lass mich nachdenken. Du sprichst von einem Knutschfleck? Prima, ich beeile mich. Ich weiß sanfte Bisse durchaus zu schätzen.«

»Oh, ich rede nicht von zärtlichen Spuren.«

»Nicht? Eher befreienden, lustvollen Spuren?«

»Ich meine viel eher die Spuren meiner fünf Finger, die von der Backpfeife herrühren, die du dir, solltest du mich tatsächlich auslachen, einhandeln würdest.«

»Da die Sehnsucht nach dir mein Herz schmerzen lässt, es über und über mit Narben bedeckt, wäre der Abdruck deiner fünf Finger in meinem Gesicht lediglich ein sanftes Streicheln meiner Seele. Hast du ein Fenster in der Nähe?«

»Ja.«

»Was siehst du, wenn du hinausschaust?«

»Einen grauen Himmel, doch einige weiße Wolken lockern ihn auf.«

»Magst du den Himmel so, wie er heute ausschaut?«

»Jeder Himmel hat seinen Reiz, auch dieser. Aber ich verhehle nicht, ich würde mir derzeit mehr Blau darin wünschen.«

»Ich werde auf dem Weg zu dir mit allen Kräften pusten. Vielleicht treibt mein Atem dabei ja die Wolkenbänke auseinander, und ein schüchternes Blau blinzelt dir entgegen. Auf jeden Fall werde ich versuchen, die Wolken zu überreden, warme, kleine Sonnenstrahlen auf deiner Haut tanzen zu lassen. Wenn du ein wohliges Prickeln spürst, so denk an mich. Denn jeder Sonnenstrahl, jedes Blau, welches vom Himmel blitzt, ist ein kleiner Gruß von mir.«

»Das hast du schön gesagt. Und weißt du was? Mein Körper prickelt jetzt schon, denn deine Worte gehen mir unter die Haut.«

»Ich kann es nicht erwarten, mich mit eigenen Augen und Sinnen davon zu überzeugen. Deshalb werde ich mich jetzt von dir verabschieden, um dir ein Stück näher zu kommen. Bis gleich, Prinzessin.«

»Bis gleich.«

Manchmal mutieren nicht nur Songs zu Ohrwürmern,

sondern auch Namen. Bei mir ist es der Name Rafael, der mir ständig durch den Kopf geht. Ach, ich freue mich auf ihn.

Rasch lief sie ins Bad, um ihr Aussehen zu überprüfen. Okay, mit ihrer Kleidung konnte sie nicht trumpfen, aber schließlich arbeitete sie ja auch.

Sie löste ihr Haar, das sie nur flüchtig am Oberkopf zusammengebunden hatte. Weich fiel es auf ihre Schultern, umrahmte ihr erhitztes Gesicht. Ein wenig Mascara, Lipgloss und Puder. Sie beschloss, dass mehr nicht nötig war.

Die unzähligen Farbkleckse, die sich auf ihrem Kleid eingefunden hatten, entlockten ihr ein Lächeln. Sie war stolz auf sich, dass sie das Abenteuer »Wohnzimmerstreichen« selber in Angriff genommen hatte – zum ersten Mal in ihrem Leben.

Voller Motivation griff sie erneut zur Rolle und verpasste der nächsten Bahn einen warmen Farbton.

Das Klingeln der Haustür riss sie aus ihrem Tun. Ein flaues Gefühl im Magen und eine große Portion Vorfreude kämpften in ihrem Körper um Vorherrschaft, und noch ehe sie sich einig werden konnten, stand Rafael auch schon vor ihr – vollbepackt wie ein Weihnachtsmann.

Glücklich empfing sie seine Lippen und rief beim Blick auf die gefüllten Tüten erstaunt: »Du liebe Güte. Was hast du vor?«

»Lass dich überraschen.«

Er trat ein, stellte die Tüten ab und nahm sie in den Arm. »Hallo, Prinzessin.«

Gemeinsam schlenderten sie zur Stätte ihres Wirkens.

»Nicht schlecht. Obwohl es ganz so aussieht, als könntest du etwas Hilfe brauchen.«

»Ach ja?« Sie blickte ihn zärtlich an. »Und du nahst nun als mein Retter in der Not und befreist mich von diesem Zustand?«

»Das ist eine meiner leichtesten Übungen.« Rafael durchschritt den Raum, krempelte die Ärmel seines Hemdes hoch und inspizierte die Malutensilien, die überall verstreut lagen. Dann griff er zur Rolle.

»Moment. Ich gebe dir einen Kittel. Sonst ist dein schneeweißes Hemd anschließend bunt.«

»Blinkern da gerade ein paar mütterliche Instinkte durch?« In seinen Augen tanzten tausend kleine Teufelchen. Ohne den Blick von ihr abzuwenden, legte er die Rolle beiseite und begann die Knöpfe seines Hemdes zu öffnen. Marleen blieb vor Faszination und Überraschung der Mund offen stehen. Gebannt schaute sie zu, wie er sich lasziv bewegte und sein Hemd über die Schultern gleiten ließ. Mit einem verführerischen Augenaufschlag drehte er sich um, präsentierte ihr sein knackiges Gesäß und warf das Hemd mit Schwung auf einen der Sessel, die in der Mitte des Raumes standen. Dabei ließ er seine Hüften kreisen.

Sie hatte sich wieder gefangen, lachte vergnügt auf. Dann begann sie ihn mit lauten Rufen und Klatschen anzufeuern.

»Das haben wir gern«, rief Rafael, verschränkte die Arme vor der Brust und schaute sie gespielt tadelnd an. »Statt Arbeitsmoral finde ich hier ein frivoles Lechzen nach einem sündigen Tanz vor. Ran an die Arbeit – hopp – hopp.«

»Spielverderber.«

»Ich weiß nicht, was du meinst.«

Lachend machten sie sich bei Radiomusik mit guter Laune und viel Elan an die Arbeit. Während Rafael sich um die großen Flächen kümmerte, pinselte Marleen die Ecken und Kanten nach, die sie vorher nicht ganz so genau mit Farbe bedacht hatte. Sie arbeiteten konzentriert, schweigend und hatten es bald geschafft.

»Schön ist es geworden«, freute sie sich. »Vielen Dank für deine Hilfe.«

»Was hast du als Nächstes vor? Ich hoffe, du willst nicht auch noch den Fußboden abschleifen?!«

»Sieht mein Fußboden denn so renovierungsbedürftig aus?«

»Weder noch. Ich bin Pessimist, und für mich gibt es nichts Schlimmeres, als Fußböden abzuschleifen. Ich hasse das unumgängliche Geräusch, das dabei entsteht.«

»Na, da hast du aber Glück, dass ich mit meinem zufrieden bin, wie er ist. Außerdem habe ich jetzt genug von Renovierungsarbeiten. Ich wünsche mir, dass die Farbe bald trocknet, damit ich endlich mein Lieblingsbild aufhängen kann. Ich habe es an dem Tag gekauft, als ich dir aus der Galerie in die Arme gesegelt bin.« Bei ihren Worten durchschritt sie den Raum und zog zwischen den zusammengestellten Möbeln eine Leinwand hervor. »Darf ich vorstellen – das ist ›Todsünde‹, ein Bild, das mir nicht mehr aus dem Kopf ging. Tag für Tag bin ich zur Galerie gegangen und habe es bewundert. Wohlwissend, dass es farblich nicht in meine Wohnung passt. Dennoch musste ich es haben. Ja, und nun bist du Zeuge, wie das Wohnzimmer dem Bild farblich angepasst wurde.«

Interessiert betrachtete Rafael das Bild und gab einen Laut des Erstaunens von sich. »Das Bild ist von Helena«, rief er aus. »Helena Denhoven, erfolgreiche Malerin und Frau meines besten Freundes.«

»Du kennst die Malerin?« Marleen war Feuer und Flamme.

»Sogar sehr gut. Ich hatte sowieso vor, dich Helena und Leonard vorzustellen. Die bisher wichtigsten Menschen in meinem Leben.«

»Sicherlich ein sehr bedeutender Moment. In vielerlei Hinsicht.«

Rafael spürte ihr leichtes Unbehagen. »Ich bin sicher, sie werden dich mögen.«

»Was, wenn sie finden, dass ich viel zu alt für dich bin?«

»Die beiden scheren sich nicht um Konventionen. Im Gegenteil. Mach dir keine Gedanken.«

»Wie lange kennst du die beiden schon?«

»Ich schlage vor, ich mache uns was zu essen, wir setzen uns, und dann beginne ich zu erzählen – einverstanden?«

»Einverstanden.«

Die nächsten Stunden vergingen wie im Flug. Marleen war hingerissen von Rafaels Kochkünsten, lauschte seinen Erzählungen und vertiefte sich interessiert in seinen Gedichtband, den er ihr mitgebracht hatte. Die Freude, die Rafael zeigte, als sie ihm berichtete, dass sie unter Umständen eine geeignete Immobilie für ihn gefunden hatte, rührte sie, bedeutete ihr mehr, als sie es für möglich gehalten hatte. Ausgelassen schmiedeten sie Pläne, und beide konnten es kaum erwarten, den Besichtigungstermin wahrzunehmen. Marleen war es, als würde mit dieser Bar ihr Traum in Erfüllung gehen. Sie ging in ihren Vorstellungen und Ideen förmlich auf und spürte, dass dieser Mann sie nicht nur unsagbar faszinierte und anmachte, sondern längst ihr Herz erobert hatte.

Sie war verliebt. Himmelhoch jauchzend verliebt und hoffte, dass der Kelch des zu Tode betrübten Gegenpols im großen Bogen an ihr vorbeiwandern würde. Mit einem besonderen Glanz in den Augen ließ sie ihre Blicke immer wieder liebevoll über seine Gestalt gleiten. Sie liebte seine Mimik, seine Gestik, sein Lachen, seinen Humor. Alles. Jeder Moment mit ihm war wie ein Geschenk, eine Offenbarung, und ihr war klar, dass ein Leben ohne ihn nur noch grau und leer wäre. Sie atmete die Magie des Augenblicks, die Funken des Glücks. Es lag ein Zauber in der Luft. Angereichert mit Harmonie, Zufriedenheit und zwei Herzen, die im Gleichtakt schlugen …

Fenster und Balkontür standen offen und ließen warme,

weiche Luft herein. Luft, die nach einem Sommerregen roch. Frisch, ein wenig drückend, aber nicht unangenehm. Als die ersten Tropfen fielen, sprang sie auf. »Ich liebe warmen Sommerregen.« Sie lief auf den Balkon, drehte sich um die eigene Achse, warf den Kopf in den Nacken und die Arme gen Himmel.

Regungslos stand Rafael an der Balkontür und schaute ihr fasziniert zu.

Was für eine Frau!

Sie streckte Gesicht und Arme den herabfallenden Tropfen entgegen, die Augen geschlossen, vollkommen in sich versunken.

Bewundernd glitt sein Blick über ihre Gestalt.

Ihr Haar hatte sie aus dem Gesicht gestrichen, regenschwer lag es auf ihrem Rücken. An ihren langen Wimpern hingen Tropfen wie kleine Perlen. Ihr schön geschwungener Mund stand leicht offen, und gelegentlich leckte sie einen Regentropfen von ihrer Oberlippe. Der Regen lief ihr in kleinen Bächen über die geröteten Wangen und ihren Hals. Ihre geöffneten Hände fingen den Regen auf und ließen ihn dann wie ein Rinnsal von den Handflächen über die Arme in die weit auf die Schultern gerutschten Ärmel ihres Kleides laufen.

Seine Augen wanderten langsam zu dem Grübchen unter ihrem Hals. Jeden Zentimeter wollte er in sich aufnehmen. Ihre durchnässte Kleidung überließ in diesem Zustand fast nichts mehr der Fantasie. Deutlich zeichneten sich ihre Brüste ab, der Regen schmiegte den Stoff wie eine zweite Haut an ihre steil nach oben ragenden Brustwarzen. Das Kleid schmiegte sich an ihre Beine, zeichnete die Konturen ihrer Schenkel nach. In Gedanken strich Rafael ihre Silhouette mit den Händen nach, jede Rundung wollte er streicheln, wie es jetzt der Regen tat. Er sehnte sich danach, den Regen von ihren Lippen, ihren Brüsten, ihrer Haut zu küssen. Stundenlang hätte er ihr zuschauen können, doch so plötzlich wie der Regenguss eingesetzt hatte, hörte er auch auf.

Marleen öffnete die Augen, wandte sich ihm zu, registrierte voller Freude, dass er auf sie zukam. Er zog sie an sich. Seine Hände glitten über ihren Hals, streichelten ihr nasses Haar. Umfassten ihre glühenden Wangen, während seine Daumen die Konturen ihrer Lippen nachfuhren.

Sie spürte seinen Atem in ihrem regennassen Gesicht, schloss die Augen.

Sanft liebkosten seine Lippen ihre Lider, die Brauen, Schläfen und ihre Mundwinkel. Sie fühlte diesen Küssen mit all ihren Sinnen nach, verfiel in einen Rausch und spürte, wie sie weiche Knie bekam. Rafaels Zungenspitze fuhr genießerisch ihre Unterlippe entlang. Unwillkürlich öffneten sich ihre Lippen … fast wie von selbst. Marleen genoss das neckende Zungenspiel.

Als sich seine Zähne in ihre Unterlippe bohrten, schrie sie leise auf. Er biss leicht zu, begann an der Stelle zu saugen, ließ los, nur um an anderer Stelle erneut zuzubeißen. Nicht so fest, dass es wehtat, aber doch nahe der Schmerzgrenze.

Sie gab ihre Lippen hin, wie sie sich ihm hingab. Mit geschlossenen Augen, leisen Seufzern und der Gier nach mehr. Ihre Lippen waren weich und willig. Nachgiebig und einladend zugleich.

Langsam, aber stetig schob Rafael sie unter Küssen zurück ins Wohnzimmer und von dort zum Schlafzimmer. Dabei streifte er ihr das nasse Kleid ab und befreite sich selbst von jedem Stückchen Stoff.

Seine Zunge tauchte in ihre Mundhöhle, umkreiste die ihre, forderte sie zum Tanz auf und übernahm die Regie. Ehe sie sich versah, hatte er sie hochgehoben und legte sie aufs Bett. Er zauberte zwei dünne schwarze Seidentücher aus seiner Hose, die vor dem Bett lag, und schlang eines dieser Tücher geschickt um ihr Handgelenk. Ein tiefer Blick in ihre Augen, dann zog er ihren Arm nach oben, um ihn am Kopfteil des Messingbettes zu befestigen. Er hielt ihren Blick fest, als er sich dem zweiten Handgelenk widmete. Ein wilder Schauer lief durch ihren Körper – ein Cocktail aus Lust, Neugier, Unbehagen. Ihre Arme waren jetzt weit gespreizt.

Rafael schwang sich rittlings über sie, hockte sich über ihre Oberschenkel und strich zart wie ein Wimpernschlag über ihren Bauch, ihre Brüste, ihre Schultern und Arme. Ihre Haut reagierte prompt, stellte alle Härchen auf und überzog den größten Teil ihres Körpers mit einer deutlichen Gänsehaut.

Gierig tastete sie nach seinem Schwanz, der verführerisch zwischen seinen Schenkeln herabbaumelte, umfasste ihn.

»Schließ die Augen.« Rafaels Stimme klang fordernd.

Ihre Lider schlossen sich.

Sanft drückte er ihren Oberkörper in die Laken zurück, drehte sie auf die Seite.

Er griff nach dem glänzenden Seidenlaken, steckte es zwischen ihre Schenkel hindurch, umfasste den seidigen Stoff mit einer Hand vor und mit der anderen hinter ihrem Körper und begann ihn langsam vor und zurück zu bewegen.

Marleen atmete scharf ein, als sie den leichten Druck des Seidenlakens zwischen ihren Schenkeln spürte und auch die klebrige Nässe, die zwischen ihren Schamlippen hervorquoll und im Stoff versickerte.

Sie stöhnte, wand sich und fand schließlich in den Rhythmus, den Rafael durch die sinnlichen Bewegungen des Lakens vorgab. Sanft glitt der Stoff an ihren heißen, geschwollenen Lippen entlang.

»Gefällt dir das?«

Nur mit Mühe konnte sie ein »Und wie!« von sich geben.

Mit geschlossenen Augen gab sie sich diesem sinnlichen Treiben hin. Es war ein berauschendes Gefühl, wie die kühle Seide an ihrer Spalte tanzte. Mal zart ... mal hart ... umschmeichelnd ... gleichzeitig aber fordernd. Die Falten des Lakens verschwanden in den feuchten Falten ihres Schoßes, tauchten wieder auf, nur um sich alsbald erneut in ihnen zu versenken.

Marleen begann am ganzen Körper zu zittern. Ihre Finger vergruben sich im Kissen, sie keuchte immer wieder und wünschte sich, dieser Augenblick möge niemals enden. Die geschickt spielerische Weise, mit der Rafael das Laken führte, brachte ihre Nerven zum Vibrieren und lockte Empfindungen in ihr hervor, die ihr Blut zum Kochen brachten.

Ihre Klitoris pochte, und die Wellen des nahenden Orgasmus schlugen mit einer derartigen Wucht über ihr zusammen, dass ihr schwindelig wurde. Voller Vorfreude warf sie sich in die tosende Brandung, wartete auf die finale Welle und stöhnte unwillig auf, als Rafael urplötzlich innehielt.

»Rafael ... bitte!«

»Ich weiß, was du dir ersehnst, Prinzessin. Doch ich bestimme die Regeln. Also hab Geduld.«

Etwas Herausforderndes lag in seiner Stimme, etwas Unbezwingbares, eine Dominanz, die ihr gefiel und ihren Rausch vertiefte. Eine flammende Glut stieg in ihr auf. Eine Glut, die einem Inferno glich, nicht mehr zu löschen war, sondern gierig nach weiterem Futter lechzte.

Er umfasste ihr Gesäß, drehte sie auf den Bauch, spreizte ihre Schenkel und beugte sich schließlich über sie, so dass sein Atem ihren Nacken liebkoste. Er atmete ihren süßen Duft, dann küsste er sich ihren Rücken hinab, hinterließ winzige Bissspuren auf ihrem runden Gesäß und schob ihre Pobacken auseinander. Marleen hielt die Augen geschlossen und wartete voller Ungeduld auf sein weiteres Vorgehen. Sie verfiel in einen Rausch, nichts schien ihr mehr Halt geben zu können, sie war zu allem bereit. Wollte Rafael überall spüren. In sich, auf sich, süß und fordernd. Sie bog ihren Rücken, streckte ihr Hinterteil empor, präsentierte ihm ihre feuchte Möse und konnte es nicht erwarten, von ihm gestürmt zu werden.

Als sie spürte, wie er von hinten durch ihre Schenkel griff, ihre Schamlippen teilte und seinen Atem stoßweise zwischen ihre Schamlippen blies, war es um ihre Beherrschung geschehen. Sie schrie laut auf, bebte am ganzen Körper und präsentierte ihm lasziv kreisend freie Sicht auf die samtene Grotte, in der sich ihre Körpersäfte gesammelt hatten.

»Du willst, dass ich dir gebe, wonach dein hungriger Körper verlangt. Habe ich Recht?«

»Ja.«

Sehnsüchtig streckte sie ihm ihre pralle Klitoris entgegen, die in all der Nässe aufrecht und keck hervorstand. Sein Zeigefinger fand den Weg zu ihr, entfachte das ohnehin schon brennende Feuer, umkreiste die Lustperle, zog sich dann aber wieder zurück.

Dann war sein Finger wieder da, wo sie ihn am liebsten für immer und ewig gespürt hätte. Er umkreiste die Klitoris erneut, tippte sie an und rieb so lange, bis sie immer größer und empfindlicher wurde und Marleen sich wild zu winden begann.

»Ich werde deine Lustknospe zum Blühen bringen, ihren Kelch öffnen und den sinnlichen Duft genießen. Werde ihn mit jedem Atemzug genießen.«

Ihr Körper brannte, bebte. Sie stöhnte laut auf, als Daumen und Zeigefinger neckisch an ihrer Klitoris zogen, sanft über sie hinwegstrichen, nur um sie dann erneut zu zwirbeln. Sie presste sich ihm entgegen. Wild und gierig. Hungrig auf den erlösenden Orgasmus. Doch Rafael zog seine

Finger immer wieder rechtzeitig zurück, sobald er spürte, dass sie kurz davor war zu kommen. Während seine Finger sich geschickt austobten, die rosige feuchte Haut zwischen ihren Schenkeln erkundeten und ihre Klitoris auf Spannung hielten, kümmerten sich seine Lippen und Zähne um ihre sich ihm entgegenstreckenden Pobacken. Heiße Küsse, neckische Bisse und lustvolles Saugen wechselten einander ab.

Marleen stand unter Strom, glaubte zu verglühen und schrie ihre Lust hinaus.

Rafael brachte seine Lippen ganz nah an ihr Ohr, raunte: »So ist es gut, Prinzessin. Ich will, dass du alles rausschreist. Will dich so weit bringen, dass du vor Lust vergehst, deine gesamte Energie in diese Lustschreie legst und nicht mehr weißt, ob es Tag ist oder Nacht.«

Seine Hände wanderten ihre Hüften entlang nach vorn, erreichten ihre Brüste und begannen sich mit den hart aufgerichteten Nippeln zu beschäftigen. Zunächst spielerisch, sanft, neckend, zärtlich. Dann jedoch wurde das Spiel seiner Finger energischer. Sie begannen an ihren Brustwarzen zu ziehen, sie zu drehen, zu drücken und zu reiben.

Seine Zunge liebkoste ihren Nacken. Dann richtete er sich auf, kniete sich hinter sie und bearbeitete ihr Gesäß.

Zunächst waren es lediglich leichte Klapse, die er auf ihren Po gab. Klapse, die gezielt gesetzt wurden und mit jedem Mal an Schlagkraft zunahmen. Marleens Gesäßbacken wippten und bebten unter seiner Hand. Begierig empfing sie seine Schläge, streckte ihm ihr Hinterteil entgegen. Ihre Nerven waren zum Zerreißen gespannt, und sie zuckte leicht zusammen, als der nächste Schlag eine Dimension annahm, der die vorhergegangenen um ein Vielfaches übertraf. Es begann ernsthaft zu schmerzen. Sie stöhnte auf.

Ein weiterer Hieb folgte, diesmal traf es die andere Pobacke. Sie spürte, wie ihre Haut an den Stellen, an denen sie Rafaels Schläge getroffen hatten, zu brennen begann.

Ihr Körper zuckte, als weitere Schläge auf sie niederprasselten. Unermüdlich wurde ihr Gesäß mit Schlägen bedeckt, deren Intensität sich steigerte.

Sie atmete tief durch. Dann ließ sie innerlich los. Ihr Rücken wurde geschmeidig, bog sich zum Hohlkreuz, ihre verkrampfte Haltung schwand. Ihre Augenlider begannen zu flattern, und nach und nach wurde der Schmerz von einem sinnlichen Kribbeln abgelöst, so dass sie es schon bald nicht mehr erwarten konnte, die nächsten Schläge entgegenzunehmen. Von da an war es stets süße Lust, die das Brennen ihrer Haut und den Schmerz der Schläge ablöste – ein faszinierendes Gefühl. Mächtig. Köstlich. Erquickend. Süß. Ein Gefühl, das süchtig machte.

Rafael ergötzte sich an ihren auf und ab tanzenden Gesäßbacken. Zwei pralle Halbmonde, die sich rhythmisch hin und her bewegten. Gerade in einem Tempo, welches ihm erlaubte, lustvolle Blicke dazwischen zu werfen. Blicke, die seine Fantasie anregten und ihn zu weiteren Hieben animierten. Es war ein faszinierender Anblick, wie sie ihm ihr Hinterteil willig entgegenstreckte, damit aufreizend vor seiner Nase herumwackelte und ihm ganz nebenbei noch freien Blick auf ihre nasse Möse gewährte.

Die Lust auf diese Frau überwältigte ihn und unwillkürlich reduzierte er seine Schläge, stellte sie schließlich ganz ein und ließ seine Hände ihren Rücken hinaufgleiten. Er umfasste ihre Schultern, hauchte ihr einen Kuss auf den Rücken, packte sie bei den Hüften, zog sie zu sich heran und rieb seinen Schoß an ihrem Hinterteil.

Marleen spürte seinen harten Schwanz, der sich an ihre Gesäßspalte presste. Er hob sie leicht an und drang schließlich mit einem lustvollen Stöhnen in ihre nasse Möse. Seine

Arme legten sich von hinten um ihren Oberkörper. Während er kraftvoll in sie hineinstieß, tastete er nach ihren Brüsten und begann sie sanft zu kneten. Fordernd drückte er ihren Oberkörper abwärts, bis ihr Gesicht in den Kissen verschwand, vögelte sie kraftvoll durch und genoss den heißen Nektar, der zwischen ihren Schamlippen und seinem pumpenden Schwanz hervorquoll.

Keuchend reckte sie ihr Gesäß noch ein Stückchen weiter himmelwärts. Sie wollte ihn noch tiefer – komplett in sich aufnehmen. Vor ihren Augen tanzten tausend Sterne, und als sich die Muskeln ihrer Vagina wellenförmig zusammenzogen, sich der Rhythmus seiner Stöße und ihre wilden Bewegungen zu einer Symbiose verschmolzen, entlud sich die geballte Lust zwischen ihren Schenkeln wie ein lang ersehntes Gewitter. Es breitete sich von unten heraus in ihrem ganzen Körper aus, schoss heiß durch ihn hindurch und zog sie mit sich.

Sie schrie auf, ließ sich von diesem gewaltigen Gefühl überschwemmen, und genoss die Erschütterung ihres Körpers, der sich wild zuckend davontragen ließ.

Rafael ließ sie kommen. Geduldig und voller Vorfreude. Dann ließ auch er seiner Lust freien Lauf. Seine Stöße wurden wieder heftiger, seine Hände krallten sich in ihren Arsch, und dann pumpte er seinen Saft laut stöhnend in sie hinein.

Kapitel 18

Gutgelaunt machte sich Helena auf den Weg zur gemütlichen Altbauwohnung, die sich Sabina und Kathrin teilten. Das Ritual, sich einmal die Woche zu einem gemeinsamen Frühstück zu treffen, gehörte zu einem lieb gewonnenen Fixpunkt in ihrem Leben.

Die Straßen wirkten friedlich. Die Luft war kühl und frisch, und es duftete nach Sommer. Spatzen hüpften zwitschernd auf dem Gehsteig umher, Amseln präsentierten ihr Morgenlied. Es versprach ein warmer, freundlicher Tag zu werden, denn schon jetzt spannte sich ein strahlend blauer Himmel über die Häuser, Straßen, Wiesen und Bäume.

Sie dachte an Kathrin, ihren Liebeskummer und den Brief, den Dominik ihr geschrieben hatte. Ob sie ihm eine Chance gewährte? Oder blieb sie ihrem Vorsatz treu?

Nun, sie würde es erfahren.

In den letzten Tagen hatte Kathrin häufig rotgeweinte Augen gehabt – auch wenn sie ihre Tränen in Gegenwart anderer tapfer zurückhielt, so war doch unschwer zu erkennen, dass es ihr ziemlich mies ging.

Sprach man sie auf ihr Wohlbefinden an, sagte sie meist: »Das geht vorbei«, und lächelte kläglich.

Helena hoffte sehr, dass sie Recht hatte.

Kurze Zeit später wurde sie mit einem lauten Hallo begrüßt. Wie jede Woche – und so auch heute bog sich der Wohnzimmertisch unter einer Vielzahl an Leckereien. Das gemeinsame Frühstück dehnte sich meist bis in den späten Nachmittag aus und wurde regelrecht zelebriert.

In der Mitte des Tisches stand eine große Kanne Tee, die daneben stehende Thermoskanne enthielt Kaffee und – last, but not least – eine Flasche Prosecco, die sie sich stets gönnten.

Helena ließ sich auf die gemütliche Couch fallen, während Kathrin den Prosecco öffnete, nach drei Sektkelchen griff und sie füllte.

»Auf unsere Freundschaft.« Sie hob ihr Glas.

»Cheers.«

»Auf unser aller Wohl!«

Die Gläser waren rasch geleert, und hungrig machten sie sich über die königlich gedeckte Brunch-Tafel her.

»Sag mal, wie geht es dir eigentlich? Ich meine wegen Dominik.« Herzhaft biss Helena in ein Croissant, ihre Blicke interessiert auf die Freundin gerichtet.

»Schon wesentlich besser; will sagen, sogar sehr gut. Ich habe den Typen abgehakt. Forever.«

»Ich hoffe, du bleibst dabei«, warf Sabina ein. »Dieser Kerl ist niveaulos und egomanisch veranlagt. Und nun macht er einen auf sentimental. Dieser Scheißkerl!«

»Hat er sich noch mal gemeldet?«

Sabina schnaubte wütend auf. »Er ruft ständig an, verlangt nach Kathrin – und wenn ich ihm sage, dass sie ihn nicht sprechen will, wird er entweder frech oder überschüttet mich mit Komplimenten. Wenn du mich fragst, hat er ein massives ›Porzellansyndrom‹ und hat einen gewaltigen Denkzettel verdient.«

Kathrin sagte zur Abwechslung einmal nichts. Sie war froh, dieses Kapitel für sich abgeschlossen zu haben, und konnte ihrer Freundin in jedem einzelnen Punkt absolut zustimmen.

»Porzellansyndrom? Nie gehört.« Helena lachte.

»Das bedeutet so viel wie: einen gewaltigen Sprung in der Schüssel haben. Einmal schickte er sogar einen Blumenstrauß, dazu eine Grußkarte mit den Worten ›Verzeih mir‹. Ich hatte nicht übel Lust, ihm ebenfalls eine Karte zukommen zu lassen mit den Worten ›Verzeih dich‹.«

»Ganz schön hartnäckig. Vielleicht ist es ihm ja wirklich ernst.«

»Selbst wenn«, meldete sich nun auch Kathrin zu Wort. »Das Kapitel Dominik ist bei mir durch. Ich habe ein Faible für S/M, eine devote Ader, und bin wirklich alles andere als zimperlich. Wenn jemand es aber nötig hat, den gesteckten Rahmen zu verlassen, um mir seine Macht außerhalb des Spiels zu demonstrieren, stirbt in mir jegliche Achtung und Faszination. Ich habe mir die Augen ausgeweint und schlaflose Nächte gehabt. Aber damit ist nun endgültig Schluss.«

»Ich muss mir also keine Sorgen machen, dass du rückfällig wirst?«

»Ganz und gar nicht.«

»Sollte ich auch nur ansatzweise etwas Gegenteiliges erkennen, werde ich dazwischenfunken.« Sabinas Augen funkelten.

»Oh, da helfe ich gern. Also überleg dir gut, ob du dich mit uns anlegen willst, liebe Kathrin!«

»Niemals!« Kathrin lachte. »Schön, dass es euch gibt!«

৩৩

»Du willst was?« Sarah riss erschrocken die Augen auf. Ihre Stimme war schrill, ihre Gestik lebhafter als sonst. »Heißt das, du kehrst deinem bisherigen Leben den Rücken?«

Rafael lachte amüsiert auf. »Du tust ja gerade so, als hätte ich vor, auszuwandern oder gar Priester zu werden. Hey, ich rücke meinem Traum ein Riesenstück näher. Genug Grund zur Freude, wie ich meine.«

»Ja … du … ich freue mich ja auch für dich … wirklich! Es ist nur … es kommt so … ich meine, wirst du denn dann gar nicht mehr hier auftreten?«

»Nein. Aber für mich stand schon immer fest, dass ich das alles nur eine begrenzte Zeit mache. Nächsten Mittwoch schauen wir uns das Objekt an. Drück mir die Daumen.«

»Wir?«

»Ja, Marleen und ich. Stell dir vor, wir haben auch schon einen Namen. ›Moonlight‹. Ich werde Mondscheincocktails mixen, für ein nettes Ambiente und Flair sorgen und alle paar Wochen ein sinnliches Dinner organisieren. Schließlich koche ich für mein Leben gern und kann dies dort prima einbringen.«

Sarahs Augen verengten sich. »Und Marleen wird dir dabei Händchen halten, oder wie habe ich mir das vorzustellen?«

»Dein Ton gefällt mir nicht. Du hast also doch ein Problem damit, dass es eine Frau in meinem Leben gibt?! Hätte ich gewusst …«

»Halt … Stopp … Moment«, warf Sarah rasch ein. »Du siehst das vollkommen verkehrt. Natürlich habe ich kein Problem damit. Wieso auch? Wir sind Freunde, mehr nicht. Ich habe mir nur gerade die Frage gestellt, ob sie mittlerweile weiß, das du Callboy bist – auch wenn du es bald die längste Zeit gewesen bist. Wenn nämlich nicht, könnte das über kurz oder lang ein Riesenproblem für dich werden.«

»Ich weiß. Ich habe aber Angst, sie zu verlieren, wenn sie davon erfährt. Und da ich diesen Job definitiv aufgeben werde, stellt sich diese Problematik ja bald nicht mehr.«

»Wie du meinst. Es ist dir ernst, nicht wahr?«

»Die Tatsache, dass ich meinen Traum umsetze?«

»Das mit Marleen.«

»Oh ja. Sogar sehr ernst.«

Sarah unterdrückte die aufsteigenden Tränen, versteckte ihren Kummer ganz tief in ihrem Innern und setzte ein unbefangenes Lächeln auf. »Ich freu mich für dich. Wirklich! Und wenn du mal Hilfe brauchst … oder so … du weißt, wo du mich findest. Ich gebe übrigens eine ganz passable Kellnerin ab.« Sie lachte kurz auf. »Vielleicht brauchst du aber auch eine Tänzerin … ich meine … so zur Untermalung deiner geplanten Dinner-Events oder einfach mal so. Ich stehe jederzeit zur Verfügung!«

»Mal sehen, was die Zeit bringt.« Rafael blickte sie nachdenklich an. Er spürte, dass ihre gute Laune aufgesetzt war, und fragte sich, ob er einen Fehler gemacht hatte …

Kapitel 19

Marleen stand mit gerunzelter Stirn vor ihrem Kleiderschrank und überlegte, was sie anziehen sollte. Sie schob sich eine vorwitzige Strähne, die sich in der kunstvoll gesteckten Hochfrisur einfach nicht bändigen ließ, hinter ihr Ohr. Ihre Augen musterten suchend den gut gefüllten Schrank auf der Suche nach dem passenden Kleid für einen bestimmten Anlass. Nach einigen Fehlgriffen entschloss sie sich schließlich für ein figurbetontes, taubenblaues Cocktailkleid mit Spaghettiträgern, das in der Länge kurz über ihren fein gezeichneten Knöcheln endete.

Perfekt, dachte sie, nahm das Kleid vom Bügel und schlüpfte hinein. Mit einem Lied auf den Lippen tänzelte sie in betonter Eleganz durch den Raum und kramte nach passenden Strümpfen und Schuhen. Dann widmete sie sich ihrem Make-up, bis sie mit ihrem Spiegelbild zufrieden war. Noch ein paar zum Kleid passende Sandaletten, eine transparente Stola, und sie war fertig. Fix und fertig, denn wachsende Unsicherheit und Nervosität machten sich in ihr breit. Sie würde erstmals Rafaels Freunden begegnen und der Malerin, deren Werke sie so sehr bewunderte. Pünktlich um zwanzig Uhr erklang die Türglocke, und ihr Herz machte einen Satz. Mit einer Mischung aus Vorfreude und Nervosität öffnete sie die Tür.

Rafael sah wie immer blendend aus. Er trug eine schwarze Wildlederhose und ein lockeres Seidenhemd mit Leopardenmuster. Lässig stand er im Türrahmen, und sie spürte, wie ihr die Knie weich wurden.

Marleen, dieser Mann hat dein Herz und deine Sinne erobert. Halt ihn fest und lass ihn nie wieder los oder lauf weg. Jetzt sofort.

Sie seufzte und beschloss, wie schon so oft zuvor, nicht davonzulaufen.

»Guten Abend, Prinzessin.« Mit einer galanten Bewegung reichte er ihr seinen Arm und führte sie zu seinem Sportwagen. Als er ihr beim Einsteigen half, kitzelte sie sein warmer Atem angenehm im Nacken und sandte wohlige Schauer durch ihren Körper.

Unruhig sank sie in das weiche Lederpolster. Allein durch seine Anwesenheit füllte Rafael das gesamte Wageninnere auf erotische Weise aus. Unwillkürlich rückte sie näher an die Tür, ganz so, als hätte sie Angst, seine Nähe könnte sie verbrennen. Ihre zitternden Hände schob sie unter ihre Beine, denn schließlich musste er nicht unbedingt mitbekommen, wie nervös sie war. Nervös wegen seiner umwerfenden Präsenz, aber auch aufgrund des Abends, von dem sie nicht wusste, was auf sie zukam.

☙❧

Blumenbouquets in lackierten Schalen säumten den Eingang zu Kathrins Sexshop. Sie erfüllten die Luft mit ihrem zarten Duft und passten farblich wunderbar zu der ausgefahrenen Markise und den Tischdecken, die die kleinen Bistrotische vor dem Shop zierten.

Marleen fühlte sich nicht unwohl. Sie war derartige Gesellschaften beruflich gewöhnt. Dennoch spürte sie leichtes Unbehagen, denn schließlich würde sie auf Rafaels Freunde treffen. Was, wenn diese ihm zuflüsterten, dass sie, Marleen, doch viel zu alt für ihn sei? Wenn sie sie auf Anhieb nicht mochten? Sie schob ihre Hand in die seine und war froh über den beruhigenden Druck, der von ihr ausging.

Eine dezente Beleuchtung sorgte für eine stimmungsvolle Atmosphäre, und die Kellner des Partyservice standen dezent im Hintergrund, bereit, auf den kleinsten Fingerzeig hin zur Stelle zu sein.

Sie blickte sich um. Unzählige Grüppchen hatten sich zu einem Begrüßungssekt zusammengefunden und lachten fröhlich. Ein paar Gäste hatten es sich auf der roten Couch gemütlich gemacht, plauderten angeregt. Die meisten jedoch stöberten in dem reichhaltigen Fundus, den Kathrin zu bieten hatte.

Kathrin ging mit höflicher Miene von Gruppe zu Gruppe, unterhielt sich eine Weile hier, dann dort und schlenderte weiter. Als sie Rafael erblickte, winkte sie ihm freudig zu, hob ihr Glas und eilte einen Moment später zu ihnen.

»Rafael, wie schön dich zu sehen.«

»Hi, Kathrin.« Er umarmte sie kurz, wandte sich dann an Marleen. »Darf ich vorstellen? Das ist Kathrin. Ihr haben wir diese Einladung zu verdanken.«

Freundlich lächelte Kathrin ihr entgegen und reichte ihr mit einer nicht zu überbietenden Eleganz die Hand. »Wie nett, dich endlich kennen zu lernen, Marleen! Ich hoffe, es ist okay, dass ich wie selbstverständlich zum Du übergegangen bin?«

»Keine Ursache.« Marleen lächelte erleichtert. Die erste Hürde war genommen. Ihr gefiel Kathrins offene, unkomplizierte Art.

Mit den lockigen, glänzend schwarzen Haaren, den großen goldbraunen Augen und dem ebenmäßigen Teint war Kathrin das, was man eine wahre Schönheit nennen konnte.

Sie trug ein besticktes weißes Kleid aus feinster Baumwolle, das ihren rassigen Typ gekonnt unterstrich.

»Darf ich euch einen Sekt anbieten?« Sie winkte einem der Kellner zu, schnappte sich zwei Gläser vom Tablett und reichte sie Rafael und Marleen. »Helena und Leonard müssten auch bald kommen. Schaut euch in der Zwischenzeit ein wenig um, und wenn ihr irgendetwas braucht, so wendet euch vertrauensvoll an den vorzüglichen Partyservice. Sorry, aber die Pflicht ruft.« Mit diesen Worten huschte sie davon.

»Toll, wie sie das hier managt. Dabei ging es ihr in den letzten Wochen gar nicht gut.« Nachdenklich blickte Rafael ihr nach.

»Ist was passiert?«

»Liebeskummer. Und das vom Feinsten. Aber das erzähl ich dir ein anderes Mal. Nun führe ich dich erst einmal durch Kathrins heilige Hallen.«

Marleen blickte sich interessiert um. Sie war noch nie in einem Sexshop gewesen und war erstaunt, wie stilvoll und elegant das Ambiente wirkte. Auf den ersten Blick hatte es den Anschein, als würde man einen Beautysalon betreten. Ihr Finger strich über die zarte Seide der Dekostoffe, dann griff sie nach einem weiteren Glas Sekt und stöberte zusammen mit Rafael in den sündigen Dessous. Ein Ständer mit echten Korsetts erregte ihr besonderes Interesse. Die Palette reichte über Lack, weiches Leder, Satin, Samt und hauchzarter Spitze.

Sie fühlte Rafaels Blick auf sich. Ihre Nackenhärchen stellten sich angenehm kribbelnd auf, und sie vermied es, ihn anzuschauen.

»Allein der Gedanke, dich in einem dieser zauberhaften Teile zu sehen, lässt meine Sinne tanzen«, raunte ihr Rafael zu.

Marleen lächelte, schmiegte sich an ihn, als er den Arm um sie legte.

»Und nun, meine Schöne, führe ich dich in den ›Secret Room‹. Ein Raum voller Überraschungen, kleiner Freuden und Artikeln, die das Liebesleben bereichern.«

Kichernd ließ sie sich von ihm in den Nebenraum führen, trank ein weiteres Glas Sekt und fühlte sich herrlich beschwingt.

Auch dieser Raum war mit flauschigen roten Teppichen ausgelegt. Ein riesiger Kronleuchter, der die Raumbeleuchtung tausendfach reflektiere und zurückwarf, zog ihre Blicke magisch an. Die Regale ringsherum waren gefüllt mit Lust spendenden Artikeln, die sie förmlich anzulachen und näher zu locken schienen. Rafael legte seinen Arm um ihre Schultern und schlenderte mit ihr an den Auslagen entlang. Vibratoren, Liebeskugeln, Nippel-Sucker, Vibrationsschwämme, Bondage-Sets, Brustnippel-Sauger, Nippel-Rings, Orgasmusintensivierende Cremes, essbare Dessous, Bodypainting-Schokolade und vieles mehr.

»Double Trouble«, las Rafael grinsend und nahm ein Päckchen mit einem lilafarbenen, etwa 40 cm langen Doppeldildo aus dem Regal. Er las weiter: »*Der Super-Selbstbefriediger zum gleichzeitigen Einführen in Vagina und Anus! Als ob zwei Profi-Liebhaber Sie in die Mitte nehmen und Sie gleichzeitig von vorn & hinten bedienen. Das gleitfreudige Lila-Jelly-Material garantiert gefühlvolles, maximales Eindringen. Dazu herrlich biegsam für jede noch so ausgefallene Sex-Variante – allein oder mit dem Partner!* – Hört sich gut an, was meinst du?«

Marleen hakte sich bei ihm ein, legte ihren Kopf an seine Schulter und nickte. Ihre Neugier wuchs, und gemeinsam mit Rafael ließ sie sich treiben. Aufregung erfasste sie. Eine Aufregung, die sie immer empfand, wenn sich eine neue Tür des Lebens zu öffnen begann. Die Glut in ihr wuchs, der Drang immer weiter zu gehen, zu ergründen, zu erforschen, sich fallen zu lassen, in der Hoffnung und dem gleichzeitigen Wissen, dass Rafael hinter ihr stand, um sie jederzeit aufzufangen. Dieses Wissen war wie eine Droge.

Nur ein kurzer Seitenblick in Richtung Rafael und ihr Herz begann zu trommeln.

Der Rhythmus ihres Herzschlages schien ihr eine Nachricht übermitteln zu wollen, so eindringlich war er.

Ein weiterer Seitenblick, und ihre Augen trafen sich. Ertappt wandte sie sich ab … sah ihn erneut an. Und diesmal hielt sie seinem Blick stand. Ein Blick, der ihr bis auf den Grund der Seele zu dringen schien. Sie erschauerte. Und las in seinen Augen dasselbe Begehren, wie es wohl auch in ihren deutlich zu erkennen war.

Für den Moment vergaßen sie, dass sie nicht alleine waren. Doch der Trubel um sie herum riss sie alsbald aus ihrer kleinen Welt.

Als Rafael sich umblickte, leuchteten seine Augen auf. »Leonard und Helena sind da. Prinzessin, in ein paar Minuten werde ich dir meine besten Freunde vorstellen.«

Marleen wandte sich um, und ihre Augen weiteten sich vor spontaner Bewunderung. Helena, die an der Seite von Leonard, einem hochgewachsenen, hinreißend attraktiven Mann, auf sie zukam, war schlicht eine Offenbarung.

Ihr fiel kein treffenderes Wort für sie ein. Langes honigfarbenes Haar fiel ihr weit über die Schultern. Sie trug ein langes rauchgraues Kleid, farblich passende Sandaletten und eine transparente Stola. Helena war nicht im klassischen Sinne schön zu nennen, dazu war ihr Gesicht zu herzförmig und die Wangenknochen zu wenig ausgeprägt. Aber sie hatte das gewisse Etwas. Leuchtete von innen. War von einer Aura umgeben, die anzog … mit Charisma und Sinnlichkeit.

Marleen blickte zu den anderen Gästen, um zu sehen, ob auch sie so hingerissen waren wie sie. Aber niemand schien besondere Notiz von ihr zu nehmen. Sie vermochte nicht zu sagen, ob ihrer Faszination die Tatsache zugrunde lag, dass Helena die Künstlerin war, die ihr Herzensbild »Todsünde« gemalt hatte. Sie spürte lediglich, dass sie ihr hingerissen entgegensah. Dieser Umstand verwirrte sie, stimmte sie nachdenklich. Nie zuvor hatte eine Frau eine derartige Wirkung auf sie gehabt. Und sie war schon bedeutend attraktiveren Frauen als Helena begegnet. Selbst Leonards elegante Erscheinung verblasste – zumindest aus der Sicht Marleens – neben der Erscheinung seiner Begleiterin.

Die Blicke der anwesenden Frauen folgten Leonard. Verschlangen ihn förmlich und vollkommen offensichtlich. Sie sah dem auffallenden Paar interessiert entgegen. Leonard war – rein vom Typ her – eine markantere Ausgabe von Rafael. Größer, männlicher, kantiger, gelassener, gefährlicher. Sie konnte die Frauen verstehen, die sich den Hals nach ihm verrenkten und sich über die auffällig geschminkten Lippen leckten.

Rafael, Helena und Leonard. Drei sinnliche Menschen und außerdem die besten Freunde. Geballte Ladung Sex und Leidenschaft. Mir wird heiß!

Sie fächerte sich mit der Hand Luft zu und schämte sich für ihre Gedanken und Gefühle, denn sie passten nicht in ihr Leben, zu der Person, die sie eigentlich war.

Was ist mit mir passiert? Hat Rafael einen Zauberbann über mich geworfen, der die alte Marleen verjagt und eine neue, wollüstige Person geschaffen hat?

Sie beobachtete, wie Rafael und Leonard sich mit Handschlag begrüßten. Die Hand, die Helena ihr herzlich reichte, hätte sie fast übersehen, so intensiv war sie mit den ihr so fremden Gefühlen beschäftigt.

»Freut mich, dich kennen zu lernen. Ich bin Helena.«

»Marleen.« Leichte Röte stieg ihr in die Wangen, als sie die Hand ergriff und den Druck erwiderte. Ehe sie sich versah, lag ihre Hand in der von Leonard, während Rafael und Helena sich freundschaftlich umarmten.

Bald darauf standen sie zu viert an einem der Stehtische, Leonard organisierte eine Flasche Sekt, und schon waren sie mitten in einer netten Plauderei.

»Marleen ist übrigens eine große Bewunderin deiner Kunst«, wandte sich Rafael an Helena. »Sie hat dein Bild Todsünde erstanden – und zwar genau an dem Tag, an dem wir uns zum ersten Mal begegnet sind.« Sein intensiver Blick ging Marleen unter die Haut. Sie schloss angenehm berührt die Augen, als Rafael ihr einen Kuss auf die Schläfen hauchte.

»Stimmt. Ich muss dazu sagen, dass es kein Spontankauf war. Wochenlang bin ich um das Bild herumgeschlichen. Täglich. Konnte mich nicht zum Kauf entschließen, weil es farblich so gar nicht in meine Wohnung passte. Tja, und an dem Tag konnte ich dann doch nicht mehr widerstehen.«

»Freut mich.« Helenas Augen leuchteten auf. »Ich verschmelze mit den Farben, den Figuren, die ich male. Bin eins mit ihnen. Und wenn ich ihnen Gestalt und Form gegeben habe, ich sie in die Welt entlasse, ist es jedes Mal ein kleiner Abschied. Ein Stich ins Herz. Umso mehr freut es mein Künstlerherz, wenn meine Werke zu Liebhaberstücken werden.«

»Wenn Helena malt, bin sogar ich abgeschrieben«, schmunzelte Leonard.

»Und das hat wahrhaftig etwas zu bedeuten«, warf Rafael ein. »Das, was die beiden verbindet, ist die wahre große Liebe. Selten zu finden und sehr, sehr kostbar.«

»Eine Liebe, die wir uns mühsam erarbeitet haben«, lachte Helena. An Marleen gewandt, fuhr sie fort. »Wenn ich daran zurückdenke, welche Achterbahnfahrt der Gefühle ich durchlebt habe, bis wir uns zueinander bekannt haben, wird mir heute noch ganz schwindelig.«

Und dann erfuhr Marleen alles darüber, wie Helena und Leonard sich kennen gelernt hatten. Von der Vernissage bis hin zu der abenteuerlichen Vereinbarung, auf die Helena sich eingelassen hatte. Dafür, dass sich Leonard vor ihren Eltern als ihre große Liebe ausgab, hatte sie seiner Forderung – für siebzehn Tage in die Rolle seines ganz persönlichen Callgirls zu schlüpfen – nachgegeben.

Helena und Leonard ließen diese Zeit Revue passieren, schwelgten dabei in Erinnerungen und sorgten gleichzeitig für eine fröhliche Atmosphäre. Eine weitere Flasche Sekt wurde geleert, man redete über Gott und die Welt, und so ganz nebenbei verging die Zeit wie im Flug. Marleen schien es, als würde sie die beiden schon ewig kennen. Als sich später auch noch Sabina dazugesellte, war die Runde fast komplett, denn Kathrin ging voller Eifer in ihrer Rolle als Gastgeberin auf, fand lediglich kurze Momente, in denen sie zu ihnen stieß.

»Liebe Gäste«, ertönte ihre Stimme so laut und deutlich, dass sie die allgemeine Aufmerksamkeit auf sich zog. »Ich freue mich, dass ihr alle so zahlreich erschienen seid, und möchte euch weiterhin viel Spaß wünschen. Ich hoffe, jeder Einzelne fühlt sich wohl. Auf die nächsten fünf Jahre. Gehabt euch wohl und bleibt mir gewogen.«

Sie zwinkerte fröhlich in die Runde und prostete ihren Gästen feierlich zu. Gläser klirrten, wurden geleert und neu gefüllt. Es wurde gelacht, gefachsimpelt und gefeiert. Die Jubiläumsfeier anlässlich des fünften Geburtstages von ›Beauty Secrets‹ war ein rundum gelungenes Event.

Als Kathrin kurze Zeit später drei Staffeleien aus dem Nebenraum ins Zentrum des Geschehens bringen ließ, schauten ihr die Gäste erwartungsvoll entgegen. Den Staffeleien folgten drei verhüllte Leinwände, die in willkürlicher Reihenfolge auf ihnen platziert wurden.

Dann ertönte erneut Kathrins Stimme: »Zur Feier des Tages hat sich meine liebe Freundin, die erfolgreiche Malerin Helena Denhoven, bereit erklärt, erstmals ihre neuen Werke zu präsentieren. Es ist ein Zyklus, den sie ›Träume‹ nennt.«
Sie winkte Helena zu sich.

Gemeinsam enthüllten sie die erste Leinwand, und Helena freute sich über das rege Interesse. Geduldig beantwortete sie diverse Fragen, sagte ein paar Worte zum Bild und zum Gesamt-Zyklus und enthüllte unter allgemeinem Applaus das nächste Bild.

Marleen war begeistert. Sie konnte sich nicht satt sehen an den eingängigen Werken und wartete gespannt auf den dritten und abschließenden Teil des Zyklus. Doch sie musste sich gedulden, denn Helena hatte erneut einige Fragen zu beantworten. Nicht alle Gäste hatten Interesse an den Bildern. Tummelten sich stattdessen lieber im Nebenraum und begutachteten die Sextoys, blätterten in Sexratgebern oder fanden sich vollkommen formlos zu Grüppchen zusammen, um zu plaudern und einen vergnüglichen Abend zu verbringen. Es gab jedoch eine Vielzahl an Anwesenden, die gebannt vor Helenas Werken standen und es sich nicht nehmen ließen, auf Tuchfühlung mit der Malerin und ihren Werken zu gehen.

Auf die Frage, woher Helena ihre Ideen nähme, antwortete sie stets: »Um zu wissen, was man malen will, muss man zu malen anfangen.« Was Erstaunen hervorrief, denn es herrschte größtenteils die Annahme, ein Künstler wisse stets, was er tut, bevor er zur Tat schreitet.

Und dann wurde das dritte Bild gelüftet.

Der linke Teil des Gemäldes war eine Symbiose der beiden

Farbtöne, die die ersten beiden Bilder dominierten – Grün und Violett. Es zeigte die Frau und den Mann, wie sie Hand in Hand durch einen Spiegel in eine andere Welt schritten. Eine Welt, die den rechten Teil des Gemäldes ausmachte und in allen Regenbogenfarben schillerte. Die beiden waren nackt und strahlten eine Erotik aus, die bis in jeden Winkel des Raumes spürbar war.

Helena ließ alle drei Bilder als Einheit auf die interessierten Betrachter wirken und sonnte sich im allgemeinen Zuspruch.

Es war ein vergnüglicher Abend, der um Mitternacht von einem Pärchen, das Bondage-Praktiken präsentierte, gekrönt und somit zum würdigen Abschluss geführt wurde. Am Ende waren nur noch Kathrin, Sabina, Leonard, Helena, Rafael und Marleen übrig. Es wurde eine weitere Flasche Sekt geköpft, man ließ den Abend Revue passieren, und schließlich meldeten auch Sabina und Kathrin eine gewisse Bettschwere an.

Marleen schmiegte sich glücklich in Rafaels Arme, als sie Kathrins Shop verließen.

Seine Frage: »Kommst du heute Nacht mit zu mir?«, zauberte ein zufrieden sattes Lächeln auf ihre Lippen.

Kapitel 20

Das schön renovierte Haus, in dem Helena und Leonard die untere Etage und Rafael – in einer komplett eigenständigen Wohnung – die obere Etage bewohnten, lag in einer ruhigen Gegend des Frankfurter Westends.

Marleen bewunderte die Gartenanlage, die das Haus umgab. Sie war auf mehreren Ebenen stufenartig angelegt und beherbergte einen mit Granit und Basalt gepflasterten Weg, der zum Haus führte. Die vielen blühenden Pflanzen spendeten ein heimeliges Gefühl, und obwohl sie einen gewaltigen Schwips hatte, nahm sie doch wahr, dass alles sehr gepflegt war.

»Wie wäre es mit einem gemeinsamen Schlummertrunk?« Leonard öffnete die Haustür, warf einen fragenden Blick über die Schulter.

Rafael blickte Marleen an, und diese nickte.

Kurze Zeit später betraten sie den großzügigen Wohnraum, machten es sich auf der riesigen Couch bequem und nahmen die Gläser entgegen, die Leonard ihnen reichte.

»Auf einen gelungenen Abend.«

»Auf die Freundschaft.«

»Auf Rafael und Marleen.«

»Auf die Liebe.«

Sie lieferten sich einen Wettstreit der Trinksprüche und

mussten bald darauf auf eine zweite Flasche Sekt ausweichen, da die erste den letzten Tropfen hergegeben hatte.

Der weitere Verlauf der Nacht enthielt Gelächter und Ausgelassenheit. Die Musik spielte laut, die Stimmung war fröhlich – geradezu enthemmt – und die Nacht war warm.

Leonard betätigte den Rasensprenger, sie taten, als würden sie den Wasserfontänen ausweichen, suchten aber insgeheim das kühlende Nass. Es wurde gealbert, gerufen, gelacht und geschrien, dann fand das herrliche Spiel ein Ende, als die Wärme der Nacht von einer stetig wachsenden Kühle abgelöst wurde.

Innerlich erhitzt und gut gelaunt liefen sie durch die breite Flügeltür ins Wohnzimmer. Leonard legte CDs auf, und sie begannen beschwipst ausgelassen zu tanzen. Erhitzt und vollkommen außer Puste ließ sich Marleen neben Helena auf die Couch fallen. »Mir ist heiß.«

»Warte einen Moment, ich denke, ich habe die passende Idee.« Rafael warf ihr eine Kusshand zu. Sein verschlagenes Grinsen und eine entsprechende Kopfbewegung deuteten Leonard an, ihm in die Küche zu folgen, ungeachtet der Tatsache, dass zwei Augenpaare ihnen erstaunt hinterhersahen.

Kurze Zeit später waren die Männer wieder zurück, jeder mit einer kleinen Schüssel voller Eiswürfel. Blicke flogen hin und her, dann stürzten sich Rafael und Leonard auf die beiden Frauen, rissen ihnen die Kleidungsstücke vom Leib und begannen sie mit Eiswürfeln einzureiben.

Schon bald war eine ausgelassene Balgerei im Gang. Kühles Eiswasser rann über nackte Haut und glühende Wangen. Lachen, Rufe und empörte Schreie füllten den Raum.

Marleen und Rafael beendeten schließlich die wilde Toberei und versanken in einem sinnlichen Kuss. Im Gegensatz zu den Eiswürfeln war Rafaels Mund unwahrscheinlich heiß. Marleen stöhnte überrascht auf, schmiegte sich an ihn.

Glühende Hitzewellen schossen durch ihren Schoß, setzten elektrische Ladungen frei, die sich stromstoßartig in ihrem gesamten Körper auszubreiten begannen. Den Kopf so weit in den Nacken gelegt, dass ihr Körper sich zum Hohlkreuz bog, drückte sie ihm ihre Brüste entgegen, zog ihn neben sich auf das breite Polster.

Aus dem Augenwinkel konnte sie beobachten, wie auch Helena und Leonard ihre Energien von Balgerei auf Zärtlichkeiten verlagert hatten.

Die Lippen fest auf die von Helena gepresst, schob sich Leonards Hand zwischen ihre Schenkel. Helena stieß hörbar die Luft aus, als sie mit der Kälte seiner Finger in ihrem Schoß konfrontiert wurde. Einer Kälte, die daher rührte, dass er nach wie vor zwei Eiswürfel in der Hand hielt. Er schob sie zwischen ihre glühenden Schamlippen, in denen sich ihre Feuchtigkeit mit dem schlüpfrigen Lustsaft Helenas vermischte. Er griff nach einem weiteren Eiswürfel, legte ihn ebenfalls zwischen ihre Schamlippen, drückte diesmal jedoch nach, so dass er in den Tiefen ihrer Vagina verschwand.

Helena zuckte zusammen, spürte, wie der Würfel in ihr zu schmelzen begann, sich das Schmelzwasser langsam, aber sicher einen Weg nach draußen suchte und an ihren Schenkeln hinablief.

Rafael begann sich währenddessen intensiv mit Marleens Gesäßbacken zu beschäftigen. Sie drehte sich auf die Seite, um seinen Zärtlichkeiten mehr Raum zu geben, genoss die kleinen Küsse und zärtlichen Bisse, mit denen er ihr Hinterteil übersäte. Leise stöhnend streckte sie ihm ihre Rückansicht entgegen, schmolz unter seinen Liebkosungen dahin und beobachtete Helena, die sich, nur ein paar Zentimeter entfernt, lasziv unter Leonards Berührungen wand.

Sie verspürte den Drang, ihre Hand auszustrecken, um die

runden Brüste Helenas mitsamt den keck aufgerichteten rosigen Spitzen zu berühren. Das volle Fleisch dieser beiden Hügel zu umfassen und dabei die feucht schimmernde Haut unter ihren Fingerspitzen zu ertasten.

Leonards Kopf verschwand zwischen Helenas bebenden Schenkeln, grub sich in ihren Schoß. Helena wandte sie sich leicht nach rechts, begegnete Marleens hungrigem Blick und streckte ihre Hand aus. Zart berührte sie die zitternde Unterlippe der anderen, ihre Wange und ihr Kinn.

Marleen keuchte auf, als sie Helenas Hände spürte, die so sanft und doch so verlangend waren. Gleichzeitig genoss sie Rafaels Berührungen. Wie selbstvergessen streichelte er ihren Rücken, massierte ihre Schulterblätter, zeichnete mit dem Zeigefinger die Umrisse ihrer Rückenwirbel nach und den Übergang zu ihrem Gesäß. Sie genoss die stille Liebkosung, rekelte sich und näherte sich Helenas verführerisch glänzenden Lippen, die ihr auf halbem Weg entgegenkamen.

Marleen nahm die Süße von Helenas Lippen auf, kostete von ihnen wie von einem exquisiten Dessert. Sie spürte, wie Helenas Körper unter Leonards Zunge, die sie wild leckte, unregelmäßig zu zucken begann, wie ihre Geilheit dadurch wuchs.

Leonard nahm die köstliche Feuchtigkeit ihres Schoßes gierig in sich auf. Seine Zunge fuhr an der feucht glitzernden Spalte entlang, trennte die im Saft stehenden Schamlippen und folgte der Spur der kleinen Schamlippen zur Klitoris, über die er sich wild hermachte. Wollüstiges Stöhnen belohnte ihn, entfachte seine Lust.

Helenas Finger berührten die empfindsamen Nippel Marleens, fuhren immer wieder über die aufgerichteten kleinen Knospen, die sich den Händen entgegendrängten und erwartungsvoll abstanden.

Sie nahm Marleens Warzen zwischen Daumen und Zeigefinger, rieb sie leicht und hauchzart, so dass Marleens Körper vibrierte. Es war eine delikate Berührung, von zarten, femininen Fingern, die kundig ihren Weg suchten und schließlich eine Saite zupften, die Marleen vor Lust und Neugier vibrieren ließ. Helenas volle Lippen bewegten sich mit äußerster Sanftheit über die ihren, während ihre Hände – gemeinsam mit denen von Rafael – synchron und in vollkommener Symbiose ihre erwartungsvoll aufgerichteten Brüste streichelten.

Marleen genoss den Tanz der vier Hände auf ihren Brüsten. Die vorsichtig tastenden Berührungen Helenas und die wesentlich forscheren von Rafael, der seine Arme von hinten um ihren Oberkörper geschlungen hatte.

Sie schloss für einen Moment die Augen, dann schickte sie auch ihre Finger auf Entdeckungstour. Über Arme und Schultern Helenas, weiter hinab zu ihren Brüsten. Zaghaft, zögerlich, aber dennoch gierig. Sie streichelte die weiche Haut, tippte die rosigen Brustspitzen an und seufzte leise auf, als sie nicht nur sah, sondern auch deutlich spürte, wie diese sich hart zusammenzuziehen begannen. Ihre Berührungen wurden fordernder. Daumen und Zeigefinger rieben die Nippel und schickten Stromstöße in Helenas Unterleib.

Leonard barg sein Gesicht nach wie vor in Helenas Schoß. Durstig kostete er ihren Nektar, begann ihre Lusttropfen zunächst spielerisch und zaghaft mit seiner Zunge zu erhaschen, bis er sein Gesicht letztendlich in ihrer nassen Möse versenkte. Helena wand und drehte sich, ihr Stöhnen wurde lauter und sehnsuchtsvoller. Verzückt schlang sie ihre Beine um ihren Verführer und bewegte ihre Hüften rhythmisch, um seine sinnliche Zunge zum intensiveren Eindringen zu ermutigen.

Marleen beugte sich über Helena, bekam nicht genug von ihren köstlichen Lippen. Diese Position kam Rafael wie gerufen. Ihr schlanker Rücken und ihr pralles Gesäß präsentierten sich ihm auf so uneingeschränkte Weise, dass er begann, kleine Klapse auf ihre Pobacken zu setzen.

Während Marleen sich ausgiebig mit Helenas Brüsten beschäftigte und ihre Lippen nicht vom Mund der anderen loseisen konnte, streckte sie Rafael ihr Hinterteil auffordernd entgegen. Rasch zog er sich aus, umfasste ihre Hüften, dann glitt sein Schwanz in ihre nasse Möse. Er bewegte sich mit gleichmäßigem Takt, kraftvoll und unermüdlich. Sie spürte, wie ihr Nektar heiß aus ihr hervorquoll, während Rafael sie fest von hinten nahm. Ihre Vagina schloss sich eng um seinen harten Schwanz, nahm ihn tief in sich auf.

Helenas Lippen, Brüste, ihre sinnlichen Berührungen … Rafaels Stöße, seine fordernden Hände und sein heißer Atem in ihrem Nacken … versetzten sie in einen Rausch, der ihr den Atem nahm.

Das, was Leonard sah, als er aus den Tiefen von Helenas Schoß auftauchte, zauberte einen zufriedenen Glanz in seine Augen, fachte seine Lust an.

Während Rafael Marleen von hinten vögelte, bekamen die Frauen nicht genug voneinander. Ein erotisches Bild, das ihn magisch anzog. Rasch entledigte auch er sich seiner Kleidung.

Helena erbebte.

Ihre Hand griff nach Leonards Schwanz, glitt an ihm auf und ab. Sie genoss seine pochende Hitze in ihrer Handfläche.

Als sie seine Hoden liebkoste, zuckte Leonard erregt zusammen. Sie wusste, dass dies seine erogene Zone war, und labte sich an seiner wachsenden Geilheit, seinem unregelmäßigen Atem und dem hungrigen Zucken seines besten Stückes.

Gierig schob er Helenas Schenkel auseinander und rieb

seinen harten Schwanz wie Einlass fordernd an ihrer feuchten Spalte. Sie schob sich ihm entgegen, dann spürte sie, wie sein Penis langsam in ihre feuchte Tiefe glitt und kontrolliert zustieß.

Seine Hüften bewegten sich rhythmisch auf und ab. Und dann waren sie da, die Wellen, die einen Orgasmus einleiteten und ihren Körper durchschüttelten. Helena schloss die Augen, küsste Marleens Hals und umfasste deren herabbaumelnde Brüste.

Und dann kam es auch Leonard. Mit einer Gewalt, die Helena ebenso ergriff und sie in einen weiteren Orgasmus trug, obwohl die Wellen des ersten noch nicht abgeklungen waren.

Helenas zuckender Körper und Rafaels Stöße heizten Marleen ein.

Rafael füllte sie komplett aus, vögelte sie mit langsamen, aber heftigen Stößen.

Sie keuchte vor Lust und spürte, wie er allmählich die Kontrolle über seinen Körper verlor. Und während Rafael sich in einen tiefen Orgasmus fallen ließ, kam es ihr ebenfalls. Sie ließ sich in ein Meer aus Sternen fallen, schrie ihre Lust heraus und krallte ihre Hände in Helenas Brüste.

ဪ

Als Marleen erwachte, roch sie Zimt und Koriander – irgendwo musste ein Duftöl brennen. Sie hörte leise klassische Musik und erkannte Strawinskys »Le Sacre du Printemps« wieder. Die Luft knisterte, als sie Helenas Blick begegnete.

Helena lächelte, tauschte einen Blick mit Rafael und erhob sich. Kurze Zeit später kam sie mit einem Paar Handschellen und einer Augenbinde zurück.

Rafael erhob sich, ergriff Marleens Hand und zog sie zu

sich hoch. Während Leonard ihr die Handschellen vor ihrem Körper anlegte, zog Rafael sie dicht zu sich heran. Ihr nacktes Gesäß schmiegte sich an seine Lenden, ihr zurückgelehnter Kopf ruhte in der Beuge zwischen seinem Hals und seiner Schulter. Rafaels Lippen streiften ihr Ohr, sein Atem verursachte ihr eine Gänsehaut.

Helenas Blicke streichelten ihren Körper, dann begann sie, Marleen die Augen zu verbinden.

Marleen erbebte. Sie spürte Rafaels festen Griff, seinen Schwanz, der sich langsam, aber sicher mit Blut füllte, Helenas Hände, die sie streichelten, sanft über ihre Haut tanzten, und Leonards Lippen, die ihre Waden liebkosten.

Eine unglaubliche Stille legte sich wie ein Mantel um Marleens Sinne. Kein Ton, kein Geräusch drang zu ihrem Ohr. Ein Hoch für die Sinne, die nur ahnen, spüren, Fragmente aufnehmen konnten. Sie genoss diese wunderbare und urplötzliche Dunkelheit.

Dann spürte sie den Rand eines Glases, das an ihre Lippen gehalten wurde, öffnete den Mund, und im selben Moment schmeckte sie bereits den ersten Tropfen des lieblichen Weines auf der Zunge und empfand die wohltuende Wärme, die er in ihrem Bauch hinterließ. Sie trank gierig, nahm jeden Tropfen genüsslich in sich auf. Als das Glas weggenommen wurde, seufzte sie leise auf.

Die Zunge, die vorwitzig über ihre Lippen strich, brachte sie zum Lächeln. Wem gehörte sie? Und wer blies ihr diesen herrlich kühlen Atem in den Nacken? Sie gurrte vor Wohlbehagen.

Drei Paar Hände glitten über ihren nackten Körper, bescherten ihr einen Schauer nach dem anderen. Zusammen mit dem angenehmen Gefühl, das der Alkohol in ihr hinterlassen hatte, ergab dies ein Hochgefühl … ein Feuerwerk der Sinnlichkeit.

Sie schnappte nach Luft, als ihre Brustwarzen gezwirbelt wurden, hörte leises Flüstern. Es wurde leicht daran gezogen, dann spürte sie eine Zungenspitze, die sich zart wie eine Feder auf die empfindliche Spitze legte, sie umkreiste. Die Kühle der Zunge tat gut, denn durch das Zwirbeln war ihre Knospe pochend heiß. Der Alkohol ließ sie intensiver fühlen, sie stöhnte auf, und wieder hörte sie das leise Flüstern, als sich Fingernägel in ihre Brust gruben.

Sie konnte sich die Spuren, die dabei hinterlassen wurden, genau vorstellen. Und dass sie sie nicht sehen konnte, verstärkte ihre Lust. Es war der Reiz des Ungewissen, der sie anmachte, sie gleichzeitig frieren und schwitzen ließ. Ihr Körper vibrierte. Mir zitternden Knien spürte sie, wie eine Hand zielstrebig zwischen ihre Schenkel glitt, die Finger ihre Schamlippen teilten und ohne Probleme in sie eintauchten, während andere Hände sich ausreichend um ihre Gesäßbacken kümmerten, sie massierten, teilten und wieder zusammenschnellen ließen.

Kundige Finger erforschten jeden Millimeter ihres Körpers. Prickelnd, erotisch, heiß und verführerisch. Marleen genoss jede Sekunde, sehnte sich mit brennendem Verlangen nach jeder noch so winzigen Berührung und seufzte wohlig.

Leises Kettengeklimper drang an ihr Ohr. Kalt berührte der Stahl einer feingliedrigen Kette ihre mittlerweile heiße Haut. Stille, Flüstern, leises Lachen. Dann wurden ihre Brustwarzen mit Klemmen versehen, und mit ebendieser Kette verbunden. Jemand zog daran, zog sie nach vorn und sie wusste nicht, ob sie noch stehen bleiben wollte, um den Schmerz auszukosten, oder ob sie sich nach vorn beugen sollte, um den Druck zu mildern.

Ein Klaps auf ihr Hinterteil, eine Hand, die sie leicht nach vorn drückte, und willig folgte sie dem Zug der Kette, die daraufhin kürzer genommen wurde, sie zu Boden zog, bis sie kniete. Verführerische Lippen bewegten sich mit äußerster Sanftheit über die ihren, während sich warme Hände über ihre erwartungsvoll aufgerichteten Brüste legten und mit den Klemmen spielten.

»Gefällt dir das?«, flüsterte ihr Helena ins Ohr, ließ ihre Zunge über ihren Hals und weiter hinabgleiten, wobei sie eine feuchte Spur hinterließ, die von federleichtem Atem trocken gepustet wurde.

Eine Hand in ihrem Nacken drückte sie tiefer, eine andere glitt zwischen ihre Schenkel, drückte diese auseinander. Marleen kniete nun mit gespreizten Beinen, ihre Wange lag dicht auf dem Boden, und ihr Gesäß reckte sich automatisch hoch in die Luft. Eine Hand bewegte sich so weit an ihrer Wade aufwärts, bis sie an der Innenseite ihres Oberschenkels angekommen war, berührte für den Hauch einer Sekunde die feuchten Schamlippen und verschwand.

Marleen keuchte, wackelte mit ihrem Hinterteil in der Hoffnung, so zu weiteren Liebkosungen animieren zu können. Für einen kaum wahrnehmbaren Moment ruhte eine Fingerspitze auf der Spitze ihrer Klitoris, zog sich aber sofort wieder zurück. Doch dieser Augenblick reichte aus, sie vor Lust erzittern zu lassen. Ihre Klitoris pulsierte, gierte nach mehr. Doch es geschah nichts. Rein gar nichts. Quälende Leere und eine plötzliche Stille umgaben sie.

War da überhaupt noch jemand? Oder hatten sie sich davongeschlichen?

Sie öffnete den Mund, wollte ihre Frage gerade verbalisieren, da merkte sie, wie sich jemand vor sie stellte – ein Fuß links, der andere rechts von ihrem Kopf – sich vorbeugte und seine Hand klatschend auf ihr Hinterteil niedersausen ließ. Mit rhythmischen Schlägen wurde ihre Haut angewärmt. Marleen genoss jeden einzelnen Hieb, die Wärme, die sich in ihr ausbreitete. Währenddessen strichen zwei

Paar Hände über ihre heiße Haut, eine Zunge folgte der Spur der Hände. Sie stöhne leise, versuchte sich aufzurichten, doch die Hand in ihrem Nacken drückte sie wieder hinunter.

Das Geräusch eines Streichholzes ... Wärme ... tropfendes Wachs. Die Wachstropfen trafen ihre Haut. Heiß, prickelnd und schmerzhaft. Sie riss den Kopf hoch, stöhnte laut auf. Ein wahrer Wachsregen prasselte auf ihre Gesäßbacken nieder. Jemand zog an der Kette, so dass die Nippel lang gezogen wurden. Sie schrie leise auf. Wachstropfen um Wachstropfen landete auf ihrer Haut. Sie erbebte, spürte, wie es auf ihrer Haut brannte.

Aus Schmerz wurde Lust, und so dauerte es nicht lange, dass sie die Tropfen herbeisehnte, es nicht mehr erwarten konnte, bis das heiße Wachs ihren Körper traf, dort abkühlte und schließlich fest wurde.

»Mehr ... bitte ... mehr ...«, flüsterte sie. Und sie bekam mehr. Viel mehr.

Während unzählige Wachstropfen sich in ihre Haut brannten, zu kleinen Lachen formatierten, presste sich von hinten ein heißer Schoß gegen ihr emporgerecktes Hinterteil, rieb sich an ihr.

Ihr Schoß passte sich harmonisch diesen verführerischen Bewegungen an. Sie spürte, wie sich ein prachtvoller Schwanz langsam in ihre feuchte Tiefe drängte, wie er kontrolliert zustieß, während sich kühle Hände fordernd in ihre Hüften krallten. Sie wurde kraftvoll gevögelt, der nahenden Erleichterung entgegengetrieben, die sich süß und köstlich ankündigte. Gerade als ein weiterer Schwall Wachstropfen auf sie niederregnete, diesmal auf ihre bebenden Schultern, war sie da, die Explosion, die sie heiser aufschreien ließ. Ein feuriger Orgasmus schüttelte ihren Körper, verbündete sich mit dem heißen Saft, der in sie hineingepumpt wurde, und mit dem leisen Stöhnen des Mannes, der sie gerade genommen hatte.

War es Rafael oder Leonard? Egal! Auf jeden Fall war es ein genialer Ritt, dessen wunderbare Süße sie nicht durch unnötige Gedanken trüben wollte.

Kerzen wurden ausgepustet. Schwefelgeruch breitete sich im Raum aus. Marleens Gesäß brannte, glühte, prickelte. Sie spürte, wie die Spannung der Kette nachließ, wie ihr jemand die Augenbinde abnahm, und ließ es gern geschehen, als Helena ihren Kopf in ihrem Schoß barg und sanft durch ihr Haar strich.

ↁↂ

»Ich mag sie, diese Sommernächte.« Helena ging zu Marleen, die in eine Wolldecke gehüllt im Garten saß. »Auch wenn ich im Grunde meines Herzens ein Herbstkind bin.«

»Ein Herbstkind?«

»In meinem Herzen auf jeden Fall. Ich bin zwar im Frühjahr geboren, aber mein Herz gehört dem bunten Herbst … Indian Summer. Alles ist in ein rot goldenes Licht getaucht, und die Zugvögel spielen ›wir-sind-eine-große-schwarze-Wolke‹. Herrlich! Ich liebe den Geruch, der zu dieser Jahreszeit in der Luft liegt. Dann, wenn die meisten Leute träge werden, weil es früher dunkel wird, werde ich aktiv. Spüre ein inneres Aufatmen, bin mir näher als im Sommer, wo alles auf den Beinen ist. Sehen und gesehen werden. Grell. Laut. Meist hektisch.«

»Ich hingegen bin dann wohl eher ein Sommerkind. Sehne in der dunklen Jahrszeit regelmäßig den Sommer herbei. Mit seinen langen Abenden und wärmenden Sonnenstrahlen.«

»Mir sind die Herbst-Sonnenstrahlen lieber. Wenn sie wie ein Skalpell durch die trockene, kühle Herbstluft stoßen und die Blätter bunt aufblitzen lassen. Und so schön Sommernächte auch sein mögen, so freue ich mich jedes Jahr wie eine Schneekönigin auf die frühe Dunkelheit, bei der ich es mir zu Hause mit unzähligen Kerzen gemütlich mache. Auch der Wind, der einem ins Gesicht weht und dabei jede einzelne Pore durchpustet, hinterlässt ein zauberhaftes reines Gefühl.«

»Oje! Die Zeit, in der es nicht mehr lange dauert, bis sich Eiskristalle an den Fenstern bilden, und die Nutzung des Autos nur durch Freischaufeln und Fensterkratzen verbunden ist? Ich wünsche sie mir jedes Jahr weit weg!«

»Und ich sehne diese Zeit herbei. Man riecht förmlich, dass die Adventszeit naht und weiß, Weihnachten ist nicht mehr weit. Die ›dunkle Jahreszeit‹, die vielen zu lang erscheint. All meine Zuneigung steckt in dieser Zeit der Ruhe und Besinnlichkeit. Gemütlichkeit. Tief schürfende Gespräche fernab von den lebhaften Sommeraktivitäten. Die Hektik schwindet – die Leichtigkeit hat sich versteckt. Der Herbst ist wie ein purpurner Mantel aus Samt, der einen umhüllt. Sich einkuscheln und ganz nah bei sich sein. Man muss die Nähe zu sich – dem wahrhaftigen Ich – allerdings ertragen können. Wie leicht kann man dem, was tatsächlich ist, doch entfliehen. Bis hin zum Selbstbetrug. Dies gelingt im Sommer leichter als in der dunklen Jahreszeit.«

Helena seufzte zufrieden, streckte ihre Beine genüsslich aus und berührte dabei versehentlich die Beine Marleens. Wie von einer Tarantel gestochen, zog diese ihre Beine ruckartig zurück, hätte dabei fast den Korbsessel, in dem sie saß, zu Fall gebracht.

Helenas Blicken wich sie aus.

»Alles okay?«

Ein unsicherer Blick, ein zaghaftes Lächeln, dann zuckte Marleen mit den Schultern. Helenas aufrichtiger Blick, ihr warmes Lächeln brachen jedoch den Damm in ihr. »Ich habe noch nie ... ich meine ... das war nicht ich. Ich habe eine Frau ... dich ... geküsst. Angefasst. Mich berühren lassen. Habe Sex mit euch gehabt.«

»Und nun schämst du dich?«

»Ja.«

»Vor mir? Vor Leonard? Vor dir? Vor Rafael? Oder vor deinen Prinzipien?«

»Ich weiß es nicht. Allgemein. Vor allem und jedem.«

»So erging es mir auch ... beim ersten Mal.«

»Macht ihr das öfter ... ich meine Gruppensex?«

»Nein. Es hat sich heute Nacht so ergeben. Und ich nehme es als wundervolles Geschenk und Abschluss für einen Abend, an dem einfach alles passte. Ich kann mich aber noch sehr gut daran erinnern, wie es mir erging. Beim ersten Mal.«

»Wann war das? Und mit wem?«

»Es war zu der Zeit, als ich auf Leonards Deal einging.« Helena begann zu erzählen.

»Gleich mit zwei Frauen? Hast du dich danach auch gefragt, ob deine sexuelle Ausrichtung gerade Kapriolen dreht, oder ob eine gewisse Bisexualität unbemerkt in jedem schlummert?« Sie atmete hörbar aus. »Ich stehe auf Männer. Sex mit Frauen war nie ein Thema für mich. Und nun ... ich meine ... ich habe es genossen. Wie passt das zusammen?«

»Eine Erklärung dafür habe ich nicht. Ich habe aber begonnen, mich mit der Literatur zu diesem Thema zu beschäftigen. Viele Wissenschaftler und Psychologen arbeiten mit der Hypothese, dass alle Menschen mehr oder weniger bisexuell veranlagt sind und ihre sexuelle Orientierung im Laufe ihres Lebens erst entwickeln – in die eine oder andere Richtung. Oder eben in beide. Sex mit beiden Geschlechtern gab es bereits in den alten Kulturen. Für die alten Griechen und Römer war es noch eine Selbstverständlichkeit, dass

Männer sowohl für männliche als auch für weibliche Reize empfänglich waren. Es wurde eine siebenteilige Skala eingeführt, die von ausschließlich heterosexuellem Verhalten mit der Ziffer 0 bis zu ausschließlich homosexuellem Verhalten mit der Ziffer 6 reichte. Wer nach dieser Skala eine Drei bekam, wurde bereits als bisexuell, wer eine Fünf bekam, wurde als ein kleines bisschen bi eingestuft. Keine verlässlichen Prognosen für die Zukunft, denn wer bis gestern ›schwul‹ war, kann schon morgen seine Traumfrau treffen. Der glücklich verheiratete Ehemann kann als Rentner entdecken, wie verführerisch Männer sein können – ohne dass ihn Frauen dann kalt lassen müssen.«

»In der Theorie hört sich das alles einleuchtend und okay an. Ich selbst allerdings fühle mich gerade im Niemandsland.«

»Das vergeht.«

»Meinst du?«

»Ich weiß es. Ebenso, wie die Unsicherheiten vergehen, die uns in der Pubertät heimsuchten.« Helena lachte. »Meine Eltern haben mich nicht aufgeklärt. Stattdessen habe ich die Dr. Sommer-Seiten der ›Bravo‹ inhaliert. Fremde Welten entdeckt – wohlgemerkt in der Theorie – und mich dabei gefühlt, als wäre ich ein Lebewesen von einem anderen Stern.«

»Genauso fühle ich mich jetzt.« Marleens Miene war düster, erhellte sich aber bei ihren weiteren Worten. »Ich gestehe, auch ich habe ›Bravo‹ gelesen! Ich war, wie du, ganz besonders auf die Ecke von Dr. Sommer neugierig, die immer wieder darüber aufklärte, dass man vom Küssen nicht schwanger werden kann. Das alles wurde damals todernst mit offenem Mund studiert und in den Pausen heimlich ausgetauscht.«

»Ja, genau! Ich habe damals sogar einen Leserbrief geschrieben. Natürlich unter falschem Namen, damit keiner ahnt, dass ich es war.«

Marleen fiel in ihr Lachen ein. »Im Ernst?«

»Oh ja. Und ich habe sogar Antwort bekommen auf meine Frage, wie man sich verhalten soll, wenn ein Junge mehr als einen Kuss will – nämlich Petting.«

Die folgende Stunde war ein Potpourri aus Erinnerungen an die Pubertät, Jugendzeit und erste Liebe. Eingehüllt in Wolldecken, saßen sie auf der Terrasse und spürten erst eine gewisse Bettschwere, als es bereits zu dämmern begann.

Kapitel 21

ie darauffolgenden Tage erlebte Marleen wie im Rausch. Rafael stahl sich mehr und mehr in ihr Herz, versüßte ihre Tage, ihre Nächte. Ihre Gedanken und Empfindungen purzelten wild durcheinander, beflügelten sie und gaben ihren Augen einen Glanz, der nur den Verliebten eigen war. Noch nie zuvor hatte sie derartig empfunden, noch nie war ihr Herz so ausgefüllt, gleichzeitig schwer und doch wolkenleicht. Der Zauber Rafael legte sich über jede Pore, drang hinein und verführte ihre Sinne.

Ihr Innerstes verlangte sehnsüchtig nach ihm, wenn er nicht bei ihr war, gierte nach heißen Küssen, Lust und Leidenschaft, wenn sie ihn nur erblickte. Allein der Gedanke an ihn ließ ihren Magen rumoren und erotisierte ihre Träume. Ähnlich erging es Rafael. Er begehrte und verehrte sie mit jedem Mal mehr, war sich sicher, in ihr seine zweite Hälfte gefunden zu haben. Sie war der Mensch, dem abends sein letzter und morgens der erste Gedanke galt. Das Tor zu seinem Herzen war so weit geöffnet wie schon lange nicht mehr, er gewährte ihr bedingungslosen Einlass. Und wenn es nach ihm ginge, so würde er die Pforten liebend gern hinter ihr schließen, um Marleen auf ewig in seinem Herzen zu tragen. Er wollte sie spüren, riechen, schmecken. Ihr Lachen hören, den oftmals noch immer distanzierten Ausdruck ihrer Augen in süße Hingabe verwandeln.

Mit ihr lachen, mit ihr weinen … mit ihr durchs Leben gehen!

Die Zeit verging wie im Flug, und Marleen dachte mit Bedauern daran, dass ihr Urlaub bald ein Ende hatte. War die Arbeit sonst ihr Lebensmittelpunkt gewesen, in den sie ihr gesamtes Herzblut steckte, so dachte sie nun mit Unwillen daran, in die Kanzlei zurückzukehren. Nicht wegen Rainer … nein … das Kapitel hatte sie abgehakt und verarbeitet. Mit ihm würde sie auf jeden Fall fertig werden, ihm seine Grenzen massiv aufweisen. Es war vielmehr so, dass sie ein völlig anderer Mensch geworden war, sich kaum noch mit dem Leben – bevor sie Rafael kennen lernte – identifizieren konnte. Ob es daran lag, dass Rafaels Begeisterung für die Bar auf sie übergesprungen war? Sie hatte innerlich gejubelt, als Rafael bei ihrem Besichtigungstermin in Begeisterungsrufe ausgebrochen war, und sich für ihn gefreut, als er ein paar Tage später den Kaufvertrag in der Tasche hatte.

Oder hatten etwa ihre »Spinnereien« in Bezug darauf, dass sie zukünftig zusammen mit Rafael die Bar führen könnte, Früchte getragen? Sie vermochte es nicht zu sagen. Auf jeden Fall wuchs ihr das »Moonlight« mehr und mehr ans Herz, wurde auch zu ihrem »Baby«, und sie hatte ungeheuren Spaß dabei, die Bar gemeinsam mit Rafael, Leonard und Helena zu renovieren.

∞

»Du bist verliebt. Ich sehe es dir an der Nasenspitze an.« Ruth staubte ein Renaissance-Gemälde ab, legte den Lappen beiseite und setzte sich zu Marleen in die gemütliche Sitzecke.

»Ach Ruth, es ist ein Gefühl, wie ich es noch nicht kannte. Plötzlich war es da, brach in mir auf und überfuhr mich mit einer Geschwindigkeit, die mir den Atem raubte.«

»Hört sich gut an.« Ruths Augen begannen zu blinkern. »Hätte nichts dagegen, ebenfalls von einem derartigen Gefühl überrollt zu werden.«

»Es macht aber auch Angst. Es soll Menschen geben, die an gebrochenem Herzen sterben. Und was bleibt? Trauer, unzählige Tränen und eine Menge Staub, der aufgewirbelt wurde.«

»Nun male den Teufel doch nicht gleich an die Wand. Genieße dieses kostbare Geschenk. Eine Garantie für Gefühle gibt es nirgendwo. Also muss man den Sprung ohne Netz und doppelten Boden wagen – oder man verzichtet!«

»Du hast ja Recht.« Marleen seufzte.

»Außerdem – manchmal entsteht aus etwas Gebrochenem etwas sehr Starkes, entstehen aus Staub die schönsten Kunstwerke und aus Tränen Ozeane der Liebe. Ohne Tränen hätte die Seele keinen Regenbogen. Also lebe einfach. Lass es zu und laufe nicht davon, auch wenn die ersten grauen Wolken aufkommen sollten, die in jeder Beziehung ihren festen Platz haben. Dein Rafael scheint etwas ganz Besonderes zu sein. Halt ihn fest!«

»Aber er ist so jung … zehn Jahre jünger als ich. Was, wenn er nicht der Richtige ist?«

»Du liebst ihn?«

Marleen nickte.

»Dann ist er der Richtige. Außerdem liegt richtig oder falsch im Auge des Betrachters. Wenn es sich für dich richtig anfühlt, lass dich nicht beirren und denke nicht zu viel über morgen nach. Schau, es gibt Paare, die leben beispielsweise schon drei Jahre lang zusammen. Sie sind wie füreinander geschaffen. Und dann passiert etwas, und schon passt es nicht mehr – von richtig ist nichts mehr zu erkennen. Aber, hey … that's life. Was ist so schlimm daran, wenn es nach einer gewissen Zeit nicht mehr klappt? Mal ganz abgesehen vom eventuellen Liebes-

283

kummer. Hat man wirklich seine Zeit verschwendet? Waren da nicht die einen oder anderen angenehmen Momente, an die man gern zurückdenkt? Die Gespräche, die Zärtlichkeiten? Ist plötzlich alles mies und schlecht, bloß weil der andere doch nicht derjenige war, mit dem man alt werden möchte? Deine Angst kann ich verstehen. Aber denke dir deine wundervollen Gefühle nicht kaputt. Liebt er dich auch?«

»Er hat es nie gesagt, ebenso wenig wie ich. Aber ich fühle es. In seiner Gegenwart könnte ich meinen Schutzwall abbauen, tief durchatmen und müsste die Last der dicken Mauern für einen Moment nicht tragen. Ich könnte mich mit dem Bewusstsein hinlegen, einfach nur ruhen zu dürfen. Ohne Sensoren, die stets bemüht sind, eventuelle Gefahren schon im Vorfeld zu erkennen. Weil da ja jemand ist, der auf mich aufpasst. Ich kann meine Seele treiben lassen ohne innere Unruhe, die mich sonst immer gepackt hat, wenn ich einmal ruhig saß. Es ist ein Gefühl, als würden Flügel um mich gelegt. Wärmend, schützend, beruhigend. Ein tiefes Gefühl der Geborgenheit.«

»Geh behutsam damit um und vergiss nie, dass die Gefühle, von denen du berichtet hast, zerbrechlich sein können. Nähre sie, nimm sie an, wisse sie zu schätzen, wirf deine Zweifel über Bord. Wenn du das schaffst, hast du einen wichtigen Grundstein gelegt, denn ohne Grund kein Wachstum.«

Marleen nickte und verstand ...

ന

Sie war gerade dabei, ihre CD-Sammlung zu sortieren, als das Signal ihres Handys sie ablenkte.

Eine SMS – von Rafael.

Erwarte dich um 20 Uhr am Kaiserplatz. Nimm dein Handy mit. Tausend Küsse – Rafael.

Aufregung mischte sich mit Freude, die sie beim Lesen der Kurznachricht erfasst hatte. Sie liebte Rafaels Einfälle, seine Ideen und Überraschungen. Hätte ihr vor ein paar Monaten jemand gesagt, dass sie sich von einem Kerl per Handynachricht zu einem bestimmten Ort zitieren lassen würde, sie hätte lauthals gelacht und denjenigen für verrückt erklärt. Aber das war Schnee von gestern. Es zählte lediglich das Hier und Jetzt. Und die Tatsache, dass sie sich nichts Schöneres vorstellen konnte, als auf Rafaels Spiele einzugehen.

Den Rest der Stunden bis zu diesem Termin verlebte sie wie in Trance.

Sie nahm ein ausgiebiges Bad, rasierte Beine und Scham und wusch sich die Haare. Nach dem Bad cremte sie ihren Körper mit einer wohlriechenden Lotion ein, kratzte sich die Gesichtsmaske herunter, die sie vor dem Bad aufgetragen hatte. Ihre Haut strahlte jugendlich frisch. Sie föhnte die Haare, trug ein dezentes Make-up auf und tupfte Tropfen ihres Lieblingsparfums an strategisch wichtige Stellen. Langsam rollte sie den ersten Nylonstrumpf über ihr Bein, zog ihn hoch und verfuhr mit dem anderen ebenso. Das Gewebe knisterte leise. Edel, sündig und verwegen.

Es fühlte sich gut an. Viel zu gut …

၈၁၅

Marleen war zu früh und lief unruhig auf und ab. Die Absätze ihrer Pumps hinterließen klackende Laute, das weiße Sommerkleid umspielte ihre Waden und rieb angenehm über ihre nackten Pobacken, die nur dürftig von einem String bedeckt waren. Ihre Neugier wuchs. Ebenso wie ihre Erregung. Allein schon der Gedanke daran, dass sie Rafael in ein paar Minuten gegenüberstehen würde, ließ ihre Brustspitzen hart und das Höschen feucht werden.

Das Handy gab ein Signal ab. Eine SMS, die sie förmlich aus den Gedanken riss.

Am Kaiserplatz befindet sich ein Hotel. Kommst du?

Marleens Nackenhärchen stellten sich auf. Die Vorstellung, dass Rafael sie eventuell beobachtete, während sie nicht wusste, wo er sich befand, hatte etwas Abenteuerliches.

Hinter ihr befand sich das Traditionshotel. Sie blickte sich suchend um. Wo mochte er stecken? Wollte er, dass sie das Hotel betrat?

Nein, davon hat er nichts gesagt, beantwortete sie sich selber die Frage.

Langsam wurde sie nervös, spürte jedoch, wie die Nervosität ihre Vorfreude steigerte. Es war das Spiel mit dem Unbekannten, der Reiz des Neuen, der sie so intensiv empfinden ließ. Sie ließ sich führen, gab sich hin und legte endlich einmal das Ruder des Lebens beiseite. Ließ sich zum Ziel rudern, statt selbst zu paddeln.

Erneut piepte das Handy. *Betritt die Lobby des Hotels.*

Das Ziehen in ihrer Magengegend nahm Dimensionen an, die kaum noch zu überbieten waren. Sie blickte sich noch einmal um, dann führte sie aus, was er wünschte. Das Entree des historischen Hotels strahlte Stil und Eleganz aus. Schon beim ersten Blick waren die erlesenen Materialien zu erkennen. Alles wirkte sehr komfortabel, und es herrschte eine einladende Atmosphäre.

Voller Erwartung ließ sie ihre Blicke durch die Lobby gleiten. Dem fragenden Blick des Portiers hinter dem Empfangstresen wich sie aus, begann stattdessen den Boden zu studieren, bis eine weitere SMS sie aufhorchen ließ. *Geh zur Rezeption und gib dich als Mrs. Winter aus. Verlange deinen Zimmerschlüssel.*

Der Herr an der Rezeption sah in seinem Computer nach,

musterte sie kurz über den Rand seiner Brille hinweg und händigte ihr dann die Schlüsselkarte aus. Marleen nahm den Fahrstuhl, ging den Flur entlang und wurde immer nervöser. Da war sie, ihre Zimmertür. Sie atmete tief durch, klopfte an.

Nichts zu hören.

Erst jetzt kam ihr zu Bewusstsein, dass Rafael ihr nicht umsonst einen Schlüssel hatte zukommen lassen. Sie zählte kurz bis zehn, dann öffnete sie die Tür.

Das Zimmer war stilvoll eingerichtet. Gestreifte Tapeten, ein großzügiges Kingsize-Bett, Mobiliar in warmen Farben.

»Rafael?«

Nichts.

»Rafael?« Ihre Stimme war nun um einiges lauter.

Wieder nichts. Stattdessen meldete sich ihr Handy. *Zieh dein Kleid aus. Ich komme gleich.*

Mit fliegenden Händen entledigte sie sich des Kleides, stand in der Mitte des Raumes und bewegte sich nicht von der Stelle. Es war ein unwillkürlicher Impuls, der sie dazu veranlasste, stehen zu bleiben, wo sie gerade war.

Das Klicken der Chipkarte am Türschloss ließ sie herumfahren.

Ihr Körper erbebte, als sie Rafael sah. Die edle Haltung, sein ebenmäßiges Gesicht und seine erzengelhafte Schönheit. Der verlangende Blick aus seinen Augen übergoss sie mit heiß-kalten Schauern.

Er kam näher, den Blick unverwandt auf sie gerichtet. Ohne ein Wort von sich zu geben.

Er kam noch näher, stand nun unmittelbar vor ihr. Sanft berührten seine Fingerspitzen ihre Wange. Ihre Knie begannen zu zittern. Selbst diese kurze Berührung traf sie wie ein Stromschlag.

Er blickte ihr intensiv in die Augen. Ein eigentümliches

Lächeln umschlich seine Lippen. »Dreh dich um.« Sein Befehl war knapp, aber äußerst verführerisch.

Die knisternde Atmosphäre, die sie beide umgab, berauschte Marleen. Sie betrank sich an ihr wie an süßem Wein.

»Und nun gehe schön langsam bis zum Fenster, stütze deine Hände auf der Fensterbank ab, bück dich und spreize die Beine.«

Sie folgte seinen Anweisungen.

»Mit gefällt, was ich sehe. Eine geile Möse, die gierig darauf wartet, ausgestopft zu werden. Komm wieder zurück. In die Mitte des Raumes.«

Mit klopfendem Herzen, einem Atem, der stoßweise ging, und glühenden Wangen schritt sie zur Ausgangsposition zurück.

Er ging um sie herum, langsam und geschmeidig wie ein Raubtier, das seine Beute im Visier hatte und nur darauf lauerte, zuzuschlagen, sich zu holen, wonach es verlangte.

Er berührte ihre Schultern, ihren Nacken, ihren Rücken und erneut ihre Wangen.

Wie hypnotisiert stand sie da. Keuchend, nass vor Lust.

Sanft ließ er seine Hand durch ihr Haar gleiten.

Er küsste sie leicht, einen Wimpernschlag lang. Es war eine kurze Berührung, ein Streifen seiner Lippen – mehr nicht. Diese Berührung hatte jedoch die Macht eines Vulkans. Versetzte sie in einen Taumel der Lust, war Vorspeise und Dessert zugleich.

Er zog sie an sich, riss ihr den dünnen Spitzentanga vom Leib und ließ seine Lippen über ihren Hals, ihre Schultern wandern. Sie zogen brennende Spuren, entlockten ihr ein Seufzen. Ein Schauer durchfuhr ihren Körper. Sie verlangte nach ihm, wollte von ihm ausgefüllt, ganz primitiv genommen werden. Hemmungslos, wild und ohne Rücksicht.

In fieberhafter Gier glitten ihre Hände über seine Schultern, seinen Rücken hinab, krallten sich in sein Hinterteil.

Rafaels Lippen bedachten ihren Hals mit sanften Liebkosungen, saugten an ihrer pochenden Halsschlagader, während er sie mit dem Rücken gegen die Tür des Kleiderschrankes schob, in die ein Spiegel eingelassen war.

Er schob sie von sich, drehte sie in einer fließenden Bewegung so, dass sich das kühle Leder seiner Hose und sein harter Schwanz gegen ihre Pobacken pressten.

Seine Hände berührten sie genau dort, wo sie es brauchte. Sie umfassten ihre Brüste, rieben die aufgerichteten Nippel, gruben sich in die Falten ihres Schoßes und machten sich über die Klitoris her. Heiß fuhr sein Atem über ihren Nacken; neckende Bisse folgten. Bisse, die keine sichtbaren Spuren hinterließen, aber für wohliges Prickeln sorgten.

»Knie dich nieder.« Die raue Stimme ganz nah an ihrem Ohr verstärkte die Lustwellen, die ihren Körper heimsuchten.

Marleen gehorchte und nahm aufgeregt wahr, wie er ihre Hände nahm und sie nach vorn auf den Boden drückte. Auf allen vieren und erwartungsvoll bebend schärfte sie ihre Sinne, in der Hoffnung, erahnen zu können, was er vorhatte.

Er kniete sich hinter sie, strich gefühlvoll über ihr Gesäß. Sein Griff in ihr Haar bog ihren Kopf zurück. Interessiert beobachtete er im Spiegel ihren Gesichtsausdruck. Sie kniete mit halb geschlossenen Augen und leicht geöffnetem Mund. Ihre Wangen glühten, und ihre offensichtliche Geilheit war deutlich zu erkennen.

Als sie seinem Blick begegnete, schloss sie für einen Moment die Augen. Sie fühlte etwas Animalisches in sich aufsteigen. Eine Gier, die grenzenlos war.

Ihre unterwürfige Haltung, sein fordernder Griff, das Glitzern seiner Augen und sein Atem, der ihr Ohr streifte, ergaben in der Gesamtkomponente einen Cocktail, der sie berauschte, der ihre Adern mit lodernden Flammen füllte und ihr Blut zum Kochen brachte. Ohne den Blick von ihr zu wenden, umfasste er ihr Gesäß, hob es an und spreizte ihre Schenkel. Sie drückte ihren Rücken zum Hohlkreuz, schob ihr Hinterteil noch ein Stückchen mehr empor und präsentierte ihm ihre nasse Spalte. Seine Hand fuhr ihr von hinten zwischen die Beine, glitt durch ihre Feuchtigkeit. Zwei Finger fanden den Weg in ihre heiße Höhle, während sich sein Zeigefinger um ihre freigelegte Klitoris kümmerte, sie umkreiste, rieb und gekonnt stimulierte.

Marleen wand sich stöhnend, jeden Kontakt auskostend. Ihr Blick fiel auf ihre Brüste, die sanft auf und ab schaukelten. Sie warf den Kopf in den Nacken, schloss für einen Moment die Augen, dann widmete sie sich erneut dem lüsternen Spiegelbild, spürte nach, wie seine Hand in ihrem Schoß wühlte.

Sie bettelte um mehr. Rafael wandte sich kurz ab, öffnete seine Hose und drückte ihre Gesäßbacken auseinander. Und dann spürte sie seine nackte Haut … seinen harten Schwanz, der sich der Länge nach zwischen ihre Pobacken schob. Seine Hand setzte das Fingerspiel fort, sein Becken schob sich auf und ab, so dass sich sein Schwanz in der Enge ihrer Spalte zu reiben begann.

Marleen ließ sich treiben, verschmolz mit seinen Bewegungen.

»Ich möchte hören, wie deine Stimme zum Seufzen wird – sehnsüchtig – begierig.« Wie aus weiter Ferne drang seine Stimme an ihr Ohr. Sie spürte, wie er von ihr abrückte, ihr Becken anhob und mit einem tiefen Stoß und seiner ganzen Länge in ihre pochende Möse eindrang.

Sie stieß einen kehligen Laut aus.

»Komm, Prinzessin, ich möchte dich mit heißer Lust stöhnen hören. Möchte den Schauer spüren, den die Laute deiner Wollust mir über den Leib jagen.«

Marleen keuchte und nahm ihn tief in sich auf. Ihre vaginalen Muskeln umspannten seinen Schwanz, ließen locker und packten wieder zu. Ihr Atem ging stoßweise in leises Stöhnen über, immer wieder rief sie seinen Namen.

»Ich möchte dich wimmern hören, das sagt mir, dass du meine Gefühle teilst, dass du dich sehnst – verrückt nach mir bist. Möchte hören, wie du laut wirst. Gellend – ohrenbetäubend.« Seine Stimme klang brüchig, während er wild in sie hineinpumpte. Animalisch, rhythmisch, heiß. Er biss ihr in den Nacken, gab das Tempo vor und hielt ihre Hüften fest umspannt. Ihr zuckender Körper zeigte ihm, dass sie bald so weit war. Für einen Moment wurden seine Bewegungen sanfter, ruhiger. Dann jedoch stieß er erneut hemmungslos zu. Marleens Sinne drohten zu schwinden. Sie schrie ihre Lust hinaus, gab somit etwas von der Spannung ab, die sich in ihr aufgebaut hatte.

»Ich mag es, wenn deine Stimme kippt, versagt im Fieber der Leidenschaft«, wisperte Rafael. »Und warte auf den Moment, wenn unsere Stimmen sich vereinigen, so wie sich unsere Körper vereinigen.«

Der Orgasmus überfiel sie mit aller Macht. Ihr ganzer Körper spannte sich fast unerträglich an, zuckte so heftig, dass Rafael mitgerissen wurde. Er kam mit einem lauten Schrei, der in ihre Lustschreie eintauchte, sich mit ihnen vereinte, so wie Rafael es sich gewünscht hatte.

Kapitel 22

Müde, aber glücklich streckte Marleen ihre Beine aus. Den ganzen Tag hatten sie im »Moonlight« gewerkelt und gestrichen, und nun freute sie sich auf einen gemütlichen Abend mit Rafael.

Ihr Herz schlug höher, als er – frisch geduscht und nur mit einem Handtuch bekleidet – auf sie zukam und sich herabbeugte. Er wollte ihr gerade einen Kuss auf die Nasenspitze geben, als sein Handy bimmelte.

»Ich lasse es klingeln.« Er nahm ihr Gesicht in beide Hände und legte seine Lippen auf die ihren. »Da scheint es aber jemand eilig zu haben«, murmelte er kurz darauf, als es immer und immer wieder klingelte. Er richtete sich auf, warf ihr einen bedauernden Blick zu und ging ran. Interessiert beobachtete sie sein Mienenspiel, das von Erschrecken über Bedauern bis hin zur Erleichterung reichte. Dann endlich legte er auf.

»Ist was passiert?«

Er griff sich ins Haar und ließ sich ebenfalls auf der Couch nieder. »Aus unserem gemütlichen Abend wird nichts. Eine Kollegin feiert heute ihren fünfundzwanzigsten Geburtstag, zu dem sie mich schon vor Wochen eingeladen hat. Zu meiner Schande musste ich feststellen, dass ich ihn vergessen habe. Sie rief gerade an, um nachzufragen, wo ich bleibe. Kommst du mit?«

Marleen seufzte. »Ehrlich gesagt, bin ich geschafft. Müde und geschafft.«

»Ach, komm schon. Eine erfrischende Dusche, und du fühlst dich wie neugeboren.«

Sie lachte kurz auf. »Du vergisst, dass ich keine zwanzig mehr bin. Nach einem Tag wie heute ist mit mir einfach nichts mehr los.«

»Wir müssen ja nicht lange bleiben.«

»Geh du nur. Ich mache es mir lieber auf der Couch bequem.«

»Nichts zu machen?«

Sie schüttelte den Kopf. »Ich bin heute nicht besonders kommunikativ und gesellig. Tut mir Leid.«

Rafael seufzte. »Okay. Ich lass dir aber ihre Adresse hier, falls du es dir doch noch anders überlegen solltest. Würde mich freuen.«

❧

Eine Stunde später saß Marleen immer noch auf dem Platz, von dem aus sie Rafael beim Ankleiden zugesehen hatte. In seiner schwarzen Hose, dem weißen Hemd und den noch feuchten Haaren hatte er hinreißend ausgesehen. Sie vermisste ihn schon jetzt und musste lächeln, als sie an sein enttäuschtes Gesicht dachte, das er nach ihrer erneuten Absage gemacht hatte.

Nun saß sie hier und war plötzlich gar nicht mehr müde. Sie war verwirrt, durcheinander, aufgewühlt – nicht eins mit sich. Wo Ruhe sein sollte, herrschte Unruhe. Was sich mit Harmonie füllen sollte, stand im krassen Gegensatz dazu. Eigentlich sollte sie froh sein, dass er sie nicht weiter gedrängt hatte, dass sie es sich nun gemütlich machen konnte. Doch sie war nicht froh. Ihre Sinne waren hellwach, innere Unruhe machte sich in ihr breit, und sie begann ihren Entschluss zu bereuen.

Ob ich doch ...?

Sie stand auf, lief zum Fenster, zupfte ein paar welke Blätter von den Pflanzen und setzte sich wieder. Immer noch dieselbe Ratlosigkeit, das Unvermögen, sich zu entspannen und den Abend zu genießen.

Entschlossen stand sie auf, um ihren nun gefassten Entschluss in die Tat umzusetzen.

ৎ৶ও

Marleen schritt durch das offen stehende, schmiedeeiserne Gartentor, gelangte in einen großzügig angelegten Garten, der sich nach Süden hin ausbreitete und den Blick auf ein großes Schwimmbecken freigab. Links davon erstreckten sich ein weitläufiger, gepflegter Rasen und eine riesige Terrasse, die mit Oleander und Rosenstauden umrahmt war. Das Herrenhaus war eine Augenweide. Die apricotfarbene Fassade, die vielen Erker und die weißen Flügeltüren, die zur Terrasse führten, verliehen ihm ein verspieltes, doch edles Erscheinungsbild – zogen die Blicke magisch auf sich.

Von dem luxuriösen und pompösen Anwesen war sie ebenso überrascht wie von den freizügigen Mädchen, die um den Swimmingpool herumlagen. Sie aalten sich in der lauen Sommerabendluft, vertrieben sich mit Flirts, Cocktails und Gelächter die Zeit. Auch ein paar junge Kerle tummelten sich am Beckenrand, bespritzten die holden Weiblichkeiten mit Wasser, spielten Karten und genossen den Champagner in Strömen. Schnüre mit farbigen Glühlämpchen hingen rund um den Swimmingpool, deren Funkeln tausendfach im klaren Wasser reflektierte. Alles schien aus einem Prospekt für »Schöner Wohnen« entnommen zu sein, denn es wirkte irgendwie unwirklich.

Eine attraktive Blondine mit ansehnlichen Brüsten lief an

ihr vorbei. Sie trug lediglich einen knappen Bikini, Kettchen um Hüften und Fußgelenke und war perfekt gestylt. Ihr Gang war aufreizend. Sie war halb Kind, halb Femme fatale, und Marleen stellte fest, dass sie einen prächtigen Körper hatte.

Geschäftige junge Männer bauten Tische für ein Büfett auf, der Garten war glamourös geschmückt.

Marleen blickte sich suchend nach Rafael um. Sie trug ein schokoladenfarbenes, knöchellanges Sommerkleid mit Spaghettiträgern, das wunderbar mit ihrem Haar und ihrer zarten Haut harmonierte. Sandaletten im selben Farbton und ein paar Bernsteinohrringe rundeten ihr Outfit ab. Dennoch fühlte sie sich unter all den jungen, exzentrischen Leuten farblos und langweilig. Außerdem erhöhte sie deutlich das Durchschnittsalter, eine Tatsache, die ihr Unwohlsein bereitete. Sie passte nicht hierher und bereute den Entschluss, Rafael gefolgt zu sein.

Die Terrasse, der Kern des bunten Treibens lag wie verzaubert vor ihr. Sträucher, Bäume und Palmen hatten durch das Licht eine unwirkliche Schönheit angenommen. Die Schönheit einer sternenklaren Nacht. Die Blüten ringsherum füllten die Luft mit ihrem wunderbaren Aroma.

Aus den Lautsprechern erklang die Musik, die die Drei-Mann-Band zum Besten gab. Einige der Gäste – ebenfalls viel jünger als sie – hatten sich schon auf der improvisierten Tanzfläche eingefunden und tanzten ausgelassen. Interessiert beobachtete sie die jungen Leute, fühlte sich inmitten all der Ausgelassenheit uralt.

»Je später der Abend, desto schöner die Gäste.« Eine angenehme Stimme ließ sie herumfahren. Sie erblickte einen attraktiven Mann, der, wie alle anderen, noch sehr jung war. Sie schätzte ihn auf Anfang zwanzig.

»Suchen Sie jemand Bestimmten?«

»Ich ... Ja ... Rafael.«

»Sie gehören zu Rafael? Sicher die große Schwester, oder?«

Sie zuckte zusammen.

»Nun, ich habe ihn schon eine ganze Weile nicht mehr gesehen. Das letzte Mal war er mit Sarah in ein Gespräch vertieft, und nun scheint er wie vom Erdboden verschluckt zu sein. Ich bin übrigens Sebastian, der Bruder von Sarah – dem Geburtstagskind«, fuhr der junge Mann fort.

»Angenehm – Marleen.«

»Willkommen, Marleen. Darf es etwas zu trinken sein? Unsere Eltern haben keine Kosten gescheut und den besten Partyservice der Gegend engagiert. Sie selbst machen Urlaub auf den Malediven – und wir haben sturmfreie Bude.«

Sie hörte Sebastian nur mit halbem Ohr zu, denn erstens beschäftigte sie seine Vermutung – dass sie Rafaels große Schwester sei – immer noch, und zweitens hatte sie gerade Rafael entdeckt. Sie ließ ihn keinen Augenblick aus den Augen, fand es interessant, ihn zu beobachten, ohne dass er davon wusste.

Er war heiter und gelöst und bewegte sich frei unter all den jungen Menschen, von denen er alle zu kennen schien. Eine sehr hübsche, junge Blondine wich ihm kaum von der Seite. Stolz und mit blitzenden Augen hielt sie sich stets in seiner Nähe auf und legte immer mal wieder besitzergreifend ihre Finger auf seinen Arm. Sie sah umwerfend aus. Ihre schmale zierliche Figur steckte in einem knallroten Seidenkleid, welches zwar bis zu den Knöcheln reichte, aber durch einen gewagten Schlitz auf der rechten Seite sehr viel von ihren schlanken, gebräunten Beinen freigab. Das Kleid hatte einen Carmen-Ausschnitt mit tiefem Dekolleté. Ihre Bewegungen waren geschmeidig und selbstbewusst. Man sah ihr auf den ersten Blick an, dass sie ganz genau wusste, was sie wollte.

Sebastian bemerkte ihren Blick. »Das ist Sarah. Sie studiert Kunst und tanzt in derselben Bar wie Rafael. Sind sie nicht ein schönes Paar?«

»Sie sind ein Paar?«

»Nun, ja … nicht direkt. Sarah ist schon seit Jahren in Rafael verliebt. Eine schlechte Erfahrung hält ihn derzeit allerdings ab, sich fest zu binden. Doch Sarah gibt nicht auf. Wollen wir tanzen?«

Marleen nickte automatisch.

Seite an Seite schritten sie zu den anderen Pärchen, die sich auf der Tanzfläche befanden. Sebastian nahm sie in den Arm und führte sie geschickt durch die tanzenden Paare hindurch. Sie fühlte sich wie ein Dinosaurier unter frisch geschlüpften Küken, wünschte sich weit weg.

Als sie spürte, dass Rafael sie entdeckt hatte und zu beobachten begann, lief ein Schauer über ihren Rücken. In dem gedämpften Licht sah sie seine Augen nachdenklich auf sich ruhen.

Langsam kam er auf sie zu. Geschmeidig wie ein Raubtier, ohne den Blick von ihr abzuwenden. Er tippte Sebastian auf die Schulter und ergriff ihre Hand. »Ich löse dich ab.«

Unwillkürlich löste sie sich aus Sebastians Armen, glitt in Rafaels über und schmiegte sich eng an ihn. Sie spürte Rafaels warmen Atem an ihrer Schläfe, nutzte die Gelegenheit, sich noch ein wenig enger an ihn zu schmiegen und nahm erfreut wahr, dass sein Griff fester wurde.

»Schön, dass du gekommen bist, Prinzessin.«

Sie tanzten ganz langsam, ganz eng, und sie vergaß ihre trüben Gedanken und Sorgen. In diesem Augenblick hatte sie das Gefühl, sich vor Glück in kleine Moleküle aufzulösen. Beschwingt schlang sie ihre Arme um seinen Hals und wünschte sich, dieser süße Moment möge ewig dauern.

Als die Band eine Pause einlegte, löste er sich von ihr. »Champagner?«

»Gern.«

Er nahm zwei Gläser von einem Beistelltisch, füllte sie mit Champagner, reichte ihr eines. »Wie fühlst du dich?«

Sie zuckte die Schultern, wich seinem Blick aus. Ihr gelang ein unbefangenes Lächeln, innerlich jedoch fühlte sie sich hohl.

»Das da hinten ist Sarah, das Geburtstagskind.« Er deutete auf die junge Frau in Rot, die ihnen undefinierbare Blicke zuwarf. »Und das sind Corinna, Carlos, Jasmin und Markus.« Seine Erklärung galt dem Grüppchen Leute, die sich um Sarah versammelt hatten »Komm, ich stell dich ihnen vor.«

Alles in ihr sträubte sich dagegen. Es war wieder da: das bedrückende Gefühl, nicht hierher – und auch nicht zu Rafael – zu passen.

»Geh nur. Ich komme nach. Ich muss mal eben wohin.« Sie setzte ein betont fröhliches Lächeln auf.

Rafael jedoch spürte, dass etwas nicht stimmte. Seine Hand legte sich unter ihr Kinn. »Was ist los?«

»Ach … nichts.«

»Das nehme ich dir nicht ab.«

»Es ist nur … ich … alles ist so … nun, ich passe nicht hierher.«

»Für mich schon. Alles andere ist unwichtig.«

Sie schüttelte den Kopf. »Nein, es ist nicht unwichtig. Alle sind so viel jünger als ich, so anders.« Sie wies zu der ausgelassenen Gruppe junger Leute. »Das da, das ist dein Leben. Es ist eine andere Welt. Eine Welt, die mir nicht behagt. Außerdem bin ich viel zu alt für dich.«

Rafaels Augen begannen zu funkeln. Er ergriff ihre Schultern. »Wir zwei passen gut zueinander, unabhängig von all den Konventionen! So einen Blödsinn will ich nie wieder hören, verstanden?«

»Deine Kollegin, das Geburtstagskind ... sie würde viel besser zu dir passen. Außerdem ist sie wunderschön.«

»Was soll das? Willst du mich loswerden? Mein Herz schlägt für dich. Bitte verletz' es nicht.«

»Das habe ich nicht vor. Es ist nur ...«

»Schluss jetzt. Wir verschwinden von hier. Komm.«

Ein Gefühlschaos breitete sich in ihr aus, als sie mit ihm durch das schmiedeeiserne Gartentor das Grundstück verließ. Einerseits war sie froh, schnell fortzukommen, andererseits fühlte sie sich schlecht, weil sie ihm den Abend verdorben hatte.

»Es tut mir Leid.«

»Es gibt keinen Grund für Schuldgefühle. Ich habe das Fest verlassen, weil ich es wollte.«

»Ja – aber wegen mir.«

»Du bist mir wichtiger als jede Fete der Welt.«

Er führte sie in ein angrenzendes Waldstück zu einer Stelle, die sie vor neugierigen Blicken schützte. Dort legte er sanft seine Hand unter ihr Kinn. »Ich werde dir nun zeigen, wie sehr ich dich will. Dich! Und nur dich!«

Rafael senkte den Kopf, ließ seine Lippen über ihren Hals gleiten. Sie hinterließen eine heiße Spur, tanzten genau da, wo jede Berührung eine Explosion zündete. Sanft drückte er ihren Körper gegen einen Baumstamm.

»Es ist mein Traum, mein Leben mit dir zu teilen. Zweifle bitte nie wieder daran, denn derartiges Gift kann das, was uns verbindet, porös machen und letztendlich zerstören. Glaube an uns – wie ich es tu! Und such nicht nach der Nadel, die unsere Traumblase zersticht.«

»Ich ... was kannst du mit mir schon großartig anfangen? Wenn du in Partylaune bist, bin ich müde. Ich bin zehn Jahre älter als du. Und deine Freunde sind alles andere als meine Kragenweite. Sie sind nämlich das absolute Gegenteil von mir. Ich ...«

»Küss mich, Prinzessin«, unterbrach er sie flüsternd.

Er zog sie eng an sich, empfing ihre Lippen. Sie umschlang seinen Nacken, und dann spürte sie seine Hände überall. Sie bahnten sich einen Weg unter ihr Kleid. Gierig, wie von Sinnen spielten ihre Zungen miteinander. Marleen stöhnte leise auf, als er sie wie von Zauberhand geführt umdrehte und ihre Hüften umfasste. Ihre Finger krallten sich in die Rinde des Baumes. Sie wollte ihn. Jetzt. Hier. Mit klopfendem Herzen nahm sie wahr, wie er seine Hose öffnete. Und dann spürte sie ihn in sich. Der Sex war genussvoll, langsam, nah, innig. Rafael flüsterte ihr zärtliche Worte ins Ohr, seine Hände erkundeten ihren Körper, während er sich rhythmisch in ihr bewegte. Sie tauchte ein in ein Meer aus Sternen.

Später lagen sie sich atemlos in den Armen. »Ach, Rafael, ich liebe dich. Liebe dich von ganzem Herzen.«

»Und ich liebe dich.«

Kapitel 23

In bester Laune standen Marleen und Rafael ein paar Tage später in der kleinen Küche des »Moonlight«. Nachdem am Vormittag noch die restlichen Handwerksarbeiten erledigt worden waren, traf am Nachmittag die Spedition ein und lieferte den letzten Teil der Einrichtung.

Nun standen sie müde und zufrieden inmitten der Möbel und Kartons. Ein weiches Lächeln überzog Rafaels Gesicht, als er eine Champagnerflasche hervorzauberte und sie köpfte. Ein Lächeln, das ihn noch anziehender machte, als er ohnehin schon war. Eine Haarsträhne hing ihm in die Stirn, und sie war versucht, sie zurückzustreichen.

Er sah ihr tief in die Augen und las darin das gleiche Verlangen, das er selbst verspürte. Eine knisternde Spannung erfüllte den Raum. Ihr Herz raste wie beim ersten Mal, und ehe sie sich versah, lag sie in Rafaels Armen. Ungestüm trafen sich ihre Lippen zu einem nicht enden wollenden Kuss. Wie zwei Verdurstende, die jeweils im anderen den Quell des Lebens gefunden hatten, klammerten sie sich aneinander. Rafaels Hand fuhr ihren Rücken entlang, strich zärtlich über ihre Hüften. Sie drängte sich an ihn, spürte seinen muskulösen Körper, seinen harten Herzschlag, seine Begierde, sein Verlangen. Dieses Verlangen wollte sie stillen – bedingungslos und sofort.

Er löste sich von ihr. »Und es ist dir wirklich ernst damit, nicht mehr als Anwältin tätig zu sein, um mit mir die Bar zu führen?«

Sie nickte.

»Und du wirst es auch tatsächlich nicht bereuen? Ich meine, du hast einen sicheren, gut bezahlten Job. Stilvoll und klar strukturiert.«

»Durch dich bin ich ein anderer Mensch geworden. Lebendiger, freier, abenteuerlustig. Ich pfeife auf Strukturen und freue mich auf das Abenteuer Leben. Mit dir.«

Er füllte die Gläser. »Auf unsere Zukunft. Und darauf, dass unsere Liebe niemals endet.« Er prostete ihr zu.

»Auf den Tag unserer Begegnung und deine Hartnäckigkeit.«

»Ob meine Hartnäckigkeit ebenso viel Erfolg haben wird, wenn es darum geht – eine Frau, die die Küche hasst –, darum zu bitten, mir leckere Pasteten für die Bar zu kreieren?«

Rafael lachte.

Marleen stemmte ihre Hände in die Hüften, gab ihrem Ton eine energische Nuance. »Darüber haben wir lange und ausführlich diskutiert, mein Lieber. Ich werde dir in jeder Hinsicht zur Hand gehen. Vom Kellnern bis zum Aufräumen. Aber kochen, backen und alles was dazugehört, lehne ich kategorisch ab.«

»Okay, verstanden. Und da der Tag viel zu schön ist, um ihn mit Diskussionen zu füllen, gebe ich mich geschlagen.«

»Dein Glück.« Sie drohte ihm spielerisch, legte ihren Arm um seinen Nacken und nahm seine Lippen bereitwillig entgegen.

»Hallo! Hallo! Ist jemand da?« Eine Frauenstimme riss die beiden aus ihrem erotischen Lippenspiel. »Rafael, Liebster, wo steckst du?«

Eine attraktive Frau erschien im Türrahmen. »Rafael …

du hast Besuch?« Sie stellte sich vor Rafael, der sich verwirrt von Marleen gelöst hatte. Ihre blauen Augen musterten ihn anzüglich. »Sag jetzt bitte nicht, dass du unsere Verabredung vergessen hast!« Sie wies auf Marleen. »Oder hast du dieser Kundin aus Versehen meinen Termin gegeben?« Sie zog ein kleines Päckchen hinter dem Rücken hervor. »Oh, entschuldige, das ist für dich.«

Sie legte es auf einen der Kartons, trat zu Rafael, stellte sich in ihren hochhackigen Pumps auf Zehenspitzen und küsste ihn mit gespielter Zärtlichkeit auf die Wange. »Ich habe dich vermisst.«

Rafael fühlte sich so überfahren, dass er wie erstarrt mitten im Raum stand und die eingedrungene Person erschrocken ansah. Marleen war kreidebleich, blickte fassungslos von einem zum andern und brachte keinen Ton hervor. Sie hatte diese Frau schon einmal gesehen – neulich auf dieser Geburtstagsparty. Sarah! Ehe Rafael reagieren konnte, hatte Sarah das Päckchen geöffnet und ihm einen knappen Slip aus dunkelroter Seide entnommen. »Für dich, mein Schatz! Ich bin davon überzeugt, dass er dir fantastisch stehen wird. Ich kann es nicht erwarten, ihn dir vom Leib zu reißen.«

»Sarah, was soll das? Was machst du hier?«

Diese lächelte süffisant, hielt den Slip prüfend vor Rafael und nickte zustimmend. »Perfekt.« Dann wandte sie sich um, fixierte Marleen und fragte leichthin: »Möchtest du uns nicht bekannt machen, Rafael?«

»Ich …« Rafael fehlten die Worte. Zu dreist war dieser Auftritt, zu raffiniert geplant.

Hilflos blickte er zu Marleen hinüber, die ihn lediglich verwirrt ansah und ihn stumm anflehte, das Ganze möge sich um einen verfluchten Irrtum handeln. Er wandte sich Sarah zu. »Warum tust du das?«

»Was geht hier vor? Ich verstehe nicht …« Marleen war endlich wieder ihrer Stimme mächtig.

»Sie müssen nichts verstehen, Schätzchen. Ich bin eine von Rafaels Stammkundinnen. Leider hat er mich heute versetzt, was so gar nicht seine Art ist. Aber das geht Sie nichts an, denn das ist einzig und allein eine Sache zwischen ihm und mir, okay?« Ein kühles Lächeln in Richtung Marleen und ein koketter Augenaufschlag zu Rafael.

Dieser begann innerlich zu beben, als er Marleens eisigen Blick auf sich ruhen sah. Er spürte, wie ihm das Herz zu zerspringen drohte. Fühlte, wie ein inneres Zittern sich seiner bemächtigte, und es in seinen Ohren so laut rauschte, dass er kaum noch einen anderen Ton wahrnahm als diese monotonen Ohrgeräusche. Stumm stand er da. Tatenlos. Gelähmt.

»Stammkundin?« Marleens Pupillen weiteten sich.

Sarah lachte schallend auf. »Oh, habe ich hier womöglich in ein Wespennest gestochen? Rafael, wie kannst du nur? Du hättest der Lady sagen müssen, dass du ein Callboy bist. Lügen haben kurze Beine – wusstest du das nicht?«

Rafael blieb wie erstarrt. Er wurde blass, während Sarah triumphierend grinste.

»Du bist was?«, stieß Marleen ungläubig hervor. »Sag, dass das nicht wahr ist.«

»Tja«, höhnte Sarah, »er hat wohl nicht den Mut gefunden, Ihnen die Wahrheit zu sagen, Frau … wie war Ihr Name?« Sie klang zufrieden. Hämisch.

»Ich … Marleen … hör mir zu. Ich kann dir alles erklären. Es …«

»Sag, dass das nicht wahr ist.«

Sie flüsterte diese Worte mit tränenerstickter Stimme und einem dicken Kloß im Hals, der ihr das Gefühl gab, an jedem einzelnen Buchstaben ersticken zu müssen.

Rafael atmete durch. Ein tiefes Bedauern lag in seinem Blick, als er ihren ungläubigen Augen begegnete und seinen Kopf schüttelte. »Ich bin Callboy. Tut mir Leid. Aber ich hatte weder eine Verabredung mit Sarah, noch habe ich vor, weiterhin …«

»Dir tut es Leid?«, unterbrach ihn Marleen ungläubig. Ihre Stimme bebte, die Augen füllten sich mit Tränen, und ihre Fäuste trommelten ohne Unterlass auf Rafaels Brust. »Du Schuft, du Vorstadtcasanova. Ich verfluche den Tag, an dem ich dir begegnet bin.«

Sarah verschränkte die Arme vor der Brust und nahm die unheilvolle Atmosphäre schadenfroh in sich auf.

»Bitte … Marleen, so hör mir doch zu. Ich kann …«

»Ich glaube, ich habe alles gehört, was notwendig ist«, warf sie eisig ein. Mit tiefer Verachtung sah sie ihn aus gleichsam traurigen und wütenden Augen an. »Du verkaufst deinen Körper? Schläfst für Geld mit anderen Frauen … und Männern?«

»Ja – beziehungsweise es war so, denn ich …«

»Du hast mich zum Narren gehalten. Und dies ist dir hervorragend gelungen. Ich dachte, du teiltest meine Gefühle und Sehnsüchte. Nie hätte ich geglaubt, dass du … ach was … es ist alles gesagt.«

»Nein. Bitte, hör mir zu, Marleen … Liebes … ich …«

Sie brachte ihn mit einer ungeduldigen Handbewegung zum Schweigen. »Nenne mich nie wieder ›Liebes‹. Was willst du hier noch erklären? Willst du mir etwa weismachen, dass all das Gesagte nur ein böser Traum war?« Heiser lachte sie auf. Mit einem: »Ich wünsche den Herrschaften noch einen angenehmen Abend und außerdem viel Spaß beim bevorstehenden Schäferstündchen!«, verließ sie die Szenerie und war alsbald verschwunden. Erst jetzt war Rafael zu einer Reaktion fähig. »Das hast du ja fein eingefädelt«, fuhr er

Sarah an. »Das ist also deine Definition von Freundschaft, ja?«

Trotzig warf sie ihren Kopf in den Nacken. »Würde sie dich wirklich lieben, wäre sie trotz allem an deiner Seite geblieben. Schau mich an. Ich liebe dich, obwohl ich weiß, wie du deinen Lebensunterhalt verdienst. Du hast etwas Besseres verdient als sie.«

»Ich entscheide immer noch selbst, wen ich in mein Leben lasse und wen nicht. Du jedenfalls wirst in Zukunft nicht mehr dazugehören. Ich habe dir und deinen Worten vertraut und mir damit mein eigenes Grab geschaufelt. Und nun raus!«

Sarahs triumphierendes Lächeln schwand.

»Rafael … bitte … es ist doch … ich liebe dich. Und nur deshalb …«

»Ich sagte: Raus!«

»Wenn sie dich wirklich lieben würde …«, setzte sie erneut an. Fast trotzig.

»Ich will dich nie wiedersehen. Verschwinde!«

Seine wild funkelnden Augen und der unerbittliche Ton ließen sie resignieren.

Ein letzter, flehender Blick, und sie räumte das Feld.

∽

Rafael eilte Marleen hinterher. Sie konnte noch nicht weit sein, denn sie waren gemeinsam mit seinem Wagen gekommen. Sie war also zu Fuß.

»Marleen, ich … bitte lass uns von hier verschwinden, irgendwohin, wo wir in Ruhe miteinander reden können, damit ich dir das Ganze erklären kann.«

Sie beschleunigte ihre Schritte, doch er blieb ihr auf den Fersen, hielt sie am Arm zurück.

306

Ihr Herz raste vor Trauer, Wut und Enttäuschung. Sie spürte, wie ihr die Tränen in die Kehle stiegen. Wütend versuchte sie, seinen Arm abzuschütteln. »Lass mich sofort los. Du hast mich nach Strich und Faden belogen! Ich will dich nie mehr sehen. Hörst du? Und wage es nicht, Kontakt zu mir aufzunehmen.« Ihre Stimme war brüchig. Sie spürte, wie ihre Tränen an den Wangen hinabrollten.

»Bitte, Marleen, gib mir eine Chance. Ich möchte dir alles erklären. Ja, ich habe einen Fehler gemacht. Ich hätte dir sagen müssen, dass ich Callboy bin. Aber ich hatte Angst. Angst, dich zu verlieren.«

Sie lachte bitter auf. »Diese Angst wirst du nie wieder haben müssen, denn du hast mich verloren.« Sie riss sich von ihm los und eilte auf ein wartendes Taxi zu. Rafael blieb nur noch der Anblick des davonfahrenden Taxis.

☙❧

Eine Stunde später saß er bei Helena und Leonard, die seinen Worten betroffen lauschten.

»Manchmal reicht ein Moment ... ein einziger Moment, um ein Kartenhaus, das man liebevoll aufgebaut hat, zusammenfallen zu lassen. Ein Moment, der dir all deine Hoffnung nimmt, all das Lächeln, das du den ganzen Tag im Herzen getragen hast.« Rafael vergrub seinen Kopf in den Händen.

»Derartige Bosheit hätte ich Sarah nie zugetraut.« Leonards Augen glommen ärgerlich auf.

»Ja, es ist erschreckend, wozu Menschen unter dem Deckmantel angeblicher Liebe fähig sind. Wie sie intrigieren, zerstören, Unwahrheiten verbreiten.«

Helena beugte sich vor, legte ihre Hand auf Rafaels Schulter. »Sprich mit Marleen. Mach ihr klar, welch abgekartetem Spiel ihr erlegen seid.«

»Davon will sie nichts wissen. Für sie zählt lediglich die Tatsache, dass ich Callboy bin. Sie will mich nie mehr sehen.«

»Dann schreib ihr. Schließlich hast du seit einiger Zeit keine Aufträge als Callboy mehr angenommen. Wirst es ja auch in Zukunft nicht mehr tun.«

»Schreiben ... ja ... das wäre eine Möglichkeit.«

Er atmete tief durch.

Sein leerer Blick füllte sich mit wachsender Entschlossenheit.

»Ich werde um diese Frau kämpfen. Um jeden Preis.«

༄

Zu Hause angekommen, bemerkte Marleen das rote Lämpchen ihres Anrufbeantworters. Sie zwang sich, das eindringliche Blinken zu ignorieren, begrüßte stattdessen ihre Katzen und machte sich auf den Weg ins Badezimmer, um sich ein Bad einzulassen. Den Drang, die Nachricht ihres Anrufbeantworters abzuhören, unterdrückte sie, wenn auch unter Anstrengung. Sie ließ heißes Wasser in die Wanne, gab duftendes Rosenöl hinzu und ließ ihren Tränen freien Lauf.

Bilder der letzten Wochen und Monate spulten vor ihrem inneren Auge ab. Die erste Begegnung, der erste Kuss und die Tage voller Glück, die folgten.

Marleens Atem ging stoßweise, ihr Herz pochte und ihre Kehle war wie zugeschnürt.

Erstarrt saß sie auf dem Wannenrand, umklammerte die Badeölflasche, als wäre sie ein Rettungsanker, während Bäche von Tränen an ihrem Gesicht herunterliefen.

Das Schrillen des Telefons riss sie aus ihrer Starre. Sie zuckte zusammen, und vor Schreck glitt ihr das Badeöl aus den klammen Händen.

Der Anrufbeantworter sprang an, die Stimme Ruths erklang. Erleichtert atmete sie auf, ließ die Freundin jedoch weiter auf das Band sprechen. Ihr war nicht nach einem Gespräch zumute.

ⲟⳍ

Auf ihrer Armbanduhr war es kurz vor zweiundzwanzig Uhr. Die nächtliche Stadt vibrierte vor Leben. Aus allen Richtungen strömten die Leute in Bars, Restaurants, zum Kino oder zu einem heimlichen Date. So wie sie. Zum ersten Mal.

Nervös blickte Sabina sich um, strich über ihr Seidenkleid. Noch nie zuvor hatte sie sich zu einem Blind Date verabredet, dementsprechend aufgeregt war sie. Es war ein spontaner Entschluss gewesen, sich beim Surfen im Internet auf eine Singleplattform zu wagen. Ein Entschluss, der teilweise aus aufrichtiger Neugier und der wachsenden Lust auf eine Beziehung gewachsen war, teilweise aber auch aus Trotz. Sie hatte Kathrins Sticheleien satt, hätte sich allerdings lieber die Zunge abgebissen, als zuzugeben, dass sie sich mehr und mehr nach einem Partner sehnte. Lieber wollte sie ihre Freundinnen eines Tages mit einem netten Mann an ihrer Seite überraschen.

Nach wochenlangem Mailaustausch, unzähligen Telefonstunden und viel Herzklopfen sollte es nun zum ersten Treffen kommen. Wie Martin aussah, wusste sie nicht. Sie hatten keine Bilder ausgetauscht, was dem Begriff Blind Date eine besondere Bedeutung zumaß.

Treffpunkt war Tisch Nummer einundzwanzig in einer Szenebar der Innenstadt.

Eingängige Tanzmusik empfing Sabina, als sie eintrat. Der stampfende Rhythmus ging ihr sofort ins Blut und überfiel sie ebenso wie die bunt tanzenden Lichter der Lichtorgel.

Eine kleine, gut gefüllte Tanzfläche, eine Bar und Tische, die zum geselligen Beisammensein einluden – alles in allem eine Atmosphäre zum Wohlfühlen.

Sie schlängelte sich zwischen den anderen Gästen hindurch, suchte und fand den richtigen Tisch und nahm Platz. Plötzliche Angst glomm in ihr auf. Sie fragte sich, ob es noch möglich war, das Date abzusagen. Sie war gerade im Begriff, in ihrer Handtasche nach dem Handy zu kramen, als sie sah, wie ein eleganter, aber offensichtlich ebenso arroganter Mann auf sie zukam. Er sah gut aus, aber auf eine für sie unattraktive Weise. Zu aalglatt, zu geleckt und in sich selbst verliebt. Ihr Magen zog sich zusammen und sie zwang sich, ganz ruhig zu atmen. Wenn dieser Mann Martin Wegener war, würde sie aufstehen und gehen.

Er kam näher, war nur noch ein paar Schritte entfernt und wollte gerade den Mund öffnen, um etwas zu ihr zu sagen, als eine andere Stimme erklang. »Sabina?«

Der Mann war von rechts gekommen, und weil Sabina so sehr auf den arroganten Kerl links neben ihr geachtet hatte, war ihr der andere gar nicht aufgefallen.

Bewusst wandte sie dem aalglatten Typ den Rücken zu, lächelte und nickte. »Martin?«

»Exakt!«

Sabinas Herz vollführte Luftsprünge. Die aufrechte Gestalt, das blonde Haar, die braunen Augen und sein umwerfendes Lächeln machten ihn zu einer Bilderbuchausgabe eines Blind Dates. Er hatte ein gut geschnittenes Gesicht, sinnliche Lippen und einen weichen Glanz in den Augen.

Ihr wurde warm bis in die Zehenspitzen, ihr Puls beschleunigte sich. Wenn Sabina ihm in seine ausdrucksvollen dunklen Augen sah, trat alles andere in den Hintergrund. Sie nahm nur noch den Mann an ihrem Tisch wahr, der gerade eine Flasche Champagner besorgt hatte und nun im Begriff war, zwei Gläser damit zu füllen.

Die nächsten Stunden verflogen im Nu. Der Gesprächsstoff ging keine Minute lang aus, sie tanzten, lachten, flirteten. Sabina musterte ihr charmantes Date über den Tisch hinweg.

Wie stellt eine Frau es an, einen interessanten Mann in ihr Schlafzimmer zu lotsen, ohne billig zu wirken?

Diese Gedanken huschten Sabina immer wieder durch den Kopf – ganz gegen ihren Willen. Sie verstand auch nicht, was plötzlich mit ihr los war. Sex hatte immer eine eher untergeordnete Rolle bei ihr gespielt, und nun dachte sie ständig daran. Wartete sogar beinahe ungeduldig darauf, dass er sich ihr näherte.

Der Champagner stieg ihr zu Kopf, prickelte in ihrem Blut und verstärkte den Rausch, den dieses männliche Etwas in ihr verursachte. Sie ließ ihren Blick über die Tanzfläche gleiten, auf der vergnügte Menschen tanzten. Dann sprang sie auf. »Wie wär's?« Sie reichte ihm die Hand und erkannte sich selbst kaum wieder. Sie, die zurückhaltende Künstlerin, übernahm die Initiative.

Martin erhob sich. »Wie könnte ich einer so schönen Frau einen Wunsch abschlagen?« Sie hielt den Atem an, als er sie am Ellbogen fasste und zur Tanzfläche führte. Das dünne Seidenkleid war nicht mehr als eine kaum wahrnehmbare Barriere, als er sie umfasste und sich mit ihr zur Musik drehte. Sie genoss seine warme Hand an ihrem Rücken.

Das Schicksal meinte es gut mit ihr, denn in diesem Moment wurde ein langsamer Titel aufgelegt. Eine Ballade, sehr gefühlvoll und das Richtige für Paare, die auf Tuchfühlung gehen wollten.

Eine bessere Gelegenheit hätte nicht kommen können, fand Sabina.

In diesem Moment wurden all ihre Mädchenträume wahr. Sie lehnte ihren Kopf an seine Schulter, ließ sich von ihm wiegen, und sie schien genau zu wissen, wie sie sich im Einklang mit diesem wunderbaren Mann bewegen musste. Sabina spürte seinen warmen Körper. Ihr wurde heiß bei dem Gedanken, wie himmlisch es sich wohl anfühlen mochte, wenn sie beide ohne die dünnen Lagen Stoff miteinander tanzen würden, die ihre Haut jetzt noch voneinander trennten.

Die Musik riss sie mit, und das rote Licht, das die Tanzfläche flutete, schuf eine unwirkliche, intime Atmosphäre. Wie im Rausch lag sie in seinen Armen, hörte seine tiefe Stimme über ihrem Kopf, als er leise mitsummte. Die feste Brust, an die sie sich schmiegte, vibrierte leicht, und sie nahm den angenehm dezenten Duft seines Rasierwassers wahr. Sanft fuhr sein Daumen über ihren Nacken, und Sabina hätte am liebsten glücklich aufgeseufzt. Die Berührung verursachte ihr weiche Knie, machte sie schwach. Sie schloss die Augen. Wollte geküsst werden.

Sehnsuchtsvoll schmiegte sie sich enger an ihren Tanzpartner.

Sie war drauf und dran, sich in diesen Mann zu verlieben, und wollte diese einzigartige Chance nutzen. Fort mit allen Prinzipien, mit allen selbst auferlegten Regeln und Moralvorstellungen. Sie wollte ganz Frau sein, sich hingeben und in diesen wundervollen Armen dahinschmelzen.

Heute Nacht würde sie nicht zögern, sondern ihr Ziel konsequent verfolgen.

Martin drückte sie ein wenig enger an sich. Sabina fragte sich unwillkürlich, wie es wohl sein mochte, jeden Zentimeter seines Körpers zu erforschen. Ihn mit Küssen zu bedecken, sich ihm zu öffnen und ihren Körper bereitwillig zu offenbaren. Sie hob ihren Kopf leicht an.

Los Mädel, hol's dir!

Ihre Lippen näherten sich den seinen, sie reckte sich – und als er ihr auf halber Strecke entgegenkam, versanken sie in einem süßen Kuss.

Martin hatte in seinem Leben schon viele Frauen geküsst, besaß genug Erfahrung, um Vergleiche ziehen zu können. Die unglaublich zarte Berührung von Sabinas Lippen jedoch löschte die Erinnerung an alle anderen Frauen aus.

Schon zu Beginn hatte er sich vorgenommen, es dieser Frau, die ihm sofort gefallen hatte, zu überlassen, wie weit sie heute Abend gehen würden. Und nun öffnete sich ein Ventil in ihm. Seine Zunge glitt zwischen ihre Lippen. Er schmeckte den Champagner auf ihren Lippen, kostete ihre Süße und forderte ihre Zunge zum Duell.

Sabina drängte sich noch ein wenig stärker an ihn, und Martin unterdrückte ein Stöhnen, als er ihre Brüste spürte. Auf den ersten Blick wirkte diese Frau unschuldig und brav. Hinter dieser Fassade jedoch verbarg sich ein leidenschaftlicher Vulkan.

Er spürte ihre aufgerichteten Brustspitzen an seiner Brust, und es durchzuckte ihn heiß. Leider standen sie mitten auf der Tanzfläche, umgeben von unzähligen Leuten. Denn sonst hätte er diese Ermutigung, all die Dinge zu tun, die sie beide offenbar so gern tun würden, beim Schopf ergriffen.

Ihre Lippen lösten sich voneinander. Sabina hielt ihre Augen noch einen Moment geschlossen, und als sie Martin schließlich ansah, sprach so viel Leidenschaft aus ihrem Blick, dass er sie am liebsten sofort in eine dunkle Ecke gezerrt hätte.

Kapitel 24

Martins Dachgeschosswohnung in einer alten Villa am Rande von Sachsenhausen war geschmackvoll eingerichtet. Sabina blieb aber nicht viel Zeit, sich genauer umzuschauen, denn Martin führte sie zu einem Sessel, ließ sich darauf nieder, zog sie auf seinen Schoß. Liebevoll nahm er sie in die Arme. Mit einer überraschenden Vertrautheit schmiegte sie sich an ihn. Warm und bereitwillig. Ihr Blick war unschuldig und verlockend zugleich. Fast hätte sie vor Wohlbehagen geschnurrt, doch sie konnte es gerade noch zurückhalten.

Eine ganze Weile saßen sie einfach nur da, niemand sprach ein Wort. Sie lauschten auf den Herzschlag des anderen, genossen die wohltuende Nähe. Martin hauchte einen Kuss in ihr Haar, sog den blumigen Duft in sich auf.

»Du riechst gut!«

»Du auch.«

Sabina kuschelte sich noch ein Stückchen enger an ihn, genoss seine Nähe, seinen herrlich männlich-erdigen Geruch. Doch sie, die sonst so zurückhaltend war, wollte mehr. »Ist dir nicht warm?«, flüsterte sie und nestelte an den Knöpfen seines Hemdes.

»Heiß ist mir. Glühend heiß.« Behutsam legte er seine Hand auf ihre Brust und strich mit dem Daumen über die zarte Brustspitze, bis sie hart wurde und sich aufrichtete.

Sabina hielt den Atem an … bog sich ihm entgegen … wisperte: »Bitte, mehr!«

Er beugte sich über sie und begann ihre Brüste durch den Stoff hindurch mit den Lippen zu erforschen. Lüstern, intensiv, aber dennoch unendlich zart. Sabina sehnte sich nach mehr, gab einen kehligen Laut von sich, als er endlich begann, die Knöpfe ihres Kleides zu öffnen. Er schob den seidigen Stoff über ihre Schultern und hakte ihren BH auf. Eine Gänsehaut überzog ihren Körper, ihre Haut brannte, als seine Finger sie mit Wellenlinien bedachten und schließlich auf ihren Schultern liegen blieben.

»Du bist sehr schön!« Er lehnte sich zurück, studierte jeden Zentimeter ihres entblößten Oberkörpers. »Ich genieße es, dich anzusehen.«

»Das reicht mir aber nicht.« Langsam begann Sabina die Knöpfe seines Hemdes zu öffnen, legte ihre Hände auf seine Brust. Sie beugte sich vor, liebkoste seinen Oberkörper mit der Zungenspitze und entlockte ihm einen wohligen Seufzer. Doch auch seine Hände waren nicht untätig. Lockend strichen sie über ihren Rücken, sandten Schauer durch ihren Körper.

Sabina presste sich an ihn, zog ihn schließlich mit sich vom Sessel hinab auf den weichen Teppich.

»Was hast du vor?«

Genüsslich begann er an ihrem Ohrläppchen zu knabbern, während seine Hände ihre Oberschenkel verwöhnten, sich einen Weg unter den Saum ihres Kleides suchten. Die Hand, die sich zwischen ihre Schenkel schob, entlockte ihr einen kleinen Schrei. Sie hob ihre Hüften, drängte sich ihm entgegen und schloss die Augen.

»Ich will dich!«

Wer hatte diese Worte geflüstert? Sabina war sich nicht sicher, ob Martin oder sie sie in den Raum gehaucht hatte. Oder beide?

Sie spürte nur noch seine Lippen auf den ihren. Es war ein Kuss, der sie bis ins Innerste berührte. Sanft knabberte er an ihren Lippen, fuhr mit der Zunge über ihre Unterlippe, erforschte ihre Mundwinkel.

Wenn doch dieser Moment niemals vergehen würde. Dieser Mann ist Sünde pur.

Sie strich über seine nackten Schultern, spürte seine harten Muskeln, umschlang seinen Nacken, konnte nicht genug von ihm bekommen.

»Ich mag es zuzusehen, wie das Verlangen deine Augen dunkler werden lässt, wie dein Körper vor Lust bebt.«

Worte, die ihre Erregung nur noch steigerten. Als er sie von sich schob und ihr das Kleid über die Hüften streifte, entfachte er damit ein Feuer in ihrem Innersten. Sabina wand sich unter ihm, beherrscht von heißer, nie gekannter Lust, die sich noch verstärkte, als sie seinem feurigen Blick begegnete. Ein Blick, der durch ihren Körper rann wie feinster Cognac, der ihre Sinne betäubte, ihr Blut erhitzte. Sabina schluckte. Sie sehnte sich danach, ihn ganz zu spüren, nestelte am Verschluss seiner Hose und seufzte zufrieden auf, als kein Zentimeter störenden Stoffes sie mehr trennte.

Sie beugte sich ihm entgegen, presste ihren heißen nackten Körper an den seinen. Haut an Haut. Sinnlich. Gierig. Heiß. Beide spürten das pochende Verlangen des anderen ... wollten mehr.

Martins Finger legten sich zart über ihre Brustspitze, ließen sie erschauern.

Wie schafft er es nur, dass ich auf die leichteste Berührung so heftig reagiere? Er hat mich verhext, verzaubert! Ich bin ihm verfallen. Dabei kenne ich ihn doch kaum!

Eine derartig lustvolle Intimität hatte sie nie zuvor erlebt. Martin war ein Künstler der Liebe. Sein ganzes Denken konzentrierte sich darauf, sie am höchsten Grad der Erregung zu halten. An einem Punkt, der sie kaum noch atmen ließ. Es war Leidenschaft pur.

Wie trunken wand sie sich unter ihm, war versessen auf mehr. Sie wollte nur eines: von ihm berührt, verführt, genommen werden. Ihn riechen, schmecken, fühlen. Sich ihm voll und ganz hingeben. Atemlos vor Verlangen, schlang sie ein Bein um seine Hüften.

Komm! Ich will dich in mir spüren! Merkst du nicht, wie ich mich nach dir sehne?

Ihre stumme Bitte blieb ungehört. In betont langsamen Bewegungen drehte sich Martin zur Seite, sah sie an, lächelte. Ihm gefiel es, sie so erregt zu sehen. Mit jeder Minute steigerte sich auch sein Verlangen, bis er an seine Grenzen gekommen war. Sanft schob er ihre Schenkel auseinander, liebkoste die weichen Innenseiten, genoss ihre Lustschreie. Er teilte ihre Schamlippen, umkreiste die frei liegende Klitoris, bahnte sich einen Weg durch die heiße Nässe und schob zwei Finger in ihre hungrige Möse.

Sabina verging vor Lust. Sie hob sich seiner Hand entgegen, schlang die Beine um ihn, ließ ihn ihre Hitze spüren. Jede Faser ihres Leibes erbebte.

Auch Martin drohte die Lust zu überwältigen. Doch noch immer zwang er sich, seine Leidenschaft im Zaum zu halten. Er wollte ihre Regungen auskosten, ihr Zusammensein zelebrieren. Seine Augen waren dunkel vor Verlangen, sein Atem ging unregelmäßig, er glaubte zu platzen. Mit großer Selbstbeherrschung rollte er sich auf den Rücken und hob sie auf sich, so dass sie rittlings auf ihm zu sitzen kam. Er strich über ihre Schenkel, die sanften Kurven ihrer Hüften, bevor er ihre Brüste umfasste und sie hingebungsvoll massierte. Dann zog er sie zu sich hinab, fing die weiche Fülle ihrer Brüste mit seinen Lippen und seiner Zunge auf. Seine warme Zunge, die zärtlich saugenden Lippen und die Glut seiner Küsse ließ ein heißes Feuer durch ihren Körper rinnen. Sie schrie auf.

Leise aufstöhnend rollte sich Martin über sie, nahm ihren Mund mit einem drängenden Kuss in Besitz. Sabinas Schenkel legten sich unwillkürlich um seine Hüften, sie gierte danach, von ihm aufgefüllt zu werden. Und dann drang er endlich mit kraftvollen Stößen in sie ein.

Die Intensität der Vereinigung ließ beide aufschreien. Er zog sich für einen kurzen Moment zurück, um gleich darauf noch tiefer in sie zu gleiten. Instinktiv bog sie sich ihm entgegen. Der Rhythmus ihrer Bewegungen war harmonisch, ihre Körper schienen wie geschaffen füreinander. Wilde Ekstase erfasste Sabina, als sie spürte, wie seine Muskeln sich anspannten und ein Beben durch seinen Körper lief.

Und dann waren sie da, die Wellen, die sie zum Gipfel der Lust trugen, sie laut aufschreien ließen und eine prickelnde Süße durch ihren Schoß jagten. In ihr wuchs das Gefühl, jeden Moment zu verglühen … zu verbrennen … sich aufzulösen. Tief in den Wellen dieser anderen Welt nahm sie wahr, wie auch er mit einem lauten Stöhnen kam, wie er seinen heißen Saft in sie hineinpumpte.

Sie genoss diese nie gekannte, unbändige, wundervolle Lust und wünschte sich, ihn nie mehr loslassen zu müssen.

Später, viel später strich er ihr liebevoll das Haar zurück und küsste sie zärtlich. Es war ein langer Kuss. Sie schlang die Arme um ihn, zog ihn ganz eng an sich, staunte über die Glücksgefühle, die sie durchströmten, und kuschelte sich an ihn …

Kapitel 25

In den nächsten Wochen versuchte Rafael unaufhörlich, Marleen telefonisch zu erreichen. Vergeblich!

Sie hatte ihre Arbeit in der Kanzlei wieder aufgenommen, Auch dort ließ sie sich verleugnen, und zu Hause blieb stets der Anrufbeantworter eingeschaltet.

Ihrem Wunsch, er möge sie nicht aufsuchen, kam Rafael nach. Aber geschlagen geben wollte er sich dennoch nicht.

Er schickte ihr regelmäßig riesige Blumensträuße und Grußkarten, mit denen er sich reumütig entschuldigte und um eine Aussprache bat.

Auch die Tatsache, dass er ihr in langen Briefen immer wieder beteuerte, schon seit einiger Zeit keinerlei Aufträge als Callboy angenommen zu haben und diesen Job mit Eröffnung der Bar sowieso ad acta legen wollte, zeigte keinerlei Wirkung.

Doch Rafael gab nicht auf, sondern schaltete Anzeigen, kaufte die entsprechenden Zeitungen, strich seine Zeilen rot an und legte sie ihr in den Briefkasten.

Er band einen Schwung roter Herzluftballons an ihren Autospiegel, sang Liebeslieder auf ihren Anrufbeantworter.

Ließ ihr selbst gebackenen Kuchen zukommen, auf dem kunstvolle Liebeserklärungen aus Zuckerguss formuliert waren.

Doch seine Bitte um eine Aussprache wurde nicht erhört, und so beschloss er, es auf eine persönliche Konfrontation ankommen zu lassen.

∞

Marleen, die die ganze Nacht nicht geschlafen, sondern nur in ihr Kissen geweint hatte, stand bereits im Morgengrauen auf. Sie kochte sich eine große Kanne Kaffee, in der Hoffnung, dadurch wenigstens halbwegs fit zu werden. Nachdem sie drei große Tassen getrunken hatte, bemühte sie sich vergeblich darum, die Spuren des Kummers aus ihrem Gesicht zu beseitigen. Aber ganz egal, wie viel Make-up sie auch verwendete, man sah ihr immer noch an, dass sie nicht eine Minute geschlafen hatte. Die unzähligen Tränen hatten ihr Übriges getan.

Völlig ermattet und niedergeschlagen, gab sie den Kampf schließlich auf.

Sie beschloss, ein buntes Sommerkleid anzuziehen, und hoffte, ihre traurige Stimmung mit den fröhlichen Farben ein wenig überspielen zu können. Schließlich trank sie eine weitere große Tasse Kaffee und machte sich auf den Weg zur Kanzlei, um sich mit Arbeit abzulenken.

Die letzten Tage über hatte es ihr schwer im Magen gelegen, dass sie nicht dazu gekommen war, die Unmengen an Unterlagen zu sortieren, die sich mittlerweile angehäuft hatten. Heute war sie fast froh darüber, denn so konnte sie sich wenigstens in ihre Arbeit vergraben. Vielleicht half ihr das ja, nicht immerzu an Rafael zu denken.

∞

Gegen neunzehn Uhr verließ Marleen die Kanzlei. Sie wollte, wie so oft in den letzten Tagen, so schnell wie möglich nach

Hause, denn dort fühlte sie sich wohler als unter Menschen. Sie hatte das Gefühl, jeder könnte ihr an der Nasenspitze ansehen, was ihr widerfahren war und wie schmerzhaft es in ihr brannte. Außerdem konnte sie sich in ihrer Wohnung unbemerkt ihrem Kummer hingeben.

Eilig schritt sie durch die Tür der Kanzlei nach draußen.

»Hallo, Marleen.«

Sie fuhr herum, erblickte Rafael.

»Was willst du? Ich hoffe nicht, dass du vorhast, mir erneut deine Liebe zu gestehen. Wenn ja, dann danke, mein Bedarf ist gedeckt.«

Überrascht fiel ihr Blick auf die große weiße Flagge, die Rafael bei sich trug, und die nun im Wind flatterte. *Marleen – Bitte verzeih mir. Ich liebe dich von ganzem Herzen*, stand in großen Buchstaben auf dem leichten Stoff der Flagge.

»Da du ja anscheinend nicht vorhattest, auf meine Anrufe zu reagieren, habe ich nach einem anderen Weg gesucht. Marleen, bitte hör mir zu. Ich wünsche mir nichts mehr, als dass du mir verzeihst und mir eine weitere Chance gibst. Bitte, lass uns reden. Lass uns in ein Café gehen, damit ich dir alles erklären kann.«

»Das hättest du dir vorher überlegen sollen.«

»Ich habe es versäumt, ich weiß. Und glaube mir, ich habe mich für all das selbst schon unzählige Male verflucht.«

»Wie nobel!«

Rafael streckte seine Hand aus. »Bitte!«

»Geh nach Hause, Rafael. Das, was ich gehört habe, reicht mir – voll und ganz.«

»Verzeihen zu können ist eine Stärke. Und du bist stark.«

»Hier geht es nicht darum, verzeihen zu können, sondern es zu wollen. Und ich will nicht.«

»Dann hör mich doch wenigstens an. Horch tief in dich hinein, lass dir ein paar Minuten Zeit, und dann sag mir, ob du wirklich nicht wissen willst, was ich zu sagen habe!« Mit starrem und ernstem Blick sah Rafael ihr beschwörend in die Augen.

Marleen wandte ihren Blick ab. »Ich dachte, ich hätte mich klar und deutlich ausgedrückt. Da du mich anscheinend nicht verstanden hast, werde ich es jetzt noch einmal betonen. Ich will dich nie mehr sehen. Ist das jetzt endlich bei dir angekommen?« Schnell wandte sie sich um und eilte blindlings zu ihrem Auto.

Rafael lief hinter ihr her, schnitt ihr den Weg ab. »Wenn du mir wirklich nicht verzeihen möchtest, werde ich das wohl endlich akzeptieren müssen. Ist es doch ein untrügliches Zeichen dafür, dass unsere Beziehung nicht so vollkommen und einmalig war, wie ich es mir gewünscht hatte.«

»Vollkommen? Einmalig?«, stieß sie bitter hervor. »Ist eine vollkommene Beziehung mit einem bedeutend jüngeren Callboy überhaupt möglich? Ich denke, nicht. Es war ganz nett mit dir. Aber das war es auch schon.«

Sie schob sich an ihm vorbei, warf ihm einen kalten Blick zu. Dann drehte sie sich noch einmal um. »Ach, bevor ich es vergesse: Ich habe jemanden kennen gelernt – jemand, der zu mir passt. Ich möchte, dass du aus meinem Leben verschwindest. In jeder Beziehung – und vor allem für immer!«

»Ist das dein letztes Wort?«

»Ja.« Ihr abweisender Blick ging ihm durch und durch.

»Okay. Ich habe verstanden. Ich verspreche dir, dass ich dich nie wieder belästigen werde. Leb wohl, Marleen.«

Er drehte sich um, stieg in seinen Wagen und fuhr davon, ohne sich noch einmal nach ihr umzusehen.

Tränenblind blickte sie den verschwindenden Rücklichtern hinterher.

Sie hatte sich mit ihren Worten selbst ins Fleisch geschnitten. Tief und schmerzhaft.

Gerade noch mit letzter Kraft und einigermaßen fester Stimme war es ihr gelungen, ihm diese Worte ins Gesicht zu schleudern. Dabei hatte ihr Körper mit all seinen Sinnen nach etwas ganz anderem verlangt. Nur zu gerne wäre sie in Rafaels Arme gesunken, um dort für immer zu verweilen. Am liebsten hätte sie ihm alles nur Erdenkliche verziehen, damit er sie wieder festhielt und nie mehr losließ. Aber es ging nicht. Zu groß war die Enttäuschung, zu der sich in den letzten Wochen eine ständig wachsende Angst gesellt hatte. Angst, diesen Mann auf Dauer sowieso nie für sich allein haben zu können. Ein Callboy konnte schließlich alle Frauen haben und bekam dafür auch noch Geld. Was sollte er da mit einer Frau an seiner Seite, die um einiges älter war. Zehn Jahre Altersunterschied waren schließlich kein Pappenstiel.

Unstillbare Sehnsucht erfasste sie. Sehnsucht nach Rafael, den sie so sehr liebte.

Schluchzend stieg sie in ihren Wagen und fuhr nach Hause.

കൈ

Seit dem Abend vor der Kanzlei hatte Marleen nichts mehr von Rafael gehört. Anscheinend hatte er nun begriffen, dass es vorbei war. Endlich konnte sie ihn vergessen, würde durch den nötigen Abstand innere Ruhe vor den ständig aufkommenden Erinnerungen bekommen. Dennoch schmerzte es, dass seine Bemühungen um sie nun ein Ende hatten. Deutlicher konnte er ihr nicht zeigen, wie wenig sie ihm bedeutete ... beziehungsweise jemals bedeutet hatte. Andererseits ... es war wirklich kein Wunder, dass er nun aufgab. So kalt und verletzend, wie sie ihm gegenüber gewesen war.

Marleen seufzte und hoffte, die Zeit auf ihrer Seite zu haben. Ihre Hoffnung löste sich jedoch auf wie eine Seifenblase.

Nach wie vor erschien Rafael in ihren Träumen, war unaufhörlich in ihren Gedanken. Morgens erwachte sie traurig, voller Sehnsucht, tränennass.

Sie redete sich ein, dass sie sich einfach nur noch mehr in ihre Arbeit stürzen, sich noch mehr ablenken musste, dann würde sie ihn schon vergessen.

Doch dieser Plan schlug fehl. Sie fühlte sich wie ein Tiger im Käfig. Innerlich getrieben, ruhelos. Wenn sie zu Hause war, lief sie ständig auf und ab, starrte dabei aufs Telefon. Leider blieb es stumm. Auch der Anrufbeantworter spuckte keine Nachrichten von Rafael mehr aus, und als sie, aus einer tiefen Sehnsucht heraus, seine Nummer wählte, ließ sie es lediglich zweimal klingeln und legte nervös wieder auf. Wie ein Film zogen Bilder an ihr vorüber. Bilder von ihrer ersten Begegnung, dem ersten Kuss, von ihrer gemeinsamen Zeit und auch davon, wie kühl und unnahbar sie sich zuletzt gegeben hatte.

Noch nicht einmal den Funken einer Chance zur Aussprache hatte sie ihm gegeben. Seine Beteuerungen hatte sie stets abgeschmettert, als wäre er ein Schwerverbrecher.

Dabei klangen sie doch plausibel!

Marleen begann nervös an ihren Nägeln zu kauen. Leider wurde ihr das erst jetzt bewusst. Zu spät! Bei diesen Gedanken spürte sie einen unerträglichen Schmerz in sich. *Soll ich einfach zu ihm fahren und ihn um Verzeihung bitten?*

Diesen Gedanken schob sie weit von sich, denn sie hatte Angst, ebenso kühl und abweisend behandelt zu werden, wie sie ihn behandelt hatte.

Feigling! Elender Feigling. Los, hol ihn dir zurück! Aber was sage ich ihm dann? Und was ist, wenn er dich in der Zwischenzeit gar nicht mehr will?

Ihre Gedanken drehten sich im Kreis, quälten sie, ließen ihr keine Ruhe.

Kapitel 26

Warmes Wasser rann ihr durch die Haare, nahm die letzten Reste des Shampoos mit sich und lief ihren Körper hinab. Ein schaumiger Bach, der im Abfluss verschwand. Der zarte Geruch von Rosenblüten verband sich mit dem Wasserdampf, verteilte sich im Raum. Marleen stand schon seit geraumer Zeit unter der Dusche, seifte sich immer wieder neu ein und ließ gedankenverloren warmes Wasser über ihren Körper laufen in der Hoffnung, auch von innen gewärmt zu werden. Aus dem Wohnzimmer drang leise Musik zu ihr herüber. Die CD, die sie sich immer mit Rafael angehört hatte.

War es wirklich erst ein paar Wochen her, dass sie wie heute unter der Dusche gestanden hatte und ihn in der Küche rumoren und fröhlich pfeifen hörte? Ihr kam es wie eine Ewigkeit vor. Eine Ewigkeit, die mit jedem Tag ein kleines Stückchen ihres Herzens fraß, sie innerlich erfrieren ließ.

Das Leben war leer und sinnlos geworden, und ihr wurde klar, dass sie nicht so einfach über Rafael hinwegkommen, ihn einfach nicht vergessen konnte. Sie vermisste ihn von Tag zu Tag mehr und deshalb beschloss sie, einen Vorstoß bei ihm zu wagen. In ein paar Tagen fand die Eröffnung des »Moonlight« statt.

Sie würde ihn überraschen.

Laute Musik drang aus den Boxen. Eine indirekte Beleuchtung sorgte für ein heimeliges Licht, und der Champagner floss in Strömen. Das »Moonlight« war zum Bersten gefüllt. Überall standen, saßen oder tanzten vergnügte Gäste, ließen sich einen Cocktail nach dem anderen schmecken und erfreuten sich an dem Büfett, welches Rafael liebevoll zusammengestellt hatte.

»Schau mal, das ist Aaron Vanderberg, Erbe einer Juwelier-Dynastie. Er gehört zur Gattung Obermacho, ist mit einem goldenen Löffel im Mund geboren und hat es sich zum Lebensinhalt gemacht, um die Welt zu jetten – ständig auf der Suche nach Sex und Partys. Er ist berüchtigt für seine sexuelle Anziehungskraft und Verführungskunst.« Helena wies in die Richtung, in der ein höchst attraktiver Mann in extravaganter Designerkleidung gerade eine Champagnerflasche köpfte, seine Begleiterin mit einer kleinen Erfrischung versah, indem er ihr etwas von dem prickelnden Nass in den Ausschnitt tropfte. Seine Zunge ließ er dann der feuchten Spur folgen.

»Mmhmm. Der Typ wäre eine Sünde wert!« Kathrin pfiff leise durch die Zähne.

»Vergiss es.« Helena lachte kurz auf. »Dieser aufgeblasene Gigolo verdient höchstens einen Tritt ans Schienbein. Er spielt mit den Frauen. Benutzt sie und wirft sie anschließend weg wie einen alten Schuh, der ausgedient hat. Dennoch ist er der Traum aller Frauen, was ich absolut nicht verstehe. Hinter seiner attraktiven Fassade steckt ein hemmungsloser Casanova, der von einer Frau nicht mehr erwartet als gutes Aussehen und ein dämliches Grinsen. Natürlich sollte die jeweilige Dame ihn auch angemessen anhimmeln und ihm artig auf Wunsch zur Verfügung stehen.«

»Einem Mann wie ihm würde ich auch mit Vorliebe zur Verfügung stehen.«

»Such dir lieber einen anständigen Kerl. Oder willst du nach Dominik vom Regen in die Traufe kommen?«, mischte sich Sabina ein.

Bei der Erinnerung an Dominik überlief Kathrin ein unangenehmes Gefühl. »Bloß nicht. Aber Schwärmen wird man ja wohl dürfen, oder? Oh, schaut mal, dort hinten sitzt ein Typ Marke Latinlover. Ganz allein. Ich werde jetzt die Tanzfläche unsicher machen und weiß auch schon, mit wem.«

Kathrin rauschte davon, Helena und Sabina warfen sich einen amüsierten Blick zu. Das war Kathrin, wie sie »leibt und lebt«.

Aaron Vanderberg war mittlerweile von jungen, schönen und vor allem leicht bekleideten Frauen umringt. Sie hingen förmlich an seinen Lippen, himmelten ihn an. Sein blondes Haar fiel ihm weich in den Nacken. Er trug es aus der Stirn gekämmt, eine vorwitzige Strähne jedoch fiel ihm immer wieder ins Gesicht. Seine tiefblauen Augen blitzten, und wenn er lachte, gaben seine Lippen eine Reihe makellos weißer Zähne frei.

»Ich glaube, das nächste Opfer hat bereits Kurs auf ihn genommen, streckt seine lackierten Krallen nach ihm aus.« Sabina hatte sich wieder Aaron zugewandt, beobachtete seine Koketterie mit einer Mischung aus Faszination und Abneigung.

Helena nippte an ihrem Cocktail und beobachtete die junge, schlanke Frau, die sich Aaron mit geschmeidigen Bewegungen näherte. In ihrem engen, weit ausgeschnittenen, silbern glitzernden Cocktailkleid sah sie äußerst attraktiv und sexy aus. »Sehr offensiv. Schau nur, sie schiebt sich geradewegs auf ihn zu, ohne Rücksicht auf die Frauen, die ihr dabei im Weg stehen.«

»Kaum zu glauben.«

»Noch einen Cocktail die Damen?« Rafael hatte seine Position hinter dem Tresen verlassen, schob sich zwischen die beiden und hakte sich bei ihnen ein. »Ich kenne da einen Barkeeper, der ein Meister seines Faches ist.«

»Du redest nicht zufällig von dir selbst?« Helena lachte, gab ihm einen Kuss auf die Wange. »Hach, ich bin froh, dass du heute etwas fröhlicher bist.«

Rafaels Gesicht verdunkelte sich für den Bruchteil einer Sekunde, dann verschwand die dunkle Wolke, und er erwiderte Helenas Lächeln. »Heute ist ein besonderer Tag. Ein Traum geht in Erfüllung. Da werde ich mich doch nicht von einer gescheiterten Liebesbeziehung und ein bisschen Liebeskummer in den Keller reißen lassen. Ich werde von nun an nur noch nach vorn schauen. Und das Leben als Barbesitzer in vollen Zügen genießen.« Rafael gab sich Mühe, sein nach wie vor schmerzendes Herz auszublenden.

Es war vorbei, das hatte Marleen ihm unmissverständlich klar gemacht. Und so schlimm es auch war, er hatte nicht vor, in den Schatten seiner Trauer zu ertrinken.

»Mit ›in vollen Zügen genießen‹ meinst du aber hoffentlich nicht so etwas?« Helena wies mit dem Kinn in Richtung Aaron Vanderberg.

»Wieso nicht? Wenn es hilft?«

»Rafael!« Helena setzte einen empörten Blick auf und stupste ihn in die Seite.

»Schon gut, schon gut.« Er hob abwehrend die Hände. An Sabina gewandt, fuhr er fort: »Kommt Martin noch?«

»Er steht im Stau. Müsste aber bald da sein.«

»Okay, Ladys. Dann werde ich Leonard mal nicht länger mit den Cocktails allein lassen. Wenn ihr einen speziellen Wunsch habt, wendet euch vertrauensvoll an mich.«

ॐ

Marleen hatte sich sorgfältig zurechtgemacht. Sie trug Rafaels Lieblingskleid. Es war bordeauxrot, aus schmeichelnder Seide und wirkte sehr weiblich und sexy. Die Spuren ihrer schlaflosen Nächte hatte sie gekonnt überschminkt. Zufrieden mit ihrem Äußeren, machte sie sich entschlossen auf den Weg. Als sie die Straße, in der sich das »Moonlight« befand, erreicht hatte, begann ihr Herz wild zu klopfen. Ihr Blick fiel auf seinen Sportwagen, den er unmittelbar neben der Bar abgestellt hatte. Schmerzvolle Erinnerungen kamen in ihr hoch.

Nachdem er damals den Kaufvertrag in der Tasche gehabt hatte, war er nachts mit ihr hierher gefahren, um sich die Bar bei Nacht anzuschauen. Anschließend hatten sie sich in seinem Wagen geliebt. Genau an der Stelle, wo er jetzt stand. Sie schluckte die Tränen hinunter, die ihr heiß aufzusteigen drohten. Sie durfte nicht weinen. Nicht jetzt, wo sie sich so sorgfältig geschminkt hatte, um ihm gegenüberzutreten.

Erste Zweifel überkamen sie. Vielleicht war der Zeitpunkt nicht gerade günstig. Oder sollte sie es ganz lassen? Schließlich hätte er allen Grund dazu, sie ebenso kalt abzuweisen, wie sie es mit ihm getan hatte.

Verflixt!

»Alles wird gut ... alles wird gut ...«, murmelte sie ständig wie ein Mantra vor sich her, während sie sich noch bemühte, eine Parklücke zu finden, was gar nicht so einfach war. Als sie endlich fündig wurde, schaltete sie den Motor ab und blieb eine ganze Weile im Wagen sitzen. Ihr war übel. Außerdem zitterten ihre Knie. Und überhaupt ... was hatte sie hier eigentlich zu suchen?

Ich will den Mann zurückerobern, den ich von ganzem Herzen liebe, gab sie sich selbst Antwort und stieg schließlich aus. Mit einem mulmigen Gefühl näherte sie sich Rafaels Bar. Die Leuchtreklame war schon von weitem zu erkennen, und als sie sich der Bar näherte, vernahm sie auch die Musik, die nach außen drang. Vor der glänzenden ebenholzfarbenen Tür blieb sie stehen, legte ihre Hand ans Herz und zwang sich, ruhiger zu atmen. Sie hörte laute Musik, Stimmen, fröhliches Lachen und kam sich vor wie ein Kind, das verbotenerweise durch das Schlüsselloch der Wohnzimmertür schaute, während die Mutter den Weihnachtsbaum schmückte.

Mit Schwung wurde die Tür von innen aufgerissen, und sie wäre dem jungen Pärchen – das gerade im Begriff war, sich außerhalb ein wenig abzukühlen – fast in die Arme gepurzelt.

»Nicht so schüchtern, junge Dame«, lallte der Mann und schob sie in das Innere des »Moonlight«. Das grelle Kichern der Frau an seiner Seite vermischte sich mit den lautstarken Basstönen der Musik, und der Lärm drohte sie zu erschlagen.

Sie wollte gerade auf dem Absatz kehrtmachen, als sie Rafael erblickte, der mit einem blendend aussehenden, schwarzhaarigen jungen Mann am Tresen stand. Er starrte sie an. Kein Lächeln erhellte seine Gesichtszüge. Im Gegenteil, seine Miene hatte sich augenblicklich verdüstert, als sich ihre Blicke trafen. Sie erblasste, dann zwang sie sich zu einem Lächeln. Es war allerdings ein recht gezwungenes Lächeln, das unsicher und verzerrt wirkte. Rafael machte keinerlei Anstalten, ihr Lächeln zu erwidern, geschweige denn auf sie zuzukommen. Lässig lehnte er am Tresen, hatte die Arme vor der Brust verschränkt und starrte sie einfach nur mit düsterem und äußerst unwilligem Blick an.

Erneut wagte sie ein zögerliches Lächeln. Ihr Fokus war ganz und gar auf Rafael ausgerichtet. Alles andere hatte ihr Bewusstsein ausgeblendet.

Steif stand sie da, mit leerem Kopf, der zusätzlich schmerzte und rumorte. Sie spürte, wie ihre Handflächen feucht und ihre Knie eine Nuance weicher wurden.

Jetzt oder nie!

Mechanisch setzte sie einen Fuß vor den anderen, näherte sich ihm mit steifen Schritten und einem flauen Gefühl in der Magengrube. Der eisige und auch spöttische Blick aus Rafaels Augen traf sie mitten ins Herz.

»Hallo …« Ihre Stimme war nur ein Hauchen.

»Hallo«, erwiderte er kalt und schaute über sie hinweg.

»Ich wollte …«

Verdammt, es sind so viele Worte in mir, doch nichts dringt nach außen.

»Aber Rafael, willst du der jungen Dame nicht auch ein Gläschen Sekt anbieten? Wo sie doch schon mal hier ist.« Diese Worte kamen von einem jungen Mann, der ganz in der Nähe stand. Rafael blickte nach wie vor eisig drein und dachte gar nicht daran, sich zu rühren. Marleen fühlte sich allein, verlassen und so einsam wie noch nie. In den kurzen Momenten, in denen ihr Hirn einen klaren Gedanken zuließ, erwog sie ernsthaft, den Raum zu verlassen. Doch dann machte sie sich erneut klar, warum sie eigentlich hier war.

Entschlossen atmete sie tief durch und versuchte seinen abweisenden Gesichtsausdruck zu ignorieren. Sie legte ihre Hand auf seinen Arm, mit dem er sich auf der Theke abstützte, riss sie allerdings erschrocken zurück, als Rafael ihr »verschwinde« zuzischte. Das Blut stockte in ihren Adern. Dass er sie nicht mit offenen Armen empfangen würde, hatte sie gewusst, aber auf diese unverhohlene Feindseligkeit war sie nicht vorbereitet. Vor versammelter Mannschaft schickte er sie wie ein ungezogenes Mädchen davon.

Der offenkundig homosexuelle schwarzhaarige Mann neben ihm begann laut zu lachen, blickte sie höhnisch an. Sie wäre am liebsten davongelaufen, um ihn anschließend hoffentlich auf ewig aus ihrem Gedächtnis verbannen zu können … es zumindest zu versuchen. Doch sie blieb, wo sie war, starrte Rafael nun trotzig in die Augen und sagte laut und deutlich: »Dass du nicht gut auf mich zu sprechen bist, hat berechtigte Gründe. Ich kann dir dein Verhalten also nicht verdenken. Dennoch möchte ich dir sagen, dass ich dich von ganzem Herzen liebe. Rafael, bitte verzeih mir.«

Der Mann, der sich bei Rafael eingehakt hatte, zuckte zusammen, ließ ihn los und warf giftige Blicke in ihre Richtung. Mit zitternden Knien hoffte sie auf eine zumindest ansatzweise positive Reaktion von Rafael. Doch sie wurde enttäuscht, denn er verzog keine Miene und schien sich noch nicht einmal einen Funken darüber zu freuen, dass sie ihm soeben eine Liebeserklärung gemacht und ihn um Verzeihung gebeten hatte.

Aber was erwartete sie auch? Schließlich hatte sie es ihm vorgelebt.

Will er mich zappeln lassen, oder hat er endgültig mit mir abgeschlossen?

Sie war den Tränen nah. *Bitte, lieber Gott, hilf, dass er mich noch liebt. Ich will ... darf ihn nicht verlieren.*

Leonard, der alles von seiner Position hinter dem Tresen beobachtet hatte, zwinkerte ihr aufmunternd zu und schob ihr einen Cocktail hin. Er wurde von ihr mit einem dankbaren Blick belohnt. Nun hatte sie wenigstens etwas, woran sie sich festhalten konnte.

»Rafael?« Bittend blickte sie ihm direkt in die Augen. »Bitte, sag doch was. Irgendwas. Aber lass mich um Himmels willen nicht so dumm hier stehen.«

»Es hat dich niemand dazu gezwungen, herzukommen. Es liegt also in deiner alleinigen Verantwortung, dumm herumzustehen. Was hält dich davon ab, wieder zu gehen?«

»Du. Verdammt noch mal, du! Ich wollte dich wiedersehen, dich um Verzeihung bitten, dir sagen, dass ich dich von Herzen liebe.«

»Nun, das hast du getan. Und jetzt?«

»Vielleicht hatte ich ja gehofft, dass du mir verzeihen kannst und zu einem klärenden Gespräch bereit bist. Bitte! Rafael.«

»Es ist zu spät.«

Sie wollte zum Ausgang gehen, drehte sich dann aber wieder zu ihm zurück.

»Ja, ich habe einen Fehler gemacht. Ich … können wir nicht woanders noch einmal darüber sprechen?«

»Nein.« Sein barscher Ton unterbrach sie in ihren Erklärungsversuchen.

»Bist du wirklich nicht bereit, mir unter vier Augen zuzuhören? Verzeih mir doch. Es ist alles …«

»Nein! Und nun habe ich genug gehört. Ich möchte die Eröffnung feiern. Ohne dich.«

Er nahm ihr das Glas aus der Hand, stellte es ab, fasste sie am Ellbogen und schob sie zur Tür. Für einen winzigen Moment spielte sie mit dem Gedanken, sich auf den Boden zu werfen und irgendwo festzukrallen, nur um ihn von seinem Vorhaben abzubringen. Doch sie unterließ es. Ihr blieb momentan nichts anderes übrig, als sich von Rafael hinauskatapultieren zu lassen. Bevor sie ging, blickte sie ihm noch einmal fest in die Augen. »Ich gebe so schnell nicht auf. Ich liebe dich und werde um dich kämpfen. Wenn du ehrlich zu dir selbst bist, musst du dir eingestehen, dass du darauf wartest. Auch wenn du es niemals zugeben würdest. Du bist mir nämlich ähnlicher, als es auf den ersten Blick den Anschein hat.«

»Nun, dann weißt du mehr als ich. Was für ein Pech, dass du dich irrst. Aber irren ist ja bekanntermaßen menschlich.« Wortlos drehte er sich um und verschwand im Innern der Bar.

»War das gerade Marleen? Wieso ist sie schon wieder

weg? Gibt es Neuigkeiten? Habt ihr euch versöhnt?« Rafael wurde von Helena geradezu mit Fragen bestürmt.

»Bitte – ich möchte jetzt nicht darüber reden, okay?«

»Aber …«

»Bitte!«

»Okay. Heute kommst du mir noch mal davon. Aber ich werde darauf zurückkommen.«

Kapitel 27

Müde zog sich Marleen eine warme Wolljacke an. Ihr war kalt. Die Kälte kroch durch ihre Glieder, breitete sich im gesamten Körper aus und umschlang ihr Herz. Tiefe Trauer nahm ihr fast die Luft zum Atmen, bündelte sich in ihrer Magengegend zu einem klebrigen, schmerzenden Klumpen.

Das Schlimme an der ganzen Geschichte war, dass sie Schuld an der Entwicklung trug.

Ich werde zu Ruth fahren. Ihre Gedanken tun mir gut, und vielleicht schafft sie es ja, mir wieder etwas Mut und Zuversicht zu schenken.

Müde und frierend kam sie kurze Zeit später bei Ruth an. Deren scharfem Blick entging nicht, dass etwas Entsetzliches geschehen war. »Du siehst verändert aus, Marleen. Was ist passiert?«

»Was soll an mir anders sein? Ich sehe doch aus wie immer, oder?« Den letzten Satz brachte sie ironisch hervor, jedoch mit Tränen in den Augen.

»Wie eine alte Wasserleiche«, kommentierte Ruth trocken, bemüht, ihren Schrecken beim Anblick ihrer Freundin zu verbergen. »Eigentlich«, sagte sie bewusst burschikos, »war ich ja der Meinung, dass die Erde vor Liebe und Glück endlich für dich gebebt hätte.«

»Ach, Ruth. Zwar hat die Erde für ein paar kurze Momente gebebt, doch der Taifun, der dem Beben folgte, war stärker – und jetzt ist mir, als säße ich wie tot mitten in dessen Auge und ...«

»Du meinst damit wohl, dass ihr – du und Rafael – euch gestritten habt«, unterbrach Ruth das Gestammel. »Komm, lass alles raus, was dich bedrückt. Du kennst meine Devise: Probleme sind dazu da, dass sie gelöst werden.«

Sie breitete ihre Arme aus. »Komm her und mach dir Luft.«

Als Marleen in Ruths wache und besorgte Augen blickte, war es um ihre Beherrschung geschehen. Mit lautem Schluchzen warf sie sich in die Arme ihrer Freundin, ließ ihren Tränen freien Lauf.

»So, und nun trinken wir beiden Hübschen erst einmal eine starke Tasse Kaffee, machen es uns gemütlich, und du erzählst mir alles – von Beginn an.«

ⱸ☙

Das Beisammensein mit Ruth hatte ihr gut getan.

Ach, hätte ich mich ihr doch schon früher anvertraut. Wie viel anders wären meine Reaktionen in so mancher Hinsicht ausgefallen.

Sie dachte mit blutendem Herzen an Rafaels Versöhnungsversuche. An seine Einfälle, seine Hartnäckigkeit, seinen Charme. Sie hatte ihn mehr als einmal auflaufen lassen. Übel und kalt. Da würde sie sich doch nicht von diesem einen missglückten Versuch abschrecken lassen.

Nein, nein, nein!

Und sie hatte auch schon einen Plan, wie sie bei ihrem nächsten Versuch vorgehen würde ...

Als sie kurz nach Mitternacht in die Straße einbog, in der

das »Moonlight« lag, setzte ihr Herzschlag für einen Moment aus, und ihr Magen begann zu rebellieren.

Alles wird gut … alles wird gut!

Sie stellte den Wagen genau hinter seinen Sportwagen, versperrte ihm somit die Ausfahrt und stieg aus. Mit weichen Knien umrundete sie ihren Wagen, öffnete dann die Motorhaube und begann ein Kabel zu lösen.

Ob ein Kabel reicht? Lieber noch eins, dann hat er länger zu tun. Oder soll ich vorsichtshalber ein Kabel zerschneiden?

Kaum hatte sie dies gedacht, hatte sie auch schon ihre Nagelschere aus ihrer Handtasche gekramt und eines der Kabel durchgeschnitten.

So, das dürfte genügen.

Zufrieden begutachtete sie ihr Werk und schlug grinsend die Motorhaube zu. Dann begann das Warten. Ihre Nervosität wuchs.

Was, wenn er mit einer Frau im Arm herauskommt?

Sie lief aufgeregt hin und her. Setzte sich in ihr Auto, stieg wieder aus, setzte sich hinein. Es war Montagabend, allgemein nicht viel los, so dass sie hoffte, Rafael würde pünktlich schließen. Sie griff nach dem bunten Päckchen auf dem Beifahrersitz, betrachtete den Schriftzug, den sie in silbernen Lettern aufgeklebt hatte, und legte es wieder ab.

›Elen sila lumenn omentielvo‹ – Ein Stern leuchtet über der Stunde unserer Begegnung.

Es war fast eine Ewigkeit her, als Rafael ihr diese Worte zum ersten Mal zugeflüstert hatte.

Sie lächelte bei dem Gedanken daran, wie viel Mühe und Geduld sie am Nachmittag von ganzem Herzen investiert hatte, um zu einem vernünftigen Ergebnis zu kommen. Eier waren zu Bruch gegangen, sie hatte Zucker mit Salz verwechselt, unzählige Teigplatten waren ihr verbrannt, aber sie hatte nicht aufgegeben und wurde Stunden später und ein paar graue Haare reicher damit belohnt, die erste Hackfleischpastete ihres Lebens kreiert zu haben. Rafaels Lieblingspastete, die er im »Moonlight« auf jeden Fall als Snack anbieten wollte. Sie stieg erneut aus, legte das Päckchen auf das Autodach und lehnte sich gegen die Motorhaube.

Die Zeit wollte und wollte nicht vergehen. Noch ein paar Schritte die Straße hinauf, wieder zurück, ein Blick in den Außenspiegel, um das Make-up zu überprüfen, und dann die Stimme, die plötzlich hinter ihr ertönte: »Was machst du hier?«

Erschrocken fuhr sie herum, sah ihn mit aufgerissenen Augen an. »Hallo, Rafael. Was machst du hier ... ich meine, ich habe dich gar nicht gehört.«

»Es soll so etwas wie Hinterausgänge geben.«

Sie senkte den Blick, räusperte sich.

»Was willst du?« Seine Stimme klang kühl, ungeduldig.

»Dich!«

»Sonst nichts?«

»Doch, ich möchte, dass du mir zuhörst.«

»Es mag ja sein, dass du dir diese Inszenierung hier äußerst romantisch vorstellst, aber das Leben ist keine Komödie. Und auch kein Märchen. Es beruht auf Fakten. Und Fakt ist, dass du in deinem Elfenbeinturm thronst, dabei Situationen verurteilst, ohne auch nur ansatzweise bereit zu sein, deren Ursprung zu beleuchten. Als mir dies klar wurde, wurde mir ebenso klar, dass der Punkt gekommen ist, das letzte bisschen Stolz zusammenzusuchen, die ›Röcke‹ zu raffen, mich umzudrehen und zu gehen. Mit dem Ziel, einen anderen Horizont anzusteuern. Ein anderes Schiff zu besteigen oder in der Brandung stehen zu bleiben, bis sich die Welt weitergedreht hat und du nur noch Vergangenheit bist, ein flüchtiges Bild auf dem Spiegel des Meeres an ruhigen Tagen. Mach's gut, Marleen.«

»Ich liebe dich.«

»Ich will deine Liebe nicht. Nicht mehr!«

»Ich will dich nicht verlieren.«

»Das hättest du dir vorher überlegen sollen. Weißt du eigentlich, wie ich mich gefühlt habe, als du meine Versuche, eine Aussprache herbeizuführen, boykottiert hast?«

Sie nickte. »Es tut mir Leid!«

»Wie soll ich wissen, ob du das alles auch tatsächlich so meinst?«

»Nimm mich in den Arm, dann spürst du es.«

»Ich denke nicht daran.«

»Das glaube ich dir nicht. Du denkst genauso daran wie ich, willst es aber nicht wahrhaben. Aber okay, wenn du es nicht tust, dann tu ich es eben.«

Bevor Rafael reagieren konnte, hatte sie auch schon die Arme um seinen Hals geschlungen, sich auf die Zehenspitzen gestellt und ihn geküsst.

»Hör auf mit dem Unsinn.« Er stieß sie unsanft zur Seite und wich regelrecht vor ihr zurück. Seine Augen schossen Blitze.

»Wie tief muss ich dich verletzt haben! Rafael, das tut mir aufrichtig Leid.«

Rafael schaute sie müde an. Ein weicher Schimmer trat in seine Augen, ganz so, als wollte er ihr nun endlich glauben, doch augenblicklich verhärteten sich seine Züge wieder. »Ich bin müde und würde jetzt gerne nach Hause fahren. Fährst du deinen Wagen bitte zur Seite?«

»Das geht nicht.«

»Was soll das denn nun schon wieder?«

»Ich habe eine Panne. Du musst mir helfen.«

Rafael verschränkte die Arme vor der Brust und musterte

sie streng. Dann trat ein Funkeln in seine Augen. Ein amüsiertes Funkeln, wie sie zu ihrer Freude feststellte. »Du hast vielleicht Ideen. Was hast du kaputtgemacht?«

»Weiß ich nicht. Ich habe nur so ein Kabel durchgeschnitten. Keine Ahnung, für was es gut war.«

Rafael öffnete die Motorhaube. »Du brauchst ein neues Verteilerkabel.«

»Es kann eine Weile dauern, bis ich es habe.«

Ein zaghaftes Lächeln huschte über ihr Gesicht. Gegen seinen Willen musste auch Rafael grinsen.

»Was soll ich bloß mit dir machen?«

»Mich lieb haben.«

»Die Liebe ist kein Spiel für mich.«

»Für mich doch auch nicht. Ich habe dich verletzt, du hast mich verletzt. Aber in der Liebe gibt es keine Aufrechnung verletzter Gefühle, keine Bonuspunkte, keinen Mengenrabatt. Es tut weh zu sehen, dass wir im ersten Anlauf gescheitert sind. Aber lass uns doch bitte nicht die Schuldfrage klären, sondern noch mal ganz von vorn anfangen. Ich wünsche es mir so sehr, und genau das ist es, was mich hier stehen bleiben lässt. Denn wenn es in unserer Hand liegt, den anderen zu verletzen, dann liegt es auch an uns, es anders … besser zu machen. Ich kann nicht aufgeben, will nicht aufgeben. Ich weiß den Weg nicht, und unsere Probleme – der Altersunterschied – werden mit Sicherheit nicht leichter werden oder verschwinden, aber wenn du mir ein bisschen hilfst, werden wir ihn gemeinsam finden. Wenn ich meine Augen schließe, sehe ich dich lächeln. Ich werde sie geschlossen halten, bis du lächelnd vor mir stehst und deine Hand meine Finger umschließen. Lass mich bitte nicht zu lange warten.«

Nachdenklich blickte Rafael die hartnäckige Frau vor sich an. Dann erhellte sich sein Gesicht. Zunächst nur ganz langsam. Hinter seiner Stirn arbeitete es. Er atmete einmal tief durch, schloss die Augen, und dann legte er seine Hand um ihre zitternden Finger. Ihre Lider hoben sich, sie sah das Lächeln, das sich langsam um seine Mundwinkel legte, und begann vor Glück gleichzeitig zu lachen und zu weinen. Schluchzend ließ sie sich von ihm in die Arme nehmen.

»Rafael?«

»Ja?«

»Erinnerst du dich an den Moment, als unsere Augen sich zum ersten Mal trafen, als sich unsere Blicke ineinanderbohrten, verhakten?«

Er nickte.

»Das war der Augenblick, der Moment, in dem ich dir verfiel. Nichts war mehr so, wie es war. Du hast mich verzaubert.«

»Leider kann ich aber nicht zaubern, was dein Auto betrifft. Heißt: Wir müssen zu Fuß gehen. Meinen Wagen hast du ja äußerst geschickt zugeparkt.«

Marleen lachte glücklich. »Für den nötigen Proviant habe ich jedenfalls gesorgt. Hier.« Sie reichte ihm das Päckchen.

»Was ist das?«

»Etwas, was von Herzen kommt.«

Er las den Schriftzug, lächelte und begann die Schleife zu öffnen. Aufgeregt verfolgte sie jede Regung Rafaels.

»Eine Hackfleischpastete? Wo hast du sie her?«

»Aus meiner Küche.«

»Aus deiner Küche? Ich verstehe nicht.«

»Ich habe gerührt, gebrutzelt und gebacken. Den ganzen Nachmittag lang. Und nach vielen Fehlversuchen und einem Trümmerfeld – was einmal meine Küche war – ist das dabei herausgekommen.«

»Du hast sie selbst gemacht?«

»Oh ja. Schließlich will ich dir nie wieder einen Korb geben müssen, wenn du mich fragst, ob ich eine Pastete für unsere Bar kreiere.« Sie lachte glücklich.

»Ich werde dich beim Wort nehmen, Prinzessin.«

»Das kannst du gerne tun. Aber nun küss mich! Bitte, küss mich so heiß wie nie zuvor.«

Die Autorin

Astrid Martini, geboren 1965, absolvierte eine Ausbildung zur Erzieherin. Inspiriert von ihrer Arbeit, entstanden zahlreiche Geschichten, Gedichte und Lieder für Kinder. Ende 2003 entdeckte sie ihre Vorliebe für den erotischen Roman. Seit 2001 lebt Astrid Martini zusammen mit ihrem Lebensgefährten und vier Katzen im Norden von Berlin.

Website: www.astrid-martini.de

Astrid Martini
Zuckermond
Roman

ISBN 978-3-548-26688-6
www.ullstein-buchverlage.de

Die Künstlerin Helena lernt auf einer Vernissage den umwerfenden Leonhard kennen. Sie erleben eine unvergessliche Nacht miteinander, aber Leonhard ist einer der teuersten Callboys der Stadt – Helena sollte ihn besser vergessen. Doch Helenas Eltern fordern immer drängender einen künftigen Ehemann und so stellt sie ihnen Leonhard vor. Sein Preis für das Spiel ist jedoch hoch: Sie muss ihm zwei Wochen lang als sein persönliches Callgirl zur Verfügung stehen …

»Astrid Martini hat Worte für Erotik.« *Rhein-Zeitung*

Dawn Porter
Internet Lover
Mein erotisches Tagebuch
Deutsche Erstausgabe

ISBN 978-3-548-26496-7
www.ullstein-buchverlage.de

Ein Inserat auf einer Internet-Dating-Seite wird für Dawn zum Beginn einer aufregenden erotischen Reise durch die Männerwelt: ein Kurztrip führt sie nach New York, sie entdeckt ihre Vorliebe für Latex-Anzüge, lässt sich auf eine entzückende Ménage à trois ein und erfährt, warum man unbedingt einen französischen Liebhaber braucht ...

In ihrem erotischen Tagebuch beschreibt Dawn Porter freizügig ihre abenteuerlichen Streifzüge durch den Dschungel des Großstadtdatens.

Maxim Jakubowski (Hg.)
Sex-Blogs
Die besten erotischen Online-Tagebücher
Deutsche Erstausgabe

ISBN 978-3-548-36984-6
www.ullstein-buchverlage.de

Früher führte man heimliche Tagebücher – heute stellen immer mehr Frauen und Männer ihre intimsten Erlebnisse ins Internet, für jeden nachlesbar, ständig aktualisiert! Maxim Jakubowski hat die besten Erotik-Blogs zu einer frivolen Anthologie vereint – darunter Schilderungen bekennender Nymphomaninnen, Szenen aus sehr »aktiven« Ehen und SM-Beziehungen, aber auch die skurillen Erfahrungen einer Peepshow-Tänzerin …

US278

Valérie Tasso
Tagebuch einer Nymphomanin

Deutsche Erstausgabe

ISBN 978-3-548-36780-4
www.ullstein-buchverlage.de

Sex ist ihr Lebenselixier. Und Valérie Tasso lässt keine Gelegenheit aus, um ihren Trieben freien Lauf zu lassen – mit verschiedenen Männern, an verschiedenen Orten. Die erste Liebe ihres Lebens indes entpuppt sich als fataler Irrtum. Schließlich macht sie ihre Leidenschaft zum Beruf: Als Edelprostituierte erlebt sie alle Facetten der käuflichen Liebe. In mitreißender Offenheit schildert Valérie Tasso ein Leben im Zeichen purer Lust, vergeblicher Sehnsüchte – und voller Überraschungen.

Der Skandalbestseller aus Spanien